www.bbulmedia.com

항
월
화

한월화 上

유지인 장편 소설

DAHYANG ROMANCE STORY

目次

서장
(序章)

　바로 몇 식경 전에 잘 자라 웃으며 인사했던 하녀 아이의 목소리가 피비린내 나는 비명으로 바뀌어 들리던 그날, 한 번도 입어 본 적이 없던 오라비의 남복(男服)을 입던 그때. 아직 세상 이치를 깨닫는 기쁨을 누리기보다는 단꿈이 더 좋을 어린 나이에 수린은 세상이 불타는 것을 보았다.

　그날은 온 집 안이 우중충해서 일찌감치 잠자리에 든 터였다. 근래에 조정이 심상치 않다 귀 너머로 들었지만 열두 살짜리 여자아이에게 자세한 설명을 해 주는 이는 없어 그저 그러려니, 어서 빨리 아버지가 기운을 차리시려니 하고 유모의 품에 안겨 눈을 감았었다.

　잠이 들었다 깼지만 그리 긴 시간을 잤던 것은 아님을 잘 떠지지 않는 눈꺼풀이 말해 주었다. 밤을 살라 먹는 소란스러움에 눈을 뜨자 햇빛과는 다른 빛이 수린을 둘러싼 세상을 잡아먹고 있었다. 붉게 너울거리는 빛 그림자에 버무려진 비명 소리가 쭈뼛 뒷덜미에 소름을 세웠다. 수린은 얼른 옆자리에 누워 잠들었던 유모를 찾았다.

"할멈?"

없었다. 수린의 옆에 깔려진 이부자리는 심하게 흐트러져 있었다. 그 자리에 누웠던 이가 다급히 뛰쳐나간 것임을 말해 주는 양.

"할멈? 할멈!"

단박에 비명 같은 외침이 튀어나왔다. 무슨 일인가. 창호지 문 건너에서 너울너울 붉은 불빛이 춤을 추고 있고 옆자리에 잠들어 있어야 할 이는 보이지 않는다. 밖에서 들려오는 끊이지 않는 비명 소리는 무엇이며 뒷골을 때리는 이 섬뜩함은 무엇이란 말인가.

자신도 모르게 이불을 끌어안고 벽으로 물러나던 수린은 벌컥 문이 열리자 혼절하도록 놀랐다. 벼락처럼 들어선 커다란 그림자에 기겁을 하고 올려다보니 그는 수린의 아비인 민두혼이었다. 들어선 이가 아비라 하여 안심이 되는 것은 아니었다. 평소에는 하얀 명주옷을 입던 아비가 느닷없이 갑옷을 입고 들이닥친 데다 그 갑옷에 피칠갑이 되어 있고 아비의 손에 짐짝처럼 끌려온 이가 바로 자신의 유모였으니 말이다.

"대감! 아니 됩니다!"

"네년의 목을 내 손으로 따야 내 말을 듣겠느냐!"

"대감! 아기씨 연치 이제 겨우 열둘입니다!"

"내가 내 여식의 나이를 몰라 그걸 묻고자 하는 것으로 보인단 말이냐! 네가 안 하면 내가 하겠다!"

수린은 잠이 덜 깬 말간 눈으로 꿈뻑꿈뻑 아비와 유모를 바라보았다. 아비와 유모가 주고받는 언쟁이 도무지 이해가 가질 않았다. 식솔들 앞에서 절대 언성을 높이는 일 없던 아비가 어찌 유모를 잡아먹을 듯이 호통을 치는 것이며, 수린과 오라비인 진겸을 키우는 동안 숨소리조차 크게 내는 모습을 보이지 않던 유모가 무슨 영문으로 아비에게 피를 토하듯 읍소하는 것인가.

민두혼은 유모를 내동댕이치고 수린을 향해 몸을 돌렸다. 저도 모르게 몸을 움찔한 것은 아비의 체구가 워낙에 산처럼 컸기 때문이었다. 허나 민두혼은 수린의 몸짓을 달리 이해한 모양이었다. 단박에 서슬 퍼렇던 눈동자가 흔들렸다.

"……."

꽉 깨문 아비의 입술은 부들부들 떨리고 있었다. 수린은 이불을 움켜쥐고 있던 손을 놓고 조심스레 몸을 일으켰다. 수린의 눈 높이쯤, 아비의 팔꿈치엔 하얀 천들이 걸려 있었다.

옷이다. 잠자리에서 입는 옷. 그리고 사내아이의 옷. 수린이 눈을 깜빡이는 그 짧은 시간 동안 역정으로 가득했던 민두혼의 얼굴은 회한으로 일그러졌다.

"아버님……."

그리고 수린이 자신을 불렀을 때 끝내 고목 같던 그의 몸이 무너졌다. 털썩. 어린 딸 앞에 무릎을 꿇고 민두혼은 새 같은 딸의 작은 어깨를 꽉 끌어안았다. 하나뿐인 고운 딸. 너무 작아 제대로 안아 주지도 못했던 아이다. 칼을 잡고 창을 잡았던 거친 손으로 힘껏 끌어안으면 다치기라도 할까 겁나 쉬이 머리도 쓰다듬지 못하던 딸이었다.

"수린아. 아비를 용서 마라."

수린은 눈가에 힘을 주었다. 그렇게 하지 않으면 눈물이 왈칵 쏟아질 것 같았다.

"다시 태어나게 된다면…… 그때는 이 아비가 네가 기르는 축생으로 태어날 것이다. 그때 이 아비를 짓밟고 짓밟아라. 그리하여 이 죄가 갚아진다면 말이다. 그리해도 갚아지지 않으면……. 그때는 또 네 집의 축생으로 태어날 것이다. 그러니…… 그러니……."

수린은 입술을 앙다물었다.

세도가의 자식으로 살아간다는 것은 그런 것이다. 아비가 하는 말, 아비가 벌컥 열고 들어오느라 활짝 열린 방문 너머로 보이는 불타오르고 있는 집, 피 토하듯 울고 있는 유모. 이 모든 것들이 의미하는 것을 알아차려야 하며 아비가 들고 온 사내아이의 옷이 무엇을 위한 것인지를 알아야 하는 그런 것.

떨리는 수린의 눈가에 눈물방울이 맺혔다. 그러나 수린은 눈물을 떨구지 않기 위해 입술을 깨물며 자신을 끌어안은 아비의 팔을 꼭 잡았다가 놓았다. 내려오는 수린의 손에는 아비가 들고 있던 하얀 사내아이의 옷이 쥐어져 있었다.

수린은 아무 말도 하지 않았다. 한 번 옷을 다잡았다가 아비를 올려다보았을 뿐이었다. 꾹 다문 입술과 그렁하니 맺힌 눈물에 아비는 수린의 마음을 모두 읽었다.

둘 사이에는 그 이상 어떤 말도 오가지 않았다. 아비가 거세게 이를 악무는 소리를 내다가 몸을 돌리고 방을 나가 버렸다.

그것이 수린이 마지막으로 본 아비의 모습이었다.


대부관(大府官) 민두혼은 삼대가 황제의 충신이었던 민씨 일가의 장손이었다.

대를 이어 물려받은 부와 세도도 컸지만 민두혼 본인 또한 제국에서 손에 꼽히는 무장이었기에 그를 따르는 이들 또한 적지 않았다. 하지만 민두혼은 번잡한 것을 꺼려 하는 인물이라 부러 세를 늘리거나 부를 쌓기 위해 노력하지 않았다. 황가에 충성하였으나 아첨하지 않았고, 교언영색을 한 이들을 꺼렸다. 그것이 문제였다.

선대 황제의 급작스러운 죽음과 어린 황제의 등극 이후 극도로 혼란스러운 정국에도 민두혼은 중도를 지키려 하였다. 그러나 노도(怒濤) 가운데에 꼿꼿이 서 있으려 하는 배는 침몰을 면할 수 없는 법. 누구의 편도 들지 않는 민두혼은 표적이 되기에 가장 쉬운 대상이었다.

어린 황제가 누구의 손을 잡았는지를 판가름하는 것은 어려운 일이 아니다. 어제까지 충신이었던 이의 집에 흙발의 군사들이 들이닥쳐 가솔들의 목을 베고 대들보에 불을 놓는다면, 그것은 그와 대척점에 있는 이의 손을 황제가 잡았음을 말하는 것이니.

유모는 하염없이 울었다. 하긴 무슨 말을 할 수 있으랴. 자신이 곱게 기른 아이가 아비와 오라비의 방패막이로 내던져졌음에야.

13

눈물이 나는 것은 수린 역시 마찬가지였다. 아비의 마음은 안다. 허나 아는 것과 느끼는 것은 다르다. 고작 열두 살. 그 어떤 말로도 목전에 다가온 죽음을 의연하게 받아들이라 할 수 없는 어린 나이였다.

부들부들 떨리는 손으로 겨우 옷을 갈아입었지만 도저히 머리까지는 다시 묶을 재간이 없었다. 간신히 곱게 땋은 머리만 풀었을 뿐인데도 더 이상 손가락이 움직이지 않았다. 어서 빨리 머리를 어찌해야 하는데. 민두혼의 아들이 산발한 머리를 하고 있으면 저들이 이상하게 여길 터인데. 그렇지만 두려워서 몸이 사시나무처럼 떨렸다. 눈물이 앞을 가려 뿌옇게 변한 시야에 머리를 묶었던 끈도 제대로 보이질 않았다.

"흑. 아기씨……. 흐윽."

흐느끼는 유모의 목소리에 기어코 울음은 터져 버리고 말았다.

"으흑. 할멈. 할멈!"

순식간에 통곡이 된 눈물에 유모는 무릎으로 기어 와 수린을 끌어안았다. 벼락처럼 시커먼 사내들이 들이닥치며 문짝이 우당탕 뜯어져 나간 것은 그다음 순간이었다.

"여기 있습니다! 민두혼의 아들인 것 같습니다."

"끌어내!"

목청껏 외치며 사내들은 수린을 꽉 끌어안고 있는 유모를 짐짝처럼 들어 마당에 내동댕이쳤다. 난장판의 와중에 묶여 있지 않고 흐트러진 수린의 머리카락을 의아하게 생각하는 사람은 없었다.

"나머지는?"

"반항하는 사내놈들은 다 처리한 모양입니다. 계집들은 곳간에 가둬 두었습니다. 도망간 몇이 있지만 곧 다 잡아들일 겁니다."

"민두혼과 처는 내뺀 모양이지? 딸년만 챙기고 아들놈은 챙길 틈도 없었던 건가?"

낄낄거리며 주고받는 사내들의 목소리에 속이 메슥거렸다. 할멈이 너무 꽉 끌어안아서 그래. 아버님, 어머니, 오라버니, 무사히 도망가셨구나. 수린의 정신이 아득해졌다. 그럼 이제 나는 죽는 건가. 죽는다는 건 어떤 거지. 아픈 거겠지. 아프지 않고 끝났으면 좋겠는데.

"그럼 다 끝난 거야?"

"아니, 총대장이 아직 안 왔어."

"총대장이라는 분께서는 황성에서 아침에 출발하셨다 하지 않았습니까? 헌데 총대장의 허락 없이 사내들을 죽였어도 괜찮았던 겁니까?"

"까짓 놈들 어차피 반역자 패거리다. 그리고 '분'은 무슨. 총대장이래 봤자 연줄로 한 자리 휘어잡은 어린놈이다. 뒤늦게 와 봐야 이제 다 잡았으면 오라에 엮어 돌아가자는 소리밖에 더 하겠나. 그나저나."

이죽거리는 사내의 목소리가 휙 방향을 바꾸었다.

"어디 민두혼의 아들이라는 놈 면상이나 좀 구경해 볼까."

때맞춰 멀리서 들려오는 한 여인의 찢어지는 비명을 들으며 수린은 눈을 질끈 감았다.

윤천강은 불타오르는 전각(殿閣)을 바라보았다. 주황색으로 너울거리는 불꽃의 혓바닥이 날름 집어삼킨 집은 틀림없이 화려하지는 않아도 주인의 고아한 풍격이 배어 있는 곳이었으리라.

"안 가십니까?"

부관 초의량이 상관의 감상을 자르며 물어 왔다. 천강은 힐긋 부관에게 눈길을 주며 답했다.

"간다. 선발로 가 있는 부대장이 누구라고?"

"배재공(陪材公) 하태운의 장남 하석이 군사들을 이끌고 갔다 들었습니다."

"아, 그자."

일전에 마주쳤던 적이 있는 자라 그 이름을 기억에서 떠올리는 것이 어렵지 않았다. 아마 그것이 일 년 전쯤이었지. 변방의 산적 떼를 토벌하러 갔다가 거의 마무리되고 잔당들만 처리하면 되는 시점에서 지원군이 도착했었다. 지원이 필요치 않다 전서구를 날렸지만 하석이라는 자가 굳이 자청하며 지원을 가겠다 나선 것이라 들었다. 그리고 보급이 필요하다며 인근 마을의 창고를 털었었지.

"민씨 집안의 창고는 산골 마을의 그것과는 비교도 되지 않을 정도로 풍족했을 터인데 그 눈이 이리저리 돌아가느라 얼굴에 제대로 붙어 있기나 할는지 모르겠군."

비꼼이 가득 실린 말에 부관은 아무런 첨언도 하지 않았다. 부관 역시 하석에 대한 기억이 좋지 않았던 탓이다.

"서두르지. 황제 폐하가 내리신 황명이 소용없어질 만큼 만행을 저지른 후에 도착해서야 안 되지 않겠나."

말의 끝맺음에 천강은 고삐를 당겼다. 긴 울음소리를 내며 달리기 시작한 말은 그리 오랜 시간이 걸리지 않아 민두혼의 집에 천강을 데려다주었다.

아비규환(阿鼻叫喚). 그 이상의 적절한 표현을 찾을 수 없는 광경에 천강은 잠시 미간을 구겼지만 그뿐이었다. 화적 떼의 마을을 쓸어버릴 때도, 황제의 칙명을 거부한 영지를 토벌할 때도 이런 광경은 보아 왔다. 특별히 다를 것도 없다. 그것이 어제까지 죄가 없던 충신의 집이라 할지라도.

이미 마당에 널브러진 수습되지 않은 시신들과 핏자국을 지나 가장 소란스러운 지점으로 향했을 때 천강이 본 것은 무언가를 끌어안고 있는 나이 든 여인의 어깨 위로 떨어지려 하는 서슬이 퍼런 칼날이었다.

"멈추어라!"

그리 크지 않지만 단호한 목소리에 칼을 높이 치켜든 사내의 팔이 멈추었다.

"이런, 총대장 나리 아니십니까."

천천히 칼을 내리는 사내의 뒤틀린 입가는 사내의 심사를 그대로 드러내 보였다. 건방진 어린놈. 사내의 눈은 그리 말하고 있었다. 아주 천천히, 상관에게 갖추어야 할 예를 갖추는 사내의 등 뒤로, 머뭇거리던 그 수하들이 뒤따라 허리를 숙였다.

마지못해 상관 대접해 준다는 티를 너무나 역력히 내며 허리를 숙였던 사내는 다시 천천히 고개를 들고 천강을 향해 입을 열었다.

"가뜩이나 바쁘신 분인데 힘이 드실까 저어하여 제가 미리 처리를 좀 해 두었습니다. 누가 되지 않는다면 나머지 처리도 제가 해 두는 편이 총대장 나리의 어깨를 가볍게 해 드리는 길이 아닐까 싶습니다만."

그러니까 넌 닥치고 내가 하는 걸 지켜보기나 해라.

공손한 말 뒤에 담긴 뜻이 너무 노골적이라 모르려야 모를 수가 없었다. 천강은 깊게 숨을 내쉬며 고개를 저었다.

"폐하의 명을 전하겠다."

천강이 품 안에서 꺼내 든 붉은 비단 두루마리에 대놓고 적대감을 드러내던 사내, 하석은 눈을 부릅뜨며 무릎을 꿇었다.

무언가 이상하게 돌아가는 분위기에 죽어라 고개를 숙이고 있던 여인은 살며시 눈을 들었다. 멍과 핏자국으로 엉망이 된 얼굴에는 절망과 공포가 가득히 자리하고 있었다. 천강은 여인이 재차 품 안의 무언가를 끌어안는 것을 보았다. 아이였다. 하얀 옷을 입은 아이. 사내아이의 옷. 누군가의 보호를 받는, 좋은 천으로 지은 옷을 입은 사내아이. 그렇다면 민두혼의 아들이겠군. 자신이 딱 적절한 때를 맞춰 온 모양이다.

천강은 두루마리를 펼쳐 그 안에 적힌 황제의 명을 소리 높여 읽었다.

"황제의 뜻을 거스른 민두혼의 일가에 나 황제 명운화주(明云

和鑄) 진화(臻禍)는 역(逆)의 낙인을 내린다. 그 일가 모두의 지위를 박탈하고 신병을 관(官)의 소유로 둔다. 다만 일가 중 그 누구도 참살하여서는 안 되며 이를 어기는 자에 대해 엄벌에 처한다."

천강은 잠시 말을 멈추고 하석을 바라보았다. 아니나 다를까, 하석의 안색이 굳어졌다. 기대에 부응하는 반응을 보여 준 하석에게, 천강은 덤을 붙여 주었다.

"황명을 어긴 자에 대한 처벌은 총대장 윤천강에게 일임한다."

하석이 삽시간에 얼굴을 백지장처럼 만드는 신묘한 재주를 보여 주었다. 입 끝이 올라가려 했지만 천강은 아닌 척, 못 본 척 계속 황명을 읽어 나갔다.

"민두혼의 식솔과 노비들은 당일로 도관원(陶官阮)에 적을 둘 것이나 민두혼과 그의 처, 자(子)와 녀(女)는……."

천강의 말이 멈추었다. 이런. 이건 예상 못 했는데. 눈 두어 번 깜빡일 시간이었지만 천강이 멈칫하자 매와 같은 눈초리들이 쏠렸다. 천강은 호흡을 가다듬고 말을 이었다.

"민두혼과 그의 처, 자와 녀는 종주공 윤인호에게 신병과 처분을 일임한다."

자신의 아버지에게 민씨 일가의 처분을 넘긴다는 황명은 곧 자신에게 넘긴다는 말과 다르지 않다. 자신의 아버지는 언제나 어린 황제의 옆자리에 붙어 있으니까.

마지막 낭독에 일동의 시선이 자신에게 쏠렸음을 천강은 깨달았다. 여인의 품에 안겨 있던 아이의 눈까지. 아이의 얼굴을 바라보자 천강의 눈이 가늘어졌다.

눈물로 범벅이 되었지만 말갛고 하얀 얼굴이다. 동그란 까만 눈동자가 사시나무처럼 흔들리고 있었고 입술도 떨렸지만 그 와중에도 단정함이 엿보이는 생김새였다. 열둘? 아니, 민두혼의 아들이 열셋이라고 했던가. 또래보다 작아 보였다. 민두혼이 기골이 장대하니 성인이 되면 다르려나. 물론 무사히 성인이 될 수 있을지 장담을 할 수 없는 처지이지만 말이다.

"죽여서 수급을 가져가면 될 일이 아닙니까."

잔뜩 뒤틀린 하석의 목소리가 끼어들어 상념을 방해하자 확 거부감이 일었다.

"닥쳐라!"

천강은 일갈하며 하석을 쏘아보았다. 하석이 움찔 뒤로 몸을 물렸다.

"너는 이미 황명을 어긴 죄인이다. 내 너에게 내린 전갈은 민두혼의 식솔들을 구금하고 내 명을 기다리는 것이었다. 헌데 너는 내 명을 어기고 필요도 없는 살생을 저질렀다. 쓸데없는 살생은 절대 하지 않는다. 너는 총대장인 내가 입을 열어 명하기 전에는 그 입을 닥치고 처분을 기다려라!"

하석이 당황하여 눈을 굴리다 얼른 땅바닥에 무릎을 꿇었지만 천강은 보았다. 하석이 이를 악물고 있는 것을.

'골치 아픈 자다.'

한참이나 어린 자신이 상관인 것도 마뜩잖은데 부하들 앞에서 질책을 받았으니 틀림없이 복수할 틈을 호시탐탐 노리겠지.

그나저나 이 아이는 어쩐다.

천강은 여인의 품에 안긴 아이를 내려다보았다. 아무 말도 하지 못하고 부들부들 떨고 있는 아이의 얼굴은 두려움만 가득했다.

참으로 난감한 일이 아닌가.

천강은 혀를 찼다. 이대로 데리고 가자니 이 아이가 분란의 씨앗이 될 것은 자명한 일. 그렇다고 죽이자니 조금 전에 하석에게 홧김에 내뱉은 말 때문에 그럴 수도 없는 노릇이다. 무엇보다……. 필사적으로 아이를 보호하듯 감싸고 있는 여인의 좁은 어깨가 단칼에 내려치기엔 너무 좁아 보였다.

"어찌하시겠습니까."

부관의 물음에 천강은 고개를 저으며 고민을 끝냈다. 그래. 훗날 분란이 된다면 그때 또 처리하면 될 일.

"백부님께 보내라."

"백부님이라 함은……."

"안주(安州)의 총관이신 큰아버님 말이다. 폐하의 명으로 민두혼의 아들을 거두었으나 경(京)에 두는 것은 혼란이 야기될 것이 자명한 일이라 그 신병을 백부님께 부탁드린다 전하거라. 수습이 되는대로 그 이후의 거취에 대해서 상의드리겠다 말씀드리는 것도 잊지 말거라."

부관은 복종의 뜻으로 고개를 숙였다.

동시에 긴장의 끈이 끊어졌는지 아이의 몸이 풀썩 늘어졌다.

"이, 일어나십시오. 아…… 도, 도련님. 정신 차려 보세요."

여인이 찰싹찰싹 뺨을 때렸지만 아이는 눈을 뜨지 않았다. 하얀 볼이 금세 빨갛게 달아올랐다. 여인은 당장 죽지 않게 되었다는 안도인지 나락으로 떨어졌다는 서러움인지 모를 눈물을 펑펑 쏟으며 아이를 끌어안고 히끅히끅 울었다. 천강은 더 보지 않고 몸을 돌렸다. 등 뒤에서 불타오르던 대들보가 무너지며 요란한 소리를 냈다.

이날의 선택이 훗날 자신의 인생에서 가장 중요한 결정이었음을, 천강이 알게 되기까지는 칠 년이라는 시간이 더 필요했다.

그리고 세월은 공평하게 흘렀다.

나라를 호령하는 왕후장상의 이마에도, 밭을 가는 범부의 얼굴에도 차별 없이 주름을 그려 넣고, 작고 여리기만 하던 아이가 소녀가 되어 이윽고 소녀의 이마에서 여인의 향취가 배어나기 시작할 때까지.

1장

뿌우우—

소라 나팔이 길게 내뻗는 소리에 수풀 속에서 약초를 골라내던 손이 멈췄다.

'왜 벌써?'

의아함을 가득 담은 까만 눈동자가 정확하게 한 지점을 응시했다. 저 멀리 수평선을 지나 항구 쪽으로 커다란 배가 들어오고 있었다. 엄지손가락보다 작게 보이는 배지만 선체 전체가 선명한 붉은색을 띄고 있었다. 그리고 그 붉은 배에 새겨져 있을 것은 틀림없이 황제의 상징인 황금 용.

하얀 손이 얼른 약초의 흙을 털어 노끈을 엮어 만든 망태기에 넣었다. 서둘러야겠다. 봉화대(烽火垈) 근처까지 올라왔으니 서둘러 달려 내려가도 한 식경은 넘게 걸릴 것이다. 배가 들어오기 전에 항구까지 도착할 수 있을지 없을지 미지수다. 지난번 배가 들어온 지 한 달도 채 되지 않았는데 왜 갑자기 또 배가 들어오는 걸까.

'그런 건 항구에 가 보면 알게 되겠지.'

황제의 갑작스러운 하사품인지, 새로운 죄인이 섬에 갇히러 실려 왔는지.


그곳은 고인 물과 같은 섬이었다. 고요하고 변함없는 적막이 안개처럼 둘러싼 섬은 선선대의 황제가 윤씨 일가에 하사한 것이었다. 정확한 해도(海圖)와 솜씨 좋은 뱃사람 없이는 접근도 힘들어 처음에는 윤씨 일가만의 휴양 장소처럼 쓰여졌던 것이, 윤종명과 윤인호의 부친인 윤시랑이 수(邃)를 복속시키는 전투에서 끌고 온 다수의 왕족과 명문가 포로들을 모아 두고 감시하기 시작하면서 용도가 달라졌던 것이다.

안주(安州). 평안한 마을이라는 그 이름처럼 그곳은 사시사철 혹독한 더위도, 매서운 추위도 없었다. 하지만 깊이를 알 수 없는 끝없는 물처럼 조용하고, 또 가라앉아 있었다.

섬 자체는 따뜻한 기후 덕에 풍족하지는 않아도 자급자족이 가능했고 바다가 감싸고 있는 곳이라 언제든 바다에서 나는 먹거리도 넉넉히 얻을 수 있었다. 그렇지만 섬을 벗어나고자 하면 배를 타고 몇 식경도 채 가기 전에 매서운 소용돌이에 휩쓸려 배가 나무 조각이 되어 버리고 마는 것이다. 때문에 섣불리 섬에서 빠져나가려 하는 자는 드물었다. 간혹 도망치려는 자가 있다 해도 파도에 떠밀려 온 부서진 소지품들이 도망자들의 매서운 종말을 말해 주었기에 그 의지는 물거품처럼 사그라지곤 했다.

섬에서 밖으로 통하는 유일한 통로는 황제의 군선(軍船). 황가의 상징인 붉은색으로 선체 전체를 칠한 배는 몇 가지 경우에만 섬에 온다. 나라에 특별한 경사가 있어 황제가 죄인들에게까지 하사품을 선사할 경우나, 섬을 관할하는 윤종명이 섬 안에서는 구할 수 없는 물품을 보내 달라 요청했을 경우, 그리고 새로운 죄인이 섬에 들어올 경우가 그것이었다.

그렇다 해도 근 삼 년 동안 새로 죄인이 들어온 일은 없었다. 지난번 배가 왔던 것은 한 달 전쯤, 황제의 탄신일을 즈음하여 무명천과 섬에서는 나지 않는 곡식들을 전달하기 위해서였다. 이렇게 짧은 간격으로 배가 들어온 적이 없었기에 항구에는 섬 안의 사람들이 반 이상 나와 모여 있었다. 늘 변함이 없는 섬에서 배가 들어오고 그것을 구경하는 것은 섬사람들에게도 특별한 일탈이었다.

"배가 다 들어왔구먼."

"한 달도 안 되어 배가 들어오는 건 드문 일인데."

"경(京)에 무슨 변고라도 생긴 겔까?"

"우리네하고야 무슨 상관이 있는 일이겠나."

두런두런 이야기를 나누는 중년 남자들의 목소리에 저쪽에서 삐죽 하얀 얼굴이 올라왔다 내려갔다. 배는 아직 안 들어온 모양이었다.

헌데 이상했다. 황제의 하사품을 실어 나르는 때처럼 배에 나무 궤짝이 가득 찬 것도 아니었고, 죄수를 호송할 때처럼 무장한 군인들이 보이는 것도 아니었다. 항구에 정박하여 닻을 내리는 뱃머리에 옥색 비단으로 지은 단정한 옷을 입은 청년이 서 있었다. 그리고 그 청년을 호위하듯 뒤에 서 있는 체격 좋은 검을 든 남자 몇. 아직 세상의 때가 묻지 않아 보이는 낯을 한 청년의 등 뒤로 갑판 위에서는 많은 사람들이 짐을 나르며 배에서 내릴 준비를 하느라 시장통처럼 분주한데, 청년은 홀로 유람길에 나선 듯한 분위기를 풍기고 있었다.

삐죽거리며 사람들을 헤치고 부두로 걸음을 옮기자 나이 지긋한 중년 남자들이 휙 고개를 돌려, 이놈 이제야 왔냐 한마디씩을 건넸고 여인들은 얼굴 잊어버리겠다며 가볍게 어깨를 두드려 왔다. 예, 예 건성으로 대답하며 도착한 부둣가에서는 윤종명이 배에서 제일 먼저 내리는 청년을 맞아 고개를 숙이고 있었다. 옥색 비단은 황가의 방계들이 입는 옷. 직계는 아니지만 황제와 먼 친척쯤 되는 촌수일 청년이니 윤종명에게는 고개를 숙여야 할 대상인 것이다.

헌데, 청년이 난처한 듯한 웃음을 지었다.

"오래간만에 뵌 인사를 희롱으로 하지는 말아 주십시오."

얼른 더 깊숙이 허리를 숙이는 청년에게 윤종명은 껄껄 너털웃음을 지었다.

"귀하신 분을 맞아 법도에 맞는 인사를 드리는 것인데 어찌 희롱으로 치부하십니까?"

"아직 귀하신 분이 아닙니다. 법도는 귀하신 분이 되면 그때 정식으로 따져 주십시오."

"그랬다가 경을 치려고요?"

너스레를 떨었지만 이만 되었다 싶었는지 윤종명은 웃음을 거두지 않은 얼굴로 청년의 어깨를 감싸 안았다.

"어서 오너라. 문혁아. 건강해 보이는구나."

"예. 무탈하신 듯 보여 다행입니다."

황제의 군선이 방문한 이유가 하사품도 죄수도 아닌 윤종명을 방문한 방문객의 개인적인 볼일인 듯하다, 하고 부둣가에 서 있던 이들이 옆으로 뒤로 말을 전해 주었다. 그렇다면 구경할 거리가 별로 없을 것 같다 생각한 이들은 구경꾼 행렬에서 빠져나와 볼일을 보기 위해 돌아갔고, 말끔한 미남의 얼굴을 오래간만에 본 아낙들은 저 청년이 어디서 온 누구인지를 수군거리며 삼삼오오 원을 그렸다.

"안주까지 어쩐 일로 왔는지는 여장(旅裝)을 풀고 나서 듣자꾸나. 식사는 하였느냐?"

"예. 그런데 식사보다 먼저 이걸."

문혁이라 불린 청년은 말을 자르며 품 안에서 곱게 만 두루마리 하나를 꺼냈다. 수행 인원들도 꽤 많았건만 굳이 직접 몸에 지니고 온 것이 누가 봐도 중요한 용무인 듯했다. 윤종명은 의아해하는 표정으로 금색 끈으로 묶은 두루마리를 받았다.

"이게 무엇이더냐."

"폐하의 친서입니다. 지급으로 보실 것이며, 누구도 없는 곳에서 보실 것이라 하셨습니다."

누구도 없는 곳에서 보라고 전한 친서를 이런 백주 대낮에 눈이 많은 곳에서 건네는 의향은? 묻는 시선에 문혁은 멋쩍게 웃었다.

"기밀이나 중차대한 것은 아닙니다. 그저 폐하의 개인적인 용무이니 남들 보지 않는 곳에서 보고 바로 답신을 달라 말씀하신 것뿐입니다."

"그래? 허나 폐하의 말씀이라면 지급으로 보기는 해야 할 터. 그렇다면 너는 먼저 내 집에 가 있거라. 안내해 줄 이를 하나 붙여 줄 것이니."

"예. 그리하겠습니다."

"그래. 그럼…… 옳지, 겸아!"

윤종명은 마침 눈에 띈 뒤통수에 대고 외쳤다. 인파 틈에 섞여 사라지려던 동그란 뒤통수가 뜨끔 멈춰 서는 게 문혁의 눈에도 보였다.

"겸아. 이리 와서 내 큰조카 놈 좀 내 집으로 안내하거라. 수돌아범에게 내 큰조카 윤문혁이 당분간 집에 묵게 될 것이니 손님들에게 객방 몇 개를 내어 주면 된다 얘기하고."

천천히 고개를 돌리는 얼굴은 굳어 있었다. 윤종명의 말 어딘가에 거슬리는 부분이 있다고 주장하듯 경직된 눈동자에 문혁은 의아했다. 저 소년, 표정이 왜 저러지? 표정은 금방이라도 잇새로 욕설을 내뱉을 것 같으면서도, 소년은 고분고분 걸어와 공손하게 고개를 숙였다.

"그리하겠습니다. 어르신."

목소리는 차분했다. 그리고 생각했던 것보다 맑았다. 하지만 앞장선다며 돌아서며 스쳐 간 눈동자는 냉랭한 빛을 가득 담고 있었다. 윤종명은 그럴 줄 알았다는 듯 웃었지만 그뿐, 황제가 전한 두루마리를 들고 뱃머리에 올랐다. 문혁이 황제에게 전달받았을 물품들을 확인하고 배의 정박 장소를 지시하기 위해서는 할 일이 많았다.

느닷없이 적의가 담긴 눈을 한 소년에게 인도된 문혁은 얼떨떨한 기분으로 소년의 뒤를 따랐다.

영문 모를 적의(敵意).

그것이 문혁이 겸이라 불린 소년, 민진겸이라는 이름으로 민수린이라는 이름을 가리며 살아온 소녀에 대해 느낀 첫 감상이었다.


윤문혁. 종주공 윤인호의 큰아들. 황성 병호대 대장 명광장군 윤천강의 형. 안주의 총관인 윤종명의 조카. 황실 학사로 그 학식이 깊이를 잴 수 없이 깊어 황제의 신임을 한 몸에 받고 있다는 장래가 유망한 자.

수린은 자신이 윤문혁에 대해 알고 있던 그리 많지 않은 정보들을 되짚어 보았다. 머릿속을 암만 뒤져 보아도 윤문혁에 대한 나쁜 평판은 나오지 않았다.

'운이 좋은 자로군.'

나라의 군권을 틀어쥔 가문 출신이지만 학문에만 매진한 장자(長子). 정작 윤인호의 칼이 되어 피를 뒤집어쓴 건 차남인 윤천강인데 황제가 곁에 두는 것은 장남인 윤문혁이라. 수린은 쓰게 웃었다.

원수의 아들이다. 하루아침에 평화롭던 자신의 세계를 불태워 버리고 죄인이라는 이름의 낙인을 찍은 자의 아들. 군마를 끌고 와 절대로 빠져나갈 수 없는 외딴섬에 가둬 버린 자의 형. 그런데 그 얼굴은 너무나 청렴한 학자의 그것이다. 혀뿌리에서부터 쓴맛이 배어 나오는 것은 서책을 즐겨 보던 오라비인 진겸이 떠오른 탓이다. 풍파 없이 자라 현재에 이르렀다면 윤문혁의 지금 모습이 진겸의 그것이었을 것이기에.

부두에서 윤종명의 집까지 그리 멀지 않은 시간을 걸어오는 동안 부러 말을 건네지 않았지만 문혁은 지루하지도 않은지 입을 다물고 묵묵히 수린의 뒤를 따랐다. 뒤통수가 근질거리는 것이 문혁의 시선이 한 지점에 꽂혀 있음을 느끼게 했지만 수린은 고집스레 뒤돌아보지 않았다.

이윽고 도착한 윤종명의 집 대문 앞에서 수린은 마침 마당을 쓸고 있던 수돌 아범을 발견했다. 냉큼 다가가 윤종명의 말을 전하자 수돌 아범은 휘둥그렇게 눈을 뜨고 문혁에게 다가서서 머리를 조아렸다.

"처음 뵙겠습니다. 총관 어르신의 살림을 돌보고 있는 남재준이라 합니다. 시키실 것이 있어 부르실 때는 수돌 아범이라 불러 주시면 됩니다. 안주에 머무시는 동안 부족함이 없도록 모시겠습니다."

총관의 조카라 하면 응당 나왔어야 할 환대를 받자 환대는커녕 적의를 쏘아 보내던 눈빛이 새삼스러워졌다. 자연스레 그 적의를 드러내던 이를 바라보자 시선도 마주치기 싫다는 티를 노골적으로 드러내며 작은 머리가 삐뚜름하게 고개 숙여 인사를 건네고 돌아서서 후다닥 사라졌다.

"머무실 곳은 안내해 드리겠습니다. 제가 앞장서지요."

안내인이 사라지자 수돌 아범이 두 손으로 가야 할 곳을 공손히 가리켰다. 그러나 문혁은 날랜 뒷모습이 사라진 쪽을 바라보며 물었다.

"저 아이, 겸이라 했는가?"

"예? 아 예. 나리."

"본래 이름이 무엇인가."

"글쎄요, 안주에서 이름 석 자를 다 부르는 경우는 드물어서, 뭐라더라. 주겸이라 했던가, 지겸이라 했던가."

평화롭게 보이는 섬이지만 사실 죄인들의 섬이다. 밭을 일구고, 글을 쓰고, 베를 짜고 약초를 캐며 여느 섬마을처럼 살고 있지만 섬밖으로 나가면 죄인이라 돌팔매질을 당할 이들이다. 죄인이 아니던 시절의 이름을 빼길 이들은 없는 것이다. 수돌 아범이 끙끙거리는 것도 무리는 아닌지라 문혁은 그러려니 수돌 아범이 가리킨 곳으로 걸음을 떼려 했다. 그때 수돌 아범이 손바닥을 치며 외치듯 말했다.

"아, 생각났다. 민진겸이라 하였습니다!"

비상한 문혁의 기억력은 어렵지 않게 민진겸이라는 이름 석 자에 대한 기록들을 기억해 냈다. 대부관 민두혼의 아들. 한순간에 역적이 되어 관적에서 이름이 사라진 민씨 집안의 장자였다.

문혁의 얼굴이 굳어졌다. 그래서였군. 온몸에 날을 세우고 있던 이유가.

"……무리도 아니지."

"무어라 하셨습니까?"

혼잣말에 수돌 아범이 물어 오자 문혁은 아니라며 손사래를 쳤다. 그 아이가 윤씨 문중에 원한을 가지고 있어도, 그 아이의 눈빛이 신경 쓰여도, 그 아이를 더 이상 볼 일이 없을 텐데 생각은 하여 무엇하겠는가.

수린은 오른 어깨에 메고 있던 망태기를 내려놓았다. 모처럼 산에 올라간 김에 약초를 잔뜩 캐 오려 했는데 목표량의 반의반도 못 채웠다. 약방의 장 의원에게 남혈초를 잔뜩 캐 오겠다고 큰소리를 뻥뻥 쳤는데 내일 놀림받을 각오를 단단히 해야 할 것 같다. 카랑카랑한 노인의 목소리가 벌써부터 귓가를 때리는 것 같아 한 손으로 마른세수를 하며 웃다가 이마에 걸리는 까끌한 느낌에 수린은 자신의 손을 들여다보았다. 살집이 없어 뼈마디가 도드라지는 손가락의 끝마디마다 거스러미가 생겨 거칠어져 있었다.

칠 년. 비단 천에 색색의 실로 수를 놓던 고운 손가락이 흙을 만지고 짐 꾸러미를 나르며 거칠어지기에 넘치는 시간이다. 매일 마주하던 손인데 오늘따라 부담스러울 정도로 거칠게 느껴졌다.

'돌팔매질을 당해서야.'

잔잔한 마음에 윤문혁이라는 조약돌이 던져졌다. 원수의 아들인 주제에 자기 혼자 반듯하고 올곧게 보이는 작자가.

그리 치면 윤종명도 원수의 형이다. 윤종명은 밉지 않은가? 물론 밉다. 그러나 바로 옆에서 부대끼며 모서리가 둥그레진 감정은 윤종명이라는 자가 정쟁을 얼마나 꺼리는 자인지를 말해 준다. 죄인들을 감독하는 총관이라 하나 안주에 모여 있는 이들 하나하나를 진심으로 보듬는 모습을 칠 년이나 보아 왔기에 윤종명에게 날이

선 감정은 생기지 않는다. 허나 윤종명도 윤씨 집안의 무인이다. 아비나 오라비가 나타나 칼을 겨눈다면 기꺼이 칼로 맞서겠지. 그때에도 미워하지 않을 수는 없을 터다.

"관두자."

수린은 약초들을 꺼내 가지런히 늘어놓으며 고개를 저었다. 잡생각이 많아지는 것도 그자가 나타났기 때문이다. 황제의 총애를 한 몸에 받는 자가 백부를 만나기 위해서라지만 변방의 죄인들 섬에까지 나타나서는 이리 사람 마음을 복잡하게 만든다. 하지만 그게 무슨 상관인가. 윤씨 집안의 장자라는 이유만으로 초면인 그자가 미워도, 거칠어진 손이 서글퍼도 그자를 다시 만날 일은 없을 터인데.

❀　　❀　　❀

수린과 문혁이 그들의 생각이 틀렸음을 아는 데에는 하루가 채 걸리지 않았다. 꼬박 하루 동안 동분서주하느라 문혁과 독대하지 못했던 윤종명이 문혁과의 주찬(晝餐) 자리에 수린을 불렀던 것이다.

"게 서 있지 말고 이리 와서 앉거라."

윤종명이 부른다는 소리에 어제 배가 들어왔던 일 때문에 손이 모자라 시킬 일이라도 있는 건가 싶어 발걸음을 재촉했던 수린은 수돌 아범이 안내한 곳에 한 상 가득 차려진 진수성찬과 문혁이 있는 것을 보고 목석이 되었다. 무슨 일인가 놀라 눈만 깜빡이는데 윤종명이 재차 자신의 왼쪽, 문혁의 맞은편 방석을 두드렸다.

"뭐 하는 게냐. 이리 앉으라니까."

당황하기는 문혁도 마찬가지였던 모양인지 백부와 수린을 번갈아 보며 영문을 모르겠다는 얼굴을 했다. 입을 뻐끔거리던 수린은 재빨리 정신을 수습했다.

"송구하옵니다, 총관 어르신. 소인이 감히 겸상을 할 수 있는 자리가 아닌 듯합니다. 하명은 이 자리에서 듣겠습니다."

"거 시끄럽구나. 앉거라. 명이다."

"하오나……."

"어허."

윤종명의 목소리가 낮아졌다. 수린의 입술을 꾹 다물고 두말없이 자리에 앉았다. 정면으로 마주 보는 자리에 앉게 된 문혁에게 하는 수 없이 예를 갖춰 고개를 숙였지만 눈을 마주치지는 않았다.

"어제 길 안내를 받으며 이미 했을 터이니 따로 통성명은 필요치 않겠지?"

통성명은커녕 말 한마디 섞지 않았었지만 수린도 문혁도 윤종명의 물음을 굳이 부정하지 않았다. 한 잔 받으라며 내미는 윤종명의 술잔을 얌전히 받아 고개를 돌리고 안주의 특산품인 감로주를 입 안에 흘려 넣자 풀잎의 향이 입 안에 가득 찼다. 수린이 꼴깍 목 안으로 싱그러운 풀 내음의 술을 삼키고 조심스레 술잔을 내려놓자 그제야 윤종명이 운을 뗐다.

"겸이 너를 이리 부른 것은 내 조카 녀석이 안주에 머무르는 동안 안내를 맡기기 위해서다."

"예?"

적잖이 놀라 얼빠진 반문이 나와 버렸다. 문혁 또한 금시초문이었는지 놀란 얼굴이기는 매한가지였다.

"뭘 그리 놀라느냐. 본래 내가 시간을 할애하는 것이 맞지만 실은 어제 황제 폐하께 받은 서찰에 손이 많이 가는 과제가 적혀 있어서 말이다. 안주에 머무는 동안 안내해 줄 적당한 사람이 누가 있을까 고심해 보니 네가 제격이더구나."

수린은 재빨리 손사래를 쳤다.

"귀하신 분께 감히 제가 누가 될 것입니다. 그, 안주의 안내라면 저보다는 수돌이가 섬의 곳곳을 더 잘 알지 않을까 싶습니다."

"내 수돌이 놈의 성정이 밝은 것은 알고 있으나 명색이 황실 학사를 안내하는 일인데 대화는 통해야 할 성싶구나. 서책만 펼치면 머리가 아프다고 꽁무니를 빼는 녀석을 황실 학사에게 안내로 붙여 줄 수는 없는 노릇 아니냐."

"허면, 허면 약방의 정 의원께서 학식이 깊으시니 좋은 대화 상대가 되어 드릴⋯⋯."

"정수리에 저승꽃 꽂고 다니는 노친네가 산길 안내하다 송장 치울 일 생길라."

정 의원이 들었으면 자신은 노친네가 아니라며 불편한 헛기침을 했을 소리를 대수롭지 않게 농 삼아 건네는 윤종명에게 과연 뭐라고 말을 해야 이 불편한 동행을 하지 않을 수 있을까.

"됐습니다. 백부님."

그때 점잖은 목소리가 끼어들었다.

"굳이 안내를 받아야 할 만큼 산세가 험한 곳도, 길이 복잡한 곳도 아니지 않습니까. 저 혼자 둘러보아도 됩니다."

너무 노골적으로 싫다는 티를 낸 모양이다. 문혁의 차분한 목소리에 속마음을 들킨 건가 뜨끔해 곁눈질로 훔쳐보았지만 문혁의 얼굴은 목소리처럼 평온했다.

"허나 초행길이고 다듬어지지 않은 산길도 많다. 너 혼자 가다가 발이라도 삐끗하면 어쩔 것이야."

문혁까지 가세한 만류에 윤종명이 혀를 차며 물었다.

"많이 위험해 보이는 곳은 가지 않겠습니다. 그래도 가고 싶은 곳은 호위와 함께 가겠습니다. 그러니 명 거두셔도 됩니다."

부드럽지만 단호한 거절에 윤종명은 할 수 없다는 듯 입맛을 다셨다.

"네 뜻이 그렇다면 알겠다. 그럼 겸이 너는 부두로 가서 황제 폐하가 하사하신 물품들의 목록 작성을 돕도록 해라. 성 녹관(錄官)이 요즘 눈이 많이 침침하다 하소연이 심하더구나."

"그리하겠습니다."

윤종명의 입에서 다른 말이 나올세라 재빨리 자리를 뜨는 뒷모습을, 문혁은 그 그림자만 남을 때가 되어서야 시선을 돌려 바라보았다. 그 시선을 모르는 척 자작(自酌)하는 윤종명을 한 번 보고 나서 물음을 던졌다.

"왜 그러십니까?"

"뭐가 말이냐?"

묻고 싶은 게 무엇인지 짐작하고 있으면서 너스레를 떠는 윤종명에게 조금 더 직설적으로 물었다.

"왜 저 아이와 저를 붙여 놓으려 하십니까. 저 아이에게 저는 꼴도 보기 싫은 원수의 아들일 터인데요. 저 역시 저를 증오하는 이와 함께 있는 것은 피하고 싶습니다."

윤종명은 감로주가 담긴 하얀 술병을 가볍게 흔들었다. 찰랑거리는 술 소리가 청량하게 주위를 메꿨다.

"문혁아."

"예. 백부님."

"너는 죄인이 어떤 사람이라 생각하느냐."

"……묻고자 하시는 것이 무엇인지 잘 모르겠습니다."

"그럼 황제는 어떤 사람이냐."

"……."

윤종명은 술을 따라 둔 술잔을 내버려 둔 채 병째로 술을 한 모금 마시고 몸을 돌려 대문이 있는 쪽을 바라보았다.

"나는 말이다, 저 녀석이 퍽 어여쁘다."

윤종명의 목소리가 술기운 탓인지 조금 젖어 있었다.

"저 아이에게는 나 또한 너와 마찬가지로 원수지. 하루아침에 날벼락을 떨어뜨린 악귀들일 것이다. 나를 악귀로 생각하는 이에게 정을 주어 무엇하겠느냐 다짐하고 받아들였지만 그래도 수년을 곁에 두고 보니 정이 생기더구나. 안주에 있는 이들 모두가 그렇다. 황제께는 역적들이고 안주 밖에서는 죄인들이지만 곁에 두고 살을 부대끼니 모두가 따뜻한 피를 가진 이들일 뿐이더구나."

"어여뻐서 역적에게 관원들이나 다룰 일까지 맡기시는 겁니까? 죄인에게 황제 폐하의 하사품을 다루게 하는 건 안주가 아닌 다른 곳에서라면 모리배들의 모함을 받게 될지도 모를 일입니다."

"음? 아니 그건 아니다. 그건 안주에 관원을 안 보내 주시는 폐하 탓이지. 꼬박꼬박 물건을 보내시고 가져가시면서 관리는 손에 꼽을 만큼 보내 주셔서야 일손이 모자라는 게 당연하지 않느냐. 이번에 돌아가면 황제 폐하께 진언이라도 올려 보거라."

껄껄 웃으며 윤종명은 다시금 병을 들어 목을 축였다.

"게다가 안주에 모이는 이들의 학식이야 여기서 일하는 관원들하고는 비교도 할 수 없는 고아(高雅)한 것임은 너도 풍문으로 들어 보았을 게 아니냐. 그 아까운 걸 썩히는 것도 죄악이다. 써먹을 수 있으면 써먹는 게 멀리 보면 황제 폐하께 득이 되는 일이지 않겠느냐."

궤변이지만 그럴싸하다. 사실 안주에 모인 죄인들 중 태반은 망국의 귀하신 분들이다. 고관대작(高官大爵)들의 심기를 거스르는 글을 써서 일가족이 끌려온 이들도 더러 있다. 죄인의 굴레를 쓰고 있지 않았다면 경(京)에서 문혁과 밤을 새워 학문을 토론할 이들이었을 수도 있다.

"허면 저 겸이라는 아이의 학식이 깊어 저에게 학식을 나눠 보라 하려 하신 것입니까?"

"아니다. 네가 큰일을 앞두고 머리를 식히러 왔을 터인데 여기에서까지 그러라 할 생각은 없다."

"그렇다면 어째서입니까."

윤종명은 아까부터 손대지 않고 있던 문혁의 술잔에 손을 뻗어 슬쩍 문혁 앞으로 손가락 한 마디쯤 밀었다. 은근한 권유에 문혁은 더 사양치 않고 술잔을 쭉 들이켰다. 화하게 입 안에 퍼지는 감각이 문혁의 눈을 커지게 만들었다.

"어떠냐. 그럴싸하지?"

황실에 진상되는 어떤 명주보다 시원한 맛에 고개가 절로 끄덕여졌다. 놀라는 조카를 보며 윤종명은 호기롭게 웃었다.

"안주의 자랑이다. 이것만큼은 내 일생의 작품이라 자부할 수 있지."

그럴 만도 하다. 이 정도면 황가에 납품만 해도 큰돈을 만질 수 있을 명주(名酒)이다. 어째서 이 술을 황제에게 진상하지 않았던 걸까? 윤종명은 빈 문혁의 잔에 다시금 술을 따라 주며 말했다.

"저 아이는 말이다. 사는 걸 업으로 여기는 아이다."

사는 게 업이라?

"그래. 업이지. 사는 것이 마냥 즐거운 이가 세상천지에 몇이나 되겠냐만 저 아이는 반드시 살아 있고야 말겠다고 다짐하며 살아가는 아이다."

윤종명의 목소리가 조금 가라앉았다.

"나는 그런 사람도 있다는 걸 네가 알기를 원했던 것이다. 너는 이제 만인의 위에 서게 될 터이니. 길가의 풀 한 포기가 지니고 있는 사연마저도 알아야 하지 않겠느냐. 네가 반드시 알아주기를 바란 것들을 저 아이가 보여 줄 것이라 생각했다."

문혁은 윤종명의 말을 곱씹듯 생각에 잠겼다. 백부가 말하고자 하는 것이 어떤 것인지 어렴풋이 알 것 같았다. 그 옆모습을 윤종명은 가만히 바라보았다. 참으로 학자의 표본 같은 모습이었다. 오래간만에 만난 큰조카의 모습은 묘한 회한을 불러일으켰다.

"많이 컸구나."

"백부님은 그대로이십니다."

"입에 발린 소리."

예끼, 하면서도 입가가 풀어지는 것이 조카의 아부가 싫지는 않은 내색이었다.

"네 이리 자란 모습을 보니 천강이는 어찌 컸을지 궁금하구나."

얼굴을 마주한 지 꼬박 하루가 지나고 나서야 나온 아우의 근황 얘기에 문혁은 잠깐 멈칫하다가 입을 열었다.

"아시다시피 그 녀석 피가 끓는 성정이지 않습니까. 느리기 짝이 없는 저와는 달리 천하를 호령하며, 그리 지내고 있습니다."

"천하를 호령한다 함은 그 녀석이 사방에 적을 만들면서 종횡무진 설치고 있다는 얘기렸다?"

"……예."

얌전한 수긍에 윤종명은 너털웃음을 터뜨렸다.

"보고 싶구나. 나도 늙은 모양이야. 그 정떨어지게 무뚝뚝한 녀석까지 눈에 아른거리는 걸 보면."

한창때의 청년 못지않게 건장하고 기가 센 모습이지만 나이가 들기는 든 모양인지 윤종명의 눈가는 몇 년 전보다 확연하게 부드러워져 있었다.

도망치듯 자리를 빠져나온 수린이 곧장 향한 곳은 부두가 아니라 약방이었다. 약방에 들러 필요한 약초가 무엇인지 물은 후에 내일 다시 산에 올라가서 약초를 구해 볼 요량이었던 것이다. 헌데 약방 문을 열고 들어서자마자 생각지 못한 변수가 수린을 덮쳤다.

"어이구! 이제야 오는 게야?"

"하, 할멈?"

"어디, 어디. 얼굴 좀 보자. 다친 데는 없는 게지?"

부리나케 얼굴을 쓰다듬는 손길이 정신없었다. 저도 모르게 뒷걸음질을 치다가 벽에 등이 닿았는데 손길은 얼굴뿐 아니라 몸 구석구석을 이리저리 훑었다.

"할멈! 정신없소. 다치긴 어딜 다친다고. 난데없이 왜 그러는 거요?"

아닌 밤중에 홍두깨도 유분수지, 사람 얼굴 보자마자 다친 데 없냐고 이리저리 훑어 대는 건 뭐람. 수린의 항변에 답을 준 사람은 천천히 뒤따라오던 정 의원이었다.

"왜 그러긴. 중산댁이 지지난밤에 흉몽을 꾸었단다. 네가 호랑이 앞에 끌려가는 꿈이라나 뭐라나. 그래 놓고 어제 온다는 녀석이 안 왔으니 내도록 끙끙 앓다 저런다."

난 또 뭐라고. 수린은 한숨을 쉬며 아직까지도 불안하게 자신을 만지고 있는 손을 잡았다. 본래도 고운 손은 아니었지만 수린을 품에 안고 안주까지 끌려와 고생하느라 더 거칠어진 손이 손바닥 안에 느껴졌다.

"할멈. 안주에 호랑이가 어디 있다고 그런 꿈 하나에 걱정을 하시오. 높지도 않은 산, 샅샅이 뒤져 봐야 기껏 나오느니 멧돼지나 족제비지. 호랑이가 있었어 보시오. 진즉 관군들이 잡아갔겠지. 나 멀쩡하니 그만 만져도 되오."

"정말 괜찮은 게야?"

"괜찮대도."

그래도 믿기지 않는지 여인은 수린을 불안하게 쳐다보다가 꼭 끌어안았다.

"다치면 안 된다. 우리 아가."

"……안 다치겠소."

많은 말이 함축된 아가라는 단어에 수린은 그저 그러겠노라 고개를 주억거릴 수밖에 없었다.

"허허, 세상천지에 스물이나 먹은 아가가 다 있구먼. 천지가 경동할 일이로세."

정 의원의 너스레에 눈물이 그렁하던 눈매가 매서워졌다.

"시끄럽소! 내 눈에 아가면 아가인 게지, 뭔 시비를 그리 걸고 그러시오!"

"시비로 들리나? 난 그저 궁금해서 꺼낸 얘기라네."

"저, 저, 시비꾼 꼰대 같으니라고."

두 노년들의 투닥거림에 수린은 난처해서 손을 저었다.

"두 분 다 그만하시지요. 어제 배가 들어오는 데 갔다가 총관 어르신이 손님 안내를 맡기셔서 여길 들르지 못했었던 겁니다."

정 의원은 그 설명에 고개를 주억거리며 수린의 손을 보았다.

"그래서 빈손이구만. 어제 남혈초를 잔뜩 캐 오겠다 큰소리를 떵떵 치더니만."

"그리되었습니다. 총관 어르신이 시키신 일이 있어 오늘은 어렵고 남혈초는 내일 구해 오도록 할 터이니 다른 모자란 약초가 있으면 또 말씀해 주십시오."

"그래. 중산댁 밥값 벌어 오려면 약초 많이 캐 와야지. 남혈초
랑, 소두풀이 좀 부족하다. 조요초하고."

정 의원의 말이 거슬렸는지 유모가 빽 소리쳤다.

"오 년이나 내가 지어 주는 밥 먹었으면 밥값이라는 말은 관두
소! 확 오늘 저녁밥에 돌을 섞어 버리기 전에."

그 으름장에 수린은 피식피식 웃으며 기억을 더듬었다.

벌써 오 년째인가. 유모가 정 의원의 약방에 몸을 의탁하고 자
신과 떨어져 지내게 된 것이.

안주에 와서 첫 이 년은 민진겸의 몫으로 배정받은 초가집에서
유모와 둘이 죽은 듯 살았다. 날이 새는지 저무는지 모르고 새가
날아가는 소리도 듣지 못한 채 방구석에 틀어박혀 그저 그렇게
산송장처럼 지냈다. 유모가 밥을 지어 숟가락에 담아 주면 꾸역꾸
역 목으로 넘기고, 달 밝은 밤에 씻자고 끌고 나가면 우물물 길어
씻고. 어찌 지냈는지 지금 떠올려 봐도 잘 떠오르지도 않을 정도
로 무의미한 시간이었다.

그러던 수린을 문밖으로 이끈 것은 유모의 급작스러운 발작이었
다. 한밤중에 숨넘어가는 소리에 잠이 깨어 경련하는 유모를 보고
놀라 어찌할 바를 몰라 하다 맨발로 뛰쳐나가 가장 가까운 집에
무작정 들어갔었다. 창졸간에 들이닥친 수린을 보고 놀란 집주인
내외가 안주에 의원은 하나뿐이라며 일러 준 대로 정 의원의 약방
으로 달려갔을 때, 맨발로 밤길을 뛰어간 수린의 다리는 이미 피
투성이였다. 정 의원은 한밤중의 불청객에도 당황하지 않고 먼저

피투성이 발에 천을 동여매 주고 수린이 이끄는 대로 환자에게 향했다.

그때 정 의원이 진단한 유모의 병명은 항재(抗滓)병이었다. 핏줄 안에 더러운 찌꺼기들이 쌓이고 몸 전체에 퍼져 비주기적으로 발작을 일으키는 병으로, 발작이 일어날 때마다 혈을 다스리고 적절한 약재를 써야 하는데 그 시기를 놓치면 바로 죽음에 이르는 몹쓸 병이었다. 첫 발작에 아슬아슬하게 시간을 대 목숨을 건질 수 있었지만 다음 발작이 언제 일어날지, 남은 명이 얼마만큼일지 그 누구도 장담할 수 없는 상황이라고 정 의원은 이야기했다.

발작이 일어났을 때 의원이 곁에 없다면 어찌할 방도도 없이 저승 구경을 하게 된다는 얘기에 수린은 울며불며 제발 의원님 곁에 할멈이 머물게 해 달라 애원했다. 유모는 당연히 그럴 수 없다 말했지만 나는 내 어미가 죽는 꼴을 옆에서 볼 수 없노라 발악하는 수린의 말에 결국 정 의원의 식솔이 되어 부엌일을 도맡아 하게 되었던 것이다.

그때부터였다. 수린의 눈에 안주에 사는 이들이 들어오기 시작했던 것은. 정 의원이 망국의 어의였다는 것도, 바닷가에서 고기를 잡아 말리는 것을 업으로 삼은 준명 아범이 민두혼이 가장 즐겨 읽던 철학서의 저자였다는 것도 알게 되었다. 윤종명이 원수의 형이지만 그와 사뭇 다른 이라는 것도 알았다.

유모가 수린에게 존댓말이 아닌 반말을 쓰기 시작한 것도 그때부터였다. 입 안의 구슬처럼 어찌할 바를 모르고 수린을 애지중지하던 이가 순순히 수린과 떨어져 사는 것을 받아들이고 반말을 쓰기 시작한 것이. 스스로 살아갈 수 있는 존재가 된 것이라 인정받은 것 같아서 서운한 한편으로 기뻤다. 그래도 아가라고 부르는 것만은 어쩔 수가 없어서, 수린은 가끔 나이 지긋한 어르신들이 농조로 건네는 '아가 도령'이라는 호칭도 달게 들어야 했다.

사립문 밖으로 발걸음 하기 시작하자 젊은 녀석의 도움이 필요하다며 당장에 여기저기서 부르는 목소리가 들려왔다. 방 안에 틀어박혀 보낸 시간이 무색하게도 안주의 이들은 거리낌 없이, 마치 어제 만난 식솔 대하듯 수린을 대했다. '글 좀 읽는 젊은 녀석'은 참으로 쓸모가 많은 것이라, 수린은 안주 여기저기로 불려 다니기에 바빴다. 수수밭 노 영감이 허리가 아프니 약재를 전해 주라 하면 전해 주고, 대장간 홍 서방이 까막눈이라 아기 작명을 도와 달라 하면 가서 좋은 글자를 골라 주었다.

하지만 그래도 거의 대부분의 시간은 약방에 붙어살며 정 의원에게 약초와 여러 가지 병에 대해 배우는 데 할애했다. 나이 지긋한 정 의원이 아프거나 다른 환자를 돌보기 위해 자리를 비웠을 때에는 수린이 유모를 구할 수 있어야 했으니까. 그래도 오늘처럼 윤종명이 특별한 지시를 내린 날에는 그것을 최우선으로 따라야 했다. 억압받지 않는 곳이라 해도 안주가 죄인들의 섬인 것은 분명했기에 총관인 윤종명의 명은 절대적인 것이었다.

"당분간은 아무 데도 가지 않았으면 좋겠다. 응? 오늘내일만이라도 여기 머물면 안 될까?"

그러니 유모의 부탁에 쓴웃음 지으며 고개를 저을 수밖에.

"총관 어르신이 시키신 일이 있다고 했잖소. 내일 아침 일찍 산에 올랐다 얼른 약초 캐서 저녁 전에는 돌아올 터이니 걱정 마시오."

하는 수 없이 수린의 손을 놓았지만 유모는 못내 불안한 모양이었다. 대체 무슨 꿈을 꾸었기에 그러느냐 묻자 기다렸다는 듯 꺼내는 이야기는, 푸른빛이 나는 마차가 수린의 앞에 와서 서 있는데 타기 싫어 발버둥 치는 걸 장정들이 떼로 몰려와 수린을 태웠다는 것이다. 마차를 타고 한참을 달려 당도한 곳에는 집채만 한 백호가 있었는데 백호는 수린을 보자마자 아가리를 떠억 벌리더니 앞발로 수린을 끌어다 품 안에 넣고 닭이 알 품듯 머리카락 한 올 보이지 않게 품더라는 것이었다.

"난 또 무슨 대단한 흉몽이라고. 호랑이한테 물려 죽는 꿈도 아닌데 걱정할 것도 없겠소."

딴에는 숨넘어가게 설명하는 꿈 이야기를 허허 웃어넘기는 수린의 모습에 유모는 눈초리가 매서워져서 목소리를 높였다.

"내가 꿈을 꾸고 나서 꼬박 이틀을 얼마나 마음 졸였는데 그리 말하는 게야. 나는 피가 마르는 줄 알았구만!"

"아, 알았소. 알았어."

수린은 씩씩거리는 유모의 손을 꼭 잡았다.

"절대 위험한 데에는 안 갈 테니 걱정 마시오. 할멈. 경거망동도 안 할 것이고, 내일 산에 갈 때에도 약초만 캐면 바로 내려오겠소. 약조할 테니 마음 놓으시오."

진심 어린 다독임에 겨우 유모는 씩씩거리는 숨을 가라앉혔지만 그래도 못내 불안한 눈빛은 감추지 못했다.

※　※　※

　안주는 그리 작은 섬은 아니지만 산지와 평지가 섞여 있어 가옥이 지어진 곳은 항구가 있는 평지 쪽으로 한정되어 있었다. 해서 산세가 험한 곳이 아님에도 인적은 많지 않아 산길은 크고 작은 풀과 나무로 우거져 있었고, 그 탓에 산에 익숙한 자가 아니면 길을 찾기 난감해하곤 했다. 수린은 안주에 사는 이 중에서도 산세에 가장 익숙한 축에 속했다. 벌써 오 년이나 하루가 멀다 하고 산 여기저기를 헤매고 다녔던 수린에게 산의 지리는 눈을 감아도 머릿속에 훤히 떠오르는 빤한 것이었다.

　그래서 약초를 캐기 위해 올라온 산등성이 저 멀리에서 귀하디귀한 비단 옷자락이 보였을 때, 재빨리 샛길을 찾아 도망갈 수 있었다.

　호위도 없이 온다더니만, 정말 혼자 올 줄이야.

　문혁은 긴 부채로 시야를 가리는 나뭇가지를 들춰 가며 천천히 산을 거닐고 있었다. 수린은 문혁의 발걸음이 향하는 곳을 가늠해 보고 얼른 예상 경로와 반대되는 곳으로 발길을 돌렸다. 구경이나 하러 올라온 모양이니 금방 내려갈 터이지. 약초를 캐며 시간을 보내다 보면 내려가고 없을 것이다.

　그리 생각했건만 약초를 캐다 다음 고개로 넘어가 볼까 생각했던 갈림길에서 또 흰 옷자락을 보자 수린은 운수 사납게 되었다고 입 안으로 투덜거렸다. 커다란 나무 뒤로 몸을 숨기고 있다가 문혁이 소맷자락으로 땀을 닦으며 두리번거리는 사이에 다람쥐처럼 날래게 자리를 피했는데, 한 식경쯤 후에 또다시 문혁을 마주치게 되자 저자가 일부러 내가 가는 길을 따라오나 하는 말도 안 되는 생각까지 들었다.

얼른 피해서 아예 산을 내려가 버려야겠다. 오늘은 일진이 안 좋은 모양이니.

"잠깐 거기 서 보아라. 그만 좀 도망가고."

뭐 밟았다. 수린은 불러 세우는 차분한 목소리에 하는 수 없이 걸음을 멈추었다. 입 안이 껄끄러워 입매가 절로 구겨졌다. 안 보인다고 생각했는데 도망가고 있는 게 다 보인 모양이다.

"네가 날 꺼려 한다는 건 알고 있으나 부득이하게 너를 쫓아와 불러 세운 데에는 그럴 수밖에 없는 이유가 있다."

……쫓아온 게 맞았다. 수린은 하는 수 없이 몸을 돌렸다. 숨을 몰아쉬는 문혁의 얼굴은 상기되어 있었다. 익숙하지 않은 산행이 힘들었다고 온몸으로 부르짖고 있는 모양새였다.

"어인 일이십니까. 나리."

"흠, 그러니까 그게 말이다."

헛기침을 추임새로 넣어 가며 길게 숨을 가다듬는 것이 껄끄러운 이야기를 꺼낼 듯싶어 보였다. 무슨 이야기를 꺼내려고 산속까지 일부러 쫓아와 저럴까. 하고 싶은 이야기라면 그제 아침에 했어도 되었을 것을. 독대하고 꺼냈어야 하는 이야기인 것일까. 혹, 자신의 집안에 대한 이야기를 듣고 그것에 대한 말을 나누고 싶어서? 이런저런 추측을 하면 할수록 미간에 골이 패였다.

심각하게 굳어지는 수린의 표정을 살피던 문혁은 흠흠 하더니 안 그래도 상기된 얼굴이 더욱 상기되어서 시선을 산등성이 저

너머로 던지며 대수롭지 않은 척— 그러나 너무나 어색하기 짝이
없게— 말했다.

"그…… 내려가는 길이 어디냐?"

"……예?"

한참 심각하던 수린은 생각지도 못했던 말에 자신도 모르게 입
을 벌리고 멍하니 답해 버렸다. 문혁의 얼굴이 벌겋게 달아올랐다.


문혁은 앞서가는 뒤통수를 놓치지 않으려 애쓰며 발을 재게 놀
렸다. 체구도 작고 키도 문혁보다 한참이나 작은데 산에 익숙해
그런지 발걸음이 여간 빠른 게 아니었다.

갈림길에서 이쪽입니다, 저쪽입니다 정도의 말은 해 줄 법도
한데 문혁의 안내자는 참 고집스럽게도 입 한 번 열지 않고 앞장
서서 가기만 바빴다. 절대로 말을 섞고 싶지 않다는 의지를 온몸
으로 뿜어내고 있는 탓에 문혁은 아까부터 욱신거리는 발목에 대
해서는 입도 뻥긋할 수가 없었다.

아까 높낮이를 가늠하지 못하고 바위 위에서 성큼 뛰어내린 게
화근이었다. 모서리에 튀어나와 있던 나뭇가지를 보지 못하고 찔
려 버린 발목은 시간이 갈수록 점점 쑤셔 왔다. 대수롭지 않게 여
기고 어서 내려가 약초라도 붙이면 되겠지 했는데 일직선이라고
생각하고 올라왔던 산길이 올라올 때와는 사뭇 달라 보였다.

길을 잃은 것이구나 판단하는 데에는 오랜 시간이 걸리지 않았
다. 나름 표식이 될 만한 나무를 기억하며 올라왔다 생각했는데
수목(樹木)은 시시각각 둔갑을 하기라도 하는 모양인지 금방 지나

쳤던 길을 다시 가 보아도 그 나무는 그 나무가 아니었다.

화끈─ 발목에 한 줄기 열기가 치솟을 무렵에 저 멀리 지나가는 인영(人影)이 보였다. 넓지 않은 산이라 했으니 저자에게 길을 물어 내려 가야겠다 여기고 발걸음을 옮기려는데 보였다 싶었던 그림자는 이내 사라졌다. 반나절을 사람 그림자도 못 본 산에서 처음 본 이를 놓치면 밤을 지새울 수도 있겠구나 싶어 나뭇잎이 밟힌 흔적을 더듬어 걸음을 옮겼다. 그리고 어깨에 노끈 망태기를 걸친 뒷모습을 재차 발견했을 때는 그것이 어제 보았던 민두혼의 아들임을 알 수 있었다. 또한, 자신의 기척을 느끼고 일부러 도망치듯 모른 척 자리를 피하고 있다는 것도.

도망가는 이를 일부러 따라가 멈추게 하는 것은 내키지 않는 일이다. 허나 그 외에 다른 길이 없다면 어쩔 수 없는 것 아닌가.

'걸음이 빠르기도 하군.'

다람쥐처럼 날랜 발걸음을 쫓아가는 것이 예삿일이 아니었다. 어깨에 두른 망태기에서 슬쩍 보이는 초록색 잎들이 혹시 약초가 아닌가 싶었지만 상처가 아프니 약초를 달라 입이 떨어지지는 않았다.

기묘한 일이지 않은가. 문혁은 나면서부터 타인을 부리는 데에 익숙한 자였다. 그런데 쉬이 멈추라는 말이 나오지 않는 것은 민씨 일가라는 이름에 드는 부채감 때문만은 아니었다. 철갑처럼 온몸에 벽을 두른 작은 어깨가 안쓰러웠기 때문이다.

안쓰럽다?

그래. 안쓰러웠다. 어찌하여 그런 마음이 드는 것인지 문혁도 알 길이 없었으나 처음 만난 날부터 무례하기 짝이 없는 행동들이 그리 불쾌하지 않았던 것은 또래의 사내들보다 한참이나 낮은 눈높이를 가진 저자가 문혁에게 연민을 느끼게 했기 때문이었다.

한편 수린은 뒤따라오는 문혁의 걸음이 심상치 않다는 것을 진즉부터 눈치채고 있었다. 약방에서 어깨너머로 환자들을 돌보는 일을 도운 것이 수년이다. 몸 상태가 성치 않은 자를 판별하는 것은 그리 어려운 일이 아니었다.

'접질리기라도 한 건가?'

몸에 밴 듯 곧고 꼿꼿한 자세는 흐트러짐이 없었다. 허나 걸음의 균형이 미묘하게 어긋나 있었다. 알은척해야 하나. 그러려면 말을 섞어야 하는데. 에잇, 힘들면 먼저 이야기를 꺼냈겠지. 아무 말 없는 걸 보면 대단찮은 생채기 정도일 것이다.

꺼림칙한 기분을 꾹꾹 눌러 무시하며 최대한 빨리 산에서 내려와 마을 입구에 당도했을 땐 문혁의 걸음걸이는 처음에 비해 눈에 띄게 느려져 있었다. 마지막까지 수린은 문혁에게 안주에 있는 유일한 의원인 정 의원의 거처 정도는 알려 줘야 하나를 고민했다. 하지만 고민으로 잔뜩 구겨진 수린의 미간을 달리 해석한 모양인지 문혁은 수린에게 가볍게 고개만 끄덕여 보이고는 제 갈 길을 향해 갔다.

그리고 반나절이 채 지나기도 전에, 수린의 판단은 폭풍우가 되어 휘몰아쳐 왔다.

❀　❀　❀

정 의원에게 약초를 건네고 돌아와 이른 잠을 청하려던 차에 문이 부서지도록 두드리는 소리가 수린을 방해했다.

"뉘십니까?"

"겸아! 문 열거라! 어서!"

"남씨 아저씨?"

수돌 아범이었다. 급히 시킬 심부름이라도 있는 건가 싶었지만 그런 용무치고는 목소리가 다급했다. 잠자리에 드느라 느슨했던 옷자락을 꼭 여미고 문을 열자마자 수돌 아범은 넋 나간 사람의 행색으로 달려들어 수린의 어깨를 잡아 흔들었다.

"겸아, 겸아. 너 나리와 함께 산에 다녀왔었지?"

"예? 나리라면……아, 예. 헌데 산에 함께 다녀온 것은 아니고……."

"함께 산에 있었긴 있었던 게지?"

"그, 그렇긴 합니다만. 무슨 일입니까?"

수돌 아범이 잡고 흔드는 통에 어지러워 정신이 없었다. 대체 왜 이러느냐고 제대로 묻기도 전에 수돌 아범은 수린의 손목을 잡아끌었다.

"가자. 정 의원에게는 따로 사람을 보냈다. 어서."

"아저씨? 대체 왜 그러십니까?"

"가 보면 안다. 글쎄."

사색이 되어 막무가내로 이끄는 수돌 아범의 기세를 멈출 수가 없었다. 신도 제대로 신지 못해 대충 발끝만 끼워 넣은 채 질질 끌려 당도한 곳은 윤종명의 집 앞마당이었다.

"겸아!"

사방에 횃불을 밝혀 낮처럼 환한 앞마당에는 옹기종기 사람들이 모여 있었다. 대부분 윤종명의 식솔들이었는데, 개중 있던 마을 사람들 중 하나—수린의 유모—가 수린을 보자마자 달려와 수린의 손을 잡았다.

"할멈. 무슨 일인 게요."

당최 무슨 일인지 가늠이 되지 않았다. 이 밤에 유모는 왜 이곳에 와 있으며 사람들은 왜 불안하기 짝이 없는 기색으로 불을 밝히고 이리 모여 있는 겐가.

"들어가 보아라. 정 의원이 네가 오면 바로 들여보내라 했어."

하며 유모가 가리키는 곳은 윤종명의 집 안방이었다.

무슨 일이 나도 크게 났구나, 총관의 안방에 불려 가다니. 무슨 일인지 짐작도 가지 않아 두려움도 들지 않았다. 그저 얼떨떨한 정신으로 문 앞에 다가가자 스르륵 장지문이 소리 없이 열렸다. 계집종이 열어 준 문 바로 안쪽에는 음전한 성품이라 바깥출입이 잦지 않아 평소 얼굴을 보기 드문 윤종명의 처가 있었다. 무거운 침묵이 꽉 들어차 숨이 턱 막히는 방의 공기에 숨을 꿀꺽 삼키며 고개를 숙이자 윤종명의 처는 수린의 인사에 소리 없이 응대하며 방 윗목을 가리켰다.

발소리를 내지 않으려 조심조심 다가간 윗목에 펼쳐진 이부자리에는 아까까지만 해도 혈색이 환하던 문혁이 시체나 다름없는 파리한 얼굴빛을 하고 누워 있었다.

"왔느냐."

윤종명은 돌아보지도 않고 수린에게 말을 건넸다. 이부자리를 사이에 두고 맞은편에 앉아 있던 정 의원은 그제야 고개를 들고 수린을 보았다.

"겸아, 보아라."

정 의원이 이부자리를 들추고 옷을 잘라 드러내 놓은 문혁의 발목을 수린에게 보여 주었다. 수린의 눈이 휘둥그레졌다. 발목에 무언가에 찔린 상처가 있었고 그 주변에 둥그렇게 시퍼런 독이 올라 있었다.

"이것은 시송목(矢松木)의 독이다."

"시송목이라 하셨습니까?"

수린이 놀라는 것도 무리가 아니었다. 시송목은 화살과 같은 잎을 가졌다 하여 그 이름이 지어진 나무로, 기후가 온난한 곳에서만 자란다. 열매를 잘 말려 가루를 내어 처방하면 열병에 특효약이 되지만 나무 자체는 그 독성이 심히 강해 황가에서 지정한 몇몇 농가에서만 재배되고 있었고 안주에서는 진즉에 씨를 말려 버린 터였던 것이다.

"허나 안주에 시송목은 더는 없습니다. 제가 하루가 멀다 하고 산을 오른 것이 벌써 몇 년째이나 시송목은 그림자도 보지 못하였습니다."

"그럼 이게 무엇이란 말이냐. 환부를 원형으로 두르는 푸른 독의 띠와 급격히 체온이 내려가는 증상, 낯빛이 파리해지는 증상 모두 시송목의 독에 중독되었을 때 나타나는 모습이다."

수린은 당황하여 반송장이 되어 있는 문혁을 바라보았다. 얼굴을 푸른빛이 돌 정도로 파리한데 식은땀이 흘러 머리카락이 축축했다.

"허면 대체 어디에서 시송목의 독에 중독이 되신 것이란 말입니까."

"그것을 확인해 보려 너를 부른 것이다."

"그게 무슨 말씀……."

되물으려다 확 찬물이 끼얹어진 것 같은 기분에 윤종명을 보았다. 침통하게 가라앉은 표정이 어둡기 짝이 없는 중년의 사내는 조카에게 고정된 시선을 내내 거두지 못하고 있었다.

"총관 어르신. 혹…… 제가 나리에게 위해를 가하려 한 것이라 의심하신 것입니까?"

하필이면 윤문혁이 중독된 시기며 보기 드문 독에 중독된 것이며 수린이 의심을 살 만도 한 상황인 것이다. 하지만 윤종명은 그것은 아니라며 수린의 추측을 부정했다.

"나는 네가 충동적으로 그리 얕은 수를 쓸 만큼 어리석은 녀석이라 생각지 않는다."

"그러시면 어찌 저를 부르신 것입니까."

"이 녀석은 주위에 적이 많은 녀석이다. 지위를 질투하는 자도, 성품을 시기하는 자도, 그리고 이 녀석의 아비가 업이 많은 탓에 이 녀석을 원망하는 자도 있지."

마지막 말은 수린을 향한 화살 같아서 뜨끔했다. 그러나 윤종명은 부러 수린을 겨냥한 것은 아니었다.

"네가 산에서 이 녀석을 안내하여 내려왔다 들었다. 주변에 수상한 자는 없었는지, 이 녀석에게 다른 이상한 기색은 보이지 않았는지를 묻기 위해 부른 것이다."

이상한 기색이…… 있었다. 분명 걸음걸이가 편치 않아 보였는데 말을 섞고 싶지 않아 무시했었다. 수린은 아랫입술을 깨물었다. 그때 언질을 주었다면 이 사람이 지금 무사했을까?

"주위에…… 수상한 자는 보이지 않았습니다."

시종일관 무례하던 자신의 태도에도 호통 한 번 없이 넘어가던 문혁의 모습이 떠올라 죄책감이 스멀스멀 밀려왔다. 그래서 더 이상은 말을 할 수가 없었다. 윤종명이 무언가를 더 물으려 고개를 돌리는데, 누워 있던 문혁의 입에서 가느다란 신음성이 새어 나왔다.

"나리!"

"문혁아!"

정 의원과 윤종명이 동시에 외쳤다. 짧은 신음성을 끝으로 문혁이 고개가 한쪽으로 픽 꺾였다. 동시에 그때까지 잠잠하던 문혁의 호흡이 거칠어졌다.

"어찌하여야 합니까?"

수린이 급히 묻자 얼른 문혁의 맥을 짚어 보던 정 의원은 고개를 저으며 말했다.

"시송목의 독은 냉독인지라 천혈삼(天血蔘)의 열기로 다스리는 것이 답이다. 급한 대로 민들레 뿌리와 삼화초(三火草)로 다스리고 있기는 하나 이것은 임기응변에 불과하다. 허나 천혈삼은 워낙에 귀한 약재인지라 안주에서는 하늘이 뒤집힌대도 구할 수 없을 것이 아니냐."

"황궁에는 있을 것이오."

윤종명의 목소리에 두 쌍의 시선이 윤종명에게로 향했다.

"황제 폐하께서 천혈삼 백 뿌리라도 이 녀석을 위해서라면 기꺼이 내주실 것이오. 그러니 황궁으로 보내면 되겠소?"

"황궁까지 나리의 몸이 버텨 줄지가 문제입니다. 하루 이틀 안에 도착할 수 있는 거리가 아닌 데다 배와 마차로 가는 평탄치 않은 여정은 환자의 몸에 무리를 줄 것이 명약관화(明若觀火)입니다."

"그러면 천혈삼을 보내 달라 전서구(傳書鳩)를 띄우는 편이 낫겠소?"

"그 또한 시간에 댈 수 있을지 장담할 수 없을 것입니다. 나리가 버틸 수만 있다면 최대한 빨리 황궁에 가서서 천혈삼을 복용하고 어의의 보살핌을 받는 것이 좋을 것 같기는 합니다만……."

자신 없다는 듯 흐려지는 말끝에, 윤종명은 정 의원의 팔목을 부여잡았다.

"살려야만 하오."

"총관 어르신."

"이는 내 혈육에 대한 안타까움 때문만은 아니오. 안주에 적을 두고 있는 모두를 위해서이기도 하오. 이 녀석이 이대로 변을 당한다면 황제 폐하와 내 아우의 화가 안주를 덮칠 것이 자명한 일이오."

고목(古木)처럼 진중한 정 의원의 눈매가 떨렸다. 자신의 팔을 붙든 윤종명의 얼굴에, 그리고 울 것 같은 수린의 얼굴에 잠시 머문 시선은 한숨과 함께 아래로 떨구어졌다.

"독 기운이 오를 때마다 궁여지책이나마 쓸 약재를 마련하겠습니다. 황궁에 도착할 때까지 몇 번이나 고비가 있을지는 모르겠습니다만 하는 데까지는 해 보겠습니다. 나리의 수행원들에게 약재를 쓸 방법을 일러둘 터이니…….”

윤종명은 단호하게 고개를 저어 정 의원의 말을 끊었다.

“정 의원이 따라가 주시오. 이 녀석을 수행하는 이들 중 의술에 조예가 깊은 자는 없소. 어찌 위중한 환자를 맡길 수가 있겠소.”

주름진 노인의 눈살이 찌푸려졌다. 황제의 명에 의해 죄인이 되어 갇혀 사는 자가 황제의 허락도 없이 섬 밖으로 나가는 것은 반역이나 다름없다. 그리고 그것은 곧, 죽으라는 말이나 진배없는 것이다. 정 의원의 소리 없는 항변을 읽은 듯 윤종명은 문가에 앉은 처에게 지필묵을 가져오라 일렀다.

“폐하께서 내게 꼭 답신을 하라 명하신 일이 하나 있소. 그 서신에 더해서 내가 서신을 하나 더 쓸 것이오. 반드시 몸 하나 상하지 않고 정 의원을 돌려보내 달라 쓸 것이오. 이는 내 목숨을 걸고 지킬 약조이니 믿고 따라가 주시오.”

정 의원이 고개를 끄덕이려는 찰나에 수린은 다급히 그것을 가로막았다.

“자, 잠시만 기다려 주십시오!”

경을 쳐 마땅할 버르장머리 없는 행동이었지만 뒷일을 생각할 짬이 없었다. 정 의원이 안주를 떠난다면 유모는 어찌한단 말인가. 언제 발작이 일어날지도 모르는 이를 돌봐 줄 의원도 없이 덩그러니 방치하는 것은 죽으라는 말과 진배없다. 그렇다고 유모를 정 의원에게 딸려 보낼 수도 없는 노릇이다. 황명도 없이 죄인들이 우르르 유배지를 떠나는 것은 어불성설(語不成說).

수린의 눈에 떠오른 혼란을 읽은 정 의원의 눈빛이 깊어졌다. 세월이 새겨 놓은 주름의 골이 호롱불 아래 더 두드러졌다. 난데 없는 외침에 윤종명이 붓을 든 손을 멈춘 탓에 먹물은 화선지 위에 동그란 점을 그려 버렸다. 정 의원은 희미하게 웃음을 지으며 윤종명을 향해 깊이 고개를 숙였다.

"총관 어르신. 겸이가 나리를 모시고 가면 될 듯합니다."

수린과 윤종명의 눈이 동시에 커졌다.

"제 나이가 이제 먼 여정을 견뎌 내며 환자를 돌보기에는 너무 많습니다. 나리를 돌보는 데 저 같은 늙은이는 오히려 거추장스러울 것입니다."

"허나 정 의원. 문혁이의 상태가 위중하다 하지 않았소. 겸이는 정식으로 의술을 배운 적도 없는데 어찌 위중한 환자를 돌보겠소."

"수년을 제 옆에서 제 일을 거든 녀석입니다. 어깨너머 배운 것만으로도 어지간한 환자들은 저 없이도 돌본다는 것을 총관 어르신도 아시지 않습니까. 안주에 있는 이들 중 총명하기라면 손에 꼽을 녀석이니 평소 하던 것처럼만 하면 황궁에 도착할 때까지 나리의 신병은 무사할 것입니다. 그렇지?"

수린이 곧바로 대답을 할 수 없었던 것은 유모가 꾸었던 꿈 이야기가 떠올랐기 때문이었다.

안주를 떠나면 자신은 언제 목이 달아나도 이상하지 않은 대역 죄인이다. 황궁에 가면 민씨 일가라면 그 집에 머물던 개미 새끼 한 마리까지도 밟아 죽이고 싶어 할 이들이 널려 있을 것이다. 가문을 풍비박산으로 만든 원수들은 민두혼의 아들을 마주하게 된다면 기겁을 하며 숨통을 끊으려 들겠지. 하지만, 그래도.

"제가, 나리를 모시고 가겠습니다. 황궁에 당도할 때까지 무슨 일이 있어도 나리를 살릴 것입니다. 무사히 황궁에 도착하면 곧장 돌아올 것이니 제가 나리를 모시고 가는 것을 허락하여 주십시오."

가야 했다. 내세를 기약하며 이별을 고한 아비와 생사도 모르는 어미를 대신해 피 한 방울 섞이지 않은 자신의 어미가 되어 준 이의 명줄을 잇기 위해서는 가야만 했다. 느닷없이 나타난 원수의 아들을 기를 쓰고 살려야 했다.

수린의 말 뒤에 따라온 침묵은 길어졌다. 정 의원이 험험 헛기침을 하며 일어섰다.

"그럼 전 어서 약방으로 돌아가 겸이에게 줄 처방과 약재를 준비하겠습니다. 날이 밝자마자 떠나야 할 터이니 서두르는 것이 좋겠지요."

은근슬쩍 기정사실화해 버리는 능청스러움은 침통한 상황에 얹혀져 윤종명으로 하여금 거부할 수 없는 결말을 지어 버렸다. 정 의원이 꾸물꾸물 방을 나가 버리자 윤종명은 허탈한 웃음을 지었다.

"노인네 능청은 해가 갈수록 단수가 높아지는군. 알겠다. 겸이네가 따라 가거라. 헌데 겸아."

"하명하십시오."

"하명이 아니라 부탁을 할 것이다."

"부탁……이라 하셨습니까?"

"그래."

말끝에 힘을 실으며 윤종명은 자리를 옮겨 수린의 옆자리에 앉았다. 그러더니 수린의 손을 지그시 잡았다. 전혀 생각지도 못한 전개에 수린이 놀라 몸을 굳히자 그럴 줄 알았다는 듯 윤종명은 꼭 잡은 수린의 손을 토닥였다.

"겸아 나는 입에 발린 소리는 하지 못한다."

"……."

"내 조카들이 내게 아들 같았다면 너는, 내게 여식이 있었다면 이런 마음이었을 것이라 생각하게 하는 아이였다."

윤종명이 일찍이 하나 있던 어린 아들을 전란 중에 잃었다는 이야기는 풍문으로 들었다. 그래서 조카들에게 정이 각별하다는 것도 쉬이 짐작했다. 그런데 뒤의 이야기는 짐작지도 못한 것이었다. 딸…… 같았다고?

"황궁에 가는 동안 많은 일들이 있을 것이다. 문혁이를 수행하고 있는 자들도 믿지 말거라. 황제 폐하께 문혁이의 신병을 넘기기 전까지는 네가 문혁이의 옆을 꼭 지켜라."

"그, 그러겠습니다."

"경에 가면 너는 많은 이들을 만나게 되겠지. 너의 원수인 내 아우도."

그럴 것이다. 생각만 해도 이가 갈리는 그자를 필시 만나게 되리라. 그자를 떠올리는 것만으로도 저도 모르게 표정이 험해졌다. 윤종명은 그런 수린의 어깨를 가볍게 두드렸다.

"꼭 돌아오거라. 내 옆에. 부디 몸 건강히 무사하게."

많은 의미를 함축하고 있는 말이었다. 원수를 만나더라도 복수심에 자신을 잃지 말라, 경거망동하여 이리들에게 물어뜯길 빌미를 주지 말라, 문혁이 부디 잘 회복할 수 있도록 지켜 주길 바란다. 내 곁에 무사히 돌아오라는 말속에 담긴 의미를 하나하나 짚으며 수린은 겨우 무겁게 고개를 끄덕였다. 대답이 말이 되어 나오지 않음을 윤종명은 굳이 탓하지 않았다.

"그럼 나는 내 처와 채비를 하겠다. 정 의원이 돌아올 동안 문혁이의 옆을 지키고 있거라."

그렇게 옆에서 수발을 들던 계집종까지 윤종명과 처를 따라 나가자 방 안에는 위태로워 보이는 문혁과 수린만이 남았다. 수린은 한참을 동상처럼 앉아 문혁을 바라만 보다가 자시를 알리는 사찰의 종소리가 은은히 들려올 무렵에야 옆에 놓인 깨끗한 무명천을 들고 문혁의 이마에 맺힌 식은땀을 찍어 냈다.

"사셔야 합니다."

일가족을 파탄으로 내몬 원수의 아들 따위, 언제 죽어도 상관없는 일이다. 허나 지금은 아니다. 지금 윤문혁이 죽는다면 수린은 이제야 겨우 마음이 정착한 두 번째 고향을 잃게 될 것이다.

"이대로 돌아가시면 저승에서도 용서치 않을 것입니다. 부디 사십시오."

그때까지 꾹 다물려 있던 문혁의 입술이 파르르 떨렸다. 몽혼(朦昏) 중에도 협박은 들린 건가 싶어 수린은 픽 가볍게 소리 내어 웃었다.

2장

붉은 천이 허공에 나부끼며 물결을 그렸다. 두꺼운 천이 펄럭거리는 소리에 행인들 모두가 약속이나 한 듯 걸음을 멈추고 길가로 물러났다. 수십의 장정들이 걸치고 있는 정교하게 엮은 갑옷이 햇빛에 반사되어 쨍한 빛을 내쏘았다. 화살처럼 쏘아진 빛줄기에 저네들끼리도 눈이 부실 법한데 사내들은 돌을 깎아 만든 자들처럼 표정도 없이 말을 몰았다.

"야 이놈들아, 늙은이를 차라리 죽여라!"

말발굽 소리가 요란한 가운데 울려 퍼지는 사람의 목소리는 카랑카랑한 노인의 목소리 하나뿐이었다.

"멈춰! 환자 구하기 전에 내가 죽겠다!"

노인의 피를 토하는 절규에도 군마들의 속도는 줄어들지 않았다.

"너, 너 이 윤 대장 너! 내 너에게 조만간 필히 살수(殺手)를 쓸 것이다. 두고 보아라!"

무시무시한 저주가 울려 퍼지자 칼날 같던 사내들의 어깨가 조금씩 들썩거렸다.

"큽."

선두에 선 세 명의 사내 중 오른쪽에 있던 자가 참지 못하고 웃음소리를 냈다. 그것이 시발점이 되어 주변에 크고 작은 웃음들이 퍼졌다. 물론, 노인은 자신의 저주에 실소하는 자들에게도 아낌없이 저주를 퍼부어 주었다. 짐승이나 매한가지인 놈들, 망나니가 따로 없는 것들, 도리도 모르는 것들 등등 멀미가 나서 죽어간다는 노인의 욕설은 쉼 없고 기운찼다.

"대장, 잠시 멈출까요?"

네놈들의 밥에 극약을 타고야 말겠다까지 나왔을 때, 선두에 있던 사내를 향해 부관으로 보이는 자가 조심스레 물었다. 그러나 돌아온 것은 몸에 두르고 있는 강철과 같이 단호한 부정이었다.

"저리 기운찬 것을 보니 멀미 좀 한다고 죽지야 않겠지. 명색이 황제 폐하의 건강을 책임지는 황국 제일의 의원인데 자기 멀미쯤이야 다스릴 방도가 있지 않겠느냐."

어차피 멈추리라 기대하고 물은 것은 아니었기에 부관은 순순히 물러나 어의에게 멀미를 좀 진정시킬 물이나 건네라 일렀다. 그리고 나이 지긋한 노인을 짐짝처럼 싣고 가는 게 좋을 리는 없었다. 그러나 사안이 사안이었다. 키득거리던 사내들도 대장의 말에 다시 무표정을 가장하여 말을 몰았다.

이틀이나 지속된 강행군은 사실 장정들에게도 버거운 여정이었다. 중무장의 갑옷과 창검을 갖춘 상태라면 더더욱. 그러나 그 누구도 이의를 제기하는 자는 없었다. 목청 좋은 노인 하나만 빼고.

"서신에 적힌 객잔이 위치한 곳이 다음 마을이라 했던가?"

"그렇습니다."

"속도를 높여야겠다."

단호한 말에 사내들은 일제히 고삐를 쥔 손에 힘을 더했다. 황가(皇家)를 상징하는 선명한 붉은 깃발에 새겨진 금빛 용이 바람에 맞춰 춤을 추었다.


백령제(伯寧帝) 재위 칠 년. 아직 수확을 가늠하기에는 이른 계절임에도 세간에는 유래 없는 대풍이 될 것이라는 기대가 꽃을 피웠다.

"폐하께서 선견지명이 대단하시지. 그 산 중턱에 뜬금없이 호수를 판다 하였을 때 나이도 어린 황제가 제 무덤을 판다 떠드는 자들이 얼마나 많았어. 미친 짓이라던 중남호(重嵐湖)가 나라의 젖줄이 될 줄 그때 누군들 알았겠나."

"암, 경(京)의 모든 논은 폐하의 은총 덕에 황금을 토해 내는 비옥한 땅이 되었지. 태평성대야 태평성대."

"올해는 날씨까지 쨍쨍하니 하늘님도 폐하를 도우시는 거지."

막걸리에 걸쭉하게 젖은 노인들의 목소리가 객잔에 쩌렁쩌렁 울렸다. 껄껄 웃음소리를 들으며 수린은 약재를 담은 주머니를 뒤집어 털었다. 마지막 남아 있던 쑥가루가 허공에 날렸다. 심사가 꼬여 일부러 노인들 쪽으로 가루가 날아가라고 주머니를 흔들었지만 알뜰하게 사용한 쑥은 가루도 얼마 되지 않았다. 등 뒤에서 들리는 칭송의 목소리가 높아질수록 수린의 입가에는 조소가 짙어졌다.

태평성대에 하늘이 내린 성군이라.

참 우스운 일이 아닌가. 안주에는 죄 지은 것도 없이 죄인이 되어 모여 사는 이들이 가득하다. 안주의 이들에게 황제란 천재지변이나 다름없는데 뭍으로 오니 여기에서는 황제가 은혜로운 성군이다.

"필요한 약재는?"

애꿎은 주머니만 계속 털고 있자 문혁의 수행원이 여태 조용하던 입을 열었다. 속으로 이런저런 욕을 읊조리고 있던 수린은 흠칫 손을 멈추었다.

"아, 예, 말린 쑥과 우종초를 좀 부탁드리겠습니다. 제일 중요한 건 삼(蔘)인데 많으면 많을수록 좋으니 구할 수 있는 대로 구해다 주십시오."

가루를 털어 낸 주머니를 건네며 필요한 약재를 일러 주자 사내는 여태 그랬던 것처럼 묵묵히 자리를 떴다. 사내가 떠나는 뒷모습이 사라지자 수린은 객잔의 소란함을 뒤로하고 이 층으로 올라갔다. 한 층 올라왔을 뿐인데 세상만사와 벽이 한 겹 쳐진 것처럼 소란함은 멀게 느껴졌다.

예정된 여정은 황궁까지 쉬지 않고 당도하는 것이었다. 그러나 항구에 정박하자마자 문혁이 한 차례 각혈을 했고 모든 여정은 중지되었다. 정 의원이 시송목의 독에 중독되었을 때 나타날 수 있는 증상들을 모두 일러 주었고 그에 따른 처치법을 상세히 알려 주었기에 수린은 당황 속에서도 문혁을 치료할 수 있었다. 하지만 각혈까지 한 환자를 데리고 더 움직이는 것은 무리라는 데에 일행들 모두가 동의했기에 그들은 근처 마을에서 가장 큰 객잔에 임시로 여장(旅裝)을 풀었다.

전서구를 날리고 정 의원이 적어 준 대로 문혁을 돌보며 객잔에 머문 지 오늘로 열흘.

'황궁에서 이제 답신이 올 법도 한데.'

전서구가 날아갔다 돌아올 시간을 가늠하니 의아함에 고개가 갸웃거려졌다. 고명하신 황제 폐하는 총애하는 황실 학사 나리의 안위가 소문처럼 중요하지는 않으신 건가? 귀하신 양반들 은원이야 알 바 아니지만 제 명줄도 덩달아 달린 일이니 초조해지는 건 어쩔 수가 없는 일이었다.

소리가 나지 않도록 조심해 문을 열자 길게 드리워 햇빛이 들어오지 못하게 막아 둔 천이 살짝 흔들렸다. 수린은 살며시 방에 들어가 문을 닫고 촛불 하나만을 켜 놓은 침상 옆으로 가 앉았다. 흔들리는 촛불이 반듯한 문혁의 옆얼굴 위로 그림자를 드리워 주고 있었다.

각혈 이후 문혁에게 눈에 띄는 변화는 없었다. 호흡도 그대로, 체온도 손을 대면 한기가 느껴지는 그대로. 발작도 없고 움직임조차 없었다.

눈대중으로 몸 상태를 살피고 약재를 구분하여 달여 대고는 있지만 시송목의 독에 중독되었다는 사람을 처음 보았으니 당최 이게 좋아져 가는 것인지 죽어 가는 것인지를 알 방도가 없다. 어의에게 보일 때까지 악화되지 않기만 해 주어도 좋으련만. 정 의원의 지시대로 팔다리의 혈 자리를 눌러 피가 돌게 돕고 손바닥의 마디마디를 주물러 주고 귀며 정수리의 지압까지 꼼꼼히 마치고 나면 이마에 송골송골 땀이 맺힌다. 하루 세 번, 시간에 맞춰 피가 잘 돌게 돕고 약 향을 피워 주면 시송목의 독이 심장까지 침투하는 것을 막을 수 있다고 정 의원은 이야기했다.

"알고 계십니까?"

수린은 약 향을 피우기 위해 작은 향로를 꺼내며 나직하게 중얼거렸다. 의식도 없는 사람에게 들릴 리도 없고, 들어 주기를 바라는 것도 아니었다.

"저는 지금 당장 나리가 돌아가신다 해도 조금도 슬프지 않을 것입니다."

그럼에도 이야기를 꺼내는 것은 그저 한풀이에 가까운 신세 한탄이었다.

"부귀영화를 위해 우리 집안을 몰락시킨 나리의 부친이나 저를 귀찮은 짐짝 처리하듯 안주로 보내 버린 나리의 아우가 죽는다면 슬프지 않은 정도가 아니라 경사스러운 일이겠지요."

넋두리를 늘어놓으면서도 향을 피우는 손은 세심했다. 훈기를 돋워 주는 약 향을 피워 문혁의 머리맡에 올려 주었다.

"나리는 모르실 겁니다. 그 무엇 하나 잘못한 것이 없는데 송두리째 삶이 뜯겨져 나가는 이들의 마음을 말입니다. 아실 필요도 없이 살아오셨겠지요. 저 또한 나리의 부친이 저희 집안을 역적으로 몰아 관적에서 제 아비의 이름을 지우던 그날 이전까지는 몰랐었습니다."

쌉쌀한 향이 방을 채워 가자 열심히 움직인 열기가 더해져 수린의 얼굴이 상기되었다.

"알아주시길 바라지도 않습니다. 다만, 또다시 제 삶을 짓이기지 말아 주십시오. 오고 싶을 때 안주에 와서 멋대로 산에 올라 다치시고, 이리 드러누워 계시는 것만으로도 안주의 이들에게는 명줄을 쥐락펴락하는 행패라는 것, 나리는 모르시겠지만 말입니다. 이대로, 이 일로 죽지만 말아 주십시오."

그 이후에야 어디서 어떻게 죽든 말든 내 알 바 아니라는 말은, 의식이 없는 사람 앞이라도 차마 내뱉을 수 없는 본심이었다.

"그러니까…… 관두지요."

누워 있는 사람 상대로 일장 연설 할 것도 아니고 적당히 하자. 길게 한숨을 내쉬며 자신이 묵는 방으로 돌아가기 위해 문을 열었더니 눈높이에 잘 제련된 철갑옷이 있었다. 뭔가 싶어 들어 올린 시선에 조금 전에 혼잣말로 중얼거렸던 '죽는다면 경사스러울' 것이라 평했던 인물의 얼굴이 떡하니 자리 잡고 있다면 수린이 아니라 그 누구라도 눈이 쟁반만큼 휘둥그레져 뒷걸음질 치며 얼빠진 신음성만 내었을 것이다.

칠 년 전, 남실거리는 화마를 등 뒤에 업고 나타나 수린의 앞에 바위처럼 서 있던 청년은 더 단단하고 날카로운 사내가 되어 있었다. 단 하루도 잊어 본 적 없던 칼처럼 서늘한 눈매가 당황하여 뒤로 물러나는 수린을 보고 가늘어졌다.

들었을까? 안 들렸겠지? 문이 닫혀 있었으니까. 들었다면 당장 칼을 뽑아 들고 날 죽이려 들었겠지 저리 점잖게 있겠어? 그런데 왜 문 앞에 서 있었던 게지? 왔으면 들어올 일이지. 역시 들은 건가? 입 안이 말라 절로 침이 꿀꺽 삼켜졌다. 가만히만 서 있어도 느껴지는 위압감에 살갗이 찌릿거렸다. 저도 모르게 손끝을 더듬어 뭔가 손에 쥐고 지탱할 것을 찾게 되는 그런 종류의 압박감이 수린을 눌렀다.

사내는 그런 수린을 물끄러미 바라보다가 성큼 한 걸음 다가왔다. 뒤에는 환자가 누워 있는 침상, 앞에는 다가오고 있는 사내. 그렇다면 피할 곳은 옆이었다. 게걸음으로 슬금슬금 몸을 빼자 수린은 안중에도 없다는 듯 사내는 침상으로 다가가 미동도 없이 누운 자신의 형제를 바라보았다.

조금 전에 돌본 터라 조금은 혈색이 돌아와 있는 문혁을 바라보던 사내, 병호(兵虎) 대대장 명광장군(明光將軍) 윤천강은 한참을 소리 없이 서 있다가 이윽고 흐트러진 베개 맡의 머리카락 쪽으로 손을 뻗었다.

수린의 다급히 손을 휘저었다. 제지를 한다는 것이 마음이 급해서 그만 혀를 깨물고 싶은 실수를 하고 말았다. 찰싹— 작은 소리였지만 적막을 깨기에는 부족하지 않은 정도의 소리였다. 자신이 쳐 놓고도 수린은 소스라치게 놀랐다.

"조, 조, 조금 전에 혈을 자극하였습니다. 손대지 마십시오. 자칫하면 큰일이 날 수도 있습니다."

황급히 변명했지만 치켜 올라간 천강의 눈썹이 간담을 서늘케 했다. 뻗으려던 손을 거두지도 않고 동상처럼 서 있으니 더더욱 피가 마르는 것도 당연했다.

"의원이냐?"

한참 만에 나온 저음의 목소리는 방 안 가득 퍼진 약 향과 함께 바닥에 깔렸다. 수린은 대답을 할 수가 없었다. 의원이 아니니 그렇다 할 수도 없었고 의원이 아니라 대답하자니 감히 손을 쳐 버린 일로 경을 칠 것 같았기 때문이다. 천만다행으로 침묵을 긍정으로 받아들였는지 별다른 질책 없이 천강은 몸을 돌려 문으로 향했다.

"한 식경 후면 어의가 도착할 것이다. 그간 사용해 온 약재와 처치법을 상세히 일러 주어라. 상태가 호전되는 대로 황궁으로 향할 것이니 미리 채비를 해 두는 것도 잊지 마라."

문혁의 상태가 악화되는 것은 애저녁에 논외인 모양이었다. 수린의 대답은 들을 생각도 없었는지 그 말과 함께 천강은 닫힌 문 뒤로 사라졌다. 동시에 수린은 긴장이 풀려 그 자리에 주저앉고 말았다.

※　　※　　※

어의 성태흥은 삼대에 걸쳐 황가의 주인들을 돌보아 왔다. 푸 릇한 수염이 나기도 전인 어린 시절부터 스승을 좇아 황실의 일원들을 치료해 오며 하얀 서리가 머리 위에 내려앉은 오늘까지, 성태홍에게는 수없이 많은 위기들이 있었다. 그러나 단언하건대, 오늘만큼 일신의 위협을 느낀 적은 없었다.

의술에 관해서라면 천하에서 손꼽히기에 스스로의 건강 또한 늘 철저히 단속하여 왔다 자부했는데 갑자기 들이닥친 횡액 같은 놈들이 그 자부심을 깨부쉈다.

"어, 어흑. 어."

"괜찮으십니까?"

"허, 그윽. 어억."

네놈이라면 괜찮겠냐? 아비뻘도 훌쩍 넘는 노인을 짐짝처럼 다루니 재미있더냐. 육시럴 놈들. 벼락 맞아라. 목구멍 안쪽에서 흘러나오는 신음에는 많은 말이 담겨 있었다. 타심통(他心通)이 있을 리 없는 천강의 부관은 고개를 끄덕이며 웃었다.

"괜찮으신 것 같아서 다행입니다. 어서 내리시지요."

"그허억."

이놈은 좀 괜찮은 놈인 줄 알았는데 이놈도 만만치 않은 놈이었다. 하긴 멀쩡한 놈이 십 년이나 윤천강의 부관을 할 수 있을 리가 없었다.

"학사께서는 이 층에 누워 계시다 합니다. 우선 올라가 상태를 살펴보시지요."

이, 이 쳐 죽일 놈을 봤나.

"그, 흡."

배 속이 뒤틀렸다.

"어르신?"

물이나 한 잔 주든가, 쉴 짬을 주든가. 멀미 때문에 당장 몸이 넘어갈 판에 올라가서 환자부터 보라니. 이놈들은 머릿속까지 창검이 들어차 있어서 생각이라는 게 없는 것이 분명했다. 말이 나오지도 않았거니와 말을 해도 일단 올라가서 물 주겠다는 대답이나 나올 게 뻔해서, 그는 눈앞의 청년에게 손가락을 까딱거렸다. 왜 그러냐는 얼굴로 다가온 청년의 목에 팔을 척 두르자 부관은 영문 모르고 눈을 끔뻑거렸지만 고개로 까딱 이 층을 가리키자 아, 하며 대번에 마른 노인의 몸을 안아 들었다. 눈치가 없는 게 아니라 부러 모른 척한 게 맞구만.

단단히 근육을 두른 거구의 청년은 어렵지 않게 이 층까지 성태홍을 옮겨 주었다. 후들거리는 다리에 겨우겨우 힘을 실어 일어서며 부관 청년에게 이제 그만 물러가 있으라는 뜻으로 손을 흔들자 그는 알겠다며 고개를 숙이고 문 옆 벽에 붙어 섰다.

거 내려가 있지. 사람 신경 쓰이게. 하지만 말을 더 보탤 기운이 없어 그냥 내버려 두고 문을 밀었다.

스르륵 문이 열리자 멍하니 방에 앉아 있던 인영(人影) 하나가 화들짝 놀라며 벌떡 일어섰다. 볕에 그을린 볼이 건강한 혈색을 띠고 있는 청년이었다. 몸을 떨며 들어오는 노인을 보고 무어라 말을 해야 좋을지 알 수 없다는 기색이라, 성태홍은 부들부들 떠는 와중에도 되었다고 앉으라 손짓했다. 침상 옆까지 간신히 걸어가 털썩 의자에 앉자 어찌할 줄 모르고 있던 청년이 죽통에 담겨 있던 물을 잔에 따라 내밀었다.

"물, 한 잔 드시겠습니까?"

입술이 바짝 마른 노인을 대하는 지극히 당연한 행동이었음에도 불구, 며칠 동안 짐승 같은 놈들에게 그런 사소한 배려조차 받지 못했던 성태홍에게는 그 작은 배려가 이루 말할 수 없는 감동이었다. 물이 고팠던 참이라 얼른 받아서 단숨에 벌컥 들이켜자 눈치 빠르게도 청년은 얼른 다시 물을 따라 내밀었다. 두 잔이나 물을 마시니 그제야 좀 숨이 돌아온 그는 눈치 빠르고 기특한 청년을 바라보았다. 눈앞의 인물이 곱상하니 반듯하고 참해 보이는 것은 물을 준 것에 대한 호감 때문만은 아니었다.

"자네 이름은?"

"미…… 아, 겸이라 불러 주십시오."

서둘러 말을 얼버무리는 모습이 더 캐묻지 말라는 거절인 듯해서 알았다고 고개를 끄덕이고 그제야 본연의 임무였던 환자를 돌아보았다.

"어디 보자. 윤 학사께서 시송목의 독에 중독되시었다……."

펄럭 소매를 걷어붙이고 손가락 끝으로 환자의 호흡부터 가늠하는 노인의 모습에서 조금 전까지 벌벌 떨던 기색은 찾아볼 수도 없었다. 일순간에 다른 이가 된 듯 진지하고 예기(銳氣)가 느껴지는 모습에 숨소리도 함부로 낼 수가 없을 것 같았다. 그 덕에 뒤에 서 있던 수린은 나가지도 못하고 어색하게 서 있어야 했다.

정수리부터 발끝까지 문혁을 꼼꼼하게 살핀 후, 어의 성태홍은 수린에게 물었다.

"자네가 윤 학사를 돌보았는가?"

"그렇습니다."

"처방도 스스로 하였는가?"

"그렇지 않습니다. 안주에 계시는 정 의원께서 처방하신 대로 따랐습니다."

"그 처방, 내가 좀 볼 수 있겠는가?"

항상 문혁의 옆에 머물며 필요한 때마다 보아야 했기에 정 의원이 적어 준 처방과 치료법은 문혁의 옆에 놓아두었었다. 수린이 얼른 종이를 찾아 건네자 그는 한 글자 한 글자 찬찬히 읽어 내려갔다.

"흠 그래. 이렇게……."

말끝이 흐려지니 불안해진다. 무언가 잘못되기라도 한 걸까? 스멀스멀 커지는 수린의 우려와는 다르게 글자를 읽어 내려갈수록 늙은 어의의 얼굴은 조금 밝아졌다.

"그렇지. 이리한 게로군."

고개를 끄덕이며 읽어 내려가다 종내는 감탄사까지 내뱉는다.

"옳지! 처방이며 치료가 아주 잘되었군. 이 처방을 쓴 의원의 이름은 무엇인가?"

말해도 되는 건가? 정 의원에게 달려 있는 죄인의 꼬리표가 신경 쓰였지만 안주에 있는 죄인들의 신상 명세 정도는 극비 사항도 아니라 황제의 어의라면 어렵지 않게 알아낼 수 있는 정보다. 수린이 대답하지 않더라도 쉬이 알아낼 일이었다.

"정도보라는 성함의 의원이십니다."

"안주에 거주하는 이 정도 실력의 의원이라 함은 필시 망국의 어의 정도는 되는 자렸다?"

그 추측이 정확했기에 굳이 대답은 하지 않았다.

"내가 했었대도 이 이상 잘 처치하며 치료해 올 수는 없었을 게야. 천혈삼이 없는 이상 이리 치료하는 게 정답이지. 그런데 말이야."

중간에 말꼬리를 자르고 그가 수린을 바라보았다.

"처방도 처방이지만 이리 정확하게 지시대로 환자를 치료한 자네도 대단하군. 의술을 배운 적이 있는가?"

"과찬이십니다. 워낙 잘 일러 주셔서 그대로 따른 것뿐입니다. 약방에서 심부름을 하며 어깨너머로 본 게 다일 뿐, 의술은 제게 가당치도 않은 말입니다."

"아니지. 아니야. 어깨너머로 본 것만으로 중환자의 혈을 다스리고 이리 많은 약재들을 시의적절하게 쓸 수 있을 리가 있나. 정식으로 의술을 배운 적이 없다는 건 죄인인 신분 탓에 의적(醫籍)에 이름을 올리지 않았다는 이야기겠지?"

정말 정식으로 의술을 배워 본 적이 없는데. 어의는 이미 수린을 초야에 묻힌 천재 의원의 불운한 수제자쯤으로 판단한 모양이었다.

"불한당 같은 놈들이 시중 들어 줄 사람 데려올 짬도 안 주고 끌고 왔는데 잘되었구만. 자네가 내 손 좀 거들어 주게나."

이미 방에 들어설 때의 녹초가 된 노인의 모습은 온데간데없고 치료해야 할 환자 앞에서 눈을 빛내는 천하제일의 의원만이 남아 있었다. 뭐라 말을 붙일 틈도 없이 수린은 얼결에 그의 조수가 되어야 했다.

※　※　※

전설의 약재라는 이름답게 천혈삼을 달여 복용시키자마자 문혁의 상태는 눈에 띄게 달라졌다. 한기가 느껴지던 살갗 아래에서 온기가 돌고 온 신경을 집중해야 겨우 들리던 숨소리도 보통 사람처럼 커졌다.

"황제 폐하께서 황궁 약재실에 있던 천혈삼을 모조리 보내셨지. 하지만 열 뿌리 모두를 쓸 필요도 없어. 세 뿌리만 써도 윤학사는 자리를 털고 일어날 게야."

한 뿌리만으로도 확연히 달라진 것이 눈에 보였기에 수린은 어의의 말을 믿어 의심치 않았다. 며칠씩 간격을 두고 한 뿌리씩 달여 먹이며 기존의 치료법을 병행하면 된다는 이야기에, 그렇다면 빠르면 열흘 안에 안주로 돌아갈 수도 있겠구나 안도하는 것도 잠시……. 뒤통수에 또 느껴지는 시선에 수린은 오만상을 구겼다.

아니 저 작자는 왜 움직이지도 않고 저러고 있단 말인가.

어의를 데리고 온 그날 밤부터 윤천강은 방 한구석에 앉아 팔짱을 낀 채 동상처럼 미동도 없이 수린의 뒤통수만 뚫어지게 바라보고 있었다. 환자 치료하는 데 신경 거슬리니 나가라는 어의의 말에도 어깨를 으쓱하며 숨소리도 안 내고 있을 터이니 짐짝인

셈 치라고 얘기한 천강은 정말 숨소리도 내지 않고 미동도 없이 자리를 지켰다.

허나 말이 짐짝 취급이지 덩치는 산만 해 가지고 눈에서는 불이라도 쏘아져 나오는 것처럼 눈빛이 형형한 사내를 없는 셈 치기란 쉽지 않았다. 게다가 그 사내가 불편할 정도로 자신을 주시하고 있다면 더더욱.

"몹쓸 놈. 누가 제 형 잡을까 봐 저러나. 사람 불편하게 하는 데는 재주가 특출 나지 원."

여기까지 오는 과정에서 천강에게 단단히 심사가 뒤틀린 어의는 틈만 나면 들으란 듯 구시렁거렸다. 몇 발짝만 걸으면 벽에 부딪치는 작은 방 안에서 자신의 험담이 안 들릴 리 없었건만 고집스럽게 자리를 지키고 있는 것이 그의 성격의 단면을 보여 주는 듯해 수린은 마음 한쪽이 무거워졌다. 고집스럽고, 묵직하고, 집요할 것이다. 만약 문혁이 무사하지 못한다면 저 고집스러운 집요함이 어떻게 표출될지는 뻔하지 않겠는가.

'그러니까 빨리 일어나라고요.'

부담스러운 시선 탓에 짜증스러워진 기분을 괜스레 누워 있는 환자를 쿡 찌르는 것으로 화풀이해 버렸다.

"아니 아니, 옆구리 혈은 안 건드려도 된다네. 단전 근처는 잘못 건드리면 큰일 나."

그런데 수린의 화풀이를 치료의 일환으로 오해한 어의가 한마디 건넸고, 그 바람에 안 그래도 집요하던 시선에 불이 켜졌다. 수린은 입가를 틀어 억지웃음을 지었다.

"하, 하하. 혈 자리를 건드린 게 아니라 어서 일어나시라 기운을 넣어 드리고 싶어서 말입니다."

"실없기는. 기운 넣어 주는 방법도 특이하구만. 그리 기운 넣어 주고 싶으면 약방에 가서 침탕기(針帑器)에 넣을 마른 쑥이나 사 오게. 늘 쓰던 거 말고 오늘은 중간쯤 마른 걸로."

자리를 피하고픈 마음에 얼른 고개를 끄덕이고 일어서는데 드르륵 의자 밀리는 소리가 들려온다. 설마? 싶어 고개를 돌리자 혹시나가 역시나였다. 천강이 자리에서 일어나 수린에게 다가오는 게 아닌가.

"어이쿠, 윤 대장 살아 있었구만! 이런 경사가 다 있나! 난 또 그 자리에서 돌이 되어 붙어 버린 줄 알고 이 비보를 황궁에 알리려 했지 뭔가."

어의가 미운털이 박힌 천강에게 잔뜩 비꼬아 말했지만 천강은 아랑곳하지 않고 수린에게 어서 앞장서라는 듯 고개를 까딱거릴 뿐이었다.

죄인의 신분인 수린을 혼자 활보하게 둘 수 없는 건 당연하지만 왜 굳이, 일행의 우두머리인 천강이 따라오겠다는 것인지 수린은 납득되지 않았다. 물론 천강이 수린을 납득시켜 가며 움직여야 할 상냥함까지 갖추어야 할 필요는 없었기에 어서 안 가고 뭐 하냐는 듯한 시선만 던질 뿐이었다.

"안 가고 뭐 하는가? 그러고 날 샐 게야?"

속도 모르는 어의는 어색한 거리에서 대치 중인 두 사람에게 빨리 나가라고 재촉을 했다. 이리된 이상 서둘러 다녀와 버리는 게 좋겠다 싶어진 수린은 잰걸음으로 방을 나섰다. 누가 보아도 걷는 것이라 정의하기엔 지나치게 빠른 속도였건만, 천강은 슬슬 걸으면서도 수린의 뒤에서 일정 거리 이상 떨어지지 않게 따라왔다. 객잔 입구에서, 거리로 나가는 길목에서 무장한 사내들이 천강을 보고 예를 갖춰 고개를 숙였다.

아예 객잔 안에 중요한 사람이 머물고 있다고 고래고래 소리를 지르고 다니지. 대놓고 무장한 사내들이 저리 진을 치고 있으면 모르는 사람이 그냥 지나가다가도 호기심이 생겨 한 번 더 돌아볼 것이 아닌가.

수린의 예상은 어긋나지 않았다. 객잔을 뒤로하자 수하들은 사라졌지만 가장 눈에 띄는 사내가 수린에게 꼬리표처럼 따라붙었기 때문에 약방에 도착할 때까지 온 거리 사람들의 시선이 그들에게 쏠렸다. 길거리에 오가는 다른 사내들보다 한 뼘은 족히 더 키가 커서 안 그래도 한 번쯤 눈이 가는데 보기 드문 중갑옷까지 걸치고 있으니 사내들의 호기 어린 시선에 여인들의 반짝거리는 눈빛까지 한 몸에 모으는 건 일도 아니었다. 그런 사내가 뒤를 따라오니 수린에게도 덩달아 눈들이 따라와 머물렀다.

"황제 폐하의 친위대?"

"아니야. 병호대(兵虎隊)라던데."

"그게 뭔가? 붉은 깃발을 들고 있던데 어차피 황제 폐하의 군대 아니야?"

"나도 정확히는 모르지. 여하튼 황제 폐하 직속은 아니고 별동대(別動隊)처럼 움직이는 군대라던데."

"뭔지는 몰라도 모양 나는구만."

수린에게 저잣거리의 수군거림은 예사로 들리지 않았다. 황궁에서 멀리 떨어진 작은 항구 마을에까지 이름을 아는 사람이 있다는 건 천강을 비롯한 휘하의 병사들은 꽤나 유명세를 떨치고 있는 집단이라는 의미가 아닌가.

수린은 슬쩍 곁눈질로 천강을 흘겨보았다. 스물대여섯쯤 되었으려나. 기억을 더듬어 보면 그 악몽 같던 밤, 수린의 집 앞마당에 들이닥쳤을 때의 천강은 어린 티가 났던 것도 같다. 그때는 워낙 무섭고 경황이 없어 갑옷 두른 자들이 모조리 시커먼 악귀로만 보였지만 지금 저리 젊다는 건 칠 년 전에는 풋내가 가시지 않은 소년이었다는 얘기다.

암만 황제의 측근이라 하나 어린 나이에 황명을 직접 받들 장수가 되려면 주변의 반발을 누를 괄목할 만한 결과물이 있어야 했을 것이다. 그게 무엇이었을까. 수린은 열심히 옛 기억을 더듬어 보았다. 십 년 전쯤의 산적 떼 토벌? 아니면 그 후의 도대항(桃袋港) 봉쇄? 그도 아니면 선황제의 와병(臥病) 중 일어났던 충연군의 반란 사건이었을까?

사실 그 세 가지 모두가 천강의 업적이었지만 그것까지 알 리 없는 수린은 천강이 생각보다 세(勢)가 큰 인물이었구나 어림짐작할 뿐이었다.

불편하기 짝이 없는 동행이었지만 둘 사이에 말은 한 마디 오고 가지 않고 걷는 데에만 매진했기 때문에 금세 목적지인 약방에 도착할 수 있었다.

"꽃도령. 어서 오시게."

몇 번 보았다고 반색을 하는 초로(初老)의 약방 의원은 몇 번이나 거절한 호칭으로 수린을 부르며 다가왔다.

"의원님. 그, 꽃도령이라는 말은……."

"무에 어때서. 칙칙한 약초 다발만 보다 해사한 도령 얼굴 보니 반가워 그러는데."

껄껄 웃으면서 오늘은 뭘 줄까 물으며 약초 다발을 뒤적이던 의원은 수린의 뒤에 그림자가 슥 드리워지는 걸 보더니 웃음을 멈췄다. 높지 않은 약방 천장은 장신인 천강이 들어서자 꽉 들어차 보였다. 단박에 어두워진 실내에 눈이 어두운 노인은 인상을 썼다.

"동행이신가? 오늘은 늘 같이 오던 청년이 아니구만?"

"그리되었습니다. 오늘은 침탕기에 넣을 쑥을 좀 넉넉히 주십시오. 늘 주시던 것보다 덜 마른 것으로요."

"그래. 그럼세."

약방을 훑는 천강의 시선이 곱지 않은 탓에 의원은 지은 죄도 없이 불편해서 얼른 수린이 요구한 마른 쑥을 주둥이가 다물어지지 않을 정도로 가득 담은 주머니를 내밀었다. 평소보다 서두르는 의원의 기색을 모를 리 없는 수린은 그 불편함의 근원을 끌고 온 것이 못내 미안해서 부러 더 웃었다.

"다음에 또 뵙겠습니다. 안녕히 계십시오."

여느 때였다면 차라도 한잔하고 가라 말을 건넸겠지만 꽃도령이 달고 온 장승같은 사내의 존재가 여간 거슬리는 것이 아니었다.

의원은 알았노라 고개를 끄덕였고 수린은 이 어색한 동행을 어서 끝내고 싶은 마음에 후다닥 약방을 나섰다.

"엇!"

"어이쿠!"

앞도 제대로 보지 않고 지나치게 서두른 탓에 약방을 나서자마자 마침 지나가던 행인과 충돌한 것은 참 애석한 일이었다. 주둥이가 다물어지지 않은 주머니에 들어 있던 덜 마른 쑥이 충돌과 함께 그 행인의 옷에 얼룩을 만들어 버린 것은 더더욱. 비틀거리며 물러나 주머니를 사수한 수린은 자신이 저지른 일을 확인하고 사색이 되었다.

"이, 이게 뭐냐!"

수린의 또래쯤 되었을까. 번드르르한 낯을 한 남자가 자신의 연한 호박색 비단옷에 얼룩진 쑥물을 보고 소리를 질렀다. 남자의 양옆에 서 있던 시종으로 보이는 두 남자는 대경실색하여 어쩔 줄을 몰라 했다.

"도련님, 진정하십시오."

"어, 어서 옷을 벗어 빨면, 컥!"

뒷말 대신 외마디 비명이 말끝을 맺었다. 남자가 시종의 복부를 걷어차 버린 것이다.

"옷을 벗어? 나더러 이 대로변에서 옷을 벗으라 말했느냐 네가? 응!"

"도, 도련, 아악!"

자신의 시종이 쓰러지자 인정사정없이 그 안면을 걷어차 버린 남자는 죽일 듯이 씩씩거리며 수린을 노려보았다. 수린은 화들짝 놀랐지만 분명 자신이 잘못한 일이었기에 고개를 숙였다.

"용서하십시오. 앞을 살피지 못했습니다."

"하, 용서라? 사람 죽여 놓고도 용서하라 할 참이나?"

고작 옷에 풀물 좀 든 것 가지고 사람 목숨 운운까지 하는 심보가 고약스러웠다. 그러나 잘못은 잘못. 수린은 재차 사죄했다.

"얼룩진 옷은 제가 묵고 있는 곳으로 보내 주시면 어떻게든 깨끗하게 빨아 다시 가져다 드리겠습니다. 노여움 푸시고 용서해 주십시오."

"이 건방진 천것이 제가 잘못해 놓고 어디서 훈계질이야."

남자는 성큼 다가와 고개를 숙이고 있는 수린의 멱살을 우악스럽게 잡아 올렸다. 그러고는 순간 멈칫했다.

멀리서 보았을 때는 작은 체구의 볼품없는 사내라 생각했는데 들어 올린 얼굴은 참으로 맑고 단정했다. 입고 있는 옷이 아니라면 계집이라 착각했을 정도로 갸름한 얼굴에는 맞춤하게 자리 잡은 이목구비가 선한 인상을 자아내고 있었다.

까만 눈동자가 담긴 눈매가 불편하게 일그러지자 남자는 멈칫했던 자신의 행동이 아차 싶어 집어 던지듯 수린을 밀쳐 냈다. 확 떠밀린 수린은 휘청거리며 뒷걸음질 치다가 단단한 무언가에 부딪쳐 멈춰야 했다. 반사적으로 돌아보니 그것은 꼬리표처럼 수린의 뒤를 따라오던 천강이였다.

남자는 분이 풀리지 않았는지 거친 걸음으로 척척 다가와 수린이 그 와중에도 꼭 쥐고 있던 주머니를 확 낚아챘다.

"이 너절한 풀 나부랭이 따위!"

"그, 그건 안……!"

주변에 하나밖에 없는 약방에서 거의 다 챙겨 주다시피 한 약재인데. 저게 망가지면 다시 구하기 힘들 것이다. 남자가 패대기 치려고 하는 주머니를 향해 수린은 손을 뻗었다. 남자는 그런 수린을 보고 입가를 비틀어 비웃음을 날렸다. 키 차이 때문에 손이 닿지 않는 것을 조롱하듯, 남자는 수린의 손을 피해 주머니를 집어 던졌다.

그러나 주머니는 남자의 의도대로 땅바닥에 떨어지지 않았다. 남자보다 한참이나 긴 팔이 여유롭게 주머니를 허공에서 받아 낸 것이었다. 남자와 수린이 동시에 팔의 주인을 바라보았다. 그 팔의 주인, 천강은 자신을 바라보는 시선은 아무렇지도 않다는 듯 흘려 넘기며 수린에게 다가와 수린의 팔뚝을 잡아끌었다.

"가지. 시간이 지체되면 곤란하니."

"예? 그, 그렇지만."

갑작스러운 난입에 분풀이도 마저 못 한 남자를 두고? 아니나 다를까 남자는 천강의 등장에 당황하다가 이내 얼굴까지 시뻘게져서 소리를 질렀다.

"가기는 어디를 가! 오호라, 네가 이놈 상전이냐? 그럼 주인인 네가 책임을 져야겠구나."

중무장 갑옷의 위풍당당한 무사와 초라하기 짝이 없는 옷차림에 체구도 작은 사내가 함께 있으면 주인과 시종으로 보이는 게 당연했다. 하지만 알면서도 확 화가 치밀어 오르는 건 어쩔 수가 없는 일이다. 수린이 화를 삭이느라 입술을 꼭 깨무는 걸 다른 뜻으로 받아들인 남자는 더욱 흥분해서 날뛰었다.

"지은 죄가 있는 주제에 인상을 써? 감히 네 주인을 모욕했다 이거냐? 종놈 교육도 제대로 못 시키는 주인 놈이나, 버르장머리 라고는 찾아볼 수 없는 종놈이나 매한가지로군."

남자는 머리끝까지 화가 나 있는 상태였다. 그도 그럴 것이 오늘은 소미각(素美閣)의 제일미(第一美)인 기생 미양(迷亮)에게 어렵게 수청 약조를 받아 낸 날이었던 것이다. 콧대 높고 도도한 계집을 품어 보겠다고 소미각 문턱이 닳도록 드나든 것이 어언 석 달. 근방에서는 나름 유지(有志)로 이름을 떨치고 있는 아비 명조량의 이름에도 까딱하지 않던 미양이 수서에서 어렵게 구해 온 홍옥 노리개에 넘어가 드디어 하룻밤의 약조를 얻어 내었는데! 하필이면 오늘 같은 날 큰 마음먹고 차려입은 최고급 비단옷을 무뢰한 놈 때문에 망쳐 버린 참이다.

원래 성질대로라면 눈에 보이는 것들을 닥치는 대로 집어 던지며 분풀이를 했을 그였다. 그러나 그런 그의 눈에도 범상치 않아 보이는 천강의 기운과 보기 드문 무장은 예사로 보이지 않았다.

"나는 명조량의 아들 명원백이다."

남자는 되는 대로 분풀이하는 대신 씩씩거리며 이름을 밝혔다. 이쯤만 말해도 근방에서는 몸을 떨지 않는 자가 없었다. 그런데 눈앞의 두 놈들은 그래서 뭐? 하는 얼굴이었다. 그 덕에 명원백의 분노는 배가 되었다. 그는 다시 한 번 화를 꾹 눌렀다.

"본래대로라면 종놈 관리를 못 한 주인에게도 책임을 물어야 할 것이나 창졸간에 일어난 일이니 그리하지는 않겠다. 대신 네 종놈을 나한테 팔아라. 값은 부르는 대로 쳐줄 것이니."

오늘은 미양을 만나야 하니 일단 저놈을 사서 광에 가둬 며칠 굶긴 후 분이 풀릴 때까지 매질을 해 줄 참이었다. 창칼을 잡는 놈이니 비싸게 쳐준다면 좋아라 바가지를 씌우겠지만 노비들 값 두 배 정도는 이 화를 가라앉히는데 아깝지 않았다. 자신의 제안에 놀라서 눈이 배로 커진 수린의 얼굴을 보자 명원백의 기분은 벌써부터 한결 나아지기 시작했다. 저놈을 어떻게 괴롭혀 줄까. 저 동그란 눈이 애원하며 눈물을 흘릴 걸 생각하니 배 속이 찌릿하게 자극되었다.

"뭔가 잘못 알고 있군."

헌데 중저음의 목소리가 명원백의 예상과는 다른 말을 뱉었다. 명원백의 사나운 눈매가 치켜 올라갔다.

"이자는 황제 폐하의 명을 받들고 있는 자다. 사고팔 수 있는 이가 아니지."

황명? 저 초라한 행색을 하고 있는 자가 무슨 황명을 수행한다는 말인가? 믿을 수 없다 이야기하는 시선에 수린은 저도 모르게 낯이 뜨거워졌다. 초라한 행색이 부끄러워서도 아니고, 신세가 한탄스러워서도 아니었다. 명원백이라 자신을 밝힌 자의 시선이 지나치게 노골적이었기 때문이었다. 저도 모르게 얼굴이 붉어진 수린을 슥 한 번 내려다보고, 천강은 수린의 앞으로 나섰다.

이것들이 뭐하자는 짓거리인가 하고 명원백이 소리를 버럭 지르려는데 반짝이는 것이 눈앞으로 날아왔다. 본능적으로 날아오는 것은 받아 들어 보자, 그것은 꽤나 두툼한 금화였다. 부유한 집안에서 부족함 없이 살아온 명원백 자신도 처음 보는 두께의 금화에 눈이 휘둥그레진 사이, 천강은 수린의 팔을 끌고 몸을 돌리고 있었다.

"옷값으로 부족하면 찾아와라."

어디로 찾아오라는 말도, 누구를 찾아오라는 말도 없었다. 그리고 명원백도 더 묻지 않았다. 아니, 물을 수가 없었다. 어지간한 비단옷 열 벌은 사고도 남을 만한 금화의 가치를 모를 수가 없었기 때문이었다.

그대로 객잔으로 돌아가는 줄 알았는데 천강이 수린을 질질 끌고 간 곳은 객잔과는 반대 방향이었다.

"여기는 돌아가는 길이 아닙니다."

수린의 당연한 항의에 천강은 무시로 답했다. 대답도 없이 그저 끌고 가는 게 화가 나 안 가려고 발에 힘을 주어 봤지만 소용 없는 일이었다. 뭘 먹고 이리 힘이 센지, 온몸에 힘을 다 실어 팔을 빼려고 해도 천강은 조금도 힘든 기색 없이 수린을 짚 인형처럼 가볍게 끌고 갈 뿐이었다.

"대체 어딜 가십니까?!"

되도록이면 말을 섞지 않고 지내고 싶은 인물이었는데 이리 말문을 트게 될 줄 누가 예상했겠는가. 울화통이 터져 빽 소리를 지르자 그제야 천강은 흘깃 수린을 돌아보았지만 그뿐, 가던 걸음을 멈추지는 않았다.

"아니 뭘 어쩌시려고⋯⋯!"

불현듯 입이 다물어졌다. 순간 불길한 상상이 뒤통수를 엄습한 것이다. 설마하니 그때 넋두리한 것을 이제 와서 문제 삼으려는 건가? 아니면 사람이 없는 곳으로 끌고 가 민씨 집안의 마지막 일원을 처리하려는 것일 수도 있다. 그도 아니면 자신의 형제를 음해한 위험인물이라고 판단해서 스스로 처단하려고?

"아, 안 가겠습니다! 저는 먼저 돌아가 있을 터이니 용무가 있으시면 혼자 가십시오!"

천강에게 잡힌 팔을 풀려고 마구 흔들어 보았지만 천강은 끄떡도 하지 않았다. 수린의 저항을 가볍게 묵살하고 외려 귀찮다는 기색을 드러내며 걸음을 빨리하는 게 아닌가.

"좀 놓으십시오!"

고래고래 소리를 질러 길 가던 사람들이 모두 돌아보았지만 수린은 부러 더 소리를 질렀다. 낯 뜨거워서라도 놓겠지, 하는 마음이었는데 그것은 수린이 천강에 대해 잘 모르기 때문에 내린 오판이었다. 천강은 사람들이 쳐다보든 말든 참견하든 말든 조금도 아랑곳하지 않는 성미의 소유자였다.

혼자 바위를 상대로 소리치고 버둥거리는 것도 한계가 있어 대로를 두 개쯤 지났을 때는 수린도 기진맥진해 버렸다. 꿋꿋하게 수린을 끌고 온 천강은 헥헥거리는 수린을 가볍게 한 상점 안으로 휙 집어넣었다.

"어이쿠 어서 오십시오!"

살집이 넉넉한 중년 남성이 상점 안으로 들어선 수린과 천강에게 손을 비비며 다가와 큰 소리로 인사를 건넸다. 겨우 팔이 풀린 수린은 꽉 잡혀 얼얼한 팔뚝을 문지르며 급작스레 들어오게 된 상점을 얼떨떨한 얼굴로 둘러보았다.

"비단을 사시렵니까? 아니면 옷을 사시러 오셨나요?"

반짝거리는 비단과 윤기가 매끄러운 색색의 천들이 벽면을 빼곡하게 채우고 있었다. 반대쪽에는 노련한 솜씨로 지어진 모양 좋은 옷가지들이 걸려 있었다. 포목과 옷을 파는 상점인 모양이었다. 수린을 먼저 집어넣고 자신은 서두르는 기색도 없이 천천히 걸어 들어온 천강은 벽에 걸린 옷가지들을 슥 둘러보더니 망설이는 기색도 없이 옷을 집어 들었다.

'뭐야, 옷 사러 온 거였어?'

그러면 그렇다고 말해 주면 입이 찢어지기라도 한단 말인가? 별 불길한 상상에 간담이 오그라드는 줄 알았네. 수린은 속으로만 욕하며 천강의 뒤로 물러났다. 그런 수린에게 천강이 던진 옷이 날아왔다.

"엇!"

시야를 가리며 날아오는 옷을 허둥지둥 받아 들자 또 옷 하나가 날아온다. 수습하기가 무섭게 또 하나가 날아왔다.

'저놈이 진짜!'

옷 사는데 시종이 필요하면 제 수하들이나 데리고 오든가. 어서 약초 가지고 돌아가야 하는데 이게 무슨 도깨비놀음이냔 말이다. 수린이 이를 갈든 말든 옷 다섯 벌을 골라 집어 던진 천강은 주인에게 다가가 말했다.

"옷 갈아입을 곳은 있겠지?"

"암요. 나리. 이 안쪽에 들어가시면 옷을 갈아입으실 수 있는 방이 있습니다요. 헌데……."

주인은 수린이 들고 있는 옷 더미를 보며 고개를 갸웃거렸다.

"고르신 옷들은 나리가 입으시기엔 작을 것 같습니다만."

"내가 입을 게 아니다."

그럼? 하고 묻는 주인에게 대답하지 않고 천강은 수린을 향해 고개를 까딱거렸다.

"갈아입고 나와라."

"네?"

내 옷이었단 말인가? 수린은 옷들이 흘러내리는 것도 모르고 입을 벌렸다. 천강은 벌써 셈을 마치고 문으로 향하고 있었다.

"오래 기다리지 않겠다. 바로 나와라."

그러고는 정말로 먼저 나가 버리는 게 아닌가. 옷가지 몇 벌에 금화를 받아 입이 귀에 걸린 주인은 어서 갈아입으라며 수린의 등을 떠밀었지만 수린은 주춤거리며 천강이 자신을 향해 던졌던 옷들을 펼쳐 보았다.

눈대중으로 가늠해 보니 자신의 몸에 얼추 맞을 것 같은 옷들이다. 비싸고 화려해 보이지는 않아도 이것들을 입으면 어엿한 집안의 대접받는 아들 정도로는 보일 것이다.

'배려……해 준 건가.'

옷차림 탓에 저자에서 종놈 소리를 들어서? 하지만 윤인호의 아들이 왜 자신을?

"어서 들어가서 입어 보시지요. 주인 나리께서 기다리시지 않습니까?"

주인장의 재촉에 멍했던 머리에 훅 차가운 기운이 끼쳐 들었다. 초라한 남자 옷에 몸을 감추고 있었어도 여인의 나이 열아홉은 곱고 예쁜 것에 눈길이 가지 않을 수가 없는 때이다. 사내의 옷이지만 손가락 끝에서 부드럽게 흘러내리는 질 좋은 감촉의 단정한 옷이 낡디낡은 옷보다 탐나는 것은 당연했다. 그러나 감상은 거기까지다. 수린은 들고 있던 옷들을 주인의 팔 위에 턱 얹고 주인이 싱글거리며 들고 있던 금화를 뺏다시피 집어 들었다.

"아, 아니 뭐 하는 거요."

"죄송합니다. 실례하겠습니다."

주인이 뭐라 더 말을 붙이기 전에 뛰듯 서둘러 상점 밖으로 나가자, 기다리는 동안에도 자세 하나 흐트러지지 않고 정자세로 서 있던 천강은 수린의 옷이 그대로인 것을 보고 눈썹을 치켜올렸다. 수린은 길게 숨을 들이쉬고 천강에게 금화를 척 내밀었다.

"마음을 써 주셔서 감사합니다. 하지만 옷까지 사 주시는 호의는 베풀지 않으셔도 됩니다. 아까 시비가 걸렸을 때 도와주신 것도 감사합니다. 그때 쓰신 금화에 대한 보답은 학사 나리가 완쾌하시는 것으로 갚겠습니다."

내민 손이 민망하게도 천강은 수린이 내민 금화를 받지 않았다. 그럴 줄 알고 있었기 때문에 수린은 천강의 한 손을 잡아끌어 금화를 쥐여 준 다음 얼른 객잔 쪽으로 향했다.

알아서 뒤따라오겠거니 생각했는데 객잔에 다 도착할 때까지도 천강의 발걸음 소리는 들리지 않았다.

"대장님은 함께 오지 않으시는 건가?"

말수 적은 천강의 부관이 물었다. 수린은 곧 오실 거라 성의 없이 대꾸하며 이 층으로 올라가 어의에게 다녀왔노라 고했다.

"생각보다 시간이 좀 걸렸군. 그럼 가지고 온 쑥은 저쪽······ 응? 자네 얼굴이 왜 그 모양인가?"

문혁의 손가락 마디마디를 주물러 주고 있느라 고개도 들지 않고 대꾸하다 지시를 하기 위해 얼굴을 들었던 어의는 수린의 얼굴을 보더니 하고 있던 일도 멈추고 일어났다.

"이런, 이런. 안색이 아주 사색이 되었군. 무슨 일이라도 있었나?"

불쑥 손목을 잡고 맥을 짚으려 하는 어의를, 수린은 화들짝 놀라 손사래 쳐 거절하고 몸을 뒤로 물렸다.

"일은 무슨 일이 있겠습니까. 이래저래 조금 지체되어서 서둘러 오느라 숨이 차서 그럽니다. 아무 일도 없습니다."

여인과 사내는 맥이 다르다. 황궁의 어의쯤 되는 이가 자신의 몸을 살피면 여느 사내와 다르다는 것을 알아채지 못할 리가 없다. 안주로 돌아갈 때까지 얼마 남지 않았는데 몸을 사려야 한다.

"어허, 숨이 차다고 사람 안색이 그리 파래지는 법은 없네. 손 이리 내 보게."

"아니 저는 괜찮······."

"걱정 안 해도 자네가 여인이라는 거 소문 안 내니 어서."

"정말 괜…… 예?"

하마터면 소리를 지를 뻔했다. 어의는 수린이 놀란 틈을 타 손목을 잡아 찬찬히 맥을 짚었다.

"어디 보자. 놀랄 일이 좀 있었나 보구만. 딱히 약을 쓸 정도는 아니지만 만여차를 한 잔 마시면 맥이 좀 진정이 될 듯하네. 이 객잔에 만여차를 팔았던가 모르겠군. 물어보고 있으면 자기 전에 꼭 한 잔 마시고 자도록 하게."

어의의 친절한 조언은 하나도 귀에 들어오지 않았다. 수린은 어의가 말을 맺고 돌아서서 가져온 쑥을 침탕기에 넣고 불을 놓으라 일러도 꼼짝할 수가 없었다. 들켰나? 왜? 어째서? 의심 갈 만한 행동은 전혀 안 했다고 생각했는데. 실수라도 했던가. 어쩌지 이제.

오만 가지 생각이 머릿속에서 돌아다니는데 어의는 태연히 할 일을 하다가 수린이 굳어져 움직일 줄을 모르자 여상스럽기 짝이 없는 어조로 이야기했다.

"자네가 여인이라는 걸 어찌 알았느냐 묻고 싶은 게지?"

"……."

"그야 의원이라면 얼굴만 보아도 알아야지. 이 사람이 얼마만큼 살아왔는지, 어찌 살아와서 어디가 아픈지, 어떤 내력을 지니고 있어 그런 행색을 하고 있는지."

"그, 제가, 아, 저기……."

"한창때의 사내가 눈 밑에 푸른 기가 돌면 그건 심각한 빈혈이야. 하지만 여인이라면 주기적으로 당연히 혈색이 변하는 것뿐이지. 의원이라면 아주 간단히 알아볼 일이야."

정말 대수롭지 않은 말투여서 수린의 얼굴에 핏기가 가셨다. 그리 쉽게 티가 나는 일이었나.

"아니 아니, 난 천하제일의 의원이고 자네를 가까이서 본 것이니 쉽게 알 수 있는 게고. 걱정할 건 없네. 누가 곱상한 사내를 보고 여인이려니 생각하겠어. 그저 얄쌍한 사내려니 하지."

걱정 말라 한다 해서 이미 바위가 던져진 호수의 파문이 그리 쉽게 가라앉을 수가 있으랴. 수린이 안절부절못하고 입만 뻐끔거리자 어의의 표정이 사뭇 진지해졌다. 손에 들고 있던 침까지 내려놓고 수린의 얼굴을 똑바로 보는 노인의 얼굴은 근엄했다.

"이보게. 나는 의원일세. 사람의 목숨을 구하는 걸 천명으로 알고 사는 자란 말이야. 자네가 여인임을 알리면 위험에 처할 게 뻔한데 내가 무엇 때문에 일부러 사람을 위험하게 만들겠는가. 그건 의원이 아니라 창칼을 든 자들이 할 일이지."

그렇게까지 말하면 더 불안해하는 것이 무례일 것 같다. 허나 꽁꽁 잘 감추고 살아왔다고 생각해 온 칠 년의 세월이 흔들리는 위기감은 어찌할 수가 없는 것이다. 수린의 경직된 표정이 풀리질 않자 어의는 혀를 차며 옆에 있던 간이 의자를 끌어와 여기 앉으라고 툭툭 두드렸다.

수린은 머뭇거리다 조심스레 의자에 몸을 걸쳤다. 어정쩡하게 착석한 수린의 어깨를 어의는 격려하듯 두드렸다.

"고생이 많았지?"

무슨 고생을 말하는 것일까. 남자 행세를 하며 사는 고충? 아니면 이런 모습으로 살아가게 된 뒷이야기?

"자네 나이는 안 그래도 심적으로 외적으로 복잡다단한 시기가 아닌가. 그냥 곱게 자랐어도 마음이 싱숭생숭할 나이에 어울리지도 않는 사내 행세까지 하는 게 쉽지 않았을 거야."

"……."

"곧 헤어지게 될 것이니 이야기 안 하려고도 생각해 봤지만 말일세, 어차피 곧 헤어지게 될 거고 다시 못 만나게 될 것이니 그간만이라도 마음 좀 편하라고 말한 게야. 이래저래 사내들 틈에서 여인이 겪어야 할 불편한 일들을 도와줄 수 있을까 싶어서 말이야."

그야 불편한 점은 한두 가지가 아니다. 잠자리, 옷 갈아입는 것, 씻는 것, 무엇보다 곧 다가올 달거리 걱정까지. 안주에 있을 때에야 남들하고 뚝 떨어진 집에서 혼자 생활할 수 있었으니 이런 걱정은 안 했지만 지금은 한두 명이 아닌 사내들과 혼자 있을 틈도 없이 붙어 생활해야 하니 단 한순간도 편할 새가 없다. 누군가 옷 갈아입을 짬이라도 만들어 주면 훨씬 편해지는 건 당연할 것이다.

"헌데 왜 어의께서 절 도와주시려 하시는 겁니까?"

황제에게 속한 자가 반역자인 데다 거짓말까지 하고 있는 자신을 돕겠다 자청하는 걸 선뜻 믿기에는 수린의 처지가 그리 좋지 않았다. 어의는 수린의 딱딱한 질문에도 인자하게 웃었다.

"자네 입장에서야 믿기 어렵겠지만 나는 자네가 썩 마음에 든다네."

나이가 먹어 시야가 좁아지고 아집이 생기는 걸 스스로도 느끼고 있지만 그런 만큼 자신이 만들어 놓은 기준 안의 사람에게는 쉽사리 마음이 간다. 어의에게 수린은 첫눈에 자신의 틀 안에 딱 들어온 이였다. 순한 눈매에 거칠게 살아온 세월이 엿보이는 손이지만 천성이 곧은 것이 드러나는 꼿꼿한 자세를 가진, 고집이 보이는 꼭 다문 입술을 가진 수린은 아마 어의 자신이 아니라 지긋하게 나이 먹은 이라면 누가 보아도 마음에 들어 했을 이였다.

"그도 납득이 안 간다면 멀미 때문에 다 죽어 가던 노인에게 건네준 자네의 물에 대한 보답이라 해 둠세."

등을 두드리며 웃음을 짓는 노인의 얼굴에 삿된 구석은 조금도 없었다. 그 얼굴을 보고 있노라니 어쩐지 마음이 싱숭생숭해졌다. 어찌해야 하나 싶은 마음 조금, 불안함이 다 가시지 않은 안도감 조금. 아주 조금은 눈물이 날 것 같기도 했다. 수린의 얼굴에 떠오른 복잡 미묘한 표정에 어의는 이런 이런, 한숨 비슷한 혼잣말을 하며 몸을 펴고 일어섰다.

"마침 나도 좀 쉬려던 참이네. 같이 내려가서 차 한잔하지."

팔뚝을 잡아 일으켜 세우는 기세는 노인답지 않게 기운찼다. 수린은 어정버정 어의에게 끌려 나갔다.

탁—

목석처럼 누워 있던 문혁의 눈꺼풀이 파르르 떨리며 열린 것은 문이 닫히는 소리와 동시였다.

"……후."

한참이나 걸려 아주 작게 숨을 한 번 내쉰 문혁은 천천히 눈만 문 쪽으로 돌려 보이지도 않는 수린과 어의의 모습을 더듬어 보았다. 오래도록 문 너머를 바라보는 시선에는 많은 생각이 복잡하게 얽혀 갔다. 그리고 종내에는 결심을 굳힌 듯, 문혁은 힘이 잘 들어가지 않는 눈가에 힘을 주어 눈을 감았다. 마치 깬 적이 없었던 것처럼.

❀　❀　❀

깎아 내린 듯 위태로워 보이는 바위산도 직접 가 보면 정상에 오를 만한 오솔길이 있는 법이다. 사람도 그러하다. 천하에 둘도 없는 냉혈한이라 소문이 자자한 자도 개인적인 정리(情理)를 쌓아 보면 따스한 구석이 조금은 보이는 것이다. 예컨대 수린의 옆에서 술을 들이켜고 있는 자들이 그러했다.

"나리 자리 털고 일어나시면 우리 영감님 포상금 두둑이 받으시겠습니다 그려?"

"저희한테도 콩고물 떨구는 거 잊으시면 안 됩니다."

"이 망할 놈들아. 네놈들이 날 개 끌듯 끌고 온 걸 잊었느냐? 썩 꺼져."

세간에 용맹하다 소문이 자자한 군인들인데 차 마시는 어의의 주변에서 농을 걸며 껄껄거리는 모습은 영락없이 조부에게 재롱 부리며 장난치는 덩치 큰 손주들 같다.

"아, 그거야 워낙 급한 일이라 서두르느라 그런 거지 우리가 일부러 영감님 괴롭히려고 그랬겠소?"

"암, 영감님 괴롭혀 봐야 뒤통수에 독침이나 맞지. 껄껄."

"우리야 시키면 시키는 대로 할 수밖에 없는 졸개들이잖소. 정상 참작해서 독침 쏠 때 작은 걸로 부탁드리오."

"썩 안 꺼지면 일각에 속이 썩어 문드러지는 혈을 짚을 테다!"

버럭 소리치고 어의는 수린에게 저놈들 신경 쓰지 말고 어서 차 마시라며 손을 흔들었다. 주고받는 대화는 흥흥했어도 문혁의 상태가 눈에 띄게 호전되고 있었기 때문에 모두의 안색은 밝았다. 수린만 빼고.

수린 입장에서는 그들의 기쁨에 동조하기에는 공감대가 부족했다. 문혁이 완쾌되어 일어난다면 일신의 안위를 보장받고 안주가 무사할 것이니 좋은 일이지만 반역자 입장에서 황제의 수족 같은 자들의 즐거움까지 공유할 바다 같은 아량은 가지지 못했던 것이다.

"술 한잔 같이 하지그래?"

기분이 어지간히 좋았는지 천강의 수하 중 하나인 사내가 수린의 앞에 술잔을 불쑥 들이밀었다. 굵은 팔에 둘러진 철갑옷의 반사광이 저도 모르게 몸을 움찔하게 만들었다.

"저, 저는 술은 잘하지 못해서…… 감사하지만 마음 써 주신 것만 받겠습니다."

"그리 독한 술도 아닌데 왜? 나리 회복하시는 데 네 공도 큰데 축배 한잔 같이 드는 게 어때서."

나쁜 뜻으로 권한 건 아닌 것 같지만 우글거리는 사내들 틈에서 술을 마시고 싶지는 않았다. 재차 술 못 하겠다고 말하려는데 어의가 수린을 대신해 버럭 소리를 질렀다.

"환자 돌봐야 할 사람이 술을 마시면 어째! 언제 환자가 어떻게 될 줄 알고!"

카랑한 노호성에 객잔 안의 모두의 시선이 수린에게 쏠렸다.

"무식한 놈! 머리에 든 게 없다 없다 해도 그렇게까지 없을 수가 있어!"

아니 그렇게까지 지나치게 호통 치지 않으셔도 되는데. 수린이 괜찮다 얘기하려 했으나 어의는 매섭게 몰아붙였다. 어의의 호된 꾸지람에 수린에게 술을 권했던 사내의 눈이 쟁반만 해졌다.

"내 하루 이틀 본 게 아니건만 어째 천년만년 나아지는 게 없어 네놈들은. 응? 생각을 하고 말을 하란 말이다! 생각을!"

고함에 실린 감정의 상당 부분은 멀미의 뒤끝인 것 같았지만 자신을 도와주려는 의도도 분명 있었기에 수린은 입 다물고 어의가 하는 양을 지켜보았다. 졸지에 좋은 마음으로 술을 권했다가 세상에 둘도 없는 천치가 된 사내는 좀 안쓰러웠지만 말이다. 그래도 어의가 고래고래 지르는 야단이 악감정이 아닌 것을 알고 있었는지 나머지 일행들은 그냥 픽픽 웃으며 그 사달을 지켜볼 뿐 나서지는 않았다.

수린에게 술을 권했던 사내가 한참을 야단맞고 잔뜩 풀이 죽어 자기 자리로 가자 객잔 안은 다시 소소한 이야깃거리를 주고받는 곳이 되었다.

어서 차나 마시고 모처럼 편히 쉬어야겠다. 수린이 반쯤 남은 차를 서둘러 마시고 있는데 갑자기 생각났다는 듯, 천강의 부관이 수린 쪽으로 고개를 쭉 빼고 물어 왔다.

"그런데 대장은 어딜 갔기에 아직도 안 오고 있는 거지?"

켁. 마시던 차에 사레가 걸려 버렸다. 수린은 콜록거리며 가슴을 두드리고 부관을 보았다.

"아직도 안 돌아오셨습니까?"

의외의 질문에 반문으로 답하자 낄낄거리던 사내들이 약속이라도 한 듯 웃음을 멈추었다. 시골 장터 같던 객잔 안이 그 순간 결전 전야의 전장처럼 긴장감에 휩싸였다. 갑작스러운 사내들의 돌변에 당황한 수린은 이내 깨달았다. 술에 취해 풀어진 듯 보였지만 저들은 중요 인물을 호위하는 막중한 임무를 수행 중인 노련한 군인들이었던 것이다. 그리고 그 대장이라는 자가 말도 없이 근무지를 이탈하여 돌아오지 않고 있었다. 부관이 수린에게 질문했다.

"대장이 어디를 가신다 말을 했었나?"

"아니……요."

"마지막으로 뵌 게 어디지?"

"포목점입니다. 그 앞에서 헤어져서 제가 먼저 돌아왔고……."

"포목점? 거기서 뭘 했지?"

그 질문에 답하기가 참으로 난감해서 수린은 입을 다물었다. 제 옷을 사 주셨습니다. 하고 대답하면 왜? 하는 질문이 나올 것이고 그 질문에 대한 답은 수린도 전혀 알 수 없었기 때문이었다. 게다가 옷 사 준 걸 거절하고 혼자 왔다고 답하려니 자신의 행동이 얼마나 경을 칠 일인지가 새삼 와 닿았다.

"알아서 오겠지 왜 애를 잡고 그러나? 산도적같이 커다란 놈한테 누가 시비라도 걸까 봐 그래?"

이번에도 수린을 막아 준 건 어의 영감이었다. 그러나 부관은 아까 그 사내처럼 순순히 물러나지 않았다.

"시비는 대장이 걸었을 수도 있지요. 판단은 제가 할 터이니 어…… 영감님은 끼어들지 마십시오."

숨어서 듣는 귀가 있을 수도 있으니 서로의 호칭이나 직위는 숨기고 대화하는 것이 암묵적인 약속이었는데 말이 빨라지니 자칫 실수도 나온다. 부관은 얼른 말을 고치고 아예 수린 쪽으로 몸을 돌렸다.

"말해 보아라. 포목점에서 무엇을 했고 왜 거기서 헤어졌느냐."

"그게……."

그때 벌컥 객잔 문이 열리는 소리가 수린에게 쏠린 시선들을 돌려 주었다. 그 자리에 있던 이들 모두처럼 부관도 그쪽을 바라보았다가 눈을 크게 뜨고 외쳤다.

"대장!"

자신에게 쏠린 시선들과 부관의 부름 따위 아랑곳하지 않고 척척 걸어온 천강은 수린의 찻잔이 놓인 탁자 위에 큰 꾸러미를 척 내려놓았다. 이게 뭔데? 수린이 묻는 시선을 던지자 천강은 말했다.

"다른 옷이다. 이것도 마음에 들지 않으면…… 아니, 마음에 안 들어도 입어라. 내일도 그 낡아 빠진 옷을 입고 있는 게 눈에 띄면 가만두지 않겠다."

옷 가게에서 뭘 했는지는 이제 대답하지 않아도 되게 되었다. 그러나 추궁의 시선이 의혹과 의문의 시선으로 바뀐 데 대한 당혹

감은 무척이나 컸다. 생각해 보면, 그냥 혈육을 돌보는 이가 허름한 차림을 하고 있는 것에 마음이 쓰여 선심을 쓴 것 정도로 넘길 수 있는 상황이다. 헌데 얼굴이 화끈 달아오르고 몸 둘 바 모르는 기분이 드는 것은 부관을 비롯한 천강의 수하들이 천지가 개벽하는 것을 목격이라도 한 듯한 얼굴을 하고 있었기 때문이다.

척 보기에도 천강은 배려라든가 따스한 성정 같은 것과는 옥황상제의 옆자리와 염라대왕의 발아래 정도로 거리가 멀어 보이는 자다. 그리고 수하들의 모습을 보니 보이는 대로의 성정이 맞는 모양이었다. 정작 영문 모를 행동을 한 천강은 협박 비스무리한 설명을 던져 놓고는 아무렇지도 않게 자기 방에 들어가 버렸는데 애먼 사람들만 난감한 감정에 사로잡혀 자리를 파하지도 못하고 어색하게 시선을 돌렸다.

"허험, 그, 윤 대장이 참, 다정하구만."

어색한 침묵을 깬 사람은 최연장자인 어의였다. 다정이라는 단어가 윤천강에게 붙자 그 수하들은 약속이라도 한 듯 몸서리를 쳤다. 산만 한 덩치의 사내들이 일제히 소름 끼친다는 모양으로 몸을 떠는 광경이 또 진풍경이라 수린은 그 와중에도 픽 웃음이 나왔다.

천강의 수하들 중 유일하게 정색한 얼굴을 바꾸지 않고 있던 부관은 이내 천강의 방으로 뒤따라 들어가 버렸고, 나머지들은 맨정신에 잠들면 악몽을 꿀 것 같으니 어서 취해야겠다며 잔을 들어 올렸다. 다시금 와자지껄해진 소음 속에서 수린은 이걸 어쩌나 싶어 천강이 두고 간 옷을 바라보았다.

"그냥 입게나."

어의가 미간을 심각하게 구긴 수린에게 대수롭지 않은 기색으로 말했다.

"잠시 변덕 부린 모양이지. 나쁠 것은 없지 않은가. 며칠 동안만 나 죽었소 하고 얌전히 엎드려 있으면 두 번 다시 볼 일도 없는 이인데."

그 말에 틀린 데가 없음에도 순순히 수긍하기는 싫었다. 수린은 옷들이 철천지원수라도 되는 양 뚫어지게 바라보며 입술을 꾹 깨물었다.

윤천강에 대한 세간의 평은 피도 눈물도 없는 잔혹한 무사였다.

올해 나이 스물여섯. 열여섯의 어린 나이에 무관(武官)의 길을 걷기 시작한 후로 십 년의 세월 동안 그의 곁을 지킨 부관 초의량은 자신의 상관을 향한 비난이나 질시의 시선은 그리 신경 쓰이지 않았다. 뭇사람들의 입에 어찌 오르내리든 자신에게는 자신이 겪고 느낀 것만이 진실이라 여겼기 때문이다. 그러나 그런 그에게도 오늘은 혼란스러운 날이 아닐 수 없었다. 암만 하나뿐인 형제를 돌보는 자라 하나 죄인에 불과한 자에게 직접 의복을 사서 전해 주는 윤천강이라니. 윤천강에게 한이 깊은 원혼이 빙의라도 된 게 아닐까 하는 불경한 생각까지 들었다.

"그자에게 알아내셔야 할 것이라도 있으신 겁니까?"

그러나 상관이 귀신 들렸다고 생각하는 것보다는 무언가 비밀을 캐내기 위한 물밑 작업으로 그답지 않은 행동을 했다고 생각하는 것이 여러모로 나을 것 같았다. 의량의 질문에 손끝으로 턱을 받치고 있던 천강이 시선을 돌렸다. 돌처럼 딱딱한 표정은 평소와 진배없었다.

"뭔가 의심 가는 바가 있어 경계를 늦추려고 호의를 베푸시는 거라면 제가 뒷배를 알아보겠습니다."

의량의 말에 천강은 무슨 생각을 하는지 모를 눈빛으로 지그시 눈을 내리깔고 바닥을 보고 있었다. 말수가 적은 대신 생각이 많은 천강에게 익숙한지라 의량은 조바심 내지 않고 답을 기다렸다.

"의량, 칠 년 전 일이 기억나나?"

그런데 일다경이나 지난 후에 나온 말은 엉뚱한 것이었다.

"칠 년 전이요?"

칠 년 전이라면 일이 많아도 너무나 많았다. 천강과 의량의 칼날에 베어진 수급만 해도 헤아릴 수가 없을 터에 갑자기 칠 년 전 일이 기억나느냐 물으면 무슨 일을 말하고자 하는지 짐작도 가지 않는 게 당연했다.

"칠 년 전, 민두혼의 아들. 기억하고 있나?"

다행히 천강은 스무고개를 하고 싶은 건 아니었는지 곧바로 본론을 짚었다. 기억력이 나쁘지 않았던 의량은 이내 고개를 끄덕였다.

"기억하고 있습니다. 민씨 일가에 대해 내려진 황명을 받들고자 하였으나 민두혼과 처, 여식은 일부 식솔들과 함께 도주했고 병사들을 이끌고 간 곳에 장자인 민진겸이 남아 있었지요. 그리고 민진겸을 대장의 백부께서 계시는 안주에…… 아!"

이야기를 하다 떨어져 나가 있던 조각 하나가 들어맞는 기분에 의량은 작게 외쳤다.

"겸이라는 그자, 민진겸이었던 겁니까? 민두혼의 아들?"

이름도 밝히지 않고 숨죽여 지내고 있어 눈길도 가지 않았었다. 윤문혁에게 딸려 온 간병인 정도로 치부했던 그자가 민두혼의 아들이었다니.

"민두혼의 용모, 자네는 생각이 나려나 모르겠군."

"직접 만나 본 적은 없어 모르겠습니다. 기골이 장대한 무사였다고만 들었습니다."

"그래. 그랬지……."

말끝이 흐려지며 다시 생각에 잠기는 천강의 모습에 의량은 상관이 조용히 홀로 생각에 잠기고 싶은 마음임을 읽었다. 의량은 충실한 부하답게 상관의 의중대로 자리에서 물러났다. 의량이 소리도 없이 자리를 뜬 후에도 천강은 불상마냥 꼼짝도 하지 않고 고요히 생각에 생각만 거듭했다. 눈썹 한 올 움직이지 않고 미동조차 없는 모습이었지만 어지러이 흔들리는 눈빛만은 복잡한 심경을 감추지 못하고 있었다.

❀　❀　❀

비를 예고하는 칼바람에 널어놓은 천들이 춤을 추었다. 마을 노인들이 곧 비바람이 불 거라 한 말이 맞았는지 불어오는 바람에 제법 물 내음이 섞여 있었다. 갓 마른 천의 깨끗한 향이 폐부

깊숙이 스며들어 기분을 개운하게 씻어 주었다. 그러나 좋은 향에 기분이 나아진 것도 잠시, 수린은 걷고 있던 천들을 부서져라 움켜쥐었다.

천강이 내던지다시피 주고 간 옷은 수린에게 맞춘 듯 잘 맞았다. 호리호리한 몸이 볼품없어 보이지도 않았고 근래 잠이 부족해 퀭해진 얼굴이 볼품없어 보이지도 않았다. 솜씨 좋은 이가 지었는지 바느질도 마감도 꼼꼼했다. 하지만 문제는 자신을 보는 이들의 태도였다. 그! 천강이 굳이 옷을 직접! 골라서 안겨 주고 꼭 입으라 당부—수린의 입장에서는 협박에 가까운 강압이었지만—를 했다는 것이 수하들에게는 큰 충격인 모양이었다.

어찌 잠을 잤는지도 모를 선잠을 자다 깨어 짐 더미 같은 옷들을 바라보며 머리를 쥐어뜯다 하는 수 없이 가장 눈에 띄지 않을 것 같은 옷으로 골라 입고 방을 나서자 교대로 불침번을 서며 객잔을 지키고 있던 천강의 수하들이 심상치 않은 눈빛으로 수린을 바라보는 게 아닌가. 경계라고 이름 지어야 할지, 연민이라 불러야 할지 모를 눈빛으로 말이다. 앞으로 얼마 동안일지 모를 시간 동안 그런 시선을 받아야 한다고 생각하니 울화가 치미는 것도 무리는 아니지 않은가.

"쯧쯧, 그리해서 그게 찢어지겠나."

뒤에서 들려오는 혀 차는 소리에 깜짝 놀라 움켜쥐고 있던 천을 놓칠 뻔했다.

"어, 어찌 나오셨습니까."

"빨랫감 걷으러 가겠다고 나간 사람이 하도 안 들어오니 와 봤지. 이리 주게. 같이 들고 가세."

언제 나왔는지 수린의 등 뒤에 서 있던 어의가 다가와 한 아름 안고 있던 천으로 손을 뻗었다. 수린은 얼른 손사래 쳤다.

"아닙니다. 제가 들고 가겠습니다. 헌데 이리 계속 자리를 비우셔도 되는 것입니까?"

"윤 학사? 괜찮아. 이제 잘 자고 있는 거나 진배없는 상태인데 뭘. 지금 올라가 보면 일어나 있을 수도 있을 걸세."

껄껄 웃음 속에 담긴 자신감이 과연 보통이 아닌 듯해서 수린은 피식 같이 웃어 버렸다. 하지만 반농담조로 여긴 말이었는데 방에 올라갔을 때 정말로 문혁이 일어나 앉아 있는 모습을 보게 되니 놀라움은 이만저만이 아니었다.

"……."

"윤 학사!"

입만 떡 벌리고 있는 수린과 반색하며 소리치는 어의의 목소리에도 문혁은 차분하게 희미한 미소만 지어 보일 뿐이었다.

"아니 윤 학사! 정신을 차리셨구만. 괜찮은 게요? 어디, 맥 좀 짚어 봐야겠구만. 이리 손 좀 주시오. 내 조만간에 일어날 줄이야 알고 있었지만 생각보다 더 빨리 일어나셨군. 다행일세. 다행이야."

어의가 시키는 대로 맥과 혈을 짚이면서도 문혁의 시선은 수린에게 고정되어 있었다. 수린은 얼떨떨한 기분을 떨치지도 못한 채 멍하니 침상으로 한 걸음 다가갔다. 그 한 걸음에 문혁의 눈이 웃음으로 살며시 휘어졌다.

"……다행입니다. 나리."

문혁의 웃음에 반사적으로 나온 말이었다. 그러나 진심이었다. 수린의 말을 어찌 받아들인 것인지 문혁은 소리 없이 고개만 끄덕였다.

수린이 분주하게 움직이는 어의를 돕기 위해 자신도 뭐 할 게 없나 주위를 둘러보는데 쿵쾅쿵쾅 나무 계단이 부서져라 울리는 소리가 들리는가 싶더니 쾅! 문짝이 떨어져 나갈 듯 열리며 천강이 들이닥쳤다.

"형님께 무슨 일이라도…… 형님!"

어의가 지른 소리에 놀라 달려왔던 모양이다. 귀도 밝지. 수린은 속으로 혀를 차며 감탄했다. 천강은 일어나 앉은 문혁에게 성큼 다가갔다. 다리가 워낙 길어서 문에서 침상까지 세 걸음밖에 걸리지 않았다.

"괜찮으신 겁니까?"

"괜찮다. 너에게도 폐를 끼쳤구나. 너도 바쁠 텐데 폐하께서 일부러 너를 보내 주신 게구나. 면목이 없다."

차분한 대답에 천강은 하— 한숨을 내쉬며 숨을 골랐다. 겉으로는 철벽처럼 티를 내지 않고 있었지만 피붙이가 걱정이 안 되었던 건 아닌 모양이다. 형제의 감상에 끼어들고 싶은 마음이 없었던 수린은 모르는 척 어의의 옆에 붙어서 자질구레한 일손을 돕기 시작했다.

"어디, 어디. 맥도 괜찮고 숨도 괜찮고. 피곤한 듯하지만 기력 보충만 잘하고 당분간 조심하기만 하면 되겠어. 이 정도면 됐네."

차근차근 짚어 나가는 어의의 진단에 방 안을 꽉 채우고 있던 공기가 조금은 느슨해지는 듯했다. 수린의 기분 탓인지도 몰랐다. 이제 이 불편한 생활을 접고 안주로 돌아갈 수 있다는 기대감이 스멀스멀 피어났던 것이다. 수린의 마음을 읽은 것인지 어의의 시선이 웃음을 담고 수린에게 향했다.

"이제 이 정도면 자네는 곧장 안주로 돌아가도 되겠구만. 이거 벌써부터 시원섭섭한데."

어의가 고생 많았다는 듯, 수고했다는 듯 수린의 어깨를 두드렸다. 그때였다.

"안 됩⋯⋯!"

"그건 안⋯⋯!"

형제가 동시에 소리를 치다가 입을 다물었다. 어의와 수린은 동시에 안 된다고 외치려다 마는 형제를 놀라 바라보았다.

"안 되다니 왜?"

"뭐가 안 됩니까?"

연이은 질문에 말문이 막혔는지 천강과 문혁이 서로를 마주 보았다. 일순 스쳐 지나간 난감한 기색을 감추고 먼저 입을 연 것은 천강이였다.

"폐하의 군선을 띄우는 것은 오직 폐하의 허가 아래에서만 가능한 일이다. 죄인 하나를 호송하기 위해 무단으로 배를 띄울 수는 없는 노릇이다."

이어 문혁이 말했다.

"내 정신이 없어 잘은 모르지만 필시 네가 안주에서부터 나를 따라오며 간병을 했을 터. 그간 나를 돌보느라 고생했는데 보답도 못 하고 보내는 건 도리가 아니다. 내가 할 수 있는 한에서 보답을 하고 싶어 그런다."

어째 급히 가져다 붙인 느낌이 들었지만 틀린 말은 아니었다. 어의가 고개를 끄덕이며 말을 보탰다.

"당연히 폐하의 군선을 지금 띄울 수는 없는 노릇이지. 황궁에 보고를 마치면 폐하의 명을 기다리는 게 순서이기는 하네."

"그렇긴 합니다만……."

수린은 떨떠름하게 천강과 문혁을 번갈아 바라봤다. 자신들이 말해 놓고도, 그 말이 틀린 말이 아님에도 두 형제의 표정은 어딘가 불편해 보였다. 어의는 수린을 어르듯 말했다.

"윤 학사가 이리 자리를 털고 일어났는데 무에 걱정인가. 조금 미뤄졌다 뿐이지 다 잘될 텐데 말이야."

하긴 그렇다. 윤종명이 황제에게 목숨을 걸고 돌려보내 달라 부탁할 것이라고 약조했다. 문혁은 무사히 일어났고 지극정성으로 돌보는 이들에게 둘러싸이면 금세 예전과 같이 회복될 것이다. 걱정할 것은 없다.

"허면 나리와 다른 분들은 경으로 돌아가시고 저는 안주로 돌아가는 다음번 배가 띄워질 때까지 예서 머물면 되는 것입니까?"

수린의 질문에 어의의 얼굴에는 난감한 기색이 떠올랐다. 문혁은 어의가 맥을 짚은 손목을 문지르는 척 눈을 돌렸고, 천강만이 수린을 똑바로 바라보며 말했다.

"죄인 하나만을 위해 감시 인원을 따로 두는 것은 있을 수 없는 일이다."

바닥까지 깔리는 낮은 저음의 목소리가 사슬처럼 발목을 옭아매는 기분이었다.

"너도 황궁으로 가야 한다."

결국은 그리되는 건가. 수린은 쓴침을 삼키며 눈을 내리깔았다. 문혁이 풀 죽은 수린의 얼굴을 보고 서둘러 위로했다.

"걱정 말거라. 너는 내가 회복하는 데 지대한 공을 세우지 않았으냐. 상을 내릴지언정 불편한 일은 없게 만들 것이다."

그 말이 그리 큰 위로가 되지는 않았지만 문혁 입장에서 보면 하찮기 짝이 없을 자신의 심정까지 헤아려 주는 것은 고마운 일이었다. 수린은 힘들게 입꼬리를 올려 웃음을 만들어 냈다.

"마음 써 주셔서 감사합니다. 나리."

힘없이 웃는 수린의 옆얼굴을 바라보는 천강의 눈이 가늘어졌다. 자신을 향한 시선을 눈치채지 못한 채, 수린은 어의에게 물었다.

"황궁에 돌아가기 전에 준비해야 할 것이 있으면 일러 주십시오. 돕겠습니다."

"당장은 필요한 게 없을 것 같으이. 약재도 충분히 채워 뒀고. 다만 윤 학사가 긴 여정을 견딜 만큼 회복되려면 며칠의 말미는 필요할 것 같네. 그사이 손이 필요하면 얘기할 것이니 그때까지는 자네도 좀 쉬게나."

그간 고생 많았다며 짬이 났을 때 쉬라 말해 주는 마음 씀씀이가 고마웠다.

"그러겠습니다. 그럼 필요하면 불러 주십시오."

긴장 상태로 신경을 곤두세우고 있느라 잠도 제대로 자지 못했던 날들의 연속이었다. 이참에 잠이나 푹 자 둬야겠다고 마음먹은 수린은 깍듯이 인사를 남기고 자리에서 물러났다.

일부러 그런 것도 아닌데 방 안에 남은 세 남자의 시선은 약속이라도 한 듯 수린이 나간 문 쪽에 머물렀다. 한참 그러고 있다가 침묵이 깨진 것은 문혁이 콜록, 가벼운 기침을 내뱉은 후였다.

"어, 이런."

어의는 쓴웃음을 짓고 문혁의 등을 슥슥 쓸어 주며 말했다.

"참 반듯한 아이이지 않소? 심성이며 총명하기며 나무랄 데가 없는지라 할 수만 있으면 제자로 삼고 싶을 정도라오."

"그렇습니까……."

어의의 칭찬에 문혁의 얼굴에 희미한 그림자가 드리워졌다. 그 그림자를 눈치채지 못한 어의는 문혁의 상태를 마저 진단하고 나서 자리에서 일어섰다. 그때까지 입을 다물고 서 있던 천강에게 형제끼리 회포 풀다가 무슨 일이 생기거들랑 부르라는 말도 잊지 않고 나가자 천강은 어의가 앉아 있던 의자를 끌어다 문혁의 옆에 앉았다.

"형님이 깨어나셔서 천만다행입니다."

"여러 사람에게 폐를 끼쳤다. 내 부주의로……."

"정말 누군가의 음해나 살수(殺手)는 아니었던 겁니까?"

"그래. 안내도 없이 산에 오르다가 그만 다쳐 버리고 말았던 거다."

습관처럼 거짓을 판별하려는 눈빛으로 문혁을 뚫어지게 바라보다가 아차 싶어 천강은 고개를 저었다. 그럴 필요 없는 이에게까지 의심의 눈초리를 보내는 건 고질병이다.

"그렇다면 아버님의 지시는 따르지 않아도 되겠군요."

아비를 언급하는 천강의 말에 문혁의 눈이 커졌다.

"아버님……께서 무어라 하셨느냐."

천강은 가볍게 어깨를 으쓱했다.

"형님이 짐작하실 그대로."

그 말에 문혁은 눈을 질끈 감았다. 아비의 이름만으로도 가슴을 내리누르는 무게가 너무 커서 숨이 막혀 온다.

"백부님께 큰 죄를 저지를 뻔했구나."

"무사히 깨어나셨으니 된 겁니다."

문혁은 아우의 가벼운 말투 속에 담긴 속뜻이 결코 가볍지 않음을 잘 알고 있었다. 제 고집으로 가지 않아도 되는 안주에 갔다가 이리 일이 꼬여 버려 많은 이들을 힘겹게 만든 책임감은 안 그래도 답답한 가슴을 더 꽉 막히게 했다. 천강은 그런 제 형을 가만히 바라보다가 자리에서 일어났다.

"와병(臥病) 끝이니 너무 고민하지 마십시오. 쉬시는 게 좋겠습니다."

문혁의 입장이 입장이기에 천강은 더 말을 건네는 게 외려 부담을 주는 일임을 알고 있었다. 문혁이 홀로 마음을 가다듬을 시간이 필요할 것이라 생각한 천강은 쉬라는 말로 인사를 맺고 방을 나섰다.

계단을 곧장 내려가면 자신이 쓰고 있는 방이 나오지만 천강은 계단을 내려가는 대신 걸음을 멈추었다. 매와 같은 시선이 향한 곳은 문혁의 옆방. 노송을 다듬어 만든 허름한 객잔의 문들은 천강이 발로 한 번 걷어차면 부서질 듯 약해 보였다. 그 방문 너머에 있을 누군가의 얼굴이 떠오르자 천강은 사납게 눈매를 구겼다.

마음을 가다듬는 건 문혁이 아니라 자신이 먼저 해야 할 일인 모양이었다.

그날 오후부터 내리기 시작한 비는 다음 날 저녁이 되도록 쉼 없이 땅을 때렸다. 바닷가 근처라 빗줄기의 기세는 어마어마해서 빗방울이 작살처럼 내리꽂혀 포석을 때리는 소리가 자갈 구르는 소리 못지않았다.

"후아."

수린은 들창 밖으로 보이는 무시무시한 비의 기세를 감상하며 깊게 숨을 뱉었다. 모처럼 얻은 휴식이지만 날씨가 이래 가지고서야 아무것도 할 수가 없지 않은가. 혼자 자유롭게 나갈 수 있는 처지도 아니지만 말이다. 하루를 꼬박 자고 나니 잠도 더 오지 않았고 언제 다시 올지 모르는 시간을 이대로 보내기는 아까웠다. 그렇다면 무얼 해야 좋을까.

"아!"

한참 곰곰이 생각하던 수린은 자리에서 벌떡 일어섰다. 왜 그 생각을 못 했지? 수린은 얼른 일어나 방 밖으로 나갔다. 방 하나를 건너 어의가 머물고 있는 방문 앞에서 계시냐 묻자 이내 들어

오라는 살가운 목소리가 들려왔다.

"무슨 일인가? 쉴 수 있을 때 쉬지 않고?"

"쉬는 것도 쉬는 것인데, 지필묵을 좀 빌릴 수 있을까 하여서요."

"지필묵?"

"예. 안주에 서신을 좀 적어 보낼까 합니다."

할멈은 틀림없이 하루하루 피가 마르는 나날을 보내고 있을 것이다. 빨리 돌아가야겠다는 생각만 했지 서신을 적어 보낼 생각은 하지 못했다. 윤종명에게 수시로 날려 보내는 전서구에 할멈에게 보낼 것을 같이 적어 보내면 중간에 잃어버릴 염려도 없이 잘 전달될 것이다.

"급히 전할 소식이 있는 게야?"

"아닙니다. 지극히 개인적인 일입니다. 걱정하고 있을 이가 있어 잘 지내고 있노라 전해 주었으면 싶어서요."

"그거 기특한 생각이구만. 잠시만 기다려 보게."

어의는 침상 옆에 둔 협탁을 뒤적거렸다. 그러더니 이내 혀를 찼다.

"아니 이거."

에이, 하는 소리에 수린이 고개를 쭉 빼고 보자 눈에 들어온 것은 물을 흠뻑 먹은 종이 다발이었다. 들창 쪽에 놓아둔 협탁 뒤쪽으로 들창에서 들이친 빗물이 스며든 모양이었다. 그 바람에 한 뭉치나 되는 종이들이 물을 흠뻑 먹어 한 덩어리가 되어 버린 게 아닌가.

"빗소리가 좋아 창을 열어 뒀더니 이 지경이 되었구만. 이를 어쩌나. 다시 펴서 말리면 쓸 수야 있을 것 같지만 그러려면 며칠은 걸리겠는걸?"

수린이 보기에는 며칠 후에도 다시 쓸 수 있을지 미지수일 정도로 종이 다발의 상태는 안 좋아 보였다. 어쩐다. 생각이 난 김에 쓰고 싶은데……. 문혁이라면 종이가 넉넉히 있을 것 같지만 굳이 문혁에게까지 묻고 싶지는 않아서 이를 어쩔까 고민이 들었다.

"그리고 보니 나도 윤 학사 경과를 적어 기록해야 하는데 이거 난감하구만. 늙어서 이제 시간 지나면 기억도 가물가물한데."

어의의 중얼거림에 수린이 반짝 눈을 빛냈다.

"허면 제가 지금 종이를 다시 사 올까요?"

"응? 이 비가 내리는데?"

"괜찮습니다. 아까보다 빗줄기도 많이 잦아들었지 않습니까. 객잔 주인이 초를 잔뜩 먹인 큰 우산이 몇 개나 있다고 이야기하는 걸 어깨너머로 들었었습니다. 우산을 빌려 다녀오겠습니다."

눈을 반짝이며 청해 오는 수린이 평소와 달리 유난히도 들떠 보여서 어의는 저도 모르게 고개를 끄덕였다. 수린의 얼굴에 활짝 웃음이 피어올랐다. 그 웃음이 어찌나 맑고 환한지 초로의 노인은 자신도 따라 웃어 버리고 말았다.

"안 된다고 말을 할 수가 없구만. 가세나. 아래층에 널브러져 있는 놈들 중 하나 골라잡아 같이 다녀오라 일러 줄 테니."

어의와 함께 내려간 일 층에는 날씨 탓인지 긴장감 없이 대기 중인 천강의 수하들 몇이 보였다. 어의는 가장 가까이에 앉아 있던 청년의 등을 툭 쳤다.

"어이. 이보게."

"에? 예?"

얼빠진 얼굴로 돌아본 얼굴은 일전에 수린에게 술을 권했다 어의에게 인신공격에 가까운 폭언을 들었던 그 청년이었다. 어딘지 곰이 연상되는 둥글둥글한 인상이 멍한 표정과 묘하게 어울리는 느낌이었다.

"자네, 심부름 좀 하게나. 내가 뭐 필요한 게 있어 이 사람에게 심부름을 시켰는데 따라갔다 오게."

수린을 가리키며 지시하는 어의의 말에 청년은 어리바리 고개를 끄덕이며 일어섰다.

"어디를 다녀오면 됩니까?"

"종이를 사야 하니 화방에 다녀오게."

"그러겠습니다."

"그런데 주인장은 어디 가셨나? 우산 빌려야 할 텐데."

"제가 찾아보겠습니다. 우산을 금방 빌려 나갈 터이니 정문 앞에서 기다려 주십시오."

수린이 주인장을 찾으려 고개를 이리저리 돌리는 어의를 만류하고 청년에게 이야기한 뒤 일 층 안쪽 부엌으로 향했다. 문혁의 수행원들과 천강의 수하들까지 객잔을 모조리 차지하고 난 뒤에는, 워낙 덩치 좋은 사내들의 먹성을 감당하느라 객잔 주인장까지 요리에 힘을 보태야 하는 일이 부지기수였다. 저녁 식사 전 시간이라 한창 객잔의 인력들이 모두 요리에 매진하고 있을 터, 부엌으로 가면 주인장이 있을 거라는 수린의 예상대로 맛있는 냄새가 풍겨 오는 부엌 입구에서 주인을 찾자 혈색 좋게 살이 오른 주인장이 얼굴을 드러냈다.

"무슨 일이오?"

"잠시 밖에 나갈 일이 생겼습니다. 우산을 두 개만 좀 빌릴 수 있을까 하여서요."

"그래? 당연히 빌려 드려야지."

넉넉한 값을 치르고 객잔을 통째로 빌려 비싼 음식들을 아낌없이 주문하는 일행에게 주인장은 호의가 넘칠 수밖에 없었다. 껄껄웃으며 우산이 꽂혀 있는 뒷마당으로 갔던 주인장은 커다란 우산두 개를 들고 와 수린에게 내밀었다. 헌데⋯⋯.

"어⋯⋯ 이거 두 개가 전부입니까?"

"그리되었소. 조금 전에 식재료가 모자라 우리 종놈들 몇이 급히 사러 나간 참이라. 시간이 오래 걸리는 볼일이 아니라면 그냥쓰셔야 할 것 같소."

"⋯⋯하하, 예."

빳빳하게 초를 잔뜩 먹인 하얀 우산은 괜찮았다. 하지만 정성스레 꽃잎을 하나하나 그려 낸 화사한 꽃무늬의 다홍색 우산은⋯⋯. 차마 이걸 그 곰 같은 청년에게 쓰라 할 수는 없으니 천생 수린이 써야 하는데 고운 여인에게나 어울릴 법한 우산이 수린에게는 무척이나 어색하게 느껴졌다.

'오래 걸릴 것도 아닌데.'

어서 다녀와 버리지 뭐. 길거리에서 아는 사람을 만날 것도 아니고. 수린은 우산을 활짝 펼쳐 들었다. 만개한 복사꽃이 봄날처럼 화사하게 그려진 우산은 참으로 어여뻤다. 잘 다녀와서 우산은 여기 다시 꽂아 놓으면 된다는 주인의 말에 고개를 주억거리고 객잔 건물을 빙 돌아 정문 쪽으로 향하자 저 멀리 넓은 어깨의 사내가 보였다. 우산 여기 있다고 외치려다가 수린은 뚝, 걸음을 멈추어 버렸다.

뒷모습이 아까 그 청년의 모습과는 사뭇 달랐다. 조금 더 날렵하고 어깨가 넓은 것 같은……. 빗소리에 발걸음 소리도 안 들렸을 텐데 기척은 느껴졌는지 사내가 등을 돌렸다. 혹한의 얼음처럼 날카로운 눈매가 수린을 보고 조금 커졌다.

객잔 문 양옆에 걸어 놓은 초롱불이 바람에 흔들려 수린의 얼굴에 붉은 우산 그림자를 드리웠다. 단정한 하얀 옷을 입은 수린의 어깨 위로 우산 위 꽃들이 그대로 그려졌다. 지남철이 끌리듯 천강이 한 걸음 수린에게 다가왔다. 빗방울이 섞인 바람이 물방울 하나를 수린의 뺨 위에 툭 던져 놓고 지나갔다. 천강이 홀린 듯 생기 가득한 뺨 위에 놓인 물방울로 손을 뻗으려는데 수린이 그 손에 척 우산을 쥐여 주었다.

"여기 있습니다. 우산."

"……."

"아까 그분은 어디 가신 겝니까? 왜……."

흐려지는 말꼬리에 담긴 그 사람은 어딜 가고 왜 천강이 여기서 있느냐는 질문은 무시하고, 천강은 말없이 하얀 우산을 받아

들어 펼치고 앞장서서 걸어갔다. 수린은 당황하다가 천강과의 거리가 금세 제법 멀어지자 허둥지둥 천강의 뒤를 따라 거리로 나섰다. 평소에도 걸음이 빠르긴 했지만 어째 평소보다 감정이 실린 느낌의 속도라 수린은 영문도 모르고 의아해하며 걸음을 빨리해야 했다.

❀　　❀　　❀

"꺼져!"

"까악!"

금(琴)이 연주하는 유려한 선율과는 참으로 어울리지 않는 고함과 비명이 울려 퍼졌다. 느긋하게 술잔을 기울이고 있던 사내들과 시중을 들던 화려하게 치장을 한 여인들은 모두 소란스러운 쪽을 바라보았다.

촤아악, 쨍그랑. 우악스럽게 상 위를 쓸어 버리는 손길에 백자 접시와 잔들이 요란한 소리를 내며 깨졌다. 일대에서는 제일간다는 기루(妓樓) 소미각에서는 보기 드문 소란이었다.

"젠장! 그래 봐야 천한 기생 년이!"

상 위를 다 쓸어버리고도 분이 안 풀렸는지 씩씩거리며 집어던질 것을 찾는 눈은 술이 올라 벌겋게 충혈되어 있었다.

"쯧, 그만하고 앉아라. 원백아."

술잔이 날아다니고 접시가 깨지는 통에 기생들이 까악거리며 이리저리 피하는 중에도 꿋꿋하게 자리를 지키고 있던 남자의 제지에 미친 소처럼 날뛰던 청년이 남자를 노려보았다.

"형님 같으면 분통이 안 터지겠소?"

"분통 터지지. 당연히 터져. 그럼 제대로 갚아 줄 일이지 이리 행패를 부려 보아야 무얼 하겠느냐. 네가 이런다고 그 기생 년한테 해될 것이 무에 있는데. 일단 앉아라, 명원백."

이름 석 자를 또박또박 부르는 사촌 형의 목소리에 명원백이라 불린 청년은 씩씩거리면서도 주춤주춤 자리에 앉았다. 황궁의 요직에까지 오른 이모부와 그 아들인 사촌 형은 원백에게는 어렸을 때부터 거역하기 힘든 어려운 존재였다. 술김에도 사촌 형의 말은 어길 수가 없어 엉덩이를 붙이고 앉자 남자는 기녀들에게 눈짓을 했다. 눈치 빠른 기녀들이 엉망이 된 자리를 얼른 수습하고 간소한 술상을 다시 내오자 남자는 새 술잔에 술을 따라 원백에게 건넸다.

"네 몸이 안 좋고 그날 일진이 사나워 그럴 수도 있는 게지, 이 사내 저 사내에게 몸 파는 기생 년의 말 한마디에 그리 분기탱천할 게 뭐 있느냐."

원백은 남자가 내미는 술잔을 팩 고개를 돌려 거절하고 창틀에 몸을 기댔다.

"형님은 내가 미양이에게 얼마나 공을 들였는지 모르오."

소미각 주변의 건물들은 처마를 길게 빼 행인들이 우산을 쓰지 않고도 옷을 적시지 않고 거리 하나를 걸을 수 있게 지어 놓았다. 때문에 우중(雨中)에도 꽤 많은 행인들이 거리를 오가는 것이 소미각 이 층에서 한눈에 내려다보였다. 원백의 눈에는 그 행인들조

차도 짜증스럽게 느껴졌다. 저것들은 뭐가 좋다고 비 오는 날 미친년처럼 싸돌아다니고 난리란 말인가.

"후우……."

겨우겨우 미양이와의 하룻밤이 성사되나 싶었는데. 생각해 보면 그날 옷을 망친 때부터 일진이 사납기는 했다. 원백은 한숨 쉬던 입술을 모아 까드득 이를 갈았다.

그 잡것들 탓이다. 옷값으로 넘치는 금화를 받기는 했으나 기분을 잡친 탓인지 잔뜩 긴장을 해 미양이와의 잠자리가 신통치 않았던 것이다. 발칙한 기생은 도련님 사내구실 공부 좀 더 한 다음에 다시 오시라고 코웃음을 치며 사라졌고, 제대로 말을 듣지 않는 물건 탓에 당황해서 얄밉게 꼬리를 쏙 빼는 미양을 붙들 정신도 없었다. 다음 날, 생각할수록 미양의 행동이 괘씸해서 다시 찾은 기루에서는 미양은 온천에 며칠 다녀오겠다며 나가서 당분간 볼 수 없을 거라는 황망한 소식만을 전해 들었다.

그때부터 술독에 빠져서 소미각의 한 자리를 차지하고 움직이지 않았다. 모처럼 경에서 바람 쏘이러 왔다는 사촌 형의 술친구 노릇도 평소처럼 즐겁지 않았다. 미양과 끝내주게 일을 치렀다면 지금 세상이 제 것 같았을 터인데.

풀이 죽은 원백을 보며 남자는 길게 찢어진 눈매를 휘어 웃었다. 한량 사촌 동생의 행태는 여전했다. 한심스럽고 단순했지만 그 단순함 때문에 함께 있으면 복잡한 생각을 하지 않아도 되어서 좋았다. 골 아픈 정쟁(廷爭) 한복판에 있다 잠시 머리를 식히러 온 참에 그 발칙한 기생 년 혼쭐을 내 주는 것도 기분 전환이 될 것 같았다.

"원백아. 네 정 마음이 풀리지 않는다면 말이다."

사람을 시켜 그 기생 년을 붙들어다 주리라도 틀어 주랴 물어 보려던 참에, 비 맞은 강아지처럼 축 늘어져 창틀에 기대어 있던 원백이 벌떡 일어섰다.

"아!"

"응? 왜 그러느냐?"

"그놈이요 그놈! 옷은 멀끔하니 달라졌지만 틀림없소."

그놈이라니 대체 누굴 말하는 건지 알 수가 없었다. 원백은 주섬주섬 신을 찾아 신기 시작했다.

"때마침 혼자구만. 내 오늘은 잡아서 가만두지 않을 테다."

술기운이 넘쳐 신을 신는 것도 한참이나 걸리는 주제에 누구를 가만두지 않겠다는 건지 모르겠지만 원백은 기세등등했다. 그러나 계단으로 가는 짧은 길에 원백과 부딪친 사람만 헤아려 봐도 열 손가락이 부족할 지경이었다. 남자는 쯧쯧 혀를 차며 일어섰다. 모자란 사촌 동생 놈이 지나가는 행인들 중 시비 걸 만한 누군가를 발견한 모양이니 슬쩍 거들어나 주러 가 봐야겠다.

화방 위치는 어찌 알았는지 단박에 화방까지 도착한 천강은 수린이 잰걸음으로 숨을 몰아쉬며 도착할 때까지 입구에서 기다려 주었다. 어차피 입구에서 기다려 줄 거라면 천천히 좀 가 줄 것이지. 수린은 입 밖에 내지 못할 원망을 속으로 삭이며 화방 안으로 들어갔다.

"어서 오시지요."

습기와 어우러진 종이 냄새가 먹 냄새와 섞여 화방 안을 채우고 있었다. 아비의 사랑방에 들어설 때 맡았던 냄새가 생각나 수린은 저도 모르게 입가가 풀어졌다.

"젊은 손님들이시군요. 찾으시는 것이 있습니까?"

화방을 지키고 있던 것은 의외로 젊은 남자였다. 화방 하면 떠오르는 나이 지긋한 남자를 예상했던 수린은 주름 하나 없이 깨끗한 젊은 남자의 얼굴이 신기했다.

"화방의 주인 되십니까? 저희는 종이를 좀 구하러 왔습니다."

"그러십니까. 서화(書畵)를 그리실 거라면 이쪽, 글을 쓰실 거라면 왼쪽을 보시면 됩니다."

"글을 쓸 종이 조금하고, 서찰도 쓰려 하는데…… 그것도 왼쪽에서 보면 되겠습니까?"

세필(細筆)에 어울릴 빳빳한 종이들이 두께별, 색색별로 분류된 천장까지 닿는 높은 선반을 눈으로 훑으며 묻자 화방 주인은 수린에게 다가와 물었다.

"어떤 서찰을 쓰려 하십니까? 정인에게 쓰실 서찰입니까? 연서를 쓰실 거라면 진달래 물을 들인 종이도 따로 둔 것이 있습니다."

정인? 할멈의 얼굴을 떠올리곤 수린은 풋 소리 내어 웃었다. 수린의 웃음을 어찌 해석했는지 화방 주인도 수린을 따라 미소 지었다.

"뭐, 애정이 가득 담긴 서신을 보내기는 할 것입니다."

보고 싶어 죽겠노라 써서 보내 줘야지. 요즘 부쩍 눈이 침침하다 투덜대는 할멈을 위해 특별히 커다랗게 글씨를 써서 말이다.

"어차피 전서구에 매달아 보낼 거라면 종이는 가장 얇은 것밖에 쓰지 못해. 빨리 골라라."

산통 깨는 딱딱한 목소리가 화기애애한 분위기를 망쳤다. 수린의 얼굴이 일그러졌다. 그걸 누가 모르나. 온 김에 찬찬히 좀 구경하고 싶은 건데.

"글을 쓸 종이는 이거면 되겠군. 서찰을 쓸 종이는 이거면 되고. 더 필요한 게 있나?"

대번에 슥슥 골라내는 손길은 거침이 없었다.

"이걸로 계산하지."

"그, 그러시겠습니까? 밖에 아직 비가 오니 기름종이로 싸 드리겠습니다."

천강의 기세에 눌려 젊은 주인은 건네주는 종이 다발을 받아 들었다. 주인이 널찍한 기름종이를 꺼내 고른 것을 싸는 동안 천강은 품에서 돈을 꺼냈다. 품 안에서 나오는 반짝거리는 빛을 본 수린의 눈이 휘둥그레졌다.

"잠시……!"

화방 주인과 천강이 수린을 이상하게 보든 말든 수린은 천강의 팔을 붙들고 잡아끌었다.

"자, 잠깐만 저와 저쪽으로 좀……. 종이는 싸 두십시오. 금방 오겠습니다."

천강을 잡아끌랴, 주인에게 웃으며 말하랴 바빴다. 옴짝달싹도 않을 것 같던 천강은 수린이 잠시만 이쪽으로 와 달라 재차 속삭이자 내키지 않는 기색으로 화방 밖으로 끌려 나왔다. 수린은 나오자마자 대뜸 천강을 나무랐다.

"그리 금전 감각이 없으십니까?"

"뭐?"

"길 가다 부딪쳐도 금화, 옷 몇 벌에도 금화, 이제 하다 하다 종이 사는 데에도 금화를 꺼내시다니. 수중에 돈이라고는 금화밖에 없으십니까?"

질책하려 한 말이었는데 돌아온 침묵이 긍정의 답을 대신했다. 수린은 입을 떡 벌렸다. 정말 금화밖에 없을 줄이야…….

"어, 어쨌든 이건 많아도 너무 많습니다. 기분입네 하고 건넬 수 있는 정도가 아니란 말입니다."

"그리 많으면 거슬러 달라 하면 될 것이 아니냐."

맞는 말이었지만 수린은 혀를 찼다.

"이런 조그만 화방에 이리 큰 금화를 거슬러 줄 돈이 있을 리가 있습니까. 안주에만 틀어박혀 살았던 저도 그 정도는 압니다. 그러고 보니 금은포(金銀鋪)가 오는 길에 있었던 것을 보았습니다. 잠시만 기다리십시오. 제가 금방 돈을 바꿔 오겠습니다."

천강이 불러 세울 틈도 주지 않고, 수린은 화방 문 옆에 세워 두었던 우산을 집어 들어 펼치고 거리로 달려 나갔다. 천강이 뒤에서 무어라 하는 것 같았지만 어쩐지 들었다가는 또 답답한 말이 나올 듯해 안 들리는 척 발걸음에 속도를 높였다.

차박차박, 얕은 물웅덩이가 고인 거리를 얼마 달리지 않아 수린의 기억대로 금은포가 나타났다. 화방에서 그리 멀지 않은 곳에 자리하고 있는 금은포로 다가가며 소매 안에 넣은 금화를 더듬어 보는데, 그런 수린의 어깨를 거칠게 잡아채는 손길이 있었다.

"앗!"

내동댕이쳐지듯 몸이 돌아갔다. 떠밀려 간 몸이 벽에 부딪혀 등이 쿵 소리를 냈다. 등이 정통으로 부딪힌 아픔에 눈이 질끈 감겼다. 팽그르르 돌아가며 날아가 떨어진 다홍색 우산에 흙물이 묻어 초 칠한 꽃 그림 위에 검게 방울졌다.

"역시 네놈이 맞구나 내 눈이 틀리지가 않았어."

창졸간에 일어난 일에 정신을 차릴 새도 없이 우악스럽게 수린의 멱살을 움켜쥐는 청년의 목소리에는 술 내음이 가득했다. 수린은 뿌리치려 했으나 쉽사리 되지 않았다. 그는 그대로 수린의 멱살을 쥐고 건물 뒤쪽 골목으로 끌고 갔다.

"뉘십니까? 뭐 하는 짓입니까 이게!"

지나가는 행인들 몇몇이 돌아보았으나 하나같이 청년의 얼굴을 보자마자 못 볼 것을 본 사람들처럼 황급히 눈을 돌렸다. 인적 없는 골목까지 끌려가도록 제지하는 이는 없었다.

"뉘라? 오호라. 멀끔하게 옷 갈아입었다고 사람도 몰라보느냐? 네가 횡액 씌운 사람이다."

아무도 없는 곳에 도착하자 청년은 수린을 구석으로 던져 넣고 턱을 거칠게 잡아 올렸다. 눈을 희번득거리며 얼굴을 들이대는 숨결이 술에 쩔어 악취에 가까웠다. 구토가 밀려오는 것을 참으며 수린은 청년이 누군가를 살펴보기 위해 곁눈질을 했다. 그러고 보니 낯도 익다. 이 무례하기 짝이 없는 상스러운 작자는……. 아!

"옷값은, 물어내지 않았습니까."

턱을 잡은 손을 쳐 내며 대꾸하자 청년, 원백이 이를 악물며 잇새로 내뱉듯 말했다.

"똑똑히 기억하고 있구만. 그래, 네놈이 망친 옷의 주인이다."

"사과도 했고 제대로 보상도 했는데 어찌 길 가는 사람을 붙들고 시비를 거시는 겁니까."

"시비? 시비라 했어? 네놈 눈에는 내가 시비나 거는 할 일 없는 작자로 보이는 게냐?"

그렇게 보였다. 보이고도 남았다. 수린은 된통 잘못 걸렸구나 싶었다. 천지분간 못 하는 망나니를 운 나쁘게 건드려 골치 아프게 되었구나. 수린은 당장이라도 주먹을 날리려는 듯 으르렁거리는 원백에게서 한 걸음 물러나 고개를 푹 숙였다.

"그날 일은 정말 죄송하게 되었습니다. 충분히 값을 치렀다고 생각했는데 마음 상한 것이 남아 있으시다면 부디 너그러운 마음으로 용서해 주십시오. 진심으로 사죄드리겠습니다."

미친개는 피하는 게 상책이다. 이 자리에서 몸을 빼는 게 최선이라 판단한 수린이 태도를 바꿔 머리를 조아리자 술에 절어 사리 분별도 불분명한 원백이 이를 드러내며 웃었다.

"오냐, 네가 이제야 네 잘못을 아는구나."

며칠이나 술독에 빠져 있던 머리는 수린이 상황을 모면하기 위해 고개를 숙인 상황을 희열로 받아들였다. 안 그래도 벌겋던 얼굴이 히죽이는 웃음으로 더 붉어졌다.

'이제 된 건가.'

수린은 조심스레 얼굴을 들었다. 히죽거리는 원백의 얼굴은 기뻐 보였다.

"화를 풀어 주셔서 감사합니다. 추후에 다시는 이런 일이 없도록 하겠습니다. 허면 저는 이만……."

내친김에 발을 빼려 했으나 그것은 수린의 오판이었다. 원백이 수린의 팔뚝을 낚아채 수린의 몸을 확 끌어당겼다.

"잘못을 뉘우쳤으면 벌을 받아야지. 어딜 가려 하느냐."

처마들이 줄지어 비를 막아 주던 거리와 달리 뒷골목에는 처마가 없어 빗방울을 피하지 못하고 고스란히 맞아야 했다. 비에 젖은 수린의 얼굴을 내려다보던 원백의 눈이 가늘어졌다. 뭐 밟았다는 표정을 숨기지 못하는 단정한 얼굴이 일그러지고 꽉 붙들린 팔뚝을 빼내려 애쓰는 모습에 아랫배가 뻐근해졌다.

"이것 좀 놓아……주시지요."

저도 모르게 손에 힘이 절로 들어갔던 모양이다. 아팠는지 눈썹이 잔뜩 찌푸려지는 것을 보자 하반신에 피가 쏠렸다. 원백은 그런 자신의 몸에 놀라 버렸다. 뭐지 이건. 미양에게 조롱을 듣고 나서는 도통 말을 듣지 않던 것이 왜 지금? 그러는 새에 수린은 꽉 붙들려 피가 통하지 않는 팔뚝을 빼내려 몸을 비틀고 있었다. 빠져나가려는 몸짓에 원백은 정신을 차리고 수린의 팔을 확 비틀어 버렸다. 악— 낮은 비명을 내는 수린의 머리채를 잡아 얼굴을 들이댄 원백은 으르렁거리듯 말했다.

"알 게 뭐냐. 네놈에게 앙갚음을 할 수 있다 생각하니 너무 기뼈 그런가 보지. 네 주인 놈은 오늘 꼴이 안 보이는 걸 보니 오늘 이 네 제삿날이 될 모양이다. 기대해라."

역한 숙취의 냄새가 섞인 숨이 구역질났다. 수린은 머리채를 잡고 코가 닿을 듯 가까이 다가온 원백의 얼굴을 눈을 질끈 감아 피했다. 두 손으로 원백을 밀어 내리는데 뭔가 묵직한 것이 소매 안쪽에서 느껴졌다.

"내 그날 너 때문에 당한 수모를 생각하면 너를 갈아 마셔도 시원치 않다만 특별히 자비를 베풀어 목숨만은 살려 주마. 대신 내가 당한 수모 값은 톡톡히 치러야 할 거야."

광에 가둬 두고, 채찍으로 피가 나고 뼈가 드러나도록 후려쳐 서 제발 죽여 달라고 눈물을 쏟으며 다리에 매달리게 만들 것이 다. 상상만 해도 두근거렸다. 아까부터 뻐근하던 아랫도리까지 맥 박이 느껴질 정도로 흥분되었다. 원백은 이를 드러내고 웃으며 머 리채를 잡은 손아귀에 힘을 더했다. 기분 나쁘게 웃는 원백을 혐 오의 눈으로 노려보며 수린은 소매 안쪽으로 손가락을 집어넣었 다. 천강의 금화가 손가락 끝에 닿았다.

"걱정 말거라. 네 주인 놈에게는 지난번 받았던 금화에다가 덤 까지 더 얹어서 값을 치러 줄 터이니. 황명은 무슨 개 풀 뜯 어…… 억!"

수린이 무릎으로 원백의 급소를 가격했다. 잔뜩 흥분해 있던 급소를 정통으로 얻어맞은 원백은 숨이 끊어지는 소리를 내며 허 리를 숙였다. 그 틈을 놓치지 않고 수린은 손가락 사이에 금화를 꽉 움켜쥐고 주먹으로 원백의 미간을 후려쳤다.

"아악!"

미간과 왼쪽 눈에서 핏방울이 튀었다. 수린은 눈을 움켜쥐고 쓰러지는 원백을 돌아보지도 않고 그대로 거리로 달려 나갔다.

"이! 이 상것이! 게 서!"

생전 처음 겪어 보는 고통들을 연달아 맞닥뜨리게 된 원백은 악을 쓰며 고함을 질렀다. 걸음을 옮길 수가 없는 고통에 분통까지 더해진 목소리가 어두운 골목 안에 쩌렁쩌렁 울렸다.

"으, 으아악!"

비 때문인지 상처 때문인지 왼쪽 눈가가 축축했다. 저 천것을 잡으면 죽여 버리겠다. 반드시 찢어서 죽여 버릴 것이다.

"원백아!"

탁탁탁, 물방울을 튀기며 달려오는 발소리에 연이어 익숙한 목소리가 들렸다. 상처가 난 왼쪽 눈을 감싸 쥐고 올려다보니 언제 쫓아왔는지 자신의 사촌 형이 놀라서 어깨를 붙들어 일으켜 주었다.

"이게 무슨 일이냐? 어디 좀 보자. 다친 거냐?"

"형님, 난 괜찮으니 저놈, 저놈 좀 잡아 주시오. 빨리."

"다쳤지 않느냐. 의원에게 먼저 가야지."

"의원에게는 내가 가도 되니 저놈! 저놈을 먼저 잡아야 하오!"

악다구니에 가까운 부르짖음에 원백의 사촌 형은 들고 나는 길이 하나뿐인 골목길 입구를 바라보았다.

"흰 옷을 입고 있소. 머리는 긴데 한 데 묶었고, 갸름하고 체구 작은 어린놈이오. 어서, 빨리 쫓아가야 잡을 수 있소. 빨리!"

제발 좀 잡아다 달라는 고함에 다친 사촌 동생과 골목 입구를 번갈아 보며 잠시 고민하던 남자는 이내 비가 내리는 거리로 달려갔다. 가늘어졌던 빗줄기가 조금씩 다시 굵어지고 있었다.

산발을 한 머리를 정리할 생각도 못하고 정신없이 달려간 수린은 화방 입구를 기둥처럼 지키고 서 있던 천강을 보자마자 마구 손을 휘저었다. 말소리도 내지 못하고 손짓만 하며 달려오는 수린을 본 천강이 눈을 부릅뜨고 성큼 수린에게 다가왔다.

"행색이 왜 이 모양이냐?"

"빨리, 빨리."

"뭐?"

"가야 합니다. 어서요."

턱까지 숨이 차올라 말도 제대로 나오지 않았다. 헉헉 숨을 몰아쉬는 수린의 어깨를 부여잡고 천강은 다그쳐 물었다.

"취객하고 시비라도 붙은 거냐?"

"그게 그렇기도 하고 아니기도 하고."

"무슨 말이냐 대체. 제대로 이야기해 봐."

수린은 발을 동동 굴렀다. 이야기나 하고 있을 틈이 없는데. 어서 빨리 자리를 피해야 하는데.

천강은 비란 비는 다 맞은 듯 쫄딱 젖은 수린의 행색과 횡설수설하는 모습에 인상을 썼다. 누군가 해코지라도 하려 들었나. 돈 바꾸러 간다는 그 잠깐 사이에 몰골이 얻어맞은 동네북 꼴이 되어 돌아와서는 빨리 피하자고만 하니 영문을 알 수가 있나.

"제발, 빨리 돌아가야 합니다."

수린은 애걸복걸했다. 도망치며 수린의 머리를 스친 것은 거리의 행인들이 하나같이 원백의 얼굴을 보고 그의 행패를 모른 척하던 모습이었다. 풀물이 든 옷 하나 때문에 사람을 사고판다 운운하며 제 아비의 이름을 대던 원백의 모습도 떠올랐다. 꽤나 세가 있는 집 자제일 것이다. 그런 자를 다치게 했으니 후환이 두려운 게 당연했다.

수린은 금화를 움켜쥐고 원백을 후려쳤던 오른손을 바라보았다. 아직도 꽉 쥐고 있던 금화 때문에 손바닥에는 움푹 팬 자국이 나 있었고, 비에 거의 씻겨 나가기는 했지만 희미한 혈흔이 보였다.

수린은 이를 악물었다. 사람을 친 것은 처음이었다.

"다친 거냐?"

상황이 급박했다고는 했지만 피가 날 정도로 사람을 쳐 버렸다는 충격에 잠기기도 전에 천강이 거칠게 수린의 손을 잡아챘다.

"아, 아니 안 다쳤습니다."

차마 제 피가 아닙니다, 라는 말까지는 나오지 않았다. 천강은 수린의 손을 앞뒤로 슥슥 돌려보더니 수린의 피가 아님을 확인하자 잡았던 손을 툭 내려놓고 수린이 들고 있던 금화를 회수해 다시 자신의 품에 넣었다.

"그럼 됐다. 돈은 못 바꿔 온 모양이니 가자."

"네?"

"이거나 들어라."

언제 다급히 물었냐는 듯, 평정심의 가면을 다시 둘러쓴 천강이 수린에게 하얀 우산과 꾸러미 하나를 던졌다. 기름종이로 물이 스며들지 않게 감싼 종이 뭉치였다.

"허나 어찌 우산을 제가……."

"그럼 나더러 짐을 들라는 것이냐?"

"그건 아니지만 비가 다시 많이 내리기 시작합니다."

"그러니 들어라. 종이 젖는다. 빨리 가야 한다며."

빗방울이 투둑투둑 우산을 때리는 소리가 둔탁해지는데 천강은 망설이는 기색 없이 거리로 걸어 나갔다. 수린은 어어, 얼빠진 소리만 내다가 종이 꾸러미를 꽉 끌어안고 급히 천강의 뒤를 따랐다.

"그런데 돈은 어찌 내셨습니까?"

대답 없는 천강의 콧대를 빗방울들이 제법 세게 때렸다. 수린은 가로로 들이치는 비에 종이 뭉치가 젖지 않도록 몸을 틀며 재차 물었다.

"설마 또 금화 하나 던져 주고 그냥 나오셨습니까?"

"……."

그런 모양이었다. 기다리라고 한 그새를 못 참고!

"아니 제가 기다리라 말씀드렸는데!"

답답해 인상을 쓰는 수린을 슥 내려다본 천강은 삐죽삐죽 튀어나와 엉망이 된 수린의 머리 쪽으로 손을 뻗었다. 뒤통수에 겨우 붙어만 있던 수린의 머리끈을 풀어 버리며 천강은 짧게 내뱉었다.

"시끄럽다."

몇 년이나 제대로 가꾸어 본 적 없는 긴 검은 머리카락이 풀려 흩어졌다. 허리까지 내려오는 긴 머리카락이, 부딪치고 치여 엉망이 된 하얀 옷을 조금이나마 가려 주었다. 그러나 씻을 때 말고 머리를 풀어 본 적 없는 수린은 적잖이 놀랐다.

"뭐 하시는 겁니까?"

물론 천강은 수린의 항변에 대꾸해 주지 않았다. 길거리에서 시비가 걸린다 한들, 이 땅 위에서 천강이나 문혁에게 위협이 될 만한 자는 열 손가락으로 꼽아도 손가락이 남을 정도이니 전혀 걱정할 필요가 없다는 설명조차 생략하였는데 머리가 산발이니 다시 묶는 게 낫겠다는 사소한 것까지 말할 필요성은 더더욱 느끼지 못한 것이다. 사실 그건 한 손에는 우산을 들고 한 손에는 종이 뭉치를 안고 있느라 수린이 양손을 전혀 쓸 수 없다는 것까지는 생각하지 못한 참 쓸모없기 짝이 없는 배려였다.

천강 나름의 배려 덕분에 머리를 푼 채로 가야만 했던 수린은 안 그래도 복잡한 머릿속이 거슬리는 머리카락 때문에 더 어지러워졌다. 돈깨나 만지는 집안의 아들 같던데 사람을 풀어 행적을 추적해서 행패를 부리면 어쩌나, 나쁜 자이지만 세게 쳤는데 많이 다쳤으려나, 어서 빨리 여기를 떠야 안심이 될 것 같은데 비는 언제까지 오려나 등등 꼬리를 무는 생각들에 슬슬 골치가 아파 왔다.

"그러고 보니 우산도 잃어버렸네……."

비쌀 것 같은 우산이었는데. 흙탕물에 구르고 밟혀서 다시 가지러 간다 한들 쓸 수도 없어졌겠지. 미안해서 어쩌나. 수린의 우울한 중얼거림을 들은 천강이 흘깃 수린을 돌아보고 툭 내뱉었다.

"잃어버린 건 물어 주면 될 일이지."

그야 그렇지만……. 아니 잠깐. 수린은 천강을 똑바로 바라보았다.

"또 금화 내미시면 안 됩니다."

움찔. 아주 미세했지만 천강의 어깨가 흠칫하는 것을 수린은 놓치지 않았다. ……그럴 셈이었구나.

천강의 걸음이 워낙 빨라 그걸 따라가려면 뛰다시피 종종거려야 했다. 수린에게는 다행스러운 일이었다. 일각이라도 빨리 객잔으로 돌아가고 싶었으니까. 그러나 거세진 빗줄기와 복잡한 생각들 때문에 조심스럽게 뒤를 따르는 한 남자가 있다는 건 수린도, 천강조차 눈치채지 못했다. 흥미로운 것을 본 듯 눈을 빛내는 남자의 얼굴은 어둠 속에서도 선명히 보이는 간악함이 버무려져 있었다.

"재미있군."

한때 자신의 상관이었던 자의 전혀 그답지 않은 모습에 남자, 배재공(陪材公) 하태운의 장남 하석의 눈빛이 번들거렸다. 잠시의 유흥으로 망나니 사촌 동생과 좀 어울려 볼까 하고 온 곳에서 재미있는 것을 보아 버렸다. 사촌 동생을 해한 발칙한 천것을 잡으러 왔던 길이었지만 하석은 천강이 객잔으로 돌아가는 것까지 확인한 후에 미련 없이 돌아섰다.

경으로 돌아갈 채비를 서둘러야겠다. 어쩌면 큰 건수가 생길 수도 있을 거라는 예감에 나쁜 쪽으로 예민하게 발달한 촉이 찌릿하게 자극되었다.

다음 날, 비가 그치자마자 객잔을 통째로 차지하고 있던 일행들은 경으로 돌아가는 여장을 꾸렸다. 군마와 마차가 동원된 일행의 규모는 일대의 모두가 일손을 멈추고 구경할 정도로 컸다. 그러나 지난밤 근방의 의원이라는 의원마다 무장한 군인들이 들이닥쳐 찢어진 상처를 입은 환자가 있었다면 그 정보를 토해 내라 행패를 부린 탓에 구경꾼들 중 의원들만은 없었다는 건 사소한 후일담이다.

3장

쨍한 햇빛이 붉은 기와 위에 떨어져 부서졌다. 미묘하게 색이 다른 수천, 수만 장의 기와들이 겹겹이 쌓여 높디높은 아홉 겹 황궁 담벼락을 오묘하게 꾸며 주고 있었다.

황제와 그 반려만이 기거할 수 있는 황제의 처소를 둘러싼 첫 번째 담인 금문(金門)과 고관들이 모여 황제와 정사를 논의하는 전각들이 모여 있는 두 번째 담인 적문(赤門)은 물론 죄인들을 제외한 이라면 누구나 드나들어 상소를 올릴 수 있는 아홉 번째 담 백문(白門)까지, 황궁을 겹겹이 둘러싼 담벼락은 견고하기 짝이 없었다.

신분을 증명하는 패(牌)에 따라 드나들 수 있는 문에는 제한이 있었는데 황가를 호위하는 군인들이 무장한 채 드나들 수 있는 것은 세 번째 문인 청문(靑門) 밖까지였다. 물론 정예의 무인들이 황제의 침소까지 쉴 틈 없이 지키고 있기는 하나 그것은 극히 소수일 뿐, 다수의 무인들이 한꺼번에 세 번째 문 안까지 들어가는 것은 법으로 금지된 일이었다.

청색으로 테두리가 칠해진 웅장한 철문 앞에서 멈춰 선 일단(一團)의 군마와 마차에게 문 앞을 지키고 있던 병졸 둘이 다가왔다. 그들은 선두에 서 있는 말로 다가갔다.

"병호대 대장을 뵙습니다."

병졸들은 한 치의 어긋남 없이 절도 있게 허리를 숙였다. 깍듯한 예(禮)에 가볍게 고개를 까닥하는 것으로 인사를 대신한 천강이 훅 말에서 내려섰다.

"병호대 대장 명광장군(明光將軍) 윤천강 휘하 이십오 명, 폐하의 명을 수행하고 돌아왔다. 폐하를 뵙고 보고를 올리고자 폐하와의 알현을 구하는 바이다."

"말씀 전해 올리겠습니다."

병졸들 중 하나가 철문 안쪽으로 달려갔다. 익숙한 절차인 듯 천강은 자신의 수하들을 돌아보았다. 그에 모두들 자연스레 말에서 내려 어깨를 두드리며 뒷목을 주물렀다.

"그럼 대장께서 폐하께 보고를 올리시는 동안 저희는 여장을 풀고 있겠습니다."

부관 의량의 말에 천강은 군마들의 뒤쪽, 일행의 후미에 서 있는 마차를 바라보았다. 막 마차 문이 열리고 구부정한 허리를 한껏 펴며 내리던 노인과 천강의 눈이 마주쳤다.

"뭘 보나?"

입을 비죽거리며 시비 거는 투로 던지는 어의의 말은 귓등으로 흘려듣고 천강은 열린 마차 문 안쪽을 응시했다. 나가야 할지 계속 마차 안에 있어야 할지 망설이는 듯 갸름한 얼굴이 빼꼼 고개만 내밀었다.

"나오게, 나와. 오래 앉아 있었더니 뼈가 다 쑤시는구만."

그런 망설임을 가차 없이 잘라 내며 어의가 수린을 잡아끌었다. 엉거주춤 나오는 모양새는 정말 오래 앉아 있어 몸이 쑤시는 듯 보였다.

"윤 학사는 안 나오시겠나? 아직 일어나기 힘들면 앉아 계시고."

급히 조달한지라 마차 크기는 그리 크지 않았다. 좁은 마차 안에서 세 사람이 앉아 오는 게 힘들었던지 어의도 수린도 안색이 그리 좋지 못했다. 아직 몸을 다 회복하지 못한 문혁의 상태는 더더욱 그랬다. 천강이 다가가자 긴 의자에 비스듬히 기대어 있는 문혁의 얼굴이 마차의 열린 문 사이로 드러났다. 얼굴을 찌푸리고 있던 문혁은 천강을 보자 고개를 저었다. 힘들어서 일어날 수가 없다는 뜻이었다.

"형님께서 힘드시면 폐하는 저 혼자 먼저 뵙겠습니다. 일단 여독을 푸신 후에 폐하를 알현하시겠습니까?"

천강의 조심스러운 권유에 문혁은 아니라며 손을 내밀었다.

"아니다. 걷는 게 힘들 뿐 다른 건 다 괜찮다. 어깨를 좀 빌려다오."

천강이 몸을 숙여 어깨를 받쳐 주자 문혁은 그에게 체중을 싣고 일어섰다. 황궁까지 오는 동안 천혈삼 두 뿌리를 마저 달여 복용한 덕에 시송목의 독은 모두 해독되었다고 어의는 말했다. 그러

147

나 오랫동안 누워 있던 후유증인지 아직은 다리에 힘이 잘 들어가지 않았다. 시간을 두고 단련을 하면 금세 괜찮아질 거라는 진단을 받았지만 아직까지는 혼자 걷기에도 무리인 상태였다.

"제가 마차보다 가마나 연(輦)을 구하는 것이 좋을 것 같다 하지 않았습니까."

마차보다는 그 편이 장거리 이동에 훨씬 나았을 것인데 문혁은 부득불 마차로 가야 한다 우겼다. 자신을 돌봐야 하는 어의도 항상 곁에 머물러야 한다는 게 그 이유였는데 어째서 그 '돌봐야 하는 이'에 덤까지 붙이는지는 모를 일이었다. 천강은 문혁이 천천히 걸을 수 있도록 받쳐 주며 어의의 덤이었던 수린에게 시선을 던졌다.

세 번째 청문과 네 번째 녹문 사이의 구역은 외국의 사신단이 방문하거나 황제의 탄신연 등 황궁 행사가 있을 때의 방문객들이 머무는 공간이다. 황제의 명을 받들고자 황궁에 들어온 무인들과 병사들이 잠시 머물 수 있는 곳이기도 했다. 천강이 황제를 알현하는 동안 천강 휘하의 수하들은 이곳을 담당하는 관리가 머물 방을 배정하여 주고 쉴 수 있도록 준비를 해 줄 것이다.

헌데 천강의 수하도 아니고 문혁의 일행도 아닌 수린은 명패(名牌)조차 지니지 못한 죄인이다. 본래대로라면 아홉 번째 백문(白門) 안에도 발을 들여놓지 못했을 처지라 고지식하기 짝이 없다는 평이 자자한 담당관이 제대로 된 처소를 배정해 줄지 의문이었다.

천강의 속내를 알 리 없는 수린은 들어와 볼 것이라 생각도 못 했던 황궁의 드높은 벽을 바라보며 감탄만 하고 있었다. 평화롭던 어린 시절, 귀한 댁 금지옥엽 딸이었을 때도 와 보지 못했던 곳을 죄인 신분으로 들어오다니 이 참 우스운 일이 아닌가.

그러는 새 달려갔던 병졸이 검은색 의관을 갖춘 내관 하나를 동행하고 돌아왔다. 근엄한 성격을 보여 주듯 입가에 깊게 팬 주름을 지닌 중년 내관은 이미 윤씨 형제나 어의와는 구면인 듯 가벼운 목례를 나눴다.

"폐하께서는 지금 수성당(水星堂)에 계십니다. 언제든 윤 학사의 일이라면 즉시 알리라 하셨으니 따로 허락을 구하지 않고 바로 가 보셔도 될 듯합니다. 안내할 터이니 따라오시지요. 성 어의께서도 함께 가시지요."

내관의 말에 그때까지도 허리를 이리저리 비틀고 있던 어의가 이쪽으로 다가왔다. 황제를 만나기 위해 일단 자리를 떠야 했던 천강이 부관 의량과 눈을 마주치고 수린 쪽으로 눈짓을 했다. 알아서 뒤를 봐주라는 뜻이었다. 의량이 상관의 의도를 제대로 읽고 고개를 끄덕이는데 갑자기 수린이 외쳤다.

"잠시만 기다려 주십시오."

주제넘게 끼어들었다 질책받을 일이었지만 수린은 급작스레 떠오른 임무에 입을 열지 않을 수가 없었다. 내관의 주름이 불편하게 깊어지는데, 수린은 마차 안으로 뛰듯 들어가 부산스레 짐을 뒤지더니 무언가를 꺼내 들고 와서 내관에게 내밀었다.

"안주의 총관이신 윤종명 어르신께서 폐하께 직접 전해야 한다 말씀하신 서찰입니다. 폐하께서 반드시 답신을 보내라 명하신 서찰이라 잊으면 안 되는 것입니다."

내관은 앳된 기색이 역력한 단정한 얼굴을 보고 찌푸린 인상을 풀지 않고 있다가 천강과 문혁을 바라보았다. 정말이냐 묻는 시선에 문혁이 그렇다고 고개를 끄덕였다.

"그럼 하는 수 없지. 함께 폐하를 뵐 것이니 따르시게."

"……예?!"

아니 황제를 만나겠다는 이야기가 아니라 그냥 서찰만 전해 달라는 거였는데. 펄럭 힘차게 휘날리는 내관의 도포 자락이 수린의 반문을 막아 버렸다.

수성당은 본래 선선황의 후궁 영빈(渶嬪)의 처소였다. 아기자기한 것을 좋아하는 영빈이 늘 작은 정원이 보고 싶다 하여 전각 안에 못을 파고 갖가지 기화요초를 심어 둔 곳이, 선황제 때 주인을 잃고 잡초만 무성한 곳으로 변해 버렸다. 그러던 것이 현 황제인 백령제 때 대대적으로 단장을 하여 곡식을 기르고 과일 나무를 가꾸는 곳으로 바뀌었다. 황제는 초봄이면 수성당에 곡식을 심고 기르라 명하고 수성당의 못으로 강수량을 짐작하여 한 해의 농사를 점치곤 했다.

정사가 바쁘지 않을 때 황제는 주로 수성당에서 다과를 즐기는 것으로 여과를 보내곤 했는데 아마도 지금 또한 그런 모양이었다. 아우의 어깨에 몸을 기대어 황제가 있을 수성당으로 향하는 문혁의 마음은 돌 던진 호수처럼 어지러웠다. 황제께 심려를 끼쳤다는 죄스러움, 미련한 실수 탓에 운신이 자유롭지 못하게 된 자책감, 그리고…….

뒤따라오는 이에게 생각이 미치자 내관의 말에 놀라 동그랗게 커지던 눈이 떠올라 설핏 웃음이 나왔다. 저도 모르게 뒤쪽으로 시선을 주니 주눅 들어 걸음걸이에도 기운 없는 수린이 눈에 들어왔다.

"형님. 힘드십니까?"

걸음이 더뎌지자 천강이 물었다. 문혁은 얼른 아니라 둘러대고 모르는 척 눈을 돌렸지만 사실 천강은 문혁의 시선이 향하는 곳을 눈치채고 있었다. 윤종명의 서찰을 품에 꼭 쥐고 바짝 긴장하여 뒤를 따르고 있는 호리호리한 인물에게, 천강 또한 신경을 쓰고 있었기 때문이었다.

"긴장할 것 없네. 폐하께 인사만 드리고 서찰을 전해 드리고 자네와 나는 자리에서 물러나면 돼. 폐하께서는 윤 학사와 나눌 이야기가 많으실 걸세."

어의 위로에 고개를 끄덕이는 이의 작은 얼굴이 오늘따라 더 초췌해 보이는 것은 오랜 여정으로 피로가 많이 쌓였기 때문일 것이다. 어의 말대로 어서 가서 쉬면 괜찮아질 테지. 그리 넘겨 생각하며 걷다 보니 곧 수성당이었다.

어른 남자의 손바닥 아홉 개를 붙여 놓은 크기로 땅을 나눠 각 구획마다 백성들이 가장 많이 심고 가꾸는 곡식을 종류별로 심어 둔 수성당은 커다란 원 모양의 연못과 그것을 빙 둘러 잘 자라난 곡식들이 신기한 조화를 이루는 곳이었다. 내관은 서넛의 여인들이 서 있는 연못가로 일행을 안내했다. 붉은 옷으로 성장한 소녀가 무엇을 생각하는지 골똘히 고민하는 표정으로 수련이 화사하게 핀 연못을 내려다보고 있었고 소녀의 뒤로 세 명의 중년 여성들이 꼿꼿하게 허리를 세우고 기립하고 있었다. 연못 근처까지 다가가자 그제야 일행의 기척을 알아차린 소녀는 해당화처럼 화사하게 웃었다.

구름처럼 하얗고 부드러워 보이는 소녀의 얼굴은 화사한 웃음과 어우러져 눈이 부실 정도였다. 그런 그녀의 앞에 천강과 문혁, 어의가 허리를 깊게 숙였다. 덩달아 수린도 얼떨결에 허리를 푹 숙였다.

"황제 폐하를 뵙습니다."

"폐하를 뵙습니다."

"그간 강녕하셨습니까. 황제 폐하."

차례대로 이어지는 인사에 수린은 고개를 숙인 와중에도 눈이 부릅떠졌다. 황제? 저 소녀가?

"일어나세요. 아직 몸도 성치 않은 환자에게 불편을 주고 싶지 않아요. 우선 정자에 가서 앉지요."

부드러운 목소리는 피곤함을 다독여 주듯 나긋했다. 위정자의 너그러움과 여인의 자상함이 잘 배합된 황제의 목소리에 수린은 끌리듯 고개를 들었다. 고왔다. 황제가 또래의 여인인 것은 알고 있었지만 직접 보게 되니 머리로 생각하던 것과는 다른 충격이 수린을 쳤다. 비슷한 연배의 여인의 아름다움이, 폭군일 것이라 가슴에 새겨 온 황제의 부드러운 목소리가 쉬이 받아들여지지가 않았다.

연못 위쪽에 자리한 정자로 가 황제가 먼저 착석하여 자리를 권하자 천강은 몸이 불편한 문혁을 먼저 자리에 앉혀 주었다. 어의와 천강이 뒤따라 앉자, 차마 황제와 동석할 처지가 아니었던 수린만이 어색하게 서서 뒤로 슬금 물러섰다.

"저 사람은……."

그제야 수린에게 눈길을 주며 황제가 입을 열자 문혁이 얼른 나섰다.

"저를 돌보기 위해 안주에서 백부님이 붙여 준 이입니다. 폐하께서 백부님께 전하신 서찰의 답신 또한 전달토록 당부받고 온 사람이지요."

"아아, 그렇습니까. 그렇다면 나도 고마움을 전해야 하는 사람이었군요."

수린은 황제의 말에 어쩔 줄 몰라 하다 고개를 숙였다.

"황송한 말씀, 거두어 주십시오."

황제는 그런 수린의 모습에 미소를 지으며 문혁을 바라보았다.

"처음에 비보를 전해 듣고 어찌나 놀랐는지 지금도 가슴이 철렁합니다. 내가 직접 달려가고 싶은 마음을 누르고 참느라 고생이 이만저만이 아니었습니다."

"심려 끼쳤습니다."

"그런 말 말아요. 이리 회복하여 내 앞에 앉아 계신 것만으로도 기쁘기 그지없습니다."

황제의 부드러운 목소리에 문혁이 송구함을 표하자 황제는 천강에게 물었다.

"중간에 힘든 일은 없었습니까?"

"폐하의 황은이 천하에 널리 퍼져 있는데 힘든 일이랄 게 있습니까. 게다가 제 하나뿐인 형제의 일이 아닙니까."

황제를 칭송하는 이야기인데 워낙 목소리가 딱딱하다 보니 아부처럼 들리지도 않는다. 황제는 그럴 줄 알았다는 듯 웃으며 어의에게 질문을 돌렸다.

"성 어의, 이야기해 주어요. 윤 학사의 상태는 이제 다 괜찮은 겁니까?"

"예, 폐하. 당분간 기력을 보강하는 약재를 충분히 섭취하고 몇 가지 치료만 병행하면 금세 괜찮아질 것입니다. 심려치 않으셔도 됩니다."

"성 어의도 큰 고생하였어요. 기마를 타고 장거리를 이동하는 것이 쉽지 않은 나이인데."

그 말에 어의는 천강을 똑바로 바라보며 눈을 부릅떴다.

"대의를 이루기 위한 일인데 이 노구 하나 고생하는 게 대수겠습니까."

그 말속에 담긴 질긴 멀미의 뒤끝을, 황제를 제외한 그 자리의 모두는 눈치채고 있었다.

"성 어의에게도 잊지 않고 하사품을 내릴 것이니 기대해도 좋아요."

"황은이 망극하옵니다."

"그럼, 윤 총관의 서신은 이리로."

황제가 어의를 치하하는 말을 마무리 짓고 수린 쪽으로 손짓하자 궁녀 하나가 수린에게 다가섰다. 수린이 궁녀의 손에 품 안의 서찰을 건네자 궁녀는 그것을 받아 황제의 앞에 대령했다. 황제는 굵직한 서체로 글자를 적은 윤종명의 서찰 봉투를 보고 미소를 지었다.

"생각보다 오래 걸렸지만 윤 총관이라면 성실히 답변해 주었겠지요."

"무슨 서찰이기에 저도 보지 말라 하셨는지, 이제 감히 여쭈어도 되겠습니까?"

문혁의 질문에 황제는 입꼬리를 예쁘게 말아 웃었다.

"윤 학사와 내 혼인의 예단 문제를 물었습니다."

황제의 대답에 수린의 눈이 커졌다. 혼인? 문혁과 황제가? 놀란 기색을 보인 것은 문혁 또한 마찬가지였다. 문혁은 저도 모르게 몸까지 돌려 수린을 바라보았다. 그런 문혁의 반응에 천강은 저도 모르게 눈살을 찌푸렸다.

"윤 학사? 왜 그러십니까?"

"아, 송구합니다. 그저, 그런 내용일 것이라 생각지 못하여서……."

문혁의 변명 같은 대답에 납득이 되었는지 어쨌는지 황제는 어쨌든 고개를 끄덕였다.

"놀라게 하려 한 것이니 놀라도 됩니다. 윤 총관은 윤 학사에게 또 다른 아버지 같은 이라 들었습니다. 허니 예단을 보낼 때 윤 총관에게도 보내고 싶었습니다. 그래서 필요한 것이 있는지를 물었던 겁니다."

"그, 러셨군요."

아, 그랬구나. 문혁이 대답하는 동안 수린은 소리 없이 놀랐던 마음을 진정시키고 그간의 일들을 하나하나 짚어 보았다. 그래서 황제는 천하에 둘도 없다는 약재를 아낌없이 모두 문혁에게 보내고, 자신의 건강을 책임져야 하는 어의도 서슴없이 보내 치료하라 지시하였던 거구나. 정혼자라서. 암만 총애하는 신하라고 하나 총애의 정도가 지나친 것 아닌가 싶었는데 정혼자의 일이라면 그럴 만도 했다.

"이건 윤 학사와 함께 읽으며 상의해야 할 일인데, 혹 몸이 안 좋다면 후일에 다시 상의를 하도록 하지요."

황제의 말에 문혁은 괜찮다 대꾸했지만 가슴 한편이 꽉 막힌 듯 답답했다.

"폐하, 소신은 이만 물러가겠습니다. 수하들에게 마저 마무리를 하라 지시할 일이 있습니다."

천강이 청하자 황제는 고생했다며 어서 가 보라 말했다. 그에 어의도 따라 자리에서 일어섰고 꿔다 놓은 보릿자루처럼 서 있던 수린은 천강의 따라오라는 눈짓에 옳다구나 냉큼 허리 숙여 인사하고 천강의 뒤를 따랐다.

"그럼 윤 총관이 무어라 적었는지 좀 볼까요."

들떠 보이는 황제의 얼굴은 여느 때처럼 어여뻤다. 그러나 문혁은 왜 자신의 마음 한구석에서 자리를 뜨며 수린을 데리고 간 동생을 향한 불편한 마음이 피어나는 것인지를 신경 쓰느라 그 어여쁨을 눈에 담을 여유가 없었다.

"서신이 두 개로군요."

황제가 서신을 펼치며 찬찬히 읽어 내려가는 중에도 마음 한쪽에서 이는 근원을 알 수 없는 파랑(波浪)이 문혁을 간지럽혀 황제에게 집중할 수가 없었다.

"하나는 내가 보낸 것에 대한 답장, 그리고 이건…… 윤 학사를 돌봐 온 그자에 대한 것이로군요."

윤종명의 두 개의 서신을 훑고 나서 입을 여는 황제의 말에, 문혁은 불현듯 정신이 들었다.

"폐하."

"예?"

"외람되옵니다만 청이 한 가지 있습니다."

"무엇입니까?"

"그자, 안주에서 저를 따라온 민진겸이란 자의 거취에 관한 것입니다."

오랜 중독 후유증으로 파리해져 있었지만 문혁의 눈빛은 형형했다. 황제는 입가에 걸고 있던 미소를 거두고 진지한 얼굴로 문혁을 바라보았다.

"말해 보세요. 하마터면 잃을 뻔했던 정혼자의 청입니다. 내가 할 수 있는 일이라면 들어 드리겠습니다."

황제의 말이 가슴의 어느 한구석을 아프게 찔렀다. 아직 몸이 다 회복되지 않은 탓이다. 원인 모를 뜨끔함을 아팠던 탓으로 치부하며 문혁은 메마른 입술을 열었다.

"실은……."

뒤에서 자신의 이야기가 오고갈 것이라고는 꿈에도 상상 못 한 채, 황제의 어전에서 물러난 수린은 적문 앞에서 발을 멈추었다. 여기에서 죽 가면 천강의 수하들이 머물고 있는 청문 밖으로 나가는 길이다. 그리고 어의는 자신의 처소는 적문 안쪽, 황제의 집무실 옆이라 했다.

"겸이 자네는 나와 가야지."

어의의 말에 천강이 바라보자 어의는 이런 천하의 둘도 없는 어리석은 자를 보았나 하는 표정을 지어 보였다.

"그야 윤 학사가 거의 회복되었다고는 하나 시송목의 독에 중독되어 살아난 이가 극히 드물지 않은가. 대강의 경과는 기록해 두었지만 빼먹은 것이 있어서는 안 될 일이니 이 사람은 돌아갈 때까지 나와 함께 머물며 나를 도와 치료법을 제대로 정리해 두어야지. 만에 하나 윤 학사가 나중에 잘못될 가능성은 아예 없어야 하니까."

천강에게는 근엄하게 줄줄 읊으며 수린을 향해 슬쩍 고개를 돌려 익살스레 한쪽 눈을 찡긋하는 모습이 나이답지 않게 유쾌해 보였다. 수린은 어의가 자신을 위해 일부러 포석을 깔아 준다는 것을 깨달았다. 사내들 틈에 섞여 다른 이와 함께 방을 써야 할지도 모르는 상황을 피하게 해 주려는 거다.

"그리하겠습니다. 당연히 학사 나리의 안위를 위해 추후에라도 부족함이 없도록 마무리를 지어 놓아야지요."

장단에 맞춰 맞장구치며 어의 쪽으로 쪼르르 가서 묻는 시선으로 천강을 보자 천강은 미묘하게 미간을 구겼다. 날카로운 눈매가 찌푸려지는 것을 보고 수린은 문득 이 상황이 어딘가 이상하다고 느꼈다. 마치 자신이 천강의 울타리 안의 가축이 된 기분이라 해야 할까.

'아니, 그보다는……'

마치 수린이 천강의 허락이 있어야만 움직일 수 있는 존재라고 암묵적으로 인정하고 들어가는 분위기가 아닌가. 죄인인 수린의 운신이 자유롭지 못한 것은 당연한 일이지만 허락하는 주체가 천강이 되어야 할 이유는 전혀 없었기에 수린은 이렇게 천강의 허락이 떨어지기를 기다리는 듯한 자신의 모습이 기이하게 여겨졌다.

"어서 가세나. 윤 대장 그럼 잘 가시게."

본능적인 반발감이 치밀어 올랐던 수린은 어의가 훠이훠이 천강을 향해 손을 흔들자 냉큼 그럼 안녕히 가시라 덧붙이고 뒤도 돌아보지 않고 어의를 따랐다. 뒤통수가 좀 따끔거렸지만 일부러 뒤를 돌아보지 않았기에 천강이 어떤 표정을 짓고 있었는지, 수린은 전혀 알 수가 없었다. 뒷덜미가 어째 간질간질한 것이 따라붙는 시선이 꽤나 길기도 했던 모양이다.

애써 무시하고 어의를 따라 모퉁이를 몇 번 돌자 약재의 냄새가 은은하게 풍기는 목재 전각이 수린을 반겨 주었다.

"어르신!"

옻칠한 나무 쟁반 가득 말린 약재를 나르던 어린 궁녀 하나가 멀리서 어의를 보고 반색하며 종종걸음으로 달려왔다.

"오늘 돌아오신 것입니까? 가셨던 일은 무사히 마치셨습니까?"

미색 저고리에 연한 청색 배자를 덧대어 입은 궁녀는 아직 솜털이 보송보송한 얼굴에 희색을 가득 담고 새가 지저귀듯 물어왔다. 어의는 환히 웃으며 궁녀의 머리를 쓰다듬었다.

"그래. 지금 다녀왔다. 명아야. 그간 잘 지냈느냐?"

"예. 의녀 형님들도 어서 빨리 어르신이 돌아오시기를 기다리고 있었습니다."

"나 없다고 다들 놀고만 있었던 것은 아니고?"

"아니어요!"

조금 놓치는 말에 대뜸 얼굴이 발개져서 목소리가 높아지는 모습이 귀여웠다. 어의는 그런 궁녀를 보고 껄껄 웃으며 수린을 소개했다.

"명아야. 인사하거라. 내가 이번에 도움을 받은 이다. 당분간 이곳에 머물 것이니 빈방을 좀 안내해 주려무나."

그 말에 언제 씩씩거렸냐는 듯 수린을 바라보는 명아의 눈이 초롱하게 빛났다.

"총명한 아이이니 필요한 것이 있으면 나 없을 때는 이 아이에게 부탁하시게. 오랫동안 여기 머물렀던 아이라 어지간한 것은 다 알고 있으니."

칭찬하는 말을 듣자 또 금세 얼굴을 붉힌다. 열셋? 열넷? 아직 많이 어려 보이는데 오랫동안 이곳에 머물렀다니 언제부터 궁에 있었던 것일까.

"명아라고 합니다. 그간 청소는 열심히 해 두어 빈방은 여러 개 있습니다. 이것만 가져다 두고 머무실 만한 곳을 안내해 드리겠습니다. 잠시만 기다려 주십시오."

들고 있던 약재 쟁반을 들어 올려 보이고 명아는 다다다 어딘가로 달려갔다.

"쯧쯧, 저리 뭘 들고 달리면 안 된다 하였거늘."

혀 차는 소리를 내면서도 어의의 목소리에는 숨길 수 없는 애정이 있었다. 저 아이를 퍽 아끼는 모양이었다. 수린은 그런 어의를 따스한 눈으로 응시했다.

"감사합니다."

"응? 무어가?"

"모두 다요. 비밀을 지켜 주시고 저를 배려해 주시고 만난 지 얼마 되지도 않은 저를 호의로 감싸 주신 것도. 전부 어찌 갚아야 할지 모르겠습니다."

"아니야. 은혜는 무슨."

당치 않다며 어의는 험험 쑥스러운 듯 헛기침을 했다.

"아마 안주로 돌아가는 건 늦어도 한 달 안에는 가능할 테지. 그때까지 여기서 책도 좀 보고 귀한 약재들도 마음껏 만지면서 편히 있다 가게나."

"그러겠습니다."

어의의 말대로 이번에는 정말 편히, 마음껏 쉬며 시간을 보내리라. 아마도 안주로 돌아가기 전에 마지막으로 주어지는 휴식일 테니.

그러나 늘 그렇듯, 모든 일이 수린의 예상대로만 흘러가지는 않았다.

❀　❀　❀

아침나절부터 자신을 찾아온 방문객이 있다 전해 주는 명아의 말에 수린이 저도 모르게 미심쩍은 시선을 던진 모양이었다.

"정말이어요. 겸이라는 분을 모셔 오라 했다 전해 달랬어요."

상기된 얼굴로 손을 파닥파닥 흔들며 정말이라 말하는 명아는 억울한 기색이었다. 그 모습이 거짓을 말하는 것 같지 않아 수린은 보고 있던 약학서를 덮었다. 찾을 이가 없는데 누가 찾는다는 것인가. 창호지 문을 열고 나가자 다른 전각의 궁녀인 듯, 녹색 치마에 옥색 저고리를 입은 소녀가 기다리고 있었다.

"어디서 날 찾는다 하셨소?"

수린이 묻자 궁녀는 얌전히 손가락을 들어 청문이 있는 방향을 가리켰다.

"병호대의 몇 분이 수련 중에 다치셔서 의원이 필요하다 하십니다. 급히 와 주십사 말을 전해 달라 하셔서 왔습니다."

"누가 어찌 다쳤는데 나를 찾소?"

"그것은 저도 잘 모르겠습니다."

얌전히 대답하고 궁녀는 할 말을 다 전했다며 총총 사라졌다. 수린은 물러나는 궁녀의 뒷모습을 보며 미간을 몇 번 긁적이다 신을 신었다. 오라면 오고 가라면 가야 하는 처지이다. 누가 찾았느지는 가 보면 알 일이었다.

들 때는 엄히 막았지만 날 때는 그리 삼엄하게 막지 않는 것이 관례인 듯, 병호대가 머물고 있는 곳으로 향하는 수린을 막는 병졸들은 없었다. 규모는 컸어도 구조가 복잡하지 않은 황궁의 길은 한 번 가 본 길이어도 찾아가기 어렵지 않았다. 수린이 시행착오 없이 쉬이 찾아간 병호대의 숙소는 병사들의 연병장과 비슷한 모습으로 수린을 맞아 주었다.

가운데 넓은 마당을 두고 마당을 네모반듯하게 둘러싼 모양으로 지어진 건물은 어의의 처소와 같은 목재로 지어져 있었지만 기거하고 있는 이가 달라서 그런지 전혀 다른 느낌을 주었다. 가벼운 광목옷을 걸치고 봉을 휘두르는 몇몇의 사내들과, 둘씩 짝을 지어 대련하는 사내들의 기합 소리로 넓은 마당이 꽉 들어차 있었다.

수린은 기운차게 단련하는 사내들을 빙 둘러보다가 마당의 한쪽에 심어진 나무 그늘 아래 평상으로 다가갔다. 무거운 갑옷을 벗고 여느 사내들처럼 가벼운 차림을 하고 있었지만 예기(銳氣)를 숨길 수 없는 뒷모습만으로도 천강을 한눈에 알아볼 수 있었다.

수린이 다가가자 채 다 가기도 전인데 평상 위에 앉아 있던 세 남자의 시선이 약속이라도 한 듯 동시에 수린을 향했다. 하여간 뒤통수에도 눈 달린 사람들이다, 정말. 수린은 천강과 그 부관, 그리고 다리를 쭉 펴고 앉아 있는 남자를 보고 찾으셨다 들어 왔노라 고했다. 천강이 부관을 바라보자 부관 의량은 다리를 쭉 편 남자를 가리켰다.

"대련 중에 다리를 좀 다친 모양인데 좀 볼 수 있겠나?"

어째서 상관 앞에서 버릇없이 다리를 쭉 펴고 있었는가 했더니 다쳐서 그런 모양이다.

"저는 의원이 아닌지라……. 황궁에는 뛰어난 의원분들이 많이 계신데 어찌 저를 찾으셨습니까."

"그건 나도 그리 생각……. 아니, 성 어의께서 오래간만에 환궁하시어 오늘 의관들과 의녀들을 모아 놓고 간담을 나눈다 들었다. 황궁의 모든 의관과 의녀들은 거기 모여 있을 것이다."

대뜸 수긍하려던 의량이 천강 쪽을 한 번 보더니 얼른 말을 바꿔 설명했다. 어의가 아침 일찍 오늘은 오후까지 볼일이 많다 이야기하고 처소를 떠난 것이 기억난 수린은 고개를 끄덕였다.

"그러시군요. 어디를 다치신 것인지 제가 좀 봐도 되겠습니까?"

앉아 있는 남자는 어딘지 낯이 익었다. 커다란 덩치와 곰처럼 둥글둥글한 인상은…… 수린에게 술을 권했다 어의에게 혼쭐나고, 종이 사러 화방에 같이 가겠노라 했다가 중간에 사라졌던 그 사람이다. 실례하겠노라 양해를 구하고 평상 위로 올라가 남자에게 다가갔다. 오른쪽 바지 자락을 걷어 올리자 척 보기에도 수린의 발목보다 두 배는 넘게 두꺼워진 발목이 절로 탄식이 나오게 만들었다.

"이런, 많이 부었습니다. 아프셨겠습니다."

저도 모르게 인상을 찌푸리며 말하자 곰같이 작고 둥근 눈이 끔뻑끔뻑 수린을 보았다.

"아니 그쪽은 멀쩡한 쪽인데?"

"……."

수린은 말없이 후다닥 자리를 바꿔 왼쪽 다리의 바지를 걷었다.

수린이 민망해야 할 상황인지 남자가 민망해야 할 상황인지 모르겠다. 괜히 티 내면 더 미안해질 것 같아서 수린은 애써 모른 척 뚫어지게 왼쪽 발목을 쳐다보았다.

"흠, 흠. 특별한 외상은 없군요. 접질리신 겁니까?"

"접질렸는지 뼈를 다쳤는지 걸음을 디딜 때마다 복숭아뼈 쪽이 찔리는 것처럼 아프다."

"그렇습니까. 그럼 좀 만져 보겠습니다."

두 손으로 잡기에도 버거울 두꺼운 발목을 아주 조심스레 건드리자 남자는 가만히 있다가 복숭아뼈 쪽으로 손가락이 가자 대번에 고통스러운 신음성을 뱉었다.

"뼈가 튀어나온 것은 아닙니다. 이쪽도 아프십니까?"

여기저기를 만지며 아픈 곳을 묻고 살피자 남자는 성실히 그렇다 아니다 대답해 주었다. 수린은 한참을 그러다가 고개를 끄덕였다.

"이쪽 뼈가 살짝 어긋난 것 같습니다. 큰 상처는 아닌 것 같으니 접골을 하고 염증을 가라앉히는 약재를 복용하신 후에 쉬시면 금방 괜찮아지실 겁니다."

수린이 줄줄 진단하자 옆에서 말없이 지켜보고 있던 천강이 입술을 떼었다.

"뼈가 다친 상처를 많이 본 모양이지?"

감정이 잘 드러나지 않는 낮은 목소리는, 그 말 안에 담긴 진의를 파악하기가 참 어려웠다. 수린은 천강이 무슨 뜻으로 그런 말을 던졌는지를 헤아려 보려고 천강의 얼굴을 바라보다가 어깨를 으쓱했다. 얼굴도 무표정이라 모를 일이기는 매한가지이다.

"안주에 사는 이들 대부분은 스스로 땅을 일구고 산과 싸워 먹을 것을 얻습니다. 자잘하게 다치는 일도 부지기수입니다. 산에서 굴러 어깨가 빠지고 발목이 삐끗하면 스스로 끼워 맞추고 내려와야 하지요. 이런 종류의 상처는 익숙합니다."

"그래? 그럼 치료해 주어라."

이어진 천강의 지시에 남자의 발목을 맞춰 주려고 붙들었다가 수린은 잠깐 의아함이 들었다. 살이 찢어지고 뼈가 부러지기로는 안주에 사는 이들 못지않은 군인들이 아닌가? 뼈 맞추는 정도는 할 수 있을 텐데?

"아우우!"

딴생각하느라고 손에 힘이 좀 과하게 들어갔던 모양이다. 남자의 비명이 구슬프기 짝이 없게 마당에 울려 퍼졌다. 대련을 하고 있던 사내들이 한 번씩 손을 멈추고 돌아볼 정도였다.

"잘 맞아 들어간 것 같습니다. 약재 복용하시는 것 잊지 마시고 하루 이틀은 꼭 쉬셔야 합니다."

아파하는 목소리가 너무 커서 좀 미안했지만 깔끔하게 딱 맞아 들어간 느낌이 그 미안함을 덜어 주었다. 수린이 남자의 바지를 내려 주고 평상에서 일어났다. 남자는 덩치에 안 어울리게 눈가까지 촉촉해져 있었다. 하지만 수린에게 감사를 전하는 것은 잊지 않았다.

"치료 고맙다. 수고했다."

"수고는요. 혹 가는 길에 약재실에 약재를 보내 놓으라 전해 둘까요?"

"그래 주면 더 고맙고."

"어차피 가는 길이니 그러겠습니다. 그러면 약재실에 병호대의…… 누구에게 보내라 전할까요?"

"이름 말이냐? 내 이름은 대웅이라 한다."

"큽!"

결코 일부러 웃은 것은 아니었다. 순간적으로 터져 나온 웃음을 참을 수가 없었던 것뿐이다. 처음 봤을 때부터 큰 곰 같다 생각했는데 정말 이름도 대웅이라니.

수린이 왜 웃는지 영문을 알 수 없었던 대웅은 불쌍하게 둥근 눈만 끔뻑였다.

"죄, 죄송합니다. 그럼 약재실에 말을 전해 두겠습니다. 저는 이만."

그 자리에 있다가는 터지는 웃음을 참을 수 없을 것 같아 수린은 서둘러 자리를 피했다. 졸지에 이유도 모르고 웃음거리가 된 대웅이 상관들에게 억울하기 짝이 없는 눈빛을 보냈다. 제가 뭘 어쨌기에? 정도의 의미를 담은 눈빛에 답을 줄 이는 없었다. 의량은 아까부터 한곳만 뚫어지게 바라보는 천강을 바라보고 있었고, 천강은 미동도 하지 않고 한곳만 바라보다가 벌떡 자리에서 일어났기 때문이었다.

"들어가 쉬어라."

대웅에게 던지듯 말해 놓고 천강은 성큼 걸어서 마당을 빠져나갔다. 의량은 그런 상관의 뒷모습을 복잡한 시선으로 바라았다. 대체 영문을 알 수 없었던 대웅은 이제는 걷기 수월해진 다리를 끌며 홀로 자신의 방으로 돌아가야 했다.

그리 우스운 일도 아니건만 한번 웃음이 터지자 진정하기가 쉽지 않았다. 곳곳에 병졸들이 지키고 있는 황궁에서 혼자 웃는 것이 볼썽사나울까 손으로 입을 막아 봤지만 어깨가 들썩이는 것까지 막을 수는 없었다.

"헤프게 웃고 다니는 건 좋지 않은 습관이다."

불쑥 뒤통수에 들려온 목소리에 큭큭거리고 있던 수린이 찬물 맞은 것처럼 싸해져 웃음을 뚝 멈췄다. 언제 따라왔는지 기척도 없이 뒤에 서 있는 천강의 말에 좀체 사그라들지 않던 웃음기가 씻은 듯 사라졌다. 헤프다니?

"부러 모독하고자 웃은 것이 아닙니다. 제가 웃는 것 때문에 수하가 모욕받은 것 같아 언짢으셨습니까?"

수린의 항변에 천강은 말없이 수린을 내려다보았다. 본래도 감정이 잘 드러나지 않는 딱딱한 얼굴인데 오늘따라 칠흑처럼 검은 눈동자가 더 속 모르게 깊어 보였다.

"앞으로 다시는 보시는 앞에서 웃지 않도록 하겠습니다. 심려 끼쳐 죄송합니다."

감정이 실려 들어가 톡 쏘는 말투가 나와 버렸다. 수린이 입 밖에 내어 놓고도 너무 건방지다 싶게 느껴질 정도였는데 천강은 굳이 수린의 말투를 지적하지는 않았다.

헤퍼? 나 원 기가 막혀서. 누가 들으면 사람 유혹하려 작정하고 눈웃음이라도 친 줄 알겠다.

수린은 생각할수록 천강의 말이 어이가 없어 화가 치밀었다. 느닷없이 불러서 다친 사람 치료하라라더니 잘 치료하고 나니 따라와서 시비는 왜 건단 말인가. 웃음 파는 기루의 기생한테나 쓸 말을 듣고 나니 온몸에서 열이 솟았다. 감정을 실어 척척 다시 걷기 시작하자 속 모를 얼굴로 서 있던 천강도 수린을 따라 걷기 시작했다. 수린은 눈썹을 구기고 고개를 홱 돌렸다.

"왜 따라오십니까?"

"자신감도 충만하군. 난 폐하를 뵈러 가는 것이다. 가던 길 가라."

"……예, 예. 가던 길 가겠습니다."

수린은 비꼬는 기색을 숨기지 않고 대꾸하곤 다시 걷기 시작했다. 뒤에 서 있던 천강도 따라 걸음을 떼었다. 어의의 처소와 황제의 집무실의 갈림길까지 말없이 걸어간 수린이 천강에게 말했다.

"그럼, 살펴 가십시오."

어서 가라. 눈빛으로 쏘아 보내는 노골적인 의미를 천강이 모를 리 없었건만 천강은 가면 같은 무표정으로 수린을 바라볼 뿐이었다.

"가지 않으시겠다면 제가 먼저 실례하겠습니다."

어지간히 마음이 상했는지 수린은 답을 듣기도 전에 자리를 떴다. 온몸으로 불만을 티 내는 수린의 뒷모습을, 천강은 오랫동안 그 자리에 서서 바라보았다. 수린이 모퉁이를 돌아 사라지고 나서도 한참을 가만히 서 있던 천강의 입에서 어느 순간 픽, 가벼운 웃음이 흘러나왔다.

"더 이상은 안 되겠군."

천강은 결심을 굳힌 듯, 수린이 사라진 쪽을 한 번 보고 곧장 황제의 집무실로 향했다.

천강의 알현 요청에 곧바로 들어오라 이른 황제는 높이 쌓인 상소문에서 눈을 떼지 못하고 있었다.

"어서 와요. 장군."

"정무에 바쁘실 폐하께 폐가 되는 건 아닌지 모르겠습니다."

"천만에요. 바쁜 일이 있어도 장군이 만나자 청하는 일이라면 그 일이 더 중요한 일일 것이 뻔하니 장군을 먼저 만나는 게 순서지요."

앉으라 권하며 웃음 짓는 황제는 그러면서도 손에서 보고 있던 상소문을 놓지는 않았다.

"상소문이 평소보다 많은 듯합니다."

"그래요. 하지만 그리 큰 문제는 아니에요. 이것들 중 이만큼이 다 어서 혼인하여 후사를 보라는 내용이군요."

손으로 짚어 주는 양은 상소문의 거의 대부분이었다. 천강은 고개를 끄덕였다.

"혼인이야 어차피 곧 치르실 터, 형님께서 어서 건강을 되찾으셔야 하겠군요."

"바라 마지않는 일이지요. 그럼 이야기해 봐요. 무슨 일로 얼굴 보기 힘든 장군이 이리 찾아왔는지."

천강은 황제의 말에 뜸 들이지 않고 바로 본론을 꺼냈다.

"일전에 명하신 정미곶의 항구 건을 슬슬 알아보고자 합니다."

황제의 눈이 조금 커졌다.

"벌써요? 환궁한 지 얼마나 되었다고요."

"당장 떠나겠다는 것은 아닙니다. 수하들의 여독이 좀 풀리고 나면 출발할까 합니다."

"그래요…… 어서 빨리 알아보아야 할 일이긴 하지요."

황궁에서 남쪽으로 쉼 없이 보름을 가면 나오는 정미곶에 군선을 댈 수 있는 규모의 항구를 건설하고 외국의 상인들도 드나들 수 있는 무역항으로 만드는 것은 황제가 몇 해 전부터 추진하고 있던 숙원이었다. 그런데 최근 관리들의 착복과 근방 해상의 해적들의 출몰이 잦다는 상소가 늘어 천강에게 굵직한 일을 마치고 나면 진상을 알아보라 일러두었던 것이다.

"그건 언젠가 해야 할 일이지만 나를 직접 찾아와 독대를 청한 것은 추가적인 요구 사항이 있다는 뜻일 텐데요?"

영리한 황제는 돌아가지 않고 바로 핵심을 짚었다. 천강은 곧장 수긍했다.

"예. 폐하께 청 드리고 싶은 것이 있습니다."

"무엇입니까."

"병호대의 일동은 노련한 무인들입니다. 허나 역시 사람인지라 급히 의원의 손을 빌려야 할 때가 있습니다."

"그는 그렇습니다. 첩첩산중이나 해상에서라면 크게 다친 자가 생겼을 때 난감하긴 하지요."

천강은 맞장구쳐 주는 황제의 화법이, 정말 동의해서 그러는 것이 아니라 수월하게 상대의 진의를 캐기 위한 것임을 익히 알고 있었다. 가끔 속내를 들키기 싫어 빙빙 돌려 대화하는 일도 종종 있었지만 이번만큼은 돌려 말하지 않았다.

"해서, 안주에서 온 민진겸을, 병호대의 종군의관(從軍醫官)으로 주셨으면 합니다."

천강의 눈을 똑바로 바라보던 황제가 그때까지도 들고 있던 상소문을 내려놓았다.

"신기하군요."

그리 말하는 황제의 표정은 정말 흥미롭다는 듯한 기색을 띠고 있었다.

"실은 윤 학사가 그자의 거취에 대해 나에게 청을 해 온 것이 있습니다."

"예?"

"민진겸이라는 그자를, 윤 학사의 사노비로 달라 하더군요."

"……!"

일순간이었지만 천강이 눈을 부릅뜨는 것을 황제는 놓치지 않았다.

"헌데 오늘은 장군이 그자를 달라 하네요. 어떤 자이기에 천하에 아쉬울 것 없는 형제분들이 앞다투어 자신에게 달라 하는지, 갑자기 호기심이 드는군요."

"허하셨습니까?"

다급히 묻는 천강의 목소리에 황제의 얼굴에 희미하게 남아 있던 웃음기가 사라졌다.

"아닙니다. 윤 총관이 내게 그자를 꼭 안주로 돌려보내 달라 신신당부하며 부탁하였습니다. 죄인 하나를 노비로 주는 것 정도야 쉬운 일이지만 그리하면 윤 총관에게 내 면이 서지 않을 것이라 이야기했습니다."

"……그러셨습니까."

황제가 천강을 처음 만났던 것은 황위에 오르기도 전인 십 년 전이다. 선황제가 살아 있을 시절부터 황좌의 유일한 후계자로 교육받고 자라 온 황제는 사람의 속내를 파악하는 데에 능숙했다. 하지만 그런 황제에게도 속을 알기 힘든 사람이 몇 있었는데, 천강은 그중에서도 으뜸으로 속 모를 이였다.

"재미있네요."

하지만 살다 보니 이리 윤천강의 속이 다 들여다보이는 날도 온다. 다른 사람이 봤다면 눈치 못 챘을 정도로 미미한 기색이었지만 황제는 천강의 심경이 당황에서 안도로 바뀌는 것을 똑똑히 읽었다. 자신이 재미있다 이야기하자 불편해지는 기색 또한.

"아, 오해는 말아요. 장군을 조롱하려는 의도가 아닙니다. 다만 나에게 청이라는 것을 해 본 적이 없는 윤 학사도 그렇고 장군도 그렇고, 새로운 모습을 보여 주는 이 상황이 낯설어서 흥미롭다는 뜻이에요."

"조롱하신다 여긴 적 없습니다."

얼굴에 드러났던 감정의 실오라기들을 어느 틈에 흔적도 없이 갈무리하고 난 천강의 얼굴은 예의 읽기 힘든 철벽의 표정을 두르고 있었다.

"폐하의 뜻이 그러시다면 따르는 것이 도리이겠지요."

더 이상 감정을 읽는 것을 허락하지 않겠다는 듯, 천강의 목소리는 예의를 가장한 무감정을 드러냈다. 황제는 읽다 놓아둔 상소문을 깨끗하게 다듬어진 손톱 끝으로 톡톡 두드리며 입술을 열었다.

"하지만."

자리에서 일어나려던 천강은 운을 떼는 황제의 입술을 바라보았다. 황제는 희미한 미소를 지으며 말했다.

"윤 학사에게 이야기했습니다. 윤 총관이 청한 바가 있으니 일단은 안주로 돌려보내야 하겠지만 그 후의 거취는 다시 생각해 볼 수도 있을 것이라고요."

그것은 여인의 직감 같은 것이었다. 그리 말하면 천강이 감췄던 속내를 다시 드러낼 것이라고 본능적인 감각이 말해 주었다. 그리고 커지는 천강의 눈을 마주하자 자신의 예감이 딱 맞아떨어졌음에도 불구하고, 그 모습이 같은 이야기를 꺼냈을 때 똑같은 눈빛을 보여 주던 문혁의 모습과 겹쳐져 묘하게 기분이 나빠졌다.

"소신, 이만 물러가겠습니다."

서둘러 자리를 피하려는 모습도 문혁과 똑같았다. 황제는 천강이 나가자 홀로 남아 민진겸이라는 자를 떠올려 보았다. 단정한 얼굴에 당황하는 기색이 역력했지만 반듯한 자세를 흐트러뜨리지 않던 자였다. 퍽 호감 가는 인상이었지만 이상하게도 그 얼굴을 떠올리자 기분이 나빠지는 것은 역시나 천강과 문혁의 반응 때문일 것이다.

곧바로 천강이 찾아간 곳은 자신이 기거하는 곳이 아닌 문혁의 처소였다.

내내 꺼림칙하게 불편하던 심사의 원인을 알 것 같았다. 그리고 문제를 발견했을 때는, 돌진하여 부수는 것이 천강의 방식이었다.

정혼자라 하나 혼인도 하지 않은 사내가 황궁의 금문 안에 머무는 것은 법도에 어긋나는 일이었다. 그러나 벌써 칠 년이나 잠정적으로 황제의 반려로 인정받아 온 데다, 일각에서는 황제보다 입김이 세다 하는 윤인호의 장남에게 시비를 거는 자는 없었다. 문혁이 임시로 머무르고 있는 처소인 화월당(華月堂)에 들어서자 낯익은 내관들이 천강을 맞았다.

"윤 학사 나리를 뵈러 오셨습니까. 오찬을 마치고 지금은 쉬고 계실 것입니다. 들어가 보시지요."

안내하는 방에 당도하여 궁녀들이 소리 없이 스르륵 문을 열어 주자 미간을 살짝 찌푸리고 서책을 들여다보고 있던 문혁이 천강의 기척에 고개를 돌렸다.

"천강이구나. 어서 오거라."

허리를 꼿꼿하게 펴고 앉아 있는 모습은 문혁의 몸 상태가 빠르게 회복되고 있음을 여실히 보여 주었다. 천강은 고개를 끄덕이고 문혁의 맞은편에 앉았다.

"오늘은 상태가 많이 나아지신 듯 보입니다."

"음. 하루가 다르구나."

"어서 빨리 예전처럼 건강을 회복하셔야지요. 폐하와의 국혼을 손꼽아 기다리고 있는 이들이 많습니다."

서책을 들여다보고 있을 때보다 미간의 주름이 깊어지는 문혁을 바라보며 천강은 눈을 가늘게 떴다. 바로 이것이었다. 천강을 내도록 불편하게 만들었던 문혁의 모습이.

"형님."

제 형을 부르는 천강의 목소리가 한층 낮아졌다. 문혁은 찌푸린 인상을 펴지 않은 채 아우와 눈을 마주쳤다.

"지금 황제 폐하를 뵙고 오는 길입니다."

"폐하께서 네게 하명하실 일이 있으시다 하더냐?"

"아니요. 제가 폐하께 청이 있어 찾아뵈었습니다."

"청이라?"

호기심이 이는지 문혁의 고개가 살짝 갸웃했다. 천강은 고개를 끄덕였다.

"예. 그러나 제 청을 들어주실 수 없다 하셨습니다."

"그래? 무슨 청이기에?"

"지금은 들어줄 수 없다 하시며, 형님께서 어제 저와 비슷한 청을 하셨다…… 하시더군요."

문혁이 저도 모르게 주먹을 꽉 쥐었다. 천강은 그런 문혁을 향해 날카로운 시선을 쏘아 보냈다.

"형님. 형님은 그것이 형님의 목숨을 구해 준 대가라 생각하신 겁니까? 죄인의 신분에서 벗어나 노비의 굴레를 쓰게 되는 것이?"

목소리는 말끝으로 갈수록 조금씩 높아졌다.

"아니다."

"허면, 곁에 두고 풍족하게 만들어 주면 고마운 마음을 갖는 길이라 여기셨습니까?"

문혁은 괴로운 기색으로 고개를 저었다.

"그런 것이 아니다."

"그도 아니면! 마음이 끌리는 여인을 곁에 두고 싶어 욕심이
나셨습니까?"

"그게 아니라……! 너……."

대경실색하여 바라본 천강의 눈가는 화로 붉어져 있었다. 문혁
은 놀라 말을 잇지 못하고 있다가 잠시 후에야 겨우겨우 입을 떼
었다.

"어찌…… 알고……."

"역시 알고 계셨군요. 그러리라 생각은 하였습니다만."

한숨 섞인 말이 토해져 나오는 아우의 입술을 멍하니 바라보다
가 문혁은 황급히 고개를 저었다.

"너도 알고 있을 줄은 몰랐다."

"어찌 알게 되신 것입니까?"

"나는…… 성 어의와 그 아이가 나누는 이야기를 우연찮게 들었
다. 여인인 것을 들키면 위험해질 것이 자명하기에, 내 목숨을 구
해 준 은인을 위험하게 만들 수 없어 입을 다물고 있었던 것이다."

"그러셨습니까."

"너는, 너는 어찌 알았지?"

초조한 기색이 묻어나는 질문에 천강은 입술을 깨물었다. 이렇
게 다 눈에 보이는데 아니라?

"알았다는 것과는 좀 다릅니다."

틀에서 어긋나는 대답에 문혁은 심각한 얼굴로 동생의 다음 말을 기다렸다. 천강은 형제의 눈을 피하지 않고 똑바로 바라보며 말했다.

"사내여서는 안 된다 생각했기에 지켜보고, 고민하고, 찾으려 애쓴 겁니다. 사내가 아니라 여인이라는 확신을 말입니다."

"사내여서는 안 된다 생각했다니. 그 무슨 말이냐."

"그야 당연하지 않습니까. 제가……."

"윤 학사 나리! 바쁘십니까?"

천강의 말은 이어지지 않았다. 급작스레 끼어드는 불청객의 목소리가 몹시도 다급하게 천강의 말을 끊었다. 문혁은 천강을 한 번 바라보고 소리가 들리는 문밖을 한 번 바라보았다.

"나리께 급한 전갈이 왔습니다. 잠시만 나와 주십시오."

숨넘어가게 급한 목소리가 도저히 차분한 대화를 나누게 둘 것 같지가 않았다. 문혁은 자리에서 일어서 문을 열고 밖으로 나갔다. 닫힌 문 너머에서 앳된 목소리가 급하게 무어라 무어라 말하는데, 이야기가 길어지는지 문혁은 한참 동안이나 돌아오지 않았다. 홀로 앉은 천강은 애꿎은 서책을 바라보며 마무리 짓지 못한 말을 허공으로 날려 보냈다.

"제가 살며 처음으로 첫눈에 마음이 동한 이를 만났는데, 그자가 사내여서야 곤란하지 않겠습니까."

천강은 그 아이를 처음 만난 날을 생각했다.

피붙이가 위중하다는 소식에 걱정보다는 거센 후폭풍이 먼저 걱정되었다. 추상같은 아비의 명과 황제의 신신당부가 국난(國難)

에 버금가는 파란을 예고해 주었기에 무슨 일이 있어도 문혁을 살리겠다 결심했었다. 훈련된 군마가 거품을 물 정도의 강행군 끝에 도착한 문혁이 기거하는 방 안에서는, 나뭇잎을 쓸고 가는 바람 같은 목소리가 들려왔다.

문혁이 죽는대도 상관없다 했다. 아비가 죽거나 자신이 죽는다면 경사스러울 것이라 했다. 발칙하기 짝이 없는 이야기를 속삭이듯 중얼거리는 목소리의 주인공은 쉬이 짐작할 수 있었다. 자신이 안주로 보내라 명한 이는 기억 속을 모두 뒤져 보아도 딱 한 사람뿐이었으니까.

그래서 문을 열고 나오는 이와 눈이 마주쳤을 때는, 당황했다. 짙은 눈동자를 감싸고 있는 눈이 놀라서 있는 대로 크게 뜨여진 모습에 가슴 한쪽이 찌릿했다. 문혁을 돌보느라 제대로 잠을 못 자 초췌해진 얼굴에도 까칠한 살갗 아래의 혈색은 풋풋한 기색을 감출 수 없이 드러내고 있었다. 은근슬쩍 목이 타 오는 것은 말을 타고 달려온 탓일 것이라 여기며 모르는 척 문혁 쪽으로 다가가자 건방지게도 자신의 손을 쳐 내는 작은 손은, 성장기의 막바지에 이른 사내의 것은 절대 아니었다.

한번 가기 시작한 시선은 절로 제자리를 찾아가듯 한곳으로 향했다.

치료에 걸리적거려 하나로 묶은 머리카락 몇 가닥이 길게 늘어진 가느다란 목덜미. 들기 버거워 보이는 큰 바구니를 들어 옮기며 앙다문 입술. 허름하고 커다란 옷 사이로 설핏 엿보이는 가는 팔목.

시선이 길어질수록 집요하게 아지랑이처럼 뱃속을 간질이는 실체 없는 감각의 이름을, 천강은 쉬이 짐작조차 할 수가 없었다.

"천강아."

어느 틈엔가 이야기를 다 마쳤는지 돌아온 문혁이 천강의 상념을 방해했다. 천강은 자조적인 웃음을 흘리며 머릿속의 남은 생각들을 털어 냈다.

"급한 전갈이라 하더니 이야기가 길어지셨군요."

의례적으로 던진 말인데 성치 않은 몸을 쉽사리 의자에 의탁하지 못하고 서성이는 문혁의 얼굴빛이 좋지 못했다.

"형님?"

망설이듯 몇 번 머뭇거리다, 문혁이 결심한 듯 운을 떼었다.

"아버님이…… 거문성에서 황궁으로 돌아오실 것이라 한다."

천강의 얼굴이 굳어졌다. 문혁이 예상한 반응이었으나 그렇다고 해도 씁쓸함을 지울 수는 없었다.

"언제가 될 것이라 합니까?"

"아마도 달포 안에."

드르륵, 천강은 의자를 밀며 일어섰다.

"안타깝군요. 전 맡은 바 임무가 있어 아버님을 이번에도 뵐수 없을 듯하니 말입니다."

"언제까지 피할 수는 없는 노릇이다. 아마도 아버님은 이번에 결론을 지으려 하실 게다."

자리를 피하려는 천강을 다급히 부르는 문혁의 목소리에 천강은 뒤도 돌아보지 않고 대답했다.

"전 아버님의 칼은 될지언정 장기판 위의 장기말은 되고 싶지 않은 것뿐입니다."

형님처럼.

뒷말은 굳이 덧붙이지 않았다.

바위산 같은 아우의 뒷모습을 안타깝게 바라보던 문혁은 문득 아까 천강이 하려다 만 이야기를 듣지 못했다는 것을 깨달았다. 아우의 등이 소리 높여 부르지 않아도 이름만 부르면 바로 돌아볼 거리에 있었지만 문혁은 굳이 천강을 불러 세우지 않았다. 듣지 못한 그 이야기를, 문혁은 듣고 싶지 않았던 것이다.

❀　❀　❀

황궁 안의 공기는 저녁 바람이 불어와도 따스했다. 높은 담이 바람까지 막아 주는 건가 실없는 생각을 하다가 수린은 명아가 부르는 소리에 창문을 열었다.

"쉬시는데 죄송해요. 약재실에서 융모환이 떨어졌다는데 어쩔까 여쭈려고요."

무슨 소리인가 하다 융모환이 관절 통증을 줄여 주는 환약이라는 데 생각이 미치자 자신이 삐끗한 발목을 치료해 준 대웅이라는 청년이 떠올랐다.

"그게 없다면 해로환도 괜찮은데. 그것도 없답니까?"

"해로환이요? 아마 그것은 있을 것 같은데…… 제가 약재실에 가서 물어보고 오겠습니다."

기운차게 말하고 다다다 달려가는 조그만 뒷모습을 바라보던 수린은 어깨를 으쓱하고 일어나 방 밖으로 나갔다. 명아가 달려갔다가 다시 달려와 알려 주기를 기다리느니 자신이 직접 찾아가서 물어보는 게 나을 것 같았기 때문이었다.

산책 삼아 은은한 감초 냄새와 약탕기의 열기가 느껴지는 약재실로 슬슬 걸어가자 언제 일을 마치고 돌아왔는지 어의가 명아와 마주하고 이야기를 나누고 있었다.

"무슨 놈의 약재야 약재는! 풀이나 뜯어다 붙이라고 해. 그냥."

"어, 하지만 그러면 어째요."

"그놈들은 그래도 싸! 아니 더 당해야 해!"

안절부절못하는 명아와 역정 내는 어의 사이의 대화가 어쩐지 짐작이 가는 것 같아 수린이 발걸음에 속도를 더했다.

"약재가 없습니까?"

뭐라 버럭 소리치려던 어의는 수린의 목소리에 하려던 것을 멈추었다.

"자네 왔는가. 명아도 그렇고 겸이 자네도 약재실에 온 게 설마 그 화적 떼 같은 놈들 다친 것 때문은 아니겠지?"

수린은 절대 어의에게 밉보일 짓은 하지 말아야겠다고 굳게 다짐했다. 크게 고생한 것은 알지만 아픈 환자에게 약 내주기 싫어할 정도로 뒤끝이 길 줄이야.

"외람되오나 제가 그 약이 필요하다고 말을 한지라…… 내어 주시지 않으면 그 원망 제가 받을까 무섭습니다."

"그런 놈들 원망이야 받은들 어때?"

"저는 원망받는 게 싫은데요."

"뭣이?"

"한 번만 내어 주시지요. 제 얼굴을 봐서요."

똥고집을 부릴 것처럼 씩씩거리던 어의는 수린이 미소 지으며 재차 부탁하자 입 안으로 욕을 중얼거리며 팩 돌아섰다.

"가져가! 다 가져다줘! 아주 약재실을 그놈들이 다 거덜 내라고 해 그냥!"

진심으로 미워 그러는 게 아니라 투정 부리는 거다. 나이 지긋한 양반의 속 보이는 투정은 어쩐지 귀여울 정도라, 수린은 빙긋 웃었다. 헌데, 문제는 다른 데에서 발생했다. 어의가 티 나게 기분 나쁜 티를 내며 자리를 떠 버리자 그 자리에 있던 의녀들이 안절부절못하며 수군거리기 시작했던 것이다.

"어쩌지. 가져다주면 안 되는 건가 봐."

"하지만 가져다주라시잖아."

"저게 가져다주라는 뜻으로 보여? 가져다주면 가만 안 두겠다 시위하시는 거지."

저희들끼리 수군거리며 눈치 보는 것이 가져다주면 큰일 날까 몸 사리는 기색이 역력했다. 수린은 한숨을 쉬고 의녀들에게 다가갔다.

"제게 주시지요."

"예?"

소리 낮춰 재잘거리던 의녀들이 수린이 다가가자 화들짝 놀라 말을 멈췄다. 수린은 의녀들에게 손을 내밀었다.

"바쁘신 터에 짬을 내어 가시기 번거로우실 것입니다. 마침 일이 없어 한가한 제가 전해 드리겠으니 제게 주십시오."

의녀들은 눈빛을 교환했다. 그러더니 냉큼 약재함을 뒤져 몇 가지 환과 감초를 꺼내어 종류별로 종이에 싸서 수린에게 건넸다.

"여기 있습니다."

"예. 그럼 수고하십시오."

거리끼는 기색 없이 수린이 약을 받아 돌아서자 뒤에서는 이래도 되는 것인가를 걱정하는 속삭임이 들렸다. 수린은 자신과 비슷한 연배의 소녀들이 나누는 이야기를 웃음으로 흘려들으며 걸음을 옮겼다.

병호대 일동이 머무르는 전각에 다시 걸음하자 다들 어디를 갔는지 그 많던 사내들은 다 어디를 가고 두어 명의 사내들만이 눈에 띄었다. 그중 한 명인 천강의 부관 의량이 수린을 보고 어찌 다시 왔느냐 물어 왔다. 수린은 약을 싼 종이를 들어 보였다.

"약재실의 의녀분들이 바쁘신 것 같아 제가 약을 가져왔습니다. 대…… 흠, 그분은 어디 계십니까."

이름을 입에 올렸다가 또 웃음이 터질 것 같아 얼른 대명사로 바꾸어 지칭하자 의량은 그런 수린을 물끄러미 내려다보다가 손가락을 들어 한 곳을 가리켰다.

"저 방이다. 아까보다 통증이 훨씬 나아지긴 하였다 하더군. 들어가 보아라."

얌전히 고개를 숙이고 의량을 지나쳐 가는데 스치는 눈길이 따가웠다. 수린은 미간을 스쳐 지나가는 의량의 시선을 의도적으로 무시하려 애쓰며 대웅의 방으로 향했다.

천강이나 문혁의 시선은 그 진의를 짐작키 어려웠으나 의량의 시선은 그 감정이 너무나 명확했다. 적의(敵意)였다. 노골적으로 수린을 불쾌하게 바라보는 표정은 모르려야 모를 수가 없었다. 수린은 자신의 의량에게 뭔가 잘못한 것이라도 있는가 생각해 보려다 그만두었다.

'잘못한 게 있어 죄인이 된 것도 아닌데.'

그래. 잘못을 저지르고 죄인이 된 것도 아닌데 이유 모를 적의 따위 품으려 친다면 그게 대수겠는가.

"실례하겠습니다. 들어가도 되겠습니까? 약을 가져왔습니다."

흠흠, 목소리를 가다듬고 소리 높여 방 안쪽에 대고 말하자 뭔가 후다닥 하는 소리가 분주하게 들려왔다. 한 번은 탕 하는 소리도 났다. 뭐지?

"드, 들어와라."

부산하게 움직이는 소리가 한바탕 울리고 난 후에야 방문을 허락하는 목소리가 났다. 그 목소리도 당황의 기색이 역력하기는 마찬가지였다. 수린은 미심쩍은 마음으로 문을 슬쩍 밀었다. 방 윗목에 앉은 대웅은 한쪽으로 밀어 놓은 이불 뭉치를 등으로 가리려 꿈적거리며 어색하기 짝이 없는 웃음을 짓고 있었다.

"약을 직접 가져다주다니 고맙다. 거, 거기다 두고 가거라."

오자마자 나가라 축객령을 내리는 안절부절못하는 모습과 무언가 감추려는 듯 한쪽으로 몰아 놓은 이불, 그리고 방 안에 가득한 묵향(墨香). 무엇을 하던 중이었는지가 너무 뻔한데 숨기려

아등바등하는 모습이 웃겨서 괜스레 놀려 주고 싶은 마음이 피어 올랐다.

"복용법이 좀 복잡합니다. 제가 일러두고 가면 잊으실 것 같아 걱정이 되오니 지필묵이 있으시다면 좀 빌릴 수 있겠습니까? 복용법을 적어 드리고 가겠습니다."

"어, 어, 그런 거 없는데?"

당황이라는 글자를 얼굴로 표현하는 양, 대웅의 눈이 이리저리 갈 곳 모르고 방황했다. 수린은 모른 척 고개를 쭉 빼고 말했다.

"그래요? 이상하네요. 저 이불 뒤쪽에 벼루와 붓이 보이는걸 요."

너스레에 화들짝 놀라 펄쩍 튀어 오르는 대웅의 모습이 재미있었지만 그만 놀리자 마음먹고 수린이 웃음 지었다.

"연서(戀書)라도 쓰시던 중이셨나 봅니다."

"아, 아니다 연서는 무슨."

대웅은 뒷머리를 긁적이며 이미 다 들켰다 생각했는지 멋쩍은 얼굴로 주섬주섬 이불 뒤에서 지필묵을 꺼내 왔다. 편지를 쓰기는 쓰던 모양인지 몇 줄 쓰다 말고 구기고 쓰다 말고 구기고 한 종이들이 한 뭉치였다. 그런데 그 글씨라는 게 참…… 괴발개발 가관도 아니었다. 자신이 처음 붓을 들었을 때도 이 정도는 아니었는데……. 어린애만도 못한 악필에 수린이 말끄러미 바라보자 지레 찔렸는지 대웅이 얼른 변명했다.

"학문하고는 거리가 먼 생활인지라 이 모양이다. 글을 쓸 일이 드무니……."

"그러실 테지요."

놀리고 싶은 마음이야 한가득이었지만 본인이 먼저 풀이 죽어 버렸는데 놀리는 것도 예의는 아니다. 수린은 깨끗한 종이 한 장을 들고 펼치고 이미 흠뻑 먹을 먹은 붓을 놀려 간단하게 약의 복용법을 적어 주었다.

"오늘은 이것만 복용하시고, 내일 아침부터는 이것과 이것, 두 개씩을 드시면 됩니다. 드시고 난 후에는 꼭 감초를 하나씩 씹으십시오. 약이 써서 입가심을 하시기 위함도 있지만 복용하실 약재에 감초를 더하면 효과가 배가 될 것입니다. 그리고 내일 모레는 해로환은 제외하고 나머지를 복용하십시오."

차근차근 설명하며 종이에 휘릭 적어 건네주자 대웅은 눈이 휘둥그레져서 수린이 건넨 종이를 바라보았다. 어지간히 놀란 표정이었다.

"왜 그런 얼굴이십니까? 뭔가 잘못된 것이라도 있습니까?"

종이에서 한참이나 눈을 떼지 못하는 모습에 수린이 조심스레 묻자 대웅은 붕붕 소리가 날 정도로 세차게 고개를 저었다.

"문제는 무슨. 그게 아니라…… 필체가 참 좋구나 싶어서 보았다."

그야 대웅의 필체에 비하면 명필이라 불러도 손색이 없을 정도이긴 했다. 그 정도로 대웅이 악필이었으니 말이다. 대웅은 감탄 어린 시선을 거둘 줄 몰랐다.

"서책을 써도 손색없을 필체구나. 대충 썼는데도 이 정도라니…… 의술만 잘하는 줄 알았는데 이제 보니 재주가 참 많구나."

"과찬이십니다."

"저, 저기!"

대웅은 수린이 복용법을 적어 준 종이를 옆으로 밀쳐 놓고 수린에게 냉큼 다가앉았다.

"대필 하나만 해 주면 안 되겠느냐?"

"대필이요?"

"그래 대필. 어머님 아버님께 보내는 편지 좀 대신 써다오."

무슨 대단한 것을 몰래 숨어서 열심히 쓰고 있나 했더니 부모님께 보내는 서찰이었나.

"내가 붓만 잡으면 옆에서 하도 놀려들 대니 마음 편히 서찰을 쓸 수가 있나. 그래도 몰래몰래 적어서 보내면 아버님은 답신으로 칼 잡는 놈이라고 글공부 게을리하더니 글씨가 이 모양이라고 구박만 하시고 말이다. 그래 놓고 제때 안 쓰면 또 안 쓴다고 호통이시니 내가 답답해 죽겠다 죽겠어. 부탁이니 대신 서찰 좀 써 주어라."

글쎄. 대신 써 준다고 단박에 좋아진 필체를 대웅의 것이라 생각할 사람이 어디 있을까. 미심쩍었지만 대웅이 하도 열렬히 부탁을 해 와서 수린은 얼결에 고개를 끄덕였다. 대웅은 얼굴이 환해지더니 수린의 앞에 종이를 펴 놓고 있는 힘을 다해 먹을 갈았다. 바바바바박! 저러다 벼루 뚫리는 것 아닌가 걱정스러울 정도의 기세였는데 어느새 새까맣게 진해진 먹물을 수린에게 척 내미는 대웅의 눈은 기대로 가득했다.

"그럼 불러도 되겠느냐?"

"아, 아 예."

수린은 자세를 고쳐 잡고 대웅이 적을 내용을 읊기를 기다렸다. 대웅은 기쁜 낮으로 부모의 안부를 묻는 일상적인 문안 인사를 읊었다. 평소보다 힘주어 차분히 글씨를 써 내려 나가자 뭐가 그리 감탄스러운 것인지 대웅은 연신 명필일세, 명필이야 추임새를 넣어 가며 수린을 방해했다.

"이 정도면 되겠습니까?"

수린은 대충 완성이 된 서찰 위에 손부채로 바람을 넣으며 물었다. 대웅은 콧노래라도 부를 기세로 함박웃음을 지었다.

"고맙다. 이 은혜를 어찌 갚지?"

"은혜는 무슨 은혜랄 게 있습니까. 그나저나 다리는 좀 어떠십니까. 가장 중요한 건 여쭙지도 못했네요."

픽 웃으며 묻자 대웅은 고개를 마구 저었다.

"아무렇지도 않다. 정말 신묘하다고 내가 부대장님께 몇 번이나 말씀드렸어. 아무래도 너는 보통 솜씨의 의원이 아닌 것 같고 말이야."

노골적으로 자신을 싫어하는 기색을 드러내는 의량에게 그리 칭찬을 했다고 해 봐야 기쁠 리가 없었다. 그러나 수린은 대웅에게 예의를 차려 대답했다.

"과찬이십니다. 워낙에 건강하셨고, 경미한 상처이니 그러신 거지요. 이제 약만 잘 복용하시고 나면 괜찮으실 겁니다. 그래도 한 번 접질렸던 곳은 다시 접질릴 가능성이 높으니 앞으로도 그쪽은 조심해서 사용하시는 게 좋을 겁니다."

"명심하마. 그나저나 뭔가 보답은 했으면 좋겠는데."

"넣어 두십시오. 마음만 받겠습니다."

"아, 잠깐만."

수린이 자리를 털고 일어나려는데 대웅이 얼른 일어서는 수린의 옷자락을 잡았다. 하다못해 힘쓰는 일로라도 좀 도움을 주겠다는 말을 하려던 참이었다. 그때, 문이 벌컥 열렸다. 나가려고 일어섰던 수린은 문을 열고 들어선 천강과 정면으로 맞닥뜨려야 했다.

"대장. 어인 일이십니까."

대웅이 급작스레 들이닥친 천강의 등장을 의아해하며 물었지만 천강은 아무 말 없이 수린을 바라보았다. 그리고 수린은 천강의 무표정한 얼굴 밑에서 뿜어져 나오는 냉기에, 본능적으로 자신의 옷자락을 잡고 있던 대웅의 손을 얼른 쳐서 떨구었다. 작은 손이지만 수린의 손은 제법 매워서 손가락 마디를 맞은 대웅은 따끔한 아픔에 얼른 손을 쥐고 뒤로 물러났다.

천강은 찬찬히 방을 둘러보았다. 지금 막 사용했던 흔적이 역력한 지필묵, 엉망으로 쓴 글씨가 숨어 있는 구겨진 종이와 약의 복용법이 쓰여져 있는 종이, 그리고 같은 필체로 적힌 서찰에 차례대로 시선을 주었던 천강은 이내 알았다는 표정으로 수린에게 눈짓했다.

"나와라."

그야 말 안 해도 나가려 했었다. 수린은 천강이 시키는 대로 얌전히 나가려다 갑자기 왜 자신이 죄지은 것처럼 눈치 보고 있는 것인지 의문이 생겼다.

"저……!"

천강이 시키는 대로 따르는 데 대한 반발심에 괜스레 대웅에게 할 필요도 없는 안부 인사 한마디를 덧붙이려고 돌아서려던 수린은 어느새 코앞에 다가온 철벽처럼 단단한 가슴에 부딪쳤다. 반사적으로 뒷걸음질 치다 문지방에 발이 걸리자 중심을 잃은 몸이 휘청했다.

기울어지는 허리를 재빨리 받쳐 주는 손길에 수린은 깜짝 놀랐다. 단단하게 단련된 손가락의 체온은 눈발이 날릴 것 같은 얼굴과는 달리 뜨거웠다. 허리에 닿은 손가락 끝에 지그시 힘이 들어가는 것이 느껴진다 싶은 순간 허리에 와 닿았던 천강의 손은 떨어져 나갔다. 수린은 얼떨떨한 기분으로 창졸간의 일에 당황하여 붉어진 고개를 주억거렸다.

"감사합니다."

말없이 바라보는 천강의 시선이 부담스러워 고개를 돌린 탓에 수린은 보지 못했다. 천강이 수린의 허리를 감쌌던 손이 으스러져라 주먹을 쥐고 있는 것을.

"대장. 그나저나 제 방까지는 무슨 일로 오셨습니까?"

대웅이 주섬주섬 수린이 써 준 편지를 한쪽으로 챙겨 놓고 일어서며 물었다. 천강은 대웅의 질문에는 대답하지 않고 손가락을 들어 엉망이 된 종이 뭉치를 가리켰다.

"내 시간이 날 때마다 연습하여 고치라 너에게 누누이 일렀는데 그 악필은 여전하구나."

"……그, 예."

깊은 늪처럼 쫙 가라앉는 저음의 목소리는 질책하거나 야단치는 투가 아니어도 듣는 이에게 강한 압박으로 다가오는 종류의 것이었다. 천강의 이야기에 대웅은 죽을죄라도 지은 사람처럼 고개를 푹 수그렸다.

그리고 수린은 알 것 같았다. 천강과 같은 사람은 의도하지 않아도 타인 위에 군림하는 부류임을. 노력이나 연습으로 얻어지는 것이 아니라 선천적으로 지배하기 위해 태어나는 이가 천강 같은 이일 것이다. 아마 천강이 세도가의 아들이 아니라 범부(凡夫)의 아들로 태어났다 해도 거뜬히 지금 못지않은 세(勢)를 일구어 내고도 남았을 것이다. 서열을 정하여 강한 자에게 절로 복종하고자 하는 사내들 틈에 있다면 천강은 자연스레 맨 꼭대기의 최상층에 설 사람이었다.

한창 속으로 천강에 대한 평을 내리고 있는데 천강이 자신을 바라봐 수린은 움찔했다. 천강은 수린을 물끄러미 바라보더니 무슨 생각을 했는지 고개를 까딱했다.

"마침 잘됐군."

영문 모를 혼잣말에 수린과 대웅이 동시에 눈을 동그랗게 떴다.

'내가 왜⋯⋯.'

수린은 길도 낯선 곳에서 이유도 모른 채 발 아프게 걸어가야 하는 자신의 신세를 한탄했다. 대체 뭐가 마침 잘됐다는 것인지 짐작도 못 할 일인데, 대웅의 엉망진창인 서찰과 천강과 수린이 황궁 밖으로 나가는 데에 어떤 인과관계가 있는 것인지는 더더욱 모를 일이었다. 그러나 불친절한 천강이 수린에게 세세한 설명을 해 주리라는 기대도 들지 않았기에 수린은 오만상을 구기며 따라

갈 뿐이었다.

"황궁에서 나갈 때에는 제약이 없지만 들어갈 때를 대비해 호패(呼牌)를 소지해야 한다. 황궁의 모든 수비병들이 내 얼굴을 아는 것은 아니니."

"예…… 저는 뭐, 없어도 되는 것이지요?"

'어차피 저는 말꼬리 같은 부수적인 존재이니까요.' 정도의 뜻을 담아 불퉁하게 말하자 천강은 수린의 짜증이 역력한 얼굴을 슥 보고는 성의 없이 고개를 끄덕였다.

"나가기 싫은가 보지?"

"그리 안전이 보장되는 처지가 아닌지라…… 일거수일투족이 조심스러울 밖에요. 제가 조심하고 싶어도 옆에서 조심하게 두지를 않을 터이지만요."

천강이 무작정 끌고 나온 것을 지적해 한 말이었는데 천강은 수린의 비꼼이 가득 실린 말에도 무덤덤하게 대꾸할 뿐이었다.

"걱정 마라. 죽게 두지는 않을 테니."

퍽이나 안심되는 말이었다. 각골난망하다고 땅바닥에 엎드려 절이라도 해 줄까 싶은 반항심이 그득그득 피어오르는데 천강은 어서 오라며 수린의 불만 가득한 기색을 무시하고 앞장서 갔다.

도성 안의 길은 구획이 잘 나뉘어져 처음 걸음 한 수린도 한눈에 이곳이 얼마나 철저한 계획하에 다듬어진 도시인지를 알아볼 수 있었다. 마냥 부드러워 보이던 황제의 얼굴이 떠오르고, 경(京)과 황궁의 완벽한 조화가 떠올랐다. 어느 곳 하나 허투루 지어진 것이 없이 완벽해 보이는 도성은 안주에 있던 이들을 생각나게 했다. 죄 없이 죄인의 족쇄를 찬 이들, 선정(善政)을 펼치는 온화한 황제, 완벽한 도시. 참으로 부조화가 아닌가. 같은 하늘 아래 이런 모순이 다 있나.

"이쪽이다."

딴생각을 하다 갈림길에 선 천강을 놓칠 뻔했다. 천강은 짜증 내지 않고 갈림길 앞에서 기다려 주었다. 수린은 헐레벌떡 천강의 옆으로 달려갔다.

"헌데 대체 어디를 가시는 겁니까?"

수린이 옆에 다가오자 그제야 다시 걸음을 걷기 시작한 천강은 수린의 물음에 금방 답하지 않았다.

"성 어의가."

한참 후에야 툭 나온 말에, 그것이 자신의 질문에 대한 답임을 수린이 알기까지는 조금 시간이 걸렸다.

"어의 어르신이 왜요?"

"대웅이가 쓴 약재, 책임지고 채워 놓으라더군."

"아……."

어의 영감님, 또 억지 부리셨군.

"그러셨군요."

천강은 기억을 떠올리는 게 불쾌한지 미간을 미미하게 구겼다.

"해서 내가 열 배로 채워 놓겠다 했더니……."

했더니?

"당장 백 배로 채워 놓지 않으면 내일 저녁 병호대의 식사에 비상(砒霜)을 타 버리겠다 했다."

웃으면 안 되겠지. 하지만 웃고 싶은데.

"크흐, 콜록! 콜록!"

수린은 터지려는 웃음을 기침으로 무마했다. 아마 천강도 지금쯤은 성 어의의 성미를 건드린 것을 후회하고 있을 것이다. 정말 무섭고 위협이 되어서가 아니라 천강의 성질머리를 끈질기게도 괴롭히고 있지 않은가.

"그래서 제가 있는 곳을 물어 찾아오셨던 겁니까? 무슨 약재를 썼던 것인지 물으시려고?"

대답의 필요성을 느끼지 못한 질문이었는지 천강은 대답 없이 몇 갈래의 갈림길을 망설임 없이 찾아갔다. 도성 안의 길이 퍽 익숙한 모양이었다. 수린은 옆으로 지나가는 가판과 상점들을 눈에 담으며 천강을 놓치지 않으려 재게 걸음을 놀렸다. 초저녁이 되자 하나둘 초롱에 불을 붙이기 시작하는 상점들은 그 하나하나가 도성을 꾸며 주는 장식인 양 도성의 풍경과 잘 어울렸다.

장신구를 파는 가판을 지나 문 앞에서부터 종이 냄새가 나는 책방 너머에 약(藥)이라 적은 광목천들이 대문 위에 나풀거리는 약방이 나타났다. 안주에 있는 정 의원의 약방이나 항구에서 문혁의 약재를 근근이 조달하던 작은 약방과는 비교도 안 되는 커다란 대문에 수린의 입이 절로 벌어졌다.

활짝 열린 대문 안으로 성큼 들어가는 천강을 따라가자 분주하게 움직이던 젊은 남녀들이 둘을 맞아 주었다.

"어디가 불편하셔서 오셨습니까? 진맥을 받으시려거든 이쪽에서 순서대로 앉아 기다리시면 됩니다."

천강은 차례대로 앉아 기다리는 환자들의 줄을 무시하고 안내하러 나온 젊은 남자에게 말했다.

"약재를 좀 구하러 왔는데."

"그러십니까? 어떤 약재를 드릴까요?"

천강이 수린에게 이야기하라는 듯 눈짓했다. 수린이 한 걸음 앞으로 나서며 대웅에게 주었던 약재들의 이름을 읊어 주었다.

"해로환과 동풀, 종유환을 좀…… 감초도 주시고요. 한입에 넣고 씹는 크기로 잘라진 것이요."

"얼마큼씩 드릴까요?"

그 질문에 천강을 바라보고 입 모양으로 소리 없이 '백 배?' 하고 묻자 천강은 뭘 당연한 걸 묻느냐는 얼굴로 고개를 끄덕였다. 수린은 어색하게 웃으며 젊은 남자에게 답했다.

"사백 개씩 주십시오."

"예?"

지극히 당연한 반응이 나왔다. 남자가 놀라 눈이 휘둥그레지는데 수린은 쓴웃음을 지어 줄 수밖에 없었다. 장난인지 아닌지 판단이 서지 않는지 남자가 천강과 수린을 번갈아 보다가 천강의 표정이 장난치는 사람의 것이 아님을 느꼈는지 잠시만 기다리라며 옆에 서 있던 다른 동료들을 불러 모으고 수군거렸다.

한참 뭘 상의하더니 약방에서 일하는 젊은이들 모두가 손을 놓고 모여 주문한 약재들을 약재함에서 꺼내 숫자를 헤아리기 시작했다. 말이 사백 개씩이지 네 종류를 합하면 천육백 개인데 손이 한두 개 가지고는 모자라도 한참 모자랄 터다.

"저걸 가져다 드리면 어의 어르신도 기가 막혀 하실 겁니다."

어의가 저 독한 놈, 하란다고 정말 가져왔다며 분해할 얼굴이 눈에 선했다. 수린의 중얼거림에 동의했는지 천강은 팔짱낀 채 고개만 가볍게 끄덕였다.

"하나로 싸서 드릴까요?"

모두가 매달리고도 지루할 정도의 시간이 지나서야 헤아림이 끝났는지 약방의 젊은 남자가 땀이 송글송글 맺힌 이마를 훔치며 다가와 물었다. 수린이 천강을 보자 천강은 수린더러 알아서 하라는 듯 눈을 돌렸다.

"예. 종류별로만 구분해서 모두 하나로 싸서 주십시오."

그 말에 남자가 비단 보자기 하나를 꺼내어 종이에 싸 둔 약들을 하나로 갈무리해 묶어 건넸다.

"얼마입니까?"

"어디 보자, 해로환이 한 개에……."

"여기 있다."

남자의 말을 끊고 천강이 반짝거리는 뭔가를 쑥 내밀었다. 남자는 얼결에 받아 든 것이 두꺼운 금화임을 알고 눈이 커졌다.

"자, 잠시. 셈을 해 보겠습니다."

후다닥 셈을 해 보려 종이를 펼치고 붓을 놀리는 남자에게 시선을 돌려, 수린은 불만스러운 눈빛으로 천강을 바라보았다.

아니 또 금화를……. 수린이 어찌 바라보든 말든 천강은 신경도 안 쓰는 눈치였다. 금화 좀 이제 그만 꺼내라 이야기하려는데 셈을 마친 남자가 다가왔다.

"주신 돈에서 닷 냥 정도가 남는군요. 거스름돈은 여기 있습니다."

"예? 얼마요?"

저도 모르게 목소리가 커져 버린 수린의 마지막 목소리는 외침에 가까웠다. 얼마?

"다, 닷 냥이 남는다 하였습니다만?"

"하."

기가 막혀서. 수린은 고개를 절레절레 저었다. 암만 약 개수가 많아도 그렇지 제 손으로 약초 뜯어 만들어도 충분히 만들 수 있는 약을 얼마를 받아먹는 겐가.

"약 모르는 사람 같아 바가지를 씌우시려는 겝니까? 대체 이 만들기도 쉬운 약 한 알에 얼마를 받는 겁니까?"

"바가지라뇨."

수린이 따지고 들자 남자는 버럭 소리쳤다.

"우리는 황궁 약재실에도 약을 납품하는 유서 깊은 약방입니다. 사람 따라 가격 다르게 매기고 그런 장사치들이 아니란 말입니다."

언성을 높이며 남자가 대문 한쪽 기둥에 걸어 놓은 책을 빼 들고 와 수린에게 척 내밀었다.

"우리가 약재를 파는 가격입니다. 그 가격에서 한 푼도 더 받은 게 없으니 직접 계산해 보시지요."

수린은 남자가 기세 좋게 내미는 책자를 미심쩍은 마음으로 바라보며 펼쳤다. 품목별로 정리해 놓은 약 이름 옆에는 그 약의 가격들이 하나하나 정리되어 있었다. 어디 보자, 해로환이……

한 냥? 감초는 닷 푼?

수린의 입이 떡 벌어졌다. 이런 도둑들! 이 싸디싼 약재를 이리 비싸게 받아먹다니. 수린의 얼굴에 드러난 감정이 다 읽혔는지 남자는 뺏듯이 책자를 가져가 버렸다.

"어디서 온 누구신지는 모르겠으나 해로환의 재료인 환초는 도성에서 나지 않아 남쪽의 상인들을 통해 조달해야 하고, 올해는 감초 농사가 흉작이라 가격이 올랐습니다. 바가지라 의심된다면 관청에 투서를 하여도 좋습니다. 우리는 거리낄 것 없이 장사하고 있는 터이니."

알았으면 더 기분 나쁘게 하지 말고 나가라는 기색이었다. 거스름돈 닷 냥을 쥐여 주고 등을 돌려 버리는 태도가 명백한 축객령이라 수린은 사기당한 기분의 찌꺼기를 떨구지 못한 채 천강을 바라보았다. 헌데 천강은 수린이 언성을 높이기 시작할 무렵부터 모르는 사람인 양, 벌써 문밖으로 나가고 없었다.

'저! 저 나쁜!'

괜한 배신감이 수린을 때렸다.


"그러실 줄은 몰랐네요."

한껏 비꼬는 말에 천강이 흘깃 수린을 바라보았다.

"왜, 흥정하는 모양새가 창피하셨습니까?"

"……."

"천하에 두려울 것 없으신 줄 알았는데 창피한 건 무섭고 싫으신가 봅니다."

어지간히도 기분이 상해 계속 시비를 거는데 천강은 묵묵부답이었다. 약 올리는 데에도 실패한 수린은 입술을 삐죽이며 거스름돈으로 받은 돈을 내밀었다.

"남은 돈입니다."

천강이 수린이 내민 돈에 슬쩍 시선을 주고 다시 눈을 돌렸다.

"그건 네 심부름 값이다."

"예?"

"네게 필요한 걸 사라."

수린이 우뚝 그 자리에 멈춰 섰다. 천강은 같이 걸음을 멈추었다. 수린은 가만히 선 채로 손에 쥔 돈을 가만히 내려다보았다. 생각에 잠겨 진지해진 얼굴을 바라보다 천강이 물었다.

"왜? 부족한가? 부족하면……."

"아니…… 그게 아니고."

수린이 적절한 말을 찾지 못하겠는지 입술을 달싹이다 머쓱하게 웃었다.

"제 손으로 돈을 내고 제게 필요한 것을 사 본 적이 없다는 생각이 들어서 말입니다."

열두 살 이전에는 따뜻한 규방에 앉아 부모가 사다 주는 것들로 꾸며진 삶을 살았었다. 안주에 살 때는 돈이 필요가 없었고 만질 수도 없었다. 그러니 장터든 어디든 제 손으로 스스로에게 필요한 물건을 사 본 적은 없는 것이다.

"사실 이게 어떤 물건을 얼마큼 살 수 있는 돈인지 정확히 가늠도 안 됩니다."

"물어보면 될 것이 아니냐."

천강이 한 걸음 수린에게 다가서서 수린의 팔뚝을 잡았다.

"가자."

어어, 하며 수린은 잡다한 물건들을 파는 가판대가 늘어선 거리로 끌려갔다. 물건을 사라 한 대도 갑자기 사고 싶은 게 생각날리가 있나. 수린은 패설(稗說)들이 놓인 가판, 옥으로 된 벼루와 연적이 놓인 가판 등을 둘러보다가 이윽고 여인의 장신구들이 놓인 가판에 눈을 주었다. 머리꽂이와 목에 거는 작은 향갑들이 줄지어 반짝이며 시선을 끄는 중에서 유독 눈길이 가는 물건이 하나 있었다. 천강은 수린의 눈길이 향하는 곳을 바라보았다. 붉은색과 노란색의 자개가 박힌 나비 모양 머리 장식이었다.

"이게 가지고 싶으냐?"

수린은 입을 딱 벌리고 손을 저었다.

"천만에요. 제가 무슨. 제가 가지고 싶은 게 아니라 주고 싶은 이가 있어서 말입니다."

"누구?"

"제가 날 때부터 어미처럼 저를 돌봐 준 이입니다."

할멈, 지난번 보낸 서신은 잘 받았으려나. 흰머리가 성성한 머리카락 위에 오색나비 장식을 꽂으면 퍽이나 안 어울릴 것 같아 저절로 빙긋 미소가 지어졌다. 그런 수린의 옆모습을 바라보던 천강의 입꼬리가 슬며시 올라갔다.

"이게 누구신가."

찢어지는 고음의 사내 목소리가 평화를 깨고 들어왔다. 천강은 올라가려던 입꼬리를 단단하게 굳히고 목소리가 들린 쪽으로 몸을 돌렸다.

"종주공(宗主公)의 차남 아니신가. 경에서 보기 힘든 얼굴을 이런 저자에서 만나다니 우연도 이런 우연이 있나!"

팔까지 벌려 가며 과장되게 반가워하는 배불뚝이 중년 사내를 껄끄러운 시선으로 응시하던 천강이 가볍게 고개를 숙였다. 수린도 얼결에 따라서 허리를 숙였다.

"배재공. 오래간만입니다."

"아니 이런, 귀하신 양반이 내게 인사씩이나. 이거 우리 가문에 둘도 없는 영광이 될 날이구만."

껄껄 가식적인 웃음을 짓는 배불뚝이 사내의 옆에서 가느다란 눈꼬리를 길게 휘며 웃는 남자가 한 걸음 앞으로 걸어 나왔다.

"명광장군. 무탈하신 듯 보입니다. 오래간만입니다."

"……하석. 오래간만이군."

나이는 천강이 한참 어려 보이는데 천강 쪽이 반말이다. 수린은 숙인 고개를 들지 않은 채 눈치를 살폈다. 나누는 이야기는 둘째 치고 목소리와 말투가 서로에게 썩 반갑지 않은 상대인 듯했다. 살갗에 느껴지는 껄끄러움에 어서 빨리 자리를 피했으면 좋겠다 생각하고 있는데 수린의 마음이 통했는지 천강이 슬쩍 수린을 자신의 몸으로 가리며 말했다.

"배재공. 정식 인사는 다음에 나누도록 하겠습니다. 저는 황궁에 어서 빨리 돌아가 전해 주어야 할 물건이 있어서요."

"오래간만에 만났는데 술이나 한잔 나누지 않고."

"그러고 싶지만 일이 있습니다."

"함께 가시는 게 좋을 텐데요?"

하석이 시비조로 이죽거리며 천강의 시선을 잡아챘다. 천강이 무슨 뜻이냐 묻는 시선을 던지자 하석은 천강의 등 뒤의 수린을 향해 눈짓했다.

"제 사촌 동생이 잠시 경에 와 있는데 말이지요."

그래서 뭐? 천강은 하석의 사촌 동생과 자신이 무슨 상관인데 걸고넘어지는가 싶어 어서 다음 말을 하라 재촉하는 듯 인상을 썼다. 하석은 한쪽 입꼬리만 올려 씨익 웃었다.

"제 사촌 동생 놈이 일전에 장군의 동행에게 큰 신세를 진 적이 있어서 말입니다."

수린은 자신을 지칭하는 말에 놀란 토끼 눈이 되어 하석을 바라보았다. 말간 얼굴에 동그랗게 눈이 커진 수린을 보고 하석의 웃음이 짙어졌다.

"신세를 졌으면 갚는 것이 인지상정 아니겠습니까?"

하석의 말에 배재공이라 불린 그의 아비 하태운은 수린에게 관심이 가는 눈치였다.

"신세라니, 혹시 일전에 말했던 그자가 저자란 말이냐?"

"예, 아버님. 허니 명광장군과 함께 이야기를 좀 나눠야 하지 않겠습니까."

"흠, 그는 그렇군."

수린은 자신이 도마 위에 오른 이야기의 내용을 잘 알아들을 수가 없었다. 자신이 누구에게 뭘 어쨌다는 건가. 안주에서 나와 제대로 이야기를 나눠 본 이도 손에 꼽는데. 그런데 천강은 수린도 모르는 이야기의 전말을 알고 있는 눈치였다.

"신세는 일방이 지는 것이 아니지. 따지고 보면 서로가 서로에게 신세 진 것이 있을 터. 없었던 셈 치는 것이 피차 좋을 텐데?"

"아, 오해를 하신 모양입니다."

서로 조용히 없었던 일로 치고 넘어가자 하는 천강의 말을 하석은 능글맞게 받아쳤다.

"이미 지나간 일, 갚고 자시고 할 것이 어디 있겠습니까. 다만 제 아우 녀석이 신세 진 것을 곱씹으며 간절히 안부라도 알고 싶어 하기에 그러지요. 오죽 절절하면 내일쯤 아버님께 부탁드려 황궁에도 소식을 물을까 하던 참이었습니다. 그랬는데 이리 우연찮게 거리에서 만나게 되다니 이 또한 인연이 아닐는지요."

도발이다. 수린의 머리 한쪽에 경고의 경종이 울렸다. 수린은 슬쩍 천강의 옷자락 끝을 잡았다. 천강은 옷자락 끝에 느껴지는 미미한 감각을 놓치지 않고 수린을 바라봤다. 수린은 눈짓했다. 자리를 피하자는 뜻이었다. 그런 수린의 얼굴을 물끄러미 보고, 천강은 다시 노골적인 도발을 던지는 하석을 바라보았다. 하석은 흥미롭기 짝이 없다는 표정을 짓고 있었다.

"그럼."

천강이 무거운 입을 뗐다.

"오래간만에 배재공을 만난 참에 이리 청하시는데 더 거절하는 것도 예의는 아닐 터이지요. 제가 좋은 자리에서 술이나 한잔 대접하지요."

수린이 끝만 쥐었던 천강의 옷자락을 꽉 힘주어 잡아당겼다. 가자니까! 하석은 넙죽 미끼를 잡아 무는 천강의 맞대응에 이를 드러내고 웃었다.

❀　　❀　　❀

명원백의 근황은 폐인의 그것이나 다름없었다. 집안의 재력과 더불어 자신의 자랑거리였던 얼굴에 씻을 수 없는 큰 흉터가 생긴 이후 삶은 나락으로 떨어진 듯 무기력했다. 돈을 뿌려 가며 자신에게 발칙한 짓을 한 놈의 뒤를 쫓아 사지를 찢어발기고 싶은데 사촌 형 하석은 무슨 생각인지 경거망동하지 말라며 일갈할 뿐이었다. 처음에는 외동아들의 상처에 대로하던 아비도 하석이 무어라 언질을 하였는지 하석과의 독대 이후로는 사촌 형의 뜻을 따르는 것이 좋겠노라 입을 다물었다.

하석이 자신을 따라오면 복수할 기회를 만들어 주겠노라 하는 말을 믿고 경으로 따라왔으나 정작 하석은 며칠이 지나도 감감무소식, 밖으로만 나도는 탓에 명원백이 할 일이라고는 집 안에 틀어박혀 음침하게 시간을 보내는 것과 술에 절어 행패를 부리는 것이 전부였다.

오늘도 그랬다. 지난밤 늦게까지 술을 마시며 어찌 잠에 들었는지 기억도 나지 않게 잠들었다가 해가 중천에 떠서야 일어나서는 일어나자마자 술을 가져오라 소리를 질렀다. 원백의 수발을 들라 붙여 준 계집종들이 뒤돌아서서 수군거리는 소리가 들리자 또

화가 치밀어 한바탕 손찌검을 하며 난리를 치고 나니, 맥이 풀려 원백은 안주도 없이 병째로 술을 푸며 실성한 사람처럼 킥킥거리고 있었다. 두 병째 술을 마시고 기분이 어느 정도 나아졌을 무렵, 하석이 보냈다는 사람이 원백을 찾아왔다.

"어디로 오라 했다고?"

"홍유각으로 모시고 오라 전하셨습니다."

홍유각이라면 고관대작들이 자주 걸음 한다는 유명한 기루의 이름이다. 또 계집이나 붙여 주려는 것인가 싶어 실소가 나왔다. 그날 이후로 어째서인지 사내구실도 못하게 된 물건 때문에 천하절색이라는 기생 년들이 안겨 와도 무용지물인데 유명한 기루가 대수랴.

유명하다는 의원들을 찾아가 보아도 맞은 충격 때문에 사내구실을 못 하는 것은 아니고 아무래도 마음의 병이 생긴 탓인 것 같다는 말만 반복할 뿐이었다. 젠장. 마음의 병이라니. 그럼 고칠 방도라도 내놓고 떠들어야 할 것이 아닌가. 의원이라는 작자들이 고치지도 못할 병이라니 우습지 않은가.

"됐다 전해라. 기생 년들 따위 꼴도 보기 싫다."

"그것이 아니라……."

일 없으니 가 보라는 손짓에 하석이 보냈다는 종놈은 얼른 안 가고 우물거렸다.

"뭐냐."

"찾으시던 사람을 드디어 찾았으니 어서 와서 확인해 보라 하셨습니다만."

원백은 자리에서 벌떡 일어났다. 들고 있던 술병이 나뒹굴며 조금 남아 있던 술들이 바닥에 흥건히 뿌려졌다.

설향주. 윤종명의 술을 만드는 데 손을 거들어 본 적이 있어 안다. 밀주(蜜酒)를 끓여 증류한 것을 모은 독하디독한 증류주로, 만들기가 어려워 한 병에 금화 한 개 가격으로 거래된다고 한다. 그러나 비싼 가격보다 더 유명한 것은 한 잔만 마셔도 취기가 오르고 어지간한 장정도 세 잔을 넘게 마시지 못하는 독함이었다.

미쳤다. 수린은 벌써 네 병째 비워지고 있는 설향주 병을 바라보며 눈살을 찌푸렸다.

"이리 귀한 설향주를 풍류도 없이 물 마시듯 비워서야…… 아깝구먼."

"귀한 분을 대접하는 데에는 귀한 술을 아까워해서야 안 되지요. 한 잔 더 받으시지요."

"듣던 대로 대장부야. 대장부."

천강에게 배재공이라 불린 중년 사내는 천강이 권하는 술을 넘치도록 받고 나서 병목을 움켜쥐었다.

"자네도 한 잔 받아야지. 나만 받으면 섭하지 않은가."

그러나 웃음 섞인 태평한 말과 달리 배재공 하태운의 손은 천강의 술잔을 제대로 찾지 못했다. 엉뚱한 곳에 쏟아지는 술을 뒤늦게 인지했는지 이미 머리끝까지 취기가 올라 시뻘게진 하태운의 얼굴은 더더욱 벌게졌다.

"아니 내가 이런 실……수……."

쿵.

하태운은 더 말을 잊지 못하고 상 위에 머리를 박았다.

"어머 나리."

흥미진진한 대작을 구경하고 있던 기생들이 까르르 웃으며 쓰러진 하태운에게 달라붙었다.

"너무 무리하신 모양이어요. 좀 쉬시는 게 좋겠어요."

아비가 쓰러졌는데도 하석은 태연한 모습이었다. 여지껏 말없이 천강과 하태운의 대작을 바라보고 있던 하석이 기생들에게 손짓하며 아비의 자리를 꿰어 찼다.

"넓고 시원한 방으로 모시거라. 더우실 터이니 바람 잘 통하게 창문 열어 두는 것 잊지 말고."

"예, 그러겠사와요."

기생들은 방울 같은 웃음을 흘리며 기루에서 힘쓰는 일을 하는 사내를 불러 하태운을 업어 갔다. 하석은 아비가 안채로 사라지는 뒷모습을 확인하고 천강과 눈을 맞추었다.

"아버님과만 잔을 기울이시니 제가 여간 섭섭한 게 아닙니다. 저와도 한 잔 나누어 주셔야지요. 옛 정리가 있는데요."

하며 새 술잔을 제 앞으로 끌어다 자작을 하고 들어 천강의 술잔 끝에 살짝 부딪쳤다. 수린은 하석의 행태에 미간을 구겼다. 이미 천강은 하태운과의 대작으로 지나칠 정도로 독주를 마셨다. 뒤늦게 자리를 꿰차고 다시 대작을 하자니. 치사하지 않은가.

"제가……."

차라리 자신이 천강 대신 마시겠노라 나서려는데 천강이 팔을 들어 그런 수린을 막았다.

"맞는 말이야. 우리 정리가 있는데 자네와 술 한 잔 나누지 않아서야 섭섭하지."

하석은 가는 입술을 길게 올려 웃었다.

"암요. 하루 이틀에 쌓은 정리가 아니지요."

홀짝. 하석이 술잔을 들어 한 입에 털어 넣자 천강도 지지 않고 술을 들이켰다.

"한 잔 더, 아. 술이 비었군요."

"비었으면 한 병 더 시키지."

"그……."

이제 정말 그만하지. 수린은 설향주의 악명을 소리 높여 부르짖던 양조장의 주 영감의 목소리가 귓가에 맴도는 것 같았다. 이 놈은 한 병을 가지면 백 병의 술을 만들 수 있는 놈이야. 절대 과음하면 안 돼. 숙취가 어마어마한 수준이 아니라 상처가 나면 그대로 들이부어 마비를 시킬 정도로 독한 놈이라고. 술을 만들고 마시는 것이 일상이라 술이라면 물보다 많이 마신다는 주 영감이 그리 말할 정도의 술이다. 저래도 괜찮은 건가 이만저만 걱정이 되는 게 아닌데 천강의 얼굴은 눈썹 한 올 흐트러지지 않은 평온 그 자체의 모습이었다.

"명광장군 덕에 이리 귀한 술을 마음껏 마셔 보는군요. 역시 귀인은 어디서 어찌 봐도 귀인이십니다."

이죽거리는 말을 들은 천강이 픽, 가벼운 비웃음을 날렸다. 하석이 대번에 눈썹을 치켜올렸다.

"말이 많아지는 걸 보니 설향주 한 잔이 어지간히 독했나 보군. 생각보다 시시한 자로군, 자네."

하석의 한쪽 뺨이 부르르 떨렸다. 얕잡아 보는 말이 그리 심한 모독의 말이 아니었는데도 격한 반응이 돌아오는 것을 보니, 평소 하석의 천강에 대한 감정을 잘 알 것 같았다.

"오늘 장군의 주머니 걱정이나 하셔야 할 것입니다."

하석은 기생이 옻칠한 쟁반에 담아 오는 술병을 낚아채 자신의 잔에 따르고 천강의 것에도 가득 채웠다. 그리곤 한 잔 꼴깍. 천강도 지지 않고 잔을 비우자 비워지기가 무섭게 두 개의 잔에 또 술을 채우고 곧바로 들이켰다.

그렇게 한 잔, 또 한 잔. 한 병에 열 잔 정도가 나오는 설향주 한 병이 비워지는 데에 채 일다경이 걸리지 않았다. 하석은 어서 빨리 술 한 병을 더 가져오라 소리쳤다.

"나리, 안주도 드시며 천천히…… 꺅!"

애교 부리며 다가오는 기생의 얼굴에 빈 술잔을 집어 던져 버린 하석의 이글거리는 눈은 천강에게 고정되어 있었다. 술기운이 오르기 시작했는지 핏발이 서기 시작한 눈은 천강을 갈아 마실 기세였다. 깜짝 놀란 수린이 이마에 술잔을 맞아 핏방울이 맺힌 기생에게 달려가 상처를 살피는 것을 곁눈질로 보고 천강은 하석에게 경고하듯 낮게 말했다.

"그 성질머리, 고치라 일렀었는데 전혀 고치지 못했군."

하석이 입가를 뒤틀었다.

"이제 내 상관도 아닌 터에 과한 오지랖이시군. 윤천강."

예의 차려 가식처럼 건네던 존댓말도 던져 버리고 하석은 눈을 가늘게 뜨며 천강 쪽으로 몸을 기울였다.

"지금은 세상이 다 네 발밑에 있으니 얼마나 좋겠느냐. 하지만 언제까지 네놈의 세상일 것이라 자만하지 마라."

천강은 바위를 보는 무심한 시선으로 하석의 시선을 받아 내며 기생이 새로 가져온 술병을 받아 들었다.

"취했군."

"취해? 그래. 취했으니 목숨 아까운 줄 모르고 네게 이리 객기를 부리는 것이지. 취해서 떠드는 말이니 마음 넓으신 종주공의 차남 명광장군이 이해해라."

천강은 무시하고 하석의 잔에 술을 따랐다. 하석은 자신을 무시하는 게 뚜렷한 천강의 행동에 술잔이 부서져라 움켜쥐고 한 번에 술을 넘겼다.

이번 병도 쉴 새 없이 주고받는 사이 비워졌다. 아까의 봉변을 본 기생들은 이제는 소리도 없이 새 술병을 가져다주었고, 일곱 번째 설향주도 역시 순식간에 비워졌다. 이제 기루 안에는 음악도 끊기고 숨 막히는 긴장만이 가득했다. 상처 난 기생의 이마를 지혈해 주고 기루에 있는 약재 중 어떠어떠한 것을 바르라 일러 준 수린은 걱정스러운 눈으로 천강을 바라보았다. 정말 어쩌려고 저러나.

"나는 늘 궁금했다. 천하를 손에 쥔 것이나 다름없는 집에 태어나, 호령만 하며 살아온 네놈이 내 발밑에 무릎을 꿇는 날이 온다면 그 기분이 어떨지를."

여덟 번째 설향주 병목을 기울이며 던지는 하석의 말은 여러모로 위험했다. 첫째, 황제의 권위를 의심하는 것이며 둘째, 명백히 천강을 향한 도전장과 같은 말이었기 때문이었다.

"꿈에라도 그날이 올까 의심스러웠는데 말이다, 사실 병이 깨지는 건 아주 가느다란 실금 때문이 아니겠느냐."

뜻 모를 비아냥에 천강은 들고 있던 술잔을 내려놓았다.

"헛된 꿈은 이부자리에서나 꾸어라. 하석."

"풋, 아하하하!"

갑작스러운 폭소에 긴장하고 있던 기생들은 물론 수린도 깜짝 놀라 움찔했다. 하석은 미친 듯이 한참을 웃더니 상을 탕 내리치고 자리에서 일어났다. 그러고는 똑바로 수린을 향해 손가락을 들었다.

"너!"

느닷없이 지목당한 수린이 반사적으로 한 걸음 물러서는데 하석이 그 거리만큼 앞으로 걸어 나왔다. 그때까지 가만히 앉아 있던 천강이 벌떡 일어나 하석의 어깨를 잡으려는 찰나, 하석은 그 자세 그대로 앞으로 고꾸라졌다.

꽈당! 거한 소리를 내며 쓰러진 하석은 그대로 움직이지 않았다. 대경실색하며 뒤로 물러났던 기생들이 조심조심 다가가 하석을 꾹꾹 찔러 보자 하석은 끔찍한 신음을 내며 몸을 뒤틀었다.

"취로환을! 어서!"

개중 노련한 듯 보이는 기생이 급작스레 술기운이 올라 위급할 때 사용하는 비상약을 찾자 다른 기생이 약을 찾으러 치맛자락을 휘날리며 달려갔다. 긴장된 채 경직되어 있던 기루 안의 사람들이 다시 바삐 움직이기 시작하는 사이 천강이 수린에게 다가와 수린의 팔을 잡았다.

"가자."

"예? 저, 저대로 두고요?"

"그럼 데려갈까?"

여상스레 묻는 기색이 수린이 그러자고 하면 그럴 듯 보여 수린은 얼른 고개를 도리도리 저었다. 그건 절대 사양이었다.

천강과 수린이 금화 여덟 개를 내고 설향주 값을 치른 후 기루를 빠져나간 후에 기루가 정리되기까지는 긴 시간이 걸리지 않았다. 크고 작은 소란에 익숙한 기생들은 엉망이 된 하석을 아비의 옆에 옮겨 놓고 술자리를 정리한 뒤 다시 악사들에게 악기를 연주하라 일렀다. 여느 때와 다를 바 없는 모습을 회복한 기루에 명원백이 헐레벌떡 달려온 것은 일식경 정도의 시간이 지난 후였다.

이미 술에 절어 시체나 다름없는 모습이 된 사촌 형과 이모부의 모습에, 명원백은 축 늘어진 사촌 형을 흔들며 대답을 들을 길이 없는 '그놈 대체 어디 있는 거냐!'는 질문만 반복할 수밖에 없었다.


"서둘러 가자."

천강은 무척 다급한 기색이었다.

"왜 그러십니까. 그자가 꼬리라도 붙였습니까?"

서두르는 기색이 심상치 않아 수린이 걱정스레 묻자 천강은 고개를 저었다.

"그런 것은 아니다."

"그런데 왜 그러십니까."

천강은 대답 없이 걷기만 했다. 긴 다리를 따라가느라 술 한 잔 입에 대지 않은 수린의 숨이 차올랐다. 쉬지 않고 걸어가던 천강이 걸음을 멈춘 것은, 인적이 드문 숲길에 들어선 후였다.

"잠깐……."

잠깐 쉬어 가자 말하고 싶은 것 같았다. 천강은 나무에 한 손을 짚고 긴 숨을 내쉬었다. 따라오느라 지친 수린이 헉헉거리며 숨을 돌리다가 천강을 바라보니 천강은 한참이나 미동도 없이 나무에 손을 짚은 그대로 움직이지 않았다.

"저, 괜찮으십니까?"

숨을 돌리는 것치고는 가만히 있는 시간이 너무 길다. 수린이 조심스레 천강의 앞쪽으로 다가섰다. 어디를 보는 것인지 천강은 무표정한 얼굴로 장승처럼 서 있었다.

"저쪽에 뭐가 있습니까? 왜……!"

수린이 천강의 팔 한쪽에 손을 대자 천강은 목 안이 눌리는 듯한 신음 섞인 목소리를 내더니 그대로 고꾸라졌다.

"엇!"

수린이 화들짝 놀라 쓰러지려는 천강을 받치려 했으나 역부족이었다. 워낙 키도 체격도 차이가 크게 나는 두 사람은 둘이 한 덩이가 되어 쓰러져 버렸다.

등 뒤는 키 작은 들꽃과 풀들이 폭신하게 자라난 부드러운 흙바닥이었다. 다행스럽게도 충격이 크지는 않지만 그래도 무척

아팠다.

"아우, 좀 비켜 주십시오."

낑낑거리며 밀어 내려 애쓰고 용을 써 봐도 축 늘어진 몸은 꿈쩍도 하지 않았다. 전신에서 술 냄새가 풀풀 풍겨 천강이 술에 절은 상태임을 일깨워 주었다. 그랬지 참.

"그러게 뭘 믿고 그 독한 술을 그리 마십니까! 말없이 빠져나와도 되는 것을. 이렇게 무식하게 술 마시면 그치들이 존경의 눈빛이라도 보낸답니까?"

구시렁거리며 낑낑 천강의 몸을 밀어 보았다. 꿈틀, 잠깐 움직였던 천강은 푹 한숨까지 내쉬더니 숫제 수린의 몸을 고쳐 안기까지 했다. 그 덕에 천강의 품에 쏙 들어가 버린 수린은 물씬 풍겨 오는 천강의 체취에 얼굴이 붉어졌다. 그도 그럴 것이 사내와 이런 망측스러운 광경을 자아내기는 생전 처음이었던 것이다.

"아 좀! 비키시라고요!"

달아오르는 얼굴이 지레 민망해 빽 소리를 지르자 푸우 길게 숨을 내쉬며 기절한 듯 보였던 천강이 고개를 들었다. 몽롱하게 뜨여진 눈이 초점 없이 허공을 응시하다 어느 순간 수린과 눈이 마주쳤다. 그러더니 단단한 표정밖에 지을 줄 모를 것이라 생각했던 얼굴에 웃음이 떠올랐다. 수린은 심장이 철렁했다. 취했구나. 그것도 단단히.

"정신, 정신 드십니까?"

손가락으로 천강의 볼을 톡톡 치는데 천강이 그런 수린의 손을 덥석 잡았다. 수린이 당황하여 잡힌 손을 빼내자 목표물을 잃은 천강은 자신의 빈손을 바라보더니 나른하게 웃고 그 손으로 수린의 볼을 감쌌다.

"그, 그 취하신 것 같습니다. 일단 주무시는 게 최선일 것 같습니다. 제가……."

"……곱다."

순간, 수린은 얼어붙었다.

너무나 놀라 나른하게 웃으며 다가오는 천강의 얼굴을 피할 수가 없었다. 얼굴을 감싼 커다란 손이 뜨거운 것은 아마도 술기운이 오른 탓이리라. 꿀 향이 나는 지독한 술 내음을 풍기며 입술을 덮어 오는 천강의 입술은 부드러웠다. 돌로 만들어진 게 아닌가 싶었던 단단한 몸과는 달랐다. 그리고 무척이나 뜨거웠다.

쿵쿵쿵쿵. 지축이 울렸다. 땅이 흔들리나?

'아니야.'

떨리는 것은 수린의 몸이었다. 귀가 아플 정도로 세차게 뛰어 대는 심장의 박동이 맞닿은 천강의 심장 고동 소리와 겹쳐졌다. 오래도록 수린의 입술 위에서 머물던 천강의 입술이 미풍처럼 조심스레 떨어져 나가자 숨도 못 쉬고 있던 수린이 겨우 푸우, 밭은 숨을 내쉬었다. 천강은 그런 수린의 얼굴을 조용히 바라보다가 손끝으로 가만히 쓸어내렸다. 두근, 두근, 두근. 천강의 손가락이 스쳐 간 자리가 불에 덴 것처럼 뜨거워졌다. 천강은 눈가가 짙은 웃음으로 휘어졌다.

그 모습이, 자신이 여지껏 알던 천강과 동일한 인물의 것이라 생각할 수 없게 생경해서 수린은 반항할 생각조차 들지 않았다.

그러나 다시 한 번 천강의 얼굴이 가까이 다가왔을 때는 화들짝 정신이 들어 사력을 다해 고개를 돌리고 외쳤다.

"정신 차리십…… 응?"

천강은 그대로 수린의 어깨에 고개를 푹 묻었다. 그러더니 움직이지 않았다.

"저, 저기."

꾹꾹 천강의 등을 찌르자 천강은 낮고 고른 숨소리를 내었다. 잠이 든 것이다. 허탈해진 수린은 맥을 탁 놓고 고개를 들어 하늘을 바라보았다. 천강의 어깨 너머로 밝디밝은 달이 천지를 비춰 주고 있었다.

이건, 그냥 바람에 날려 오는 나뭇잎에 맞은 것뿐이다. 한 병만 마셔도 장정들이 나가 떨어진다는 독한 술을 쉬지도 않고 네 병이나 마신 사람이다. 제가 무슨 정신인지, 무슨 말을 했는지도 모를 사람이 누군가와 착각을 한 것뿐이다. 기녀로 착각을 했든 정인으로 착각을 했든. 그러니까 깨어나면 기억도 못 할 사람에게 원망하는 마음을 가질 필요도 없다.

그리 생각해도 놀란 심장이 쉬이 진정되지 않는 것은, 수린으로서는 어쩔 수 없는 일이었다. 정말 놀라서 그런 것인지 아니면 다른 연유로 그런 것인지는 알 길이 없었지만 말이다.


파닥. 날벌레의 얇은 날개가 비벼지는 소리와 무언가 뺨을 톡 건드리는 감촉에 예민한 감각이 일시에 전신을 깨웠다. 늘 극도의 긴장 상태로 훈련되어 있던 몸은 한순간에 몽중에서 현실로 돌아왔다.

눈앞의 광경은 푸른 들풀과 나무. 뺨에 닿는 싸늘한 공기가 새벽녘임을 말해 주었다. 그리고 팔 아래에 누워 있는 누군가…….
천강의 눈이 커졌다. 그리고 머리는 재빨리 혼란스러운 기억의 편린들을 차곡차곡 끼워 맞추기 시작했다. 하나하나 떠오르는 지난밤의 기억들은 빈 부분 없이 착착 끼워졌다. 행인지 불행인지 있는 대로 불편한 얼굴로 잠들어 있는 이에게 자신이 했던 행동까지도 말이다.

"……이런."

어이없는 자신의 행동에 실소가 나왔다. 암만 독한 술을 그리 마셨다 한들 그런 식으로 고삐가 풀어질 줄이야. 천강은 팔로 바닥을 짚고 상체를 일으켜 세웠다.

"으음."

동이 틀 때까지 내도록 천강에게 깔려 있던 수린이 불편한 신음성을 내며 몸을 틀었다. 따뜻한 계절이라 하나 밤이면 한기가 올라올 맨바닥에 누워 산만 한 사내를 떠안고 버틴 것이 어지간히도 힘들었던 모양이다. 반듯한 미간에 내 천(川)자가 새겨지는 것을 보고 천강은 한숨을 쉬었다.

"그런 식으로…… 하려던 건 아니었는데 말이다."

풀 쓸리는 소리에 묻혀 들리지도 않을 아주 작은 목소리로 중얼거리며 천강은 한쪽 팔로 고개를 괴고 잠이 든 수린의 얼굴을 바라보았다. 색색 내뱉는 숨소리에는 피곤이 묻어나고 있었다. 작은 입술이 토하는 숨을 그려 보기라도 하듯 뚫어지게 바라보다 천천히 손을 들어 수린의 입술 쪽으로 손가락을 뻗었다.

그러나 손끝이 채 닿기도 전에 기척을 느꼈는지 움찔하는 수린의 모습에 천강은 얼른 손을 거두었다. 회수된 손끝이 어쩐지 아쉬웠다. 그러나 손을 다시 뻗는 대신 천강은 시선으로 수린의 얼굴을 덧그렸다. 부드러운 곡선을 그리는 이마, 곱게 감겨 있는 긴 속눈썹이 드리워진 눈, 약간 높은 듯한 콧대, 한 번도 연지를 찍어 본 적이 없을 매끈한 작은 입술. 저 입술의 감촉이 어땠더라.

암만 기억하려 애써 봐도 그저 따뜻했다는 느낌만 남아 있었다. 아쉽게도.

"끄음."

수린이 꿈틀거리며 고개를 고쳐 돌렸다. 몸을 웅크리는 것이 추운 모양이었다. 안 그래도 서늘하긴 했다. 당장 깨워야 했지만 헝클어진 옷 사이로 드러난 수린의 쇄골 아래쪽이 천강의 의지를 붙들었다. 털 세운 고양이마냥 늘 경계심의 촉각을 곤두세우고 옷 깃마저도 꽁꽁 여미고 다니는 수린이었다. 이렇게 풀어진 채로, 무방비인 채로 잠들어 있는 모습은 보기 드문 것이었다.

다시 한 번, 수린을 향해 손을 뻗으려다 천강은 주먹을 쥐었다. 안 된다. 지금 손을 뻗었다가는 무슨 짓을 저지를지 천강 자신도 스스로를 장담할 수가 없었다. 천강은 벌떡 일어나 잠이 든 수린을 향해 입을 열었다.

"일어나라."

"……응."

꿍꿍거리는 모습에도 가슴 한편이 따뜻해지는 것은, 이제는 천강으로서는 부정할 수 없는 마음이 제법 커졌기 때문이리라. 제가 뭐라고 나서서 대신 술을 마시겠다 하려던 모습이며, 이름도 모를 기녀가 다친 것에 놀라 뛰어나가 상처를 돌보던 모습. 그 하나하나가 눈 안에 선하다. 아마도 이제 깊이 박혀 버린 조각들은 빼려 해도 빠지지 않을 테지.

"일어나지 않으면 놔두고 가겠다."

마음에도 없는 협박을 조금 소리 높여 던지자 부스스 수린의 색 짙은 눈동자가 눈꺼풀 아래에서 드러났다. 잠시 멍하게 천강과 주변을 둘러보던 수린은 이내 후다닥 자리에서 일어났다. 풀 부스러기와 흙이 이슬에 젖은 수린의 등에서 툭툭 떨어져 내렸다. 잔뜩 지저분해진 수린의 등이 조금 미안하게 여겨졌다. 자신의 옷에서 떨어지는 풀과 흙을 본 수린이 손을 들어 옷을 탁탁 털며 천강을 슬쩍 바라보았다. 그러나 눈이 마주치기가 무섭게 얼굴이 확 달아올라 눈을 피하는 것이…… 창졸간에 당한 일이 무척이나 낯부끄러운 모양이었다.

주인의 의지와 상관없이 슥 올라가는 입꼬리를 수린에게 들키지 않으려 몸을 돌리며, 천강은 수린이 그 정신없는 와중에도 꿋꿋하게 챙겨 온 약 보따리를 집어 들었다.

"제가 들고 가겠습니다!"

눈을 피하려 딴청 부리다 놀란 수린이 손을 뻗으며 달려왔다. 그러나 무심한 척 내려다보는 천강과 눈을 마주치자마자 이내 다시 얼굴을 붉히며 물러섰다. 천강은 풀어지려는 얼굴을 꾹 눌러 참으며 익숙한 시가지 길을 향해 갔다. 보폭이 넓은 천강을 놓칠까 얼른 따라오기 시작하는 수린은 그러나, 절대 일정 거리 안으로 들어오지는 않았다. 가끔 잘 따라오는지 확인하려고 뒤를 돌아보면 그때마다 화들짝 놀라 한 걸음 뒤로 물러서고, 또 잘 따라오다가 뒤를 돌아보면 화들짝 놀라 물러서고.

차분하고 조용하지만 비굴하지 않고 몸에 밴 꼿꼿함을 잃지 않던 수린의 의외의 모습에 천강은 유쾌했다. 이러니저러니 해도 어린 여인의 마음이란 섬세한 데가 있는 것이다. 그러나 민들레 홀씨 같은 섬세함 탓에 도통 거리가 좁혀지질 않으니 흙이 묻은 수린의 등을 털어 줄 수 없는 것은 매우 아쉬울 수밖에 없었다.

이리 오라 할까, 거기 서 보라 할까 아주 잠시 고민하던 천강은 곧 고민을 관두고 자신의 겉옷을 벗어 수린에게 던졌다.

"입어라."

"예? 아닙니다!"

"황궁에 그리 엉망이 된 차림으로 들어갈 셈이냐?"

툭 던지듯 말해 놓고 가 버리는 천강의 뒤를 그대로 따라가려다, 수린은 천강의 옷을 쥐고 머뭇거렸다. 등이 어떻게 되었기에 저리 말하는지 뒤통수에 눈이 달리지 않은 이상 알 수 없는 일이지만 안 그래도 축축하게 물기를 머금은 등 쪽이 무척 춥기는 추웠던 것이다.

망설이던 차에 불어오는 한 줄기 아침 바람이 수린을 더 고민하지 못하게 했다. 온몸의 마디가 쑤셔 견디기 힘든데 불어온 바람이 오한이 든 것처럼 수린의 몸을 떨리게 했다. 수린은 풍덩하게 큰 천강의 옷에 팔을 끼워 넣었다. 괜찮겠지. 말마따나 엉망이 된 지저분한 옷차림으로 돌아다니는 것보다는 남의 걸 빌려 입은 모양새가 나을 것이다.

'그나저나 괜찮은 건가?'

수린은 한 치의 흐트러짐도 없이 앞서가는 천강의 뒷모습을 걱정 어린 눈으로 바라보았다. 연거푸 두 사람이 나가떨어진 양의 독주를 혼자서 다 마시고 나서 기절하듯 잠이 들었었는데 지금 저리 활보하고 다녀도 무리가 없는 걸까. 주 영감은 설향주가 숙취도 어마어마해서 한번 잘못 마셨다가는 이삼 일은 속병을 앓을 술이라 했는데. 숙취에 좋은 환약이라도 먹어 두라 얘기할까……까지 생각하다가 수린은 자신의 생각에 놀라 버렸다.

제정신이 아니다 민수린. 그사이에 무슨 정이 얼마나 쌓였다고 윤인호의 아들놈 숙취까지 걱정해 준단 말인가.

경계심이 풀어진 것은 윤인호의 아들들과의 거리가 너무 가까웠던 때문일 것이다. 바짝 붙어 상처를 돌보고, 곁에서 이야기를 나누는 일이 잦아지다 보니 그들이 안주의 이들과 같다 느껴 버린 것이다.

"빨리 오지 않고 뭘 하는 거냐."

앞서가면서도 수린이 너무 뒤처질 것 같으면 한 번씩 멈춰 서서 돌아보는 천강의 남모를 배려에 수린은 이를 앙다물었다. 착각하지 말자. 저자는, 내 어미가 정성 들여 가꾼 마당을 군마로 짓밟은 자다. 그렇게 되새겨 보아도 이미 마음은 전과 같이 예리한 날이 서 있지 않음을 느낄 수 있었다.

'어서 빨리 안주로 돌아가야 해.'

그때까지 가까워지면 안 된다. 저자도, 언제나 춘풍처럼 온화

한 미소를 짓고 있는 저자의 형도. 그렇게 거듭 다짐하며 도착한 병호대의 전각에서 싸늘하기 짝이 없는 표정으로 기다리고 있던 문혁을 마주하자 수린은 조금 당황해 버렸다.

"밤새 기다렸는데 이제 오는구나."

문혁의 말은 천강을 향한 것이었다. 헌데 어째서인지 시선은 수린에게로 와 있었다. 여느 때처럼 자애롭고 여유 넘치는 말투가 아니라 당장이라도 사슴의 목덜미 숨골을 물어 버릴 범의 으르렁거림 같은 말투였다. 짧은 말이었지만 수린은 처음으로 문혁이 천강과 피를 나눈 형제임을 실감했다. 수린은 마음속으로 스며드는 냉기에 헐렁한 옷깃을 저도 모르게 꽉 여며 쥐었다. 그런 수린을 흰 눈으로 바라보는 문혁에게 천강이 다가섰다.

"아직 몸도 다 회복되지 않으셨을 텐데 어찌 밤새 기다리셨습니까."

아우를 향해 돌려진 문혁의 시선은 사나운 기색이 채 가시지 않고 있었다. 문혁은 천강이 들고 있는 물건과 수린이 입고 있는 천강의 겉옷을 향해 싸늘한 눈빛을 거두지 않은 채 입을 열었다.

"어젯밤에 아버님이 습격을 당하셨다는 비보가 날아왔다."

안 보는 척, 다른 일을 하는 척 이쪽의 심상치 않은 사태에 주의를 기울이고 있던 병호대의 일동들이 숨을 삼키는 소리가 수린에게까지 들렸다. 문혁은 눈을 부릅뜨는 아우에게 시선을 고정하고 말을 이었다.

"환궁하시는 길에 정미곶에 들러 그 일대의 흉흉하게 도는 소문들의 진위를 알아보려 하신 모양이다. 헌데 막 떠나시려던 차에 정체 모를 집단에게 급습을 당하셨다 한다."

몹시도 놀랐던 천강은 곧 차근차근 이야기를 읊는 문혁의 모습에 그리 심각한 일은 아님을 눈치챘다.

"그럼 아버님의 상태는……."

"다행스럽게도 크게 다치신 것은 아니라 하는구나. 하지만 경미한 상처여도 시간을 두고 퍼지는 독을 썼을 가능성도 있고 재차 습격을 해 올 수 있기에 정미곳에 머물고 계시겠다 하셨다."

천강이 안도인지 심호흡인지 모를 한숨을 내쉬었다.

"그렇군요. 그러면 바로 황군을 보내는 것이 좋겠군요."

"네가 가야 한다."

틈도 주지 않고 문혁이 말했다. 천강이 눈을 부릅뜨든 말든 문혁의 말은 거침없었다.

"폐하의 명이다."

"허나 형님……. 아버님의 호위는 병호대가 아니라 황군이……."

"나도 갈 것이다. 그 또한 폐하께서 내리신 명이다."

형제 사이에 흐르는 기류가 여느 때와 같지 않음은 그 누구라도 알 수 있었을 것이다. 천강이 문혁과 마주친 눈을 피하지 않고 마주 보는 모습은 가까이 다가가기만 해도 따끔거리는 기(氣)가 느껴질 지경이었다. 수린은 슬금슬금 뒷걸음질로 그들에게서 멀어졌다.

정미곳. 꽤나 먼 곳이다. 지도상에서도 황궁과 뚝 떨어져 있는 곳이니 실제로 말을 달려가야 하는 거리는 더 멀겠지. 두 형제가 지급으로 정미곶에 달려가서 제 아비를 데리고 돌아올 때쯤이면 황제가 안주에 보내는 예단은 모두 마련된 후일 터였다. 그럼 그 때 수린은 안주로 떠나고 없을 것이다.

그렇다면 아마도 수린이 저 형제를 보는 것은 오늘 이 자리가 마지막이 될 것이다. 수린은 아직도 바라보면 낯 뜨거워지는 천강 의 얼굴을, 그래도 용기 내서 바라보았다. 팔 할의 시원함과 이 할 정도의 섭섭함이 차올랐다. 이 섭섭함은 아마 천강과 함께 딸 려 왔다 딸려 갈 이들 때문에 생긴 것이겠지. ……그래야 했다.

그때, 문혁이 천강과 마주 보던 시선을 거둬 수린에게로 돌렸다.

"그리고."

"너도 가야 한다, 민진겸."

"예?"

수린은 볼썽사납게 소리를 질러 버렸다. 문혁은 그때까지의 사 나운 기색을 감추고 씁쓸하게 수린을 바라보았다.

"그것도 황명이다."


당황하여 횡설수설 안주로 돌아가는 배가 언제 뜨느냐, 윤종명 의 서찰을 폐하가 읽으신 게냐 정신없이 묻는 수린에게 들고 온 약재를 쥐어 억지로 돌려보내고 난 천강은 문혁과 함께 화월당으 로 향했다. 듣는 귀가 많은 황궁에서 밀담을 나눌 만한 장소로 그 만큼 제격인 곳이 없었기 때문이었다.

말도 없이 앞서가는 문혁에게서 이제 독에 중독되었던 흔적을 찾기는 어려웠다. 천강은 일부러 말을 걸지 않고 문혁이 화월당에 당도하여 자리를 잡고 앉을 때까지도 묵묵히 입을 다물고 기다렸다.

"말해 보아라. 밤새 어딜 가서 무얼 했지?"

앉으라 권하지도 않고 묻는 문혁의 태도는 취조에 가까웠다.

"제가 어딜 가서 무얼 하는지 일거수일투족을 형님께 보고해야 합니까?"

지지 않는 아우의 대꾸에 문혁은 지그시 눈을 감았다.

"제가 지난밤에 어딜 가서 무엇을 했는지 물으려 예까지 데려오신 것은 아니겠지요. 독대하고 이야기를 나눌 수 있는 곳으로 데리고 온 것은 필시 다른 연유가 있어서일 텐데요."

"⋯⋯."

"아버님을 급습한 자들의 정체에 대해 짐작 가는 바가 있으신 겁니까, 아니면 황제 폐하의 영문 모를 황명에 대해 저의 의견을 듣고 싶으신 겁니까."

"⋯⋯둘 다."

"그럼 말씀해 보시지요."

천강이 권하지도 않은 자리에 앉자 문혁은 눈을 가늘게 뜨고 아우를 바라봤다. 문혁도 알고 있었다. 아우에게 드는 이런 뒤틀린 감정이 정상적인 것은 아님을. 비보를 듣고 급히 찾아간 천강의 처소에서 대장은 겸이라는 아이와 황궁 밖에 나가 아직 돌아오지 않았다는 대답을 들었을 때 철렁하던 마음이 올바르지 않은 것도 알았다. 동이 다 트고 나서야 천강의 커다란 옷에 푹 둘러싸여 나타난 조그만 얼굴에 영문 모를 살심이 치솟았던 것도 이해가 가지 않는 감정이었다.

그 아이에게 품었던 감정은 미안함. 뭐로 보나 귀하게 자라 왔을 게 뻔한 여자아이가 자신의 아비 때문에 역적의 족쇄를 차고 죄인들의 섬에서 남자아이로 험하게 자라게 된 데에 대한 죄책감과 그런 아이가 자신의 목숨을 살렸다는 데 대한 부채감 그 이상도 이하도 아니어야 했다.

'마음이 끌리는 여인'이라 했나. 천강이 내지르듯 던졌던 말이 떠올라 문혁은 피식 웃었다. 천하에 둘도 없는 미색이라는 황제다. 천하의 주인인 데다 금상첨화로 총명하고 지혜로우며, 필요할 때는 누구보다 냉정해질 수 있지만 그 외에는 언제나 온화하기 짝이 없는 여인이 자신의 정혼녀인데 다른 여인에게 눈이 돌아간다는 것은 어불성설이 아닌가. 그러니 이 마음은 안쓰러움이어야만 했다. 천강이 미웠던 것은 그 안타까운 아이를 힘들게 만들고 궁지로 몰아넣는 게 밉살맞았기 때문이어야 했다.

"아버님이 습격을 당하셨는데 꼬리를 놓친 것이라 하면 여간 노련한 무인들이 아닐 터. 게다가 정미곶처럼 규모가 작은 마을에서 흔적을 남기지 않고 퇴로를 확보하려면 누군가의 손이 꼭 필요했겠군요."

밉살맞기 짝이 없는 아우가 핵심을 짚은 이야기로 문혁의 감상을 방해했다. 문혁은 마지못해 고개를 끄덕였다.

"정확하다. 습격한 것은 대여섯 명 정도라 하지만 직후에 쫓아도 흔적을 찾을 수 없다 했다. 필시 세력이 큰 조력자가 있을 것이라 생각했다."

"그 배후에 대해 알아보라 폐하가 명하신 거로군요."

"그래."

"헌데 형님께서 가실 필요는 무엇입니까?"

아우는 자신이 간다는 말이 황제에게 억지 부려 얻어 낸 결과물이라 생각한 모양이었다. 문혁은 천강이 잘못 짚고 있는 부분을 정정했다.

"말했지 않느냐, 폐하의 명이라고."

"그것은……."

"폐하께서 나를 불러 이르셨다. 아버님이 이리되셨으니 너와 내가 함께 가 보는 게 좋지 않겠느냐고."

왜 굳이 아픈 끝인 문혁을 거기에 끼워 넣었을까 황제는? 거기에다 민진겸을 붙이는 이유는 또 뭔가. 표면적으로 황제는 문혁의 몸이 걱정되니 어의 대신 문혁을 돌보았던 이를 딸려 보내야 할 것 같다 이야기했다. 허나 그 말을 곧이곧대로 듣지 않았던 문혁은 천강과 같은 의문을 가지고 밤새 고민했던 결과를 토해 냈다.

"아무래도, 폐하께서 너와 나에게 민진겸이라는 자가 어떤 존재인지 떠보려 하시는 것 같다."

천강의 뒤통수에 싸한 기운이 스쳐갔다. 아무래도 피하려 했던 아비와의 만남을 더 이상은 미룰 수가 없게 된 것 같았다.

4장

　황제는 늘상 자상한 얼굴로 웃고 있었다. 온화한 얼굴이 깨지는 것은 극히 드문 일로, 그녀가 싸늘한 기색을 드러낼 때는 반드시 피바람이 몰아쳤다. 그런 황제의 성정을 익히 알고 있는 신료들은 항상 웃는 낯의 황제를 결코 얕잡아 보지 않았다.

　어린 여인의 몸으로 황제가 처음부터 강력한 권력을 쥘 수 있었던 것은 전적으로 윤씨 일가라는 뒷배가 있었기 때문이라 해도 과언이 아니었다. 이미 선황제 때부터 정사에 강한 입김을 불어넣고 있던 윤인호와 어린 나이에도 걸출한 무훈(武勳)을 빛내고 있던 윤천강이 부정할 수 없는 황제파라는 것은 황제의 권위에 날개를 달아 준 것과 같았다. 거기에 빼어난 학식으로 내로라하는 학자들의 조용한 지지를 받고 있던 윤인호의 장남 윤문혁이 일찌감치 황제의 정혼자로 내정되어 있었기에 윤씨 일가와 황제와의 관계는 끊어질 수 없는 끈으로 연결되어 있는 것이라 모두들 생각했다.

그러나 당사자들인 윤인호나 천강, 문혁은 알고 있었다. 황제의 문혁을 향한 애정이 순수하다는 것과는 별개로 황제는 문혁을 반려자로 두고도 필요하다면 윤인호의 목을 칠 수 있는 사람임을.

어려서부터 학문에만 정진하느라 정치에 관심이 없던 문혁이나 무인의 길만 걸어온 천강은 황제가 곁에 두고 싶어 하는 신하의 조건에 부합하는 자였다. 문제는, 윤인호였다.

문혁이 짐작했던 것처럼 최근 정미곶 부근을 소란하게 만드는 무리의 뒷배를 조사하는 것과 민진겸이라는 자에 대해 미심쩍은 부분을 확인하고 싶은 것. 두 가지가 황제의 의도였던 것은 맞았다. 하지만 황제는 거기에 더해서 윤인호의 불온한 속내도 확인하고 싶었다.

"이것은 너무 위험한 일입니다."

그러나 그런 생각을 입 밖에 낼 수는 없었기에, 황제는 자신을 수행하는 이에게는 그저 민심을 살피고 불온한 무리들에 대해 직접 알아보고 싶다는 말만을 했다. 고작 그런 이유로 황제가 직접 잠행에 나서는 것은 위험하기 짝이 없는 일이다. 황제를 수행하고 나선 금군 대장이 거듭 만류했지만 황제는 살풋 웃으며 고개를 저었다.

"정혼자를 놀래 주고 싶은 여인의 마음입니다. 혼인 전 마지막 일탈일 테니 이해하도록 해요."

무사로서는 알 길이 없는 여인의 마음을 들먹이자 어쩔 수 없다는 듯 물러서는 그를 보며, 황제는 씁쓸한 기운이 맴도는 미소를 지었다.

'사실은, 혼인 전에 확인하고 싶은 마음도 있습니다. 흔들리지 않는 확신을요.'

혼인 앞에 시아비 될 자의 일신에 닥친 변고의 액운을 떼어 내고 심신을 정화하기 위해 축원을 올리러 간다 포고했다. 공식적인 황제의 일정을 그리 발표해 두고 황제가 소수의 금군 무사들만을 대동한 채 향한 곳은 정혼자 일행이 며칠 전 떠난 길이었다.

❀　❀　❀

황궁에서 떠난 지 열흘이 가까워 오도록 길은 평탄했다. 허나 길이 평탄하다 하여 마음까지 그럴 수는 없는 노릇. 수린은 죽을 맛이었다.

안주에 있을 때 일 없던 시기의 역관들이 심심풀이 삼아 말 타는 법을 가르쳐 준다고 할 때 배워 둔 것은 참으로 잘한 일이었다. 안주에는 말을 탈 평지가 넓지 않아 있는 말이라고는 고작 다섯 마리, 그나마도 마구간에서 풀이나 뜯는 것이 말들의 임무의 대부분이었다. 추수가 끝나고 추워지기 전 일손이 한가한 시기에 한 역관이 수린에게 "겸아, 일도 없는데 너 말 타는 법이나 좀 알려 줄까?" 하고 툭 던져 왔는데 마침 수린도 맡았던 심부름을 모두 끝낸 참이어서 좋아라 알려 달라 했었다.

그게 벌써 몇 년 전인데 매일 산을 오르내리던 팔다리는 다행히 그때의 기억을 잊지 않고 덩치 큰 말 고삐를 능숙히 다루었다.

"탈 줄 안다더니 정말 잘 타는구나."

대웅이 감탄하며 건네 온 말에 수린은 쓰게 웃었다. 잘 타지 못했더라도 다른 누군가와 말을 타느니 매달려 죽는 한이 있어도 홀로 말 목에 매달려 죽었을 것이다.

문혁의 몸이 회복되었고 지급으로 달려가야 하니 마차는 탈 수 없다, 말을 타야 한다고 선언한 천강은 수린을 힐긋 보고는 말을 탈 줄은 아느냐 물었다. 말을 탈 줄 모른다 하면 정미곶에 가지 않아도 되는 건지 은근한 기대가 들어 대답을 망설이자 천강이 한 말은 말을 탈 줄 모른다면 누군가와 함께 말을 타고 가야 한다는 것이었다.

식겁해 말 탈 줄 안다고, 역관에게서 제대로 배웠다 이야기하자 어딘지 불만스러워 보이는 기세로 천강이 그럼 타 보라며 말을 끌고 왔다. 덩치 큰 말은 다행스럽게도 순하게 수린을 받아들였고, 수린은 누군가와 말을 함께 타는 불상사는 피할 수 있었다.

'생각만 해도 오싹하지······.'

누구와 말을 함께 타야 한다니. 누구와? 말 한 마리가 한 사람의 체중도 버거워할 만한 체구의 사내들? 수린을 거의 없는 사람 취급하며 싫은 티를 내는 의량? 이상스럽게도 오는 내내 영문 모를 시선을 보내는 문혁과 같이 타겠는가. 그도 아니면······.

수린은 맨 선두에서 말을 몰고 있는 천강의 등을 보자 낯이 뜨거워졌다. 얼른 다른 곳으로 눈을 돌리고 말고삐를 움켜쥐었지만 고장 난 것처럼 시시때때로 거세게 뛰는 심장이 또 말썽이었다.

"얼굴이 빨개졌다. 힘드냐?"

사람은 참 착한 것 같은데 눈치라고는 없는 대웅이 굳이 안 해도 되는 이야기를 하며 수린을 걱정해 주었다. 수린은 하하, 억지 웃음을 지었다.

"조금 더워 그런 듯합니다."

"저런, 옷을 하나 벗어 보지 그러냐."

다친 다리 고쳐 주고 대필 한 번 해 준 이후로 대웅은 수린이 어지간히 고마웠는지 틈만 나면 다가와 챙기지 않아도 되는 부분까지 챙기며 관심을 드러냈다. 그 마음이야 고맙지만 지금처럼 시도 때도 없는 관심은 좀 난감해서 수린은 대웅에게 대충 고개를 끄덕여 보이고 말 모는 데에 집중했다. 대웅은 수린이 시큰둥한 반응에 그런가 보다 물러나려다 따끔한 시선을 느끼고 앞을 보았다. 그러나 시선이 닿는 곳에는 열심히 말을 달리고 있는 문혁과 천강, 의량의 뒷모습뿐이었다.

노숙과 여관 숙박이 반복되는 쉼 없는 여정은 꽤나 체력이 요구되는 힘든 일이었다. 수린이 의외라 생각했던 것은 무인도 아닌 문혁이 지친 기색도 없이 강행군을 버텨 내는 모습이었다. 시송목의 독에 중독되어 침상에 누워만 있던 모습이 각인되어 버려 문혁을 나약하고 힘없는 학자라고 오판을 했던 모양이다.

그러고 보면 예까지 오는 동안의 문혁의 태도도 참 이상했다. 수린과 눈이 마주치면 못 볼 것이라도 본 양 흠칫거리며 얼른 눈을 돌려 버리고, 몸 상태를 좀 봐 드리겠노라 다가가면 그럴 필요

없다며 손까지 뿌리치고 거부하기에 이제 천한 죄인을 상종하기 싫어진 것인가 싶어 멀찍이 떨어져 있으려 하면 끼니때에 제일 먼저 챙겨 주지를 않나, 노숙을 하게 되는 날에는 수린에게 은근 슬쩍 다가와 모닥불과 가까운 자리를 짚으며 여기 누우라 툭 던져 놓고 사라지는 게 아닌가.

종잡을 수 없는 문혁의 태도도 혼란스러운데 수린을 더 머리 아프게 하는 것은 천강이였다.

취중의 실수인지 착각인지 모를 사고 이후로 싫어도 천강을 의식하게 되는 것은 수린이 사내에 대해 면역이 없는 소녀이기 때문에 지당한 일이었다. 허나 부러 시선을 피하고 모른 척 멀찍하게 떨어져 다녀 보아도 집요하게 따라붙는 시선은, 괜히 의식하여 착각하는 것이라 생각할 정도의 수준이 아니었다. 시선을 느끼고 바라보면 그곳에는 늘 언제 그랬냐는 듯 앞만 바라보는 뒷모습이 있었다. 하지만 수린은 바보가 아니었다. 천강의 시선을 의식하기 시작한 그 이후로 신경이 곤두서 엉킨 것 같은 기분이 사라지질 않았다.

어째서? 언제부터? 천강도 술에 취해 실수한 그날의 기억이 남아 있어 어리석은 실수를 한 자신이 개탄스러워 자꾸만 바라보는 것일까? 수린은 복잡한 심경으로 천강을 바라보았다. 마침 부관 의량이 천강을 향해 몸을 기울이고 무언가를 이야기하고 있는 중이었다.

"조금 무리가 되겠지만 계속 말을 달리면 오늘은 노숙을 피할 수 있을 것 같습니다."

말 위에서 지도를 펼쳐 살피는 신묘한 재주를 보여 주며 의량이 천강에게 말하자 천강은 지도 쪽으로는 시선도 주지 않고 답했다.

"그리 달리고 나면 정미곶까지 얼마나 더 걸릴 것 같은가?"

"이틀이면 넉넉히 닿을 것 같습니다."

"그래. 그럼 오늘 좀 무리를 해 두지."

천강의 결정에 의량이 소가죽 위에 먹물을 떠 넣어 그린 지도를 대충 말아 넣고 뒤쪽을 향해 속도를 높이라 외쳤다. 천강이 박차를 가하는 것을 신호로, 이십여 마리의 군마는 일제히 흙먼지를 일으켰다.

후미에 있던지라 흙먼지를 고스란히 뒤집어쓸 수밖에 없던 수린은 있는 대로 인상을 찌푸리며 뒤처지지 않기 위해 고군분투해야 했다. 제대로 씻지도 못하고 모두가 잠든 틈에 냇가에서 도둑 목욕을 하는 것도 하루 이틀이었다. 몸이 힘든 것보다 땀과 흙 때문에 찜찜한 것이 훨씬 고역이었다. 오늘 묵게 되는 곳에는 제발 제대로 씻을 공간이나 있었으면 좋겠다고 생각하며 불쾌한 기분을 눌러 참아 보는데, 저 멀리에서 반가운 불빛들의 군집이 보이기 시작했다. 땅거미가 지는 지평선을 배경으로 보이는 불빛은 제법 규모가 컸다.

"성벽을 쌓기 위해 인부들을 모집한다고 했던 수년 전부터 이 근방에 사람들이 몰리기 시작했다더니 마을이 꽤 크군."

불빛이 보이기 시작하자 속도가 줄어든 덕에 수린은 대웅의 말을 제대로 들을 수 있었다. 그렇구나. 돈벌이를 위해 모인 인부들과 그들의 가족들, 그리고 장사치들이 모여 마을이 커지는 것도 당연한 일이었다. 정미곶에서 말로 달려 이틀이나 걸릴 거리에 이리 마을이 크게 자리를 잡았다면 정미곶도 작은 뱃터 정도의 크기는 아닐 것이다. 어중이떠중이들이 모인 큰 도시 규모의 마을이라면 윤인호를 습격한 일당을 잡아내는 건 그리 쉬운 일은 아닐 것이다.

불빛이 보이기 시작한 지 한 식경이 훨씬 지나서야 도착한 마을은 어설프게나마 나무 성벽을 두르고 보초까지 세워 놓은, 제법 구색을 갖춘 곳이었다. 창을 든 보초 두 명이 수십의 군마를 보고 놀란 기색이 역력한 얼굴로 진입을 막았지만 천강이 황제의 인장이 찍힌 친서를 슥 보여 주는 것으로 모두 무사 통과였다. 그러나 문제는 마을 안으로 들어선 후에 발생했는데, 그것은 갑작스레 들이닥친 이십 마리가 넘는 군마를 받아 줄 만한 장소가 없다는 점이었다.

의량이 급히 어쩔까 천강의 의중을 묻자 천강은 잠시 생각하더니 이내 몇 무리로 갈라져 밤을 보내고 아침에 다시 합류하는 것이 좋겠다 말했다. 의량이 즉시 말의 머릿수를 따져 일행을 네 무리로 나누려 가늠하는데 문혁이 말에서 내려 의량에게 다가갔다.

"나와 천강이는 제일 가까운 객잔으로 가겠네."

"그러시겠습니까. 허면 나머지는 제가……."

"그리고."

나머지 일행의 뒤는 자신이 돌보겠다 하려는 의량의 말을 끊고 문혁이 일행의 후미를 똑바로 바라보았다. 시선을 똑바로 마주하게 된 수린은 어깨를 주무르던 모습 그대로 굳어졌다.

"이리 와라."

정확하게 수린을 향해 던지는 말에 일행의 시선은 모두 수린에게로 쏠렸다. 문혁은 수린에게 그 말만을 남기고 천강에게로 가서 자신의 말고삐를 잡았다. 수린을 탐탁지 않게 여기고 있던 의량이 무어라 말을 붙이려 하다가 곧 포기하고 돌아서서 수린을 향해 어서 가 보라 눈짓했다. 천강이 당연하다는 듯 반박하지 않고 앞장서서 가 버리는데 자신이 감히 반박을 할 입장이 아닌 것이다.

졸지에 시선받이가 된 수린이 미적거리며 말고삐를 잡고 머뭇거리자 단박에 앞서가던 천강과 문혁이 걸음을 멈추고 날카로운 시선을 쏘아 보냈다. 수린은 하지도 못하는 욕설을 내뱉고 싶은 마음으로 인상을 구기며 말고삐를 당겼다.

가장 가까운 객잔은 성문 입구에서도 보이는 곳에 자리하고 있었다. 말 세 마리와 함께 세 사람이 문을 두드리자 말구종으로 보이는 소년이 냉큼 달려 나와 붙임성 좋은 웃음을 입에 걸었다.

"묵고 가실 손님들이십니까? 들어가십시오. 말은 제가 마구간에 넣어 두겠습니다. 마침 오늘 마구간이 비어 있네요. 여기 손님 세 분 들어가십니다! 묵고 가실 거랍니다!"

행여 마음 돌려 다른 곳으로 갈까 얼른 세 사람의 등을 떠미는 소년의 기세에 세 사람은 뭐라 말도 꺼내 보지 않았는데 자연스레 묵는 손님으로 낙점되었다. 묵으러 온 것은 맞지만 등 떠밀린 상황이 우스워 수린이 설핏 웃자 소년은 신이 나서 목청을 높였다.

"하이고, 오늘 우리 객잔에 꽃 피겠네. 도련님 웃으시는 게 여인네들 애간장 좀 녹여 보신 솜씨이십니다."

넉살도 좋다. 관두라 손사래를 치는데 신이 난 소년은 그만둘 기세가 아니었다.

"나리들 인물도 훤~칠하시고, 도련님은 아주 화사한 꽃 같으시고. 우리 아버지 여관 장사 십 년에 오늘 아주 횡재하셨습니다."

말구종 아이인 줄 알았는데 주인의 아들이었나 보다. 어려서부터 옆에서 보고 들은 게 있어 이리 말주변이 좋구나. 싱글거리는 소년은 수린의 어깨를 주무르는 시늉을 하며 어깨 위로 손을 올렸다.

"식사는 하셨습니까? 저희 어머니 손맛이 아주 일품입니다. 식사하셨어도 저희 어머니 오향 수육은 꼭 드셔야 어딜 가서 수육 좀 먹어 봤다 얘기하실 수 있을 겁니다."

"그 손 떼지……."

"그 손……."

음산한 기색으로 동시에 입을 열던 천강과 문혁이 말이 겹치자 동시에 입을 닫았다. 심상치 않은 두 사람의 기세에 천진난만하게 웃던 소년이 눈을 휘둥그렇게 뜨자 수린은 얼른 자리를 무마하려 소년에게 말을 붙였다.

"안으로 안내 좀 해 주시오. 방은 비어 있는 게 있소?"

"어, 어 예. 물론입죠."

대번에 기가 죽은 소년이 발랄하던 모습과 대비되어 더 처량 맞아 보였다. 아니 애가 뭘 어쨌다고 분위기를 살벌하게 만드나, 저 두 사람은. 수린이 질책하는 시선으로 천강과 문혁을 바라보았지만 둘은 이미 문을 열고 안으로 들어가고 있는 중이었다. 수린은 혀를 차고 소년과 함께 두 사람의 뒤를 따라 안으로 들어섰다.

드리는 소리가 시끄러웠다.

"음?"

눈을 찌푸리고 아까 켜 놓았던 초를 보니 초가 손가락 한 마디 정도는 녹아 있다. 이런, 금방 씻고 내려가겠다 이야기했는데 잠이 들어 버렸구나. 그럼 그냥 둘 것이지 굳이 부르러 왔나. 몸을 일으키자 어느새 미지근해진 물에 잠겨 있다 나온 몸이 오싹 한기를 느꼈다.

쾅쾅쾅쾅!

"잠시만 기다려 주십시오!"

문에 대고 소리 지르며 수린은 서둘러 옷을 찾아 입었다. 목욕을 하고 난 후라 옷차림이 더 신경 쓰이는데 문을 세차게 두드리는 재촉이 마음을 급하게 했다.

쾌앙!

대강 끼워 입고 허리끈을 졸라매는데 마지막으로 울린 소리에는 정말 화가 났다. 수린은 물이 뚝뚝 떨어지는 머리카락을 대충 손으로 쥐어짜며 문으로 가서 벌컥 문을 열었다.

"나간다 하지 않았……!"

날카로운 은빛 검광이 망설임도 없이 수린에게로 날아들었다. 문을 열어젖히고 성질을 내려 한 발 물러나지 않았더라면 그대로 검은 수린의 가슴에 와서 꽂혔을 것이다. 수린이 숨을 쉴 틈도 주지 않고 재차 검이 날아왔다. 수린은 본능적으로 몸을 굴렸다.

전신을 검은 옷으로 감싼 복면의 사내가 바닥으로 몸을 굴려 피한 수린을 향해 수직으로 칼날을 세웠다.

"누구요!"

대답이 돌아오길 기대하고 던진 말이 아니었다. 사내 역시 대답할 마음은 없었는지 검을 휘두르는 것으로 답을 대신했다. 간발의 차로 검을 피한 수린은 무기가 될 만한 것을 찾아 눈을 굴렸다. 허나 그런 게 있을 리 만무했다. 사내는 야속할 만큼 곧바로 도약해 날아왔다. 수린은 손을 뻗어 촛대에 꽂혀 있던 초를 잡았다. 그것을 사내의 얼굴을 향해 집어 던지자 사내는 망설임 없이 초의 허리를 베어 냈다. 그러나 심지 주변에 촉촉이 녹아 있던 촛농의 궤적까지 예측하지는 못했는지 몇 방울의 촛농이 사내의 눈가로 튀었다.

방을 밝혀 주던 초가 없어지자 방은 삽시간에 어둠에 휩싸였다. 수린은 사내가 잠깐 주춤하는 틈을 놓치지 않고 손에 집히는 촛대며 몸을 닦은 천 등을 닥치는 대로 집어 던지고 문을 향해 달려갔다.

"악!"

그러나 씻느라 풀어 두었던 긴 머리채가 사내의 손에 잡혀 수린은 그대로 바닥으로 나뒹굴었다. 수린이 나동그라지자 사내는 수린의 위에 올라타고 목줄기를 눌러 잡았다.

"끄윽."

삽시간에 숨통이 막혀 눈앞이 아득해졌다. 사내가 검을 높이 치켜드는 것을 보고 수린의 머릿속이 하얘졌다. 죽는 건가.

어둠이 조금씩 눈에 익으며 복면에 감싸인 사내의 얼굴이 천천히 선명해졌다. 사내는 수린의 눈을 똑바로 바라보고 있었다. 헌데 검을 들어 올렸던 사내는 한참이나 그 자세 그대로 수린의 숨통만을 조이며 수린의 얼굴을 바라봤다. 미동도 없이 고통스러워하는 수린의 얼굴을 바라보는 사내는, 무엇에 놀랐는지 눈을 부릅뜬 모습이었다.

숨골이 막혀 눈물이 눈 안에 차올랐다. 그렁해진 수린의 눈가를 본 사내가 수린의 목을 눌렀던 손에 힘을 조금 풀었다 싶은 순간.

챙—!

사내의 등 뒤에서 날아온 대검이 사내의 손등의 살을 찢으며 핏줄기를 날려 보냈다. 방심하고 있던 사내는 들고 있던 검을 놓쳐 버렸고 주인 잃은 검은 챙그르르 소리를 내며 바닥으로 굴렀다.

"물러서라!"

발 앞으로 굴러 온 사내의 검을 주워 들며 천강이 일갈했다. 천강은 그대로 사내를 향해 검을 내질렀다. 사내는 몸을 날려 자신을 향해 날아오는 검을 피했다. 천강은 겨우 숨통이 트여 미친 듯이 기침을 하기 시작하는 수린을 등 뒤로 감추고 사내와 대치했다.

검을 잃은 사내는 천강과 수린을 번갈아 보더니 이내 등 뒤의 들창을 발로 차 열고 몸을 날렸다. 천강이 재빨리 들창 쪽으로 달려갔지만 사내는 지붕 위를 통해 다른 건물로 넘어갔는지 보이지 않았다. 천강은 사내가 잃고 간 검을 바닥에 내리 꽂으며 낮은 욕설을 읊조렸다.

"크흡. 콜록. 큭."

수린은 손으로 입을 막고 구역질 섞인 기침을 뱉었다. 천강이 다가와 잠시 망설이다가 곧 수린의 어깨를 감싸 안고 등을 두들겨 주었다.

"괜찮으냐? 어디 다친 데는 없느냐?"

멈추지 않는 기침을 하면서도 수린은 고개를 끄덕였다.

"괘, 괜찮…… 콜록, 감사합…… 콜록콜록."

"말하지 마라. 물이라도 마시는 게 좋겠다. 일어설 수 있겠느냐?"

천강이 후들거리는 수린을 다독여 몸을 일으켜 세웠다. 수린은 기침을 진정시키려 애쓰며 다리에 힘을 주어 보았다. 죽을 뻔했다는 공포에 든 한기가 쉽사리 가라앉을 것 같지가 않았다.

"아무래도 아버님을 습격한 무리인 것 같은데…… 상처를 입었으니 탐문을 하면 꼬리를 잡을 수도 있을 거다."

천강의 말이 쉬이 귀에 들어오지 않았다. 덜덜 떨리는 와중에도, 놀라 커지던 사내의 눈이 뇌리에서 떠나가질 않았다. 희한하게도 그 눈매가 어디에서 본 듯, 익숙한 느낌이었다.


객잔을 덮친 검은 복면 일당은 셋이었다. 천강과 문혁, 수린에게 각각 하나씩을 보낸 모양이었다.

"정확하게 셋을 보낸 것을 보면 동태를 살피고 있었다는 이야기다."

문혁의 말에 천강은 고개를 끄덕였다. 마침 한자리에 있던 천강과 문혁에게 들이닥친 두 명의 자객 중 하나는 천강이 그 자리에서 숨통을 끊어 놓았고 다른 하나는 상처를 입은 채 달아났다. 도망가는 자를 쫓으려다 수린에게 생각이 미쳐 화급히 달려가니 아니나 다를까, 아슬아슬한 순간에 시간을 댈 수 있었다. 천강은 주인이 건네준 따뜻한 차를 마시며 놀란 마음을 진정시키고 있는 수린을 바라보고 한숨을 쉬었다. 만약 한순간만 늦었어도 어찌 되었을지……. 생각조차 하기 싫었다.

"이게 무슨 일이랍니까 그래."

주인은 울어서 퉁퉁 부은 눈을 하고 그래도 분주히 차며 피를 닦을 천 등을 가져다주었다. 봉변을 당하기는 주인 가족들도 매한가지였다. 일행의 식사 준비를 하느라 정신이 없는데 들이닥친 복면 자객들은 주인 일가 셋과 일꾼들을 오라에 엮어 방 하나에 가둬 두고 일을 저지른 것이었다.

천강과 문혁에게는 보자마자 검을 날리던 자객들이 주인 일가는 묶어서 가둬 두기만 한 것을 보면 목표는 분명해 보였다. 천강은 문혁과 시선을 교환했다. 문혁이 단어를 고르듯 천천히 말을 꺼냈다.

"단순 자객은 아닌 게 확실해졌지. 일부러 아버님을 습격한 후에 잠잠히 있다가 황궁에서 지원이 도착하기를 기다려 재차 노린 걸 수도 있다. 우리가 머무는 이곳만 습격을 당한 것인지도 확인을 해 봐야 한다."

"의량에게 사람을 보냈으니 곧 올 겁니다."

"네가 보기에는 어떻더냐. 그냥…… 시정잡배의 무리 같지는 않았지?"

천강은 조심스러운 문혁의 물음에 고개를 끄덕였다. 마구잡이로 되는 대로 익힌 검술이 아니었다. 제대로 훈련받고 실력 있는 스승에게 가르침 받은 실력이었다. 특히나 수린을 죽이려 들었던 그자…….

천강은 떠올리기도 싫은 순간을 억지로 기억 속에서 끄집어냈다. 뒤에서 날아오는 검에 손등이 찢어지는데 신음 소리 한 번 내지 않고 당황하는 기색조차 없이 물러서 재빨리 퇴로를 찾아 자리를 피하는 모습. 검을 맞대 보지 않았지만 그런 순간이 온다면 필시, 천강이 여태껏 만나 왔던 적들과는 사뭇 다른 대적수가 될 것이다. 그리고 그와 검을 맞대는 순간이 반드시 찾아올 것이라는 예감이 강하게 엄습해 왔다.

쨍강. 작은 도기가 떨어져 바닥에 부딪히는 소리가 주의를 흐트러뜨렸다. 천강의 앞에 앉아 있던 문혁이 천강의 등 뒤를 보고 벌떡 일어나 수린에게로 갔다.

"만지지 마라!"

손을 떨다가 차를 마시던 잔을 떨어뜨린 모양이었다. 문혁이 깨진 잔의 파편을 주우려는 수린의 손을 덥석 잡아 만류하는 것을 천강은 빼딱한 눈으로 흘겨보았다. 물기로 젖어 촉촉한 머리를 풀고 처마 밑 비 맞은 강아지처럼 떨고 있는 모습은 물론 감싸 안아 달래 주고 싶다. 허나 그 마음을 꼭 누르고 참고 있는데 문혁이 저리 나오니 부아가 치밀 밖에.

"괜찮으냐? 놀란 마음이 진정되질 않는 것이구나. 차를 새로 가져오라 일러야겠다."

"저는 괜찮습니다. 일단 이걸 먼저 치우……."

"앉아 있으라 했다."

일어서려는 수린의 어깨를 누르는 손길이 어찌나 조심스러운지 속에서 열이 치솟았다. 천강은 비스듬히 한쪽 팔로 이마를 짚었다.

성난 시선이 안타까워 어쩔 줄을 몰라 하는 제 형에게 쏠렸다.

"너에게 면목이 없다. 모난 우리 옆에 있다가 괜한 화를 당했구나. 얼마나 놀랐겠느냐."

그리 면목이 없으면 무릎이라도 꿇으실 일이지. 부글부글 끓어오르는 걸 참은 건 가뜩이나 놀랐을 수린 앞에서 언성을 높이고 싶지 않아서였다. 허나 문혁의 손이 수린의 이마를 짚었을 때는 참아 줄 수 있는 한계는 넘었다 생각했다. 천강은 몸을 일으키려 의자의 손잡이를 잡았다.

"아픈 거냐?"

그런데 질책하듯 높아지는 문혁의 목소리가 천강을 멈칫하게 만들었다.

"놀라 떠는 줄로만 알았는데 열이 높구나."

이마며 뺨을 거침없이 짚는 손이 여간 거슬리는 게 아니었지만 그보다는 상기된 수린의 얼굴이 더 신경 쓰였다. 아닌 게 아니라 홍조가 가득한 얼굴이 지쳐 보이긴 한다. 놀라서 그런 것이라 여겼는데 열이 높다니.

"괜찮습니다."

문혁의 손길을 조심스레 피하면서도 수린은 스스로 자신의 이마를 짚어 보았다. 그랬나. 멍한 것이 열이 올라 그랬던 것인가. 그러고 보니 이마가 뜨겁기는 했다.

"정신이 없어 아픈 줄도 몰랐던 게구나."

혀를 차는 문혁의 목소리가 붕 뜬 것처럼 들렸다. 전형적인 몸살의 초기 증상이었다. 강행군 끝에 뜨거웠던 물이 식을 때까지 물속에서 잠들어 버렸던 게 직격타였던 모양이다.

"약이라도 먹어야 하는 게 아니냐? 사람을 시켜 약방에 다녀오라 할까?"

"약, 있을 겁니다."

여의치 않으면 당장 본인이 뛰쳐나갈 기세인 문혁에게 가라앉은 목소리로 대답하며 고개를 저었다. 황궁을 떠나올 때 성 어의가 이리 가는 것이 섭섭하다며 급할 때 쓸 환약들을 종류별로 챙겨 주었던 것이다. 몸살이 나서 오한이 들고 피곤할 때 먹으면 좋은 약도 그 사이에 있었던 기억이 난다. 그러니까 그것이……

"어의 어르신께서 챙겨 주신 약들을 말안장 주머니에 넣어 두었습니다. 마구간에 가서 꺼내 오겠습니다."

그대로 일어서려던 다리가 휘청였다. 몸살이구나 자각한 순간 밀려온 급격한 피로감이 온몸을 물에 젖은 솜처럼 축 처지게 만들었다.

"안 되겠다. 내가 다녀오마. 앉아 있어라."

"아닙니다. 계십시오."

고집을 부리는 수린의 팔뚝을 문혁이 턱 잡았다.

"휘청거리는 사람 보내는 것이 내가 신경 쓰여 그런다."

잠깐 다녀오는 것 정도는 정말 괜찮은데. 그러나 머릿속 생각과 달리 수린의 고개가 픽 기울어졌다. 졸지에 문혁의 가슴에 고개를 기대게 된 수린이 "아…… 송구합니다." 하며 얼른 자세를 바로잡는데 천강이 와서 반대쪽 팔뚝을 잡았다.

"방에 가서 누워라. 약은 가져다줄 테니."

"괜······."

"시끄럽다."

천강이 힘주어 수린의 팔을 잡아당겼다. 하지만 힘이라고는 하나 없는 수린의 몸은 미동도 하지 않았다. 문혁이 잡은 팔을 놓지 않은 탓이다.

"아픈 사람에게 왜 소리는 지르고 그러는 게냐."

따지는 듯한 문혁의 목소리에 천강이 빙긋 웃었다. 헌데 그 웃음이라는 것이 수린이 척 보기에도 위험한 기색이 풀풀 풍기는 것이 아닌가. 이 사람들이 왜 이러나. 나 좀 놔주지 싶은 수린의 마음은 전혀 아랑곳하지 않은 채 천강과 문혁은 팽팽한 긴장을 풀지 않았다.

"형님, 제가 확실히 짚고 넘어가겠는데 말입니다. 형님께서······."

쾅!

"대장!"

쿵쾅쾅쾅. 땅이 울리는 소리가 요란하기도 하다. 한 번 습격을 당해 놀랐던 객잔 주인이 우르르 소 떼처럼 달려오는 산 같은 덩치의 사내들의 기세에 들고 있던 것을 떨어뜨리고 사시나무 떨듯 떠는 것도 무리는 아니었다.

"대장, 자객이라니. 무슨 말입니까. 무사하신 겁니까."

천강의 수하들이 우르르 달려 들어오자 좁은 객잔 안이 단박에 꽉 들어차 버렸다. 얼결에 수린의 양쪽 팔을 잡았던 팔들에 힘이 풀리자 수린은 얼른 둘에게서 물러났다.

"잡으셨습니까? 달아났습니까? 다치신 데는 없습니까?"

정신없이 쏟아지는 의량의 질문에 천강은 간단히 고개만 까딱하는 것으로 대답을 대신했다.

"셋이 습격을 해 왔다. 둘은 달아났고 사살한 하나는 위에."

손가락을 들어 위층을 가리키자 의량이 따라 달려온 수하 둘에게 고갯짓을 했다. 말 한 마디 안 했는데 죽이 척척 맞는 수하들은 즉시 죽었다는 자객을 살피기 위해 위층으로 달려갔다.

"어느 쪽으로 달아났는지는 보셨습니까."

"지붕을 밟고 달아나 미처 제대로 된 방향을 확인하지는 못했다. 하지만 오른손 손등에 검상을 입고 달아났으니 혈흔이 어느 정도까지는 이어져 있을 것이다."

"근방 의원에 오른손을 다친 환자를 탐문해 보아야겠군요."

"꼬리를 걱정해 의원에 직접 가지는 않았을 것이다. 그보다는 약재를 구입해 간 기록을 물어라."

"그리하겠습니다."

어느새 제 형과 영문 모를 기 싸움을 하던 모습은 사라지고 체계가 잡힌 무인들의 대장의 모습이 되어 버린 천강에게서 수린은 슬금슬금 물러섰다. 몇 걸음 채 가기도 전에 뒤통수에도 눈이 달린 천강에게 붙들려 버렸지만 말이다.

"어딜 가려고."

"약……."

의도한 것이 아니었는데 바싹 마른 목이 갈라진 목소리를 냈다. 문혁이 혀 차는 소리를 내며 말했다.

"내가 얼른 다녀오마."

더 이상은 혼자 가겠다고 고집 부려도 먹히지 않을 것 같았다. 수린은 하는 수 없이 포기하고 대답했다.

"그럼 같이 가겠습니다. 자잘한 물건들이 많아 찾기 어렵습니다."

문혁이 고개를 끄덕이고 천강의 눈을 똑바로 바라보았다. 천강은 하는 수 없이 붙잡았던 수린의 소맷자락을 놓았다.

"겸이 어디 다친 거냐? 약은 왜?"

대웅이 참견하고 나서자 수린은 길게 설명하는 것이 피곤해 손끝으로 이마를 가리켰다. 대웅은 열난다고? 하고 물었지만 더 이상은 대답할 힘도 없었다. 수린이 고개를 끄덕여 대답을 대신하고 마구간으로 가는 길의 기억을 더듬어 보았다. 문을 나서면 몇 걸음 걷지 않아 바로 마구간이 있었던 것이 기억났다.

병호대의 다른 이들에게 소식을 전하러 뛰어갔던 주인의 아들이 뒤늦게 헐레벌떡 달려 들어오다 문을 나서는 수린과 문혁에게 부딪쳤다.

"죄송합니다! 그런데 어디 나가세요?"

그런 봉변을 당하고도 씩씩하기도 하다. 수린은 눈물 자국이 벌겋게 남아 있는 소년이 안쓰러워 어깨를 한 번 두드려 주고 지나쳐 갔다. 소년은 어리둥절해하다가 곧 수린의 뒤를 줄레줄레 따라왔다.

"다시 자객이 올 수도 있는데 어찌 나가십니까."

"밖에 나가는 것이 아니라 마구간에 잠시 다녀오는 것이다."

천성이 자상한 문혁이 수린을 대신해 설명하자 소년은 아, 고
개를 주억거렸다.

"마구간에 볼일이 있으십니까?"

"안장에 약을 놓아둔 게 있어 가져오려고."

"그러시군요. 마구간 문을 제가 걸쇠로 채워 두었습니다. 따라
가서 열어 드리겠습니다."

기운차게 앞장서는 소년의 뒤를 따라 문을 나서 모퉁이를 돌아
가자, 옆 마당에 세워 놓은 나무로 지붕을 댄 작은 마구간이 나타
났다. 소년이 걸쇠를 열고 문을 연 후 마구간에 들어가다 갑자기
우뚝 멈춰 섰다.

"왜 그러느냐?"

문혁의 물음에 소년의 어깨가 저승사자라도 본 사람처럼 덜덜
떨리기 시작했다.

"흐……."

"얘야."

"흐아아악!"

소년은 비명을 지르며 급작스레 눈물을 터뜨렸다. 미친 듯이
마구간에서 달려 나와 수린에게 매달려 엉엉 울기 시작하는 소년
의 모습에 문혁이 마구간 쪽으로 달려갔다가 눈앞의 광경에 허탈
한 한숨을 쉬었다.

예까지 힘차게 달려온 말들은 이미 숨이 끊어져 바닥에 널브러
져 있었다. 아마 일행을 습격하기 전에 자객들이 말들을 먼저 죽
인 모양이었다. 말 목에서 뿜어져 나온 피가 좁은 마구간 천장이

며 벽으로 튀어 시뻘건 생지옥의 모습이 따로 없었다. 아직 굳지 않은 피들이 벽을 타고 흘러내리며 뚝뚝 떨어지는 소리에 절로 눈살이 찌푸려졌다.

문혁은 마구간을 한 번 휙 둘러보고는 한쪽에 차곡차곡 겹쳐져 걸려 있던 안장 세 개를 꺼내 들었다. 눈치 빠른 소년이 말 등에서 벗겨 걸어 놓은 안장에는 한쪽 면에만 피가 묻었을 뿐 뒤쪽은 깨끗했다. 바닥의 깨끗한 짚을 들어 한쪽 면의 피를 대충 닦아 내고 마구간 문으로 나서자 매달려 우는 소년이 버거웠는지 휘청이던 수린이 난감한 얼굴로 문혁을 바라보다가 피 묻은 안장을 보고 눈을 크게 떴다.

"말…… 그자들이 죽였군요."

피가 묻은 안장만 보고도 어찌 된 일인지 알 것 같았다. 자객들이 발을 묶어 놓으려 그리한 것이 분명했다. 문혁의 표정이 심상치 않은 것을 확인하고 수린은 가빠지는 숨을 길게 내쉬었다. 엉엉 우는 소년의 등을 다독여 겨우 떼어 낸 수린은 소년의 어깨를 감싸 안고 객잔 입구로 이끌었다.

"진정하고, 어서 들어가는 게 좋겠소."

"흑, 죄송합니다. 너무 놀라서……."

놀랄 만도 하지. 흐느끼는 소년을 다독이며 겸사겸사 소년을 지팡이 삼아 기댄 채 안으로 들어가자, 한창 진지하게 이야기를 나누고 있던 천강과 수하들이 문혁의 손에 들린 피 묻은 안장을 보고 벌떡 일어섰다. 시선을 교환한 이들 중 몇이 일어나 밖으로 달려 나갔다. 다른 객잔에 묶어 둔 말들까지 건드린 것인지 확인하러 가는 것이다.

"일 층에는 혹 빈방이 있느냐?"

문혁이 아직까지도 어깨를 들썩이는 소년에게 물었다. 오늘 자객이 다시 올 것 같지는 않았지만 몸도 안 좋은 수린을 뚝 떨어진 곳에 두는 것이 걱정되었던 것이다. 소년은 훌쩍거리면서도 고개를 끄덕였다.

"바로 저 옆에 저 문이 빈방입니다. 보통은 시끄러워 손님들이 안 주무시려 하지만 청소는 매일 해 두니 저 방을 쓰시면 됩니다."

가리킨 곳은 바로 몇 발짝 옆의 문이다. 저 정도라면 일이 생겨도 바로 들어갈 수 있을 것 같았다. 문혁이 먼저 문을 열고 들어가 들고 온 안장을 탁자 위에 놓아두고 수린에게 말했다.

"들어와 앉아라. 약은 직접 찾는 것이 좋겠지?"

수린은 소년에게 기댄 몸을 떼어 내 한 발 한 발 힘주어 방으로 걸어 들어갔다. 어찔어찔 열이 오르는 게 이제는 스스로도 느껴질 정도였다.

"감사합니다. 이제 약은 제가 찾아 먹을 테니 나리도 가서 쉬십…… 이야기 나누시지요."

쉬라 이야기하려 밤새 쉴 분위기는 아닐 것 같아 얼른 말을 바꾸었다. 문혁은 미덥지가 않은지 못내 아쉬운 눈길을 보내다 조심스레 문을 닫고 나갔다. 그제야 겨우 혼자가 된 수린은 겹쳐진 세 개의 안장을 발개진 눈으로 바라보다 무거운 팔을 들어 맨 위의 안장주머니 단추를 풀었다. 똑같이 생긴 세 개의 안장 중 어떤 것이 자신의 것인지 모르겠다. 그렇다면 차례대로 열어 보는 수밖에 없었다.

피가 묻어 있던 맨 위의 안장은 문혁의 것인 모양이었다. 황제의 인장이 찍힌 종이 하나를 펼쳐 보고, 수린은 다시 종이를 곱게 접어 넣은 뒤 주머니를 닫았다. 옆으로 치워 두고 두 번째 안장주머니를 열자 군부의 이름이 새겨진 패(牌)와 가죽 끈에 엮여진 작은 단도 같은 것들이 보였다. 천강의 것인 듯했다.

"골라도 이리 못 고르나."

셋 중 둘을 골랐는데 둘 다 아니라니. 주머니 여는 것도 힘든데. 낮게 투덜거리며 수린은 천강의 물건들을 정리해 넣었다. 땡강— 무언가 작은 물건이 수린이 물건을 끼워 넣는 손길에 걸려 빠져나와 바닥에 굴렀다. 바닥에 떨어져 빙그르르 도는 물건이 은은하게 빛났다. 수린은 얼른 안장을 내려놓고 바닥에 떨어진 물건을 주우러 손을 뻗었다. 손가락이 닿자 바닥에서 빙글빙글 돌던 물건이 멈췄다.

"이건……."

들어 올린 물건의 정체를 확인한 수린의 눈이 휘둥그레졌다. 나비 모양의 머리 장식이었다. 붉은색과 노란색의 자개로 장식이 된 여인의 머리 장식. 여염집 여인들이 흔히 사용하는 물건이었으나 유독 눈에 익은 것은 분명 수린이 본 적이 있는 물건이기 때문이었다.

"그때 저자에서……."

수린이 할멈에게 주고 싶어 한참이나 들여다보았던 그것. 이걸 어째서 천강이? 수린은 나비 장식을 손에 꼭 쥐고 천강이 수하들과 이야기를 나누고 있을 쪽을 바라보았다. 나무 벽에 막혀 천강의 모습이 보이지 않는데도, 천강과 눈이 마주쳤을 때처럼 심장이 거세게 뛰기 시작했다.

천만다행으로 다른 말들에게까지 손을 뻗칠 시간은 없었는지 다른 객잔에 묶어 두었던 말들은 모두 무사했다. 동이 트고 한자리에 모인 일행은 급한 대로 마을 안의 말을 구해 보려 했으나 구할 수 있었던 말은 겨우 두 마리뿐이었다. 웃돈을 주고 사겠다 해도 없는 말을 어찌 만들어 내냐며 핀잔밖에 못 들은 대웅은 입이 댓 발 나와서는 말 두 마리만을 끌고 돌아왔다.

"천생 한 명은 같이 타고 가야 할 것 같은데요."

그리 말한 대웅의 눈이 수린에게 향했다. 일행 중 가장 체구가 작은 데다 몸도 안 좋아 헉헉거리는 수린이 누군가와 함께 말을 타고 가는 것이 이치에 맞아 보였다. 병호대에서 가장 막내 격인 대웅이 나서 자신이 겸이와 함께 말을 타고 가겠노라 말하려는데 갑자기 천강이 자신의 갑옷 끈을 풀었다.

"대장?"

뜻 모를 천강의 행동에 의량이 의문스러운 표정으로 불렀지만 천강은 모른 척 철갑옷의 끈을 풀어 의량에게 건넸다.

"갑옷은 어찌 벗으십니까?"

"두 사람이 말 한 마리를 타고 가는데 갑주의 무게까지 더해지면 말이 쉬이 지칠 것이다."

"그 말씀은……."

258

천강은 의량의 뒷말은 듣지 않고 말 허리에 기대 가쁜 숨을 몰아쉬고 있는 수린에게 다가갔다. 밤새 열이 올라 약을 먹고도 잠을 제대로 자지 못했던 수린은 자신에게 드리워지는 그림자에 고개를 살짝 들었다. 천강은 그대로 수린을 들어 말 등 위에 앉혔다. 기운이 하나도 없어 반항할 여력도 없었던 수린이 어, 어, 얼빠진 소리만 내는데 천강은 그대로 훌쩍 말 등에 올랐다.

"가자. 시간 내에 닿으려면 오늘은 하루 종일 쉬지 못하고 달려야 할 것이다."

천강이 그렇게만 말해 버리고 말 허리를 차자 말은 발굽 소리를 내며 가볍게 달리기 시작했다. 허둥대던 병호대의 무사들이 얼른 말 위에 올라타고 대장의 뒤를 따르려는데, 그보다 앞서 가장 빠르게 뒤를 따르기 시작한 것은 어딘지 심기 불편해 보이는 얼굴을 한 문혁이었다.

수린은 부지불식간에 벌어진 일에 놀라 멍하게 이리저리 고개를 돌려 살폈다. 그런 수린의 머리를, 조심스러운 손길이 부드럽게 눌렀다.

"자도 된다. 다른 건 신경 쓰지 말고."

희한한 일이었다. 천강의 손이 누르는 대로 그 가슴에 뒤통수를 기대자 갑옷을 벗어 체온이 그대로 느껴지는 품이 이상하게도 편안했다. 깨끗하게 이불을 빨아 깔아 놓은 침상보다 지금 이 상태가 따뜻하게 느껴지는 것은 밤새 잠을 이루지 못한 탓에 판단이 흐려져 그런 것이리라.

아침에 먹은 약 기운이 오르는 모양인지 눈이 무거웠다. 다그

닥거리는 말발굽 소리에 집중하며 눈을 뜨려 애쓰던 수린은 어느 새 까무룩 잠이 들어 버렸다.

❀ ❀ ❀

그 후로 꼬박 이틀을 말을 달리는 동안 수린은 내내 약에 취한 상태였다. 시간이 되면 머리를 받치고 입에 약을 넣어 주고 땀이 난 이마를 닦아 주는 손이 누구의 것인지 분간할 정신도 없었다.

"쉬게 하는 것이 좋지 않겠느냐."

"알고 있습니다만 노지에서 쉬게 하는 것보다 서둘러 가서 안전한 곳에서 쉬게 하는 편이 좋습니다. 자객의 습격을 한번 받은 이상, 이제 누구의 안전도 장담할 수가 없는 상황입니다."

머리 위에서 들리는 목소리가 귓가에서 윙윙 시끄럽게 울렸다.

"대장, 힘드시면 언제든 말씀해 주십시오. 제가 교대를 하겠습니다."

"됐다. 가 보아라."

걱정스러운 목소리, 조심스러운 목소리, 가끔은 독려하듯 우렁차게 외치는 목소리들이 모두 꿈처럼 여겨졌다. 수린의 머리 위로 날아다니는 듯 들리던 대화가 명징해지고 흐렸던 눈앞이 점차 또렷해지기 시작한 것은 정미곶의 제련소 연기가 멀리에서 보일 무렵이었다.

"선발대를 먼저 보낼까요?"

의량이 아련한 그림자처럼 보이는 마을을 보고 천강에게 물었다. 황제의 명으로 당도한 것이니 관사를 쓸 수 있도록 준비해 둘지를 묻는 것이었다. 어차피 대규모 인원이라 몰래 들어가는 것은 의미가 없으니 그도 나쁘지는 않았지만 천강은 팔 안의 수린을 보고서는 고개를 저었다.

"속도를 높여 다 같이 들어가자. 준비할 틈을 주지 말아야 당황해서 실수도 하는 거지."

정미곶을 포함한 이 일대인 교성(較盛) 지방의 총관이 암암리에 착복과 비리를 저지른다는 것은 공공연한 비밀이었다. 부상을 핑계로 윤인호가 이미 총관의 관사에 머물며 혼을 쏙 빼놓았겠지만 천강과 문혁까지 황제의 인장을 들고 가서 혼비백산하게 만들면 제 발이 저려 무엇이라도 일을 칠 것이다.

그 말에도 일리는 있었지만 천강이 품 안에서 고개를 꾸벅꾸벅하고 있는 수린을 바라보며 한 말임이 걸렸던 의량이 조심스레 천강 쪽으로 말 머리를 붙여 왔다.

"대장. 설마 그럴 일은 없겠지만 말입니다."

"음?"

"제가 이런 말씀을 드리는 건 정말 송구합니다. 이상한 뜻이 있어 그런 것은 아닙니다. 오해는 하지 말고 들어 주십시오."

"무슨 얘기를 꺼내려고 그리 뜸을 들이지?"

"혹시 대장께서는……."

까지 이야기해 놓고도 차마 입이 떨어지지 않는지 의량은 쓴 풀을 씹은 얼굴을 하다가 큰 결심을 한 듯 한숨과 함께 속삭였다.

"혹 대장께서, 남색 취미가 있으신 것은 아니지요?"

머리 위에 벼락이 떨어질 각오를 하고 겨우겨우 말한 뒤에 의량은 눈을 감았다. 충분히 의심 가는 상황이었고 이미 병호대의 모두가 수군거리고 있는 일임에도 정말 천강이 남색에 취미가 있을 것이라 생각하지는 않았다. 아니, 그래서는 안 되었다.

주변에 여인의 치맛자락 그림자조차 없이 올곧은 대장의 사생활을 존경해 온 수하들이 겸이라는 자에게 천강이 하는 양을 보고 경악하는 건 당연한 일이었다. 어미 닭이 병아리 품는 모양새로 겸이라는 자를 품에 안고 손수 약을 먹이며 한시도 팔 안에서 내려놓지를 않으니 속 깊어도 겉으로는 칼바람이 부는 원래의 천강은 사실 여우에게 간을 파 먹히고 저건 천강 모습으로 둔갑한 여우가 아니냐는 우스갯소리를 하는 자까지 있었다.

존경하며 따라온 세월이 십 년이었다. 그만큼 천강을 잘 안다고 생각했다. 헌데 저 겸이라는 자를 대하는 모습만큼은 도통 알수가 없었다. 지금도 그렇다. 천지개벽할 질문을 받아 놓고 예전 같았으면 허튼소리 말라고 일축했을 천강이 의문 모를 희미한 미소만을 지으며 의량을 바라보는 게 아닌가.

"그게 그리 걱정되었나?"

"……그 무슨 말씀이십니까. 대장에 대해 불온한 말이 나오면 그것을 차단하는 것도 부관인 제 임무가 아니겠습니까."

"아니 나는, 내 취향이 어떻든 너희들은 나를 믿고 따라 줄 것이라 생각했는데 말이야. 내 취향에 따라 너희들의 충성심도 좌지우지되는 것이었나 의심되어서 말이지."

"그, 그런 뜻이 아니지 않습니까! 아니 그보다, 정말 그런 취미가 있으셨습니까?"

농치는 것임을 알면서도 대쪽 같은 자신의 충성심을 건드리자 의량은 발끈했다. 그러나 화나는 마음보다 더 큰 경악이 화를 눌렀다. 정말 그랬던 것인가! 천강은 의량이 경악하는 모습에 드물게 소리 내어 웃었다.

"걱정 마라. 절대 남색 취미는 없으니까."

"정말이십니까?"

대번에 화색이 되어 외치는 의량에게 천강은 여유로운 표정으로 대답했다.

"그래. 나는 마음에 두고 있는 여인이 있다. 그러니 쓸데없는 걱정 하지 말아라."

"예? 정인이 있으셨다고요?"

십 년을 한결같이 천강의 옆에서 붙어 다닌 의량이였다. 천강 주변에 여인이라고는 씨가 마른 것을 누구보다 잘 알고 있는데 마음에 두고 있는 여인이라? 의심스러운 표정의 부관을 보고 천강은 의뭉스러운 표정을 지었다.

"그래. 지금은 말할 수 없지만 조만간에 모두에게 말해 주마. 머지않아 알게 될 것이니 기다리거라."

확신에 찬 천강의 얼굴은 더 이상의 의문 제기를 할 수가 없게 만들었다. 어찌 되었든 진심이 드러나는 표정에 의량은 불안감을 거두기로 했다.

"불손한 말로 심려를 끼쳐 죄송합니다. 대장께서 마음을 주신 정인이 계시다면 그 누구이든 대장과 같이 모실 것이니 염려 마시고 때가 되면 알려 주십시오."

대화를 마친 의량은 한결 후련한 기분으로 자신의 대열로 돌아갔다. 말발굽 소리에 가려져 두 사람의 대화는 다른 이에게 들리지 않았다. 그러나 천강의 품 안에 안겨 있던 수린은 예외였다.

"정인…… 있으셨군요."

새끼 참새가 짹짹거리는 소리처럼 가느다란 목소리가 품 안에서 새어 나오자 천강은 깜짝 놀라 팔에 기댄 수린을 내려다보았다. 수린은 고개를 살짝 들고 천강과 눈을 마주쳤다. 언제부터 눈을 뜨고 있었는지 기척도 없어 몰랐던 천강은 의도치 않게 자신의 속내를 들키자 짐짓 당황했다.

"들었느냐."

"예……."

힘없이 대답하며 다시 고개를 푹 수그리는 수린의 동그란 정수리 위로 입술을 누르고 싶은 충동을 누르는 것은 힘든 일이었다. 이틀 동안 정신 못 차리고 늘어져 있다가 입을 열어 주니 진정 고마운 일이 아닐 수가 없었다. 비록 그 시기는 적절하지 못했지만 말이다.

"어디서부터 들었지?"

"잘 모르겠습니다. 사실 비몽사몽 중이라 이 얘기 저 얘기 섞여 기억이 나서…… 그냥 정인이 있으셨구나 하는 얘기만 들린 것 같습니다."

"그래."

짧은 이야기 중에도 몇 번이고 입술을 달싹거리는 것을 보니 입이 타는 모양이라 천강은 안장에서 대나무를 깎아 만든 수통을 꺼내어 수린의 입에 대어 주었다. 저항 없이 몇 모금 받아 마신 수린은 목을 축이고 다시 천강의 팔에 기대려다가 정신을 차렸다.

'아, 안 되지.'

내도록 천강의 품에 안겨서 온 모양이었다. 이래서야 될 일인 가. 힘든 몸을 꼿꼿하게 세우려는 수린을 보고 천강이 의아해 입을 열려는데 수린의 물음이 더 빨랐다.

"제가 몸을 못 가누면 그냥 두고 오시지 어찌 저를 이리 데려오셨습니까."

말이란 미묘했다. 수린의 의도는 힘들게 자신을 안고 온 게 폐가 된 것 같다는 것이었는데 길게 말하기 힘들어 앞뒤를 자른 말은 천강에게는 아픈 사람 힘들게도 억지로 끌고 왔구나로 들렸던 것이다. 기운이 없어 맥없어진 어조가 오해를 더 커지게 만들었다. 의량과의 대화로 기분이 좋아져 있던 천강은 수린의 말 한마디에 머리가 차가워져 버렸다.

"그래. 너는 나를…… 하니까."

입 안으로 삼켜진 천강의 말을 수린은 제대로 들을 수가 없었다. 궁금했지만 다시 물어볼 엄두는 나지 않았다. 조금 전까지 여유롭던 천강의 얼굴이 척 보기에도 심상치 않게 굳어 있었던 것이다. 게다가 천강에게 정인이 있다는 이야기를 들은 후부터 묘하게 울렁거리기 시작한 속이 신경 쓰여 말을 걸 의욕도 생기지 않았다.

※　※　※

곳간을 가득 채운 곡식과 낭창한 몸매의 아름다운 여인, 온갖 산해진미가 넘치는 매일매일의 식사와 옷장 뒷편에 차곡차곡 쌓여진 금괴들. 교성의 총관 위가현의 삶은 풍요로운 것이었다. 황궁에 연줄을 대 힘들게 얻은 교성의 총관 자리는 그야말로 황금알을 낳는 거위와 같은 것으로, 지난 오 년간 위가현의 삶이란 무릉도원의 신선의 그것이 부럽지 않은 것이었다.

황제가 정미곶을 나라 제일의 규모를 가진 항구로 만들겠다 했을 때, 위가현은 온 집안의 재산을 모두 털어 관직에 있는 먼 친척에게 줄을 대었다. 제법 요직에 있던 친척이 다행히도 마음이 동해서 입김을 불어넣어 준 덕에 때마침 공석으로 비어 있던 교성의 총관 자리는 위가현의 것이 될 수 있었다. 전 재산을 털어 넣은 것은 안타까웠지만 삼사 년이 지나기도 전에 위가현은 자신이 썼던 돈을 모두 회수하고도 남는 돈을 모을 수 있었다.

규모는 작지만 외국의 배들도 심심치 않게 드나드는 정미곶에서 구하지 못할 물건은 없어 위가현은 하루하루가 꿈만 같았다. 그러나 그 단꿈이 최근에는 악몽으로 바뀌어 위가현의 두툼한 배속을 꼬이게 만들었다.

매일 풍악이 울리고 내로라하는 미녀들이 춤을 추어 눈을 즐겁게 해 주던 관사는 싸늘하기 짝이 없는 공기만이 감돌았다. 왕처럼 호사를 누리던 생활이 중단된 지도 어느새 보름이 넘어 한 달이 다 되어 가고 있었다. 위가현은 언제쯤 이 절간 같은 생활이 끝날지 눈물만을 삼켜야 했다.

"총관, 내 장기 상대가 되어 달라 청이나 하려 했는데 바쁘시오?"

뾰족한 바늘이 귓구멍 안을 길게 찔러 오는 듯한 날카로운 목소리가 정수리부터 발끝까지 일시에 소름이 일어서게 했다. 위가현은 화들짝 놀라 펄쩍 뛰어 뒤를 돌아보았다. 둔탁한 살이 출렁거려 뒤뚱거리는 것을 살집 없는 중년의 사내는 멸시의 눈으로 바라보고 있었다.

그래! 저 눈! 저 눈이 미칠 것 같았다. 마치 길가에 굴러다니는 돌멩이만도 못한 존재를 바라보는 듯한 저 눈! 저 눈을 보고 있노라면 자신이 세상에서 둘도 없이 하잘것없는 존재가 되어 버리는 기분에 견딜 수가 없어지는데, 돌아서면 증오가 치솟아도 저 앞에서는 아무 말도 꺼낼 수가 없는 것이다.

"바, 바쁘긴요. 종주공께서 청하시는데 어찌 그보다 중요한 일이 있을 수가 있겠습니까."

여유로운 척 웃으며 대답해도 이마에 맺히는 땀은 어쩔 수가 없었다. 꾸르륵, 긴장으로 배 속이 꼬이는 소리가 나는데 종주공 윤인호는 그 소리가 안 들리는지, 안 들리는 척하는 건지 그럼 가자며 앞장서라 손짓했다. 이도 그렇다. 가고 싶으면 먼저 앞장서서 가면 될 것이 아닌가. 먼저 가라 하고 뒤따라오며 저 눈으로 본다고 생각하니 뒤통수에 언제 날아올지 모르는 화살이 겨눠진 기분이었다.

'그 모자란 자객 놈.'

죽이려면 제대로 죽이든가. 어설프게 찔러 저리 멀쩡하게 살아 돌아다니게 두는 놈이 무슨 자객이란 말인가. 아니, 죽이려면 황궁에 가서 저놈 일가를 다 제대로 처치할 것이지 하필 자신이 총관으로 있는 곳에서 일은 왜 저지르느냔 말이다.

장기랍시고 두지도 못하는 말판을 앞에 두고 앉아 있을 생각을 하니 눈앞이 깜깜하다. 윤인호의 앞에서 장기판의 말들을 움직이는 것은 샅샅이 속내를 해체당하는 일이나 진배없었다. 최대한 말을 아껴 가며 자신에 대한 말은 하지 않으려 들었지만 속모를 윤인호가 뭘 얼마큼 알아챘는지 짐작도 안 갔다. 위가현은 자신이 줄을 댔던 먼 친척이 왜 그렇게 입에 침이 마르도록 윤인호를 욕하고 증오했는지 너무나 잘 알 것 같았다.

"총관 어르신!"

관사 살림을 돌보는 허 정관(庭官)의 목소리가 목 졸린 위가현의 숨통을 틔워 주었다.

"오, 무슨 일인가. 그리 급히."

누군가가 윤인호와의 독대에 끼어들어 주었다는 것이 너무나 기뻐 지나치게 반색을 해 버렸다. 허 정관은 윤인호의 눈치를 살피더니 급히 고했다.

"경에서 황제 폐하께서 보내신 손님들이 오셨습니다."

"무어라? 폐하께서 보내신 손님?"

옳거니! 종주공 윤인호의 부상 소식을 듣고 데려가려고 사람을 보내왔구나. 이런 반가울 데가 있나!

"폐하께서 보내신 손님이라니! 어서 만나 뵈어야지. 그래, 뉘시라더냐."

"그것이…… 황실 학사 윤문혁 나리와 명광장군 윤천강 나리 일행이라 하십니다."

많이 들어 본 이름이다. 가만. 윤문혁과 윤천강? 윤?

"아들놈들이 못난 애비 때문에 둘 다 예까지 오게 됐군. 폐하께서 보내셨다 하면 필시 황명도 함께 받아 왔을 터. 같이 가 봅시다."

그래, 바로 저 독사 같은 윤인호의 아들놈들 이름이었다!

"아, 아아. 그 유명하신 아드님들이 부친이 걱정되어 예까지 오신 거로군요. 이거 든든하시겠습니다. 명성도 드높으신 아드님들을 만나게 되다니 제게도 광영이 따로 없습니다."

위가현의 아첨에도 윤인호는 입꼬리에 머리카락 한 톨만큼의 미동도 보여 주지 않았다. 아첨한 입술이 민망해져 위가현이 식은 땀을 흘리는데 윤인호는 아랑곳하지 않고 성큼성큼 걸어갔다. 허정관이 갈피를 못 잡고 있다가 서둘러 앞장서며 윤인호에게 길을 안내했고, 위가현도 허둥지둥 그 뒤를 따랐다. 남들이 보면 누가 이 관사의 주인인지 헷갈릴 광경이었다.

보통 때에는 연회장으로 쓰는 탁 트인 중정(中庭)에 열을 맞춰 서 있던 사내들은 윤인호가 총관인 위가현과 함께 나타나자 즉시 허리를 숙였다. 맨 선두에 서 있던 천강과 문혁은 가볍게 허리를 숙이고 예를 갖췄다.

"아버님, 소자 문혁 인사 올립니다."

"오래간만에 뵙습니다. 인사 올립니다."

훤칠한 키에 흠잡을 데 없는 용모에다 좌중을 주목하게 만드는 목소리까지. 윤인호의 아들들은 소문이 과장된 것이 아니었는지 과연 눈길이 가는 자들이었다. 헌데 그런 아들들을 보는 윤인호의 눈은 한겨울 눈보라처럼 차갑기만 했다.

위가현은 제발 빨리 윤인호에게서 벗어나고만 싶은 마음에 총관에게 황제가 보낸 친서라는 것만을 받아 들고 그럼 회포들 푸시라며 자리를 피해 도망치듯 떠나갔다. 가엾은 허 정관이 갑자기 들이닥친 한 무리의 손님을 맞을 준비를 위해 잠시만 자리를 비우겠노라 양해를 구하고 떠나자 중정에는 온전히 윤인호와 그 아들들의 수하들만이 남았다.

"상처는 괜찮으십니까."

문혁의 말이 떨어지기가 무섭게 윤인호는 장남을 노려보았다.

"못난 놈. 그리 고집을 부려 안주로 가더니 그 꼴로 돌아와?"

"……."

"두 번 다시 경거망동하지 마라. 네 위치를 잘 알고 행동하란 말이다."

"……명심하겠습니다."

문혁을 한차례 질책한 시선이 천강에게 향하자 천강은 부친의 눈을 피하지 않고 마주 보았다. 윤인호는 지지 않고 마주 보는 차남을 향해 가벼운 조소를 날렸다.

"그리 내 얼굴 안 보려 도망 다니더니 이리 만나는구나."

"……무탈하셔 다행입니다."

"마음에도 없는 소리."

중정에 늘어선 천강의 수하들을 슥 훑으며 윤인호는 입꼬리를 꿈틀거렸다.

"금군 대장 자리도 마다하고 오합지졸들 우두머리 노릇이나 하는 게 그리 재미있더냐. 언제까지 네 멋대로 어린애 놀음 같은 짓이나 하고 살 것이라 생각지 마라."

"그 오합지졸들이 금군도 해내지 못하는 일들을 척척 해내니 어찌 금군이 제 눈에 차겠습니까."

맞받아치는 천강의 말에 윤인호는 혀를 찼다.

"천둥벌거숭이처럼 돌아다니더니 아비 대하는 예의도 잊은 모양이군. 그래 봤자 네가…… 저건 뭐냐."

아닌 척 허리를 푹 숙이고 있었지만, 보지 않는 척 일순간 불온한 시선을 쏘아 보낸 말간 얼굴을 윤인호는 놓치지 않았다. 작은 주먹이 꽉 움켜져 있는 것을 본 윤인호가 매처럼 치켜 올라간 눈썹을 꿈틀거렸다.

"아버님, 저자는 제가 시송목의 독에 중독되었을 때 성 어의와 함께 저를 돌보아 준 이입니다."

윤인호의 시선이 어디를 향하고 있는 것인가를 알아채고 급히 설명하고 나서는 장남을 한 손으로 밀어 냈다. 자객의 습격을 받아 아직도 치료 중이라고는 생각할 수 없는 꼿꼿한 걸음걸이로 시건방진 시선의 근원지까지 걸어간 윤인호가 턱을 치켜들고 고압적으로 말했다.

"눈을 들어라."

"……"

"들라 했다."

한층 낮아진 목소리에 시선의 주인, 수린은 쥐었던 주먹 안의 손톱이 손바닥 안으로 파고들 정도로 힘을 주었다. 황제를 만났을 때도 이리 긴장되지는 않았다. 전신이 날카로운 기(氣)에 따끔거렸다. 수린은 바로 코앞까지 온 비단 옷자락이 윤인호 본인이라도 되는 양 노려보았다.

"아무래도 오합지졸 집단에 말귀도 못 알아듣는 너절한 물건이 섞여 든 모양이군. 마지막으로 이야기하겠다. 눈을 들어라."

수린은 마른침을 힘겹게 삼키며 천천히 고개를 들었다. 모든 일의 원흉. 따뜻한 집과 자애로운 부모와 자상한 오라비와 행복한 일상을 모두 앗아 간 원수가 코앞에 있었다. 윤인호와 눈이 마주치는 순간은 오싹했다. 그것은 뱀 앞에 놓인 쥐가 느낄 법한 본능적이고 선험적인 공포였다. 자신을 인간이 아니라 귀찮아 치워야 하는 물건, 혹은 없앨 방해물 정도로 인식하는 눈은 소름 끼치게 차가웠다. 윤인호는 순간 눈을 마주쳤다가 얼른 피하는 수린의 얼굴이 마음에 들지 않는지 이를 드러냈다.

"시건방지기 짝이 없는 낯짝이로군."

윤인호가 모습을 드러내는 순간부터 중정 안에 가득 차 있던 긴장의 공기가 팽팽하게 당겨졌다. 더 이상 당겨질 수 없을 만큼 당겨져 툭 건드리면 끊어지겠다 싶어지는 순간, 윤인호가 중정 한쪽에 서 있던 자신의 사병들을 보며 수린을 가리켰다.

"끌어내."

"아버님!"

"아버님!"

천강과 문혁이 동시에 외치며 달려와 수린의 앞을 막아섰다.

윤인호는 아들들의 행동에 매섭게 눈을 치켜떴다.

"뭐 하는 짓들이냐."

"아버님, 이 자는 제가 중독되었던 것의 후유증을 걱정하신 폐하께서 부러 붙여 주신 사람입니다. 아버님 독단으로 처벌하거나 처분하시는 것은 폐하의 권위를 해치는 일입니다."

문혁이 다급히 설명하자 윤인호는 천강을 바라보았다. 너도 할 말이 있으면 해 보라는 뜻이었다.

"폐하께 이자를 병호대의 종군의관으로 달라 청하고 처분을 기다리는 중입니다. 폐하의 허락이 떨어지면 이자는 제 사람입니다. 아무리 아버님이라 하셔도 제 사람을 마음대로 해하시는 건 볼 수 없습니다."

천강이 윤인호에게 하는 말은 수린으로서는 금시초문인 것이라 수린은 두 사람의 등 뒤에서 놀라 눈을 부릅뜰 수밖에 없었다. 병호대의 종군의관이라니.

"너희들이 이리 우애가 좋은 줄 이제야 알았구나."

빈정대는 부친의 말에 천강과 문혁은 바짝 긴장한 얼굴로 대치를 풀지 않았다. 아들들의 건방진 모습에 무슨 생각을 하는지 천강과 문혁을 잠시 바라보던 윤인호는 이내 곁눈질도 하지 않고 몸을 돌렸다.

"따라와라. 오합지졸 아랫놈들은 치워 두고."

두 아들들에게만 따라올 것을 명한 윤인호가 성큼 중정을 빠져나가 버리자 잔뜩 신경을 곤두세우고 있던 천강과 문혁이 길게 한숨을 내쉬고는 경직되어 있던 수린에게로 몸을 돌렸다.

"미리 이야기해 두는 걸 깜빡했는데, 아버님 눈에 띄지 말아라."

"별다른 일이 없을 때에는 밖으로 나오지 말고 안에 있는 게 좋겠다. 아버님은 쉽게 대할 수 있는 분이 아니시니."

천강과 문혁이 비슷한 내용의 경고를 하는 것은 귀에 들어오지도 않았다. 땅바닥만 노려보고 있던 수린은 정색한 얼굴을 들어 천강의 눈을 똑바로 바라보았다.

"종군의관이요?"

"아……."

천강은 수린의 물음에 얼른 답하지 못하고 당황했다. 수린이 그런 천강에게 재차 물었다.

"저, 이번 일이 끝나면 안주로 돌아갈 수 있는 것 아니었습니까?"

대답할 말이 궁해졌다. 천강은 난처했다. 아직 속마음을 이야기한 것도 아닌 터에 자기 진의를 수린에게 설명하기도 뭐했고 더군다나 다른 눈이 이렇게 많은 자리에서 설명할 일은 더더욱 아니었던 것이다. 수린은 대답을 찾지 못하는 천강을 향해 허탈한 웃음을 지어 보였다.

"안주의 윤 총관 어르신께서 그리 신신당부하며 약조하고 보내셨는데, 그 약조 지켜 주시려는 이가 누구 하나 없군요. 권력 있으신 분들에게 약조란 그런 것입니까."

그런 것이 아니었다. 그러나 천강은 반박의 말을 꺼낼 수가 없었다. 처연한 수린의 눈이 천강의 입을 막아 버렸던 것이다.

"아니면, 저처럼 천한 죄인 따위와 한 약조는 먼지 한 톨만큼의 가치도 없어서, 제 신병은 제가 알지도 못한 채로 이리저리 떠

넘겨져도 아무 말도 할 수 없는 입장이니 그러시는 것인가요."

"그렇지 않다."

아무 말도 하지 못하는 천강을 대신해 문혁이 끼어들었다.

"나도, 천강이도 너에게 해를 끼칠 생각은 추호도 가지고 있지 않다. 악의로, 너를 무시해 그런 것이 아니라 지금의 네 처지보다는 나을 것이라고 생각해서……."

"제가 어찌 생각하는지는 전혀 상관없이 말이지요."

이번에는 문혁의 입도 막혀 버렸다. 두 형제의 입을 막아 버린 수린은 길게 심호흡을 하고 억지인 것이 분명한 미소를 지으며 말했다.

"이러고 계시면 어쩝니까. 어서 가 보셔야지요. 부친께서 두 분을 기다리시지 않습니까."

질책하는 것이 아니었는데도 호되게 야단을 맞은 기분이었다. 천강은 단호한 수린의 얼굴을 보고 입을 떼지도, 말을 꺼내지도 못하고 있다가 끝내 이를 악물고 돌아서 버렸다. 문혁 또한 고집스럽게 입술을 꾹 다문 수린에게 더 이상의 말은 붙일 수가 없었다. 문혁마저 머뭇거리다 떨어지지 않는 걸음을 옮겨 자리를 뜨자, 그때까지 숨도 쉬지 못하고 긴장하고 있던 병호대의 일동은 약속이라도 한 듯 일제히 긴 숨을 토해 냈다.

"하아, 숨 막혀 죽을 뻔했다."

"난 종주공 보는 날이면 악몽 꾼다."

"누구는."

마음만 먹으면 단번에 윤인호의 숨통을 끊어 놓을 수 있는 무력을 가진 무사들이 그 사람 앞에서 숨이 막힌다 한다. 생사의 기로를 무수히 넘나들었던 본능이 알고 있는 것이다. 지배자의 피를 타고 태어난 자가 타인을 압도하여 발 앞에 무릎 꿇리는 그 힘을.

"떠들지들 말고, 관사의 정관이 머물 곳을 배정하여 주면 짐을 풀고 바로 준비해 여기로 다시 집합해라. 해야 할 일이 많다."

웅성거리는 무사들의 잡담을 막으며 의량이 명령하는 것에 이어 곧 정관으로 보이는 이가 나타나 병호대 무사들이 머물 곳을 일러 주었다. 삼삼오오 한마디씩 나누며 자리를 뜨기 시작하는 무사들의 반대편에, 천강과 문혁이 사라졌을 때의 모습 그대로 등을 보이고 선 수린이 의량은 못내 신경 쓰였다. 처음부터 천강의 주변에 있는 것이 마뜩찮은 녀석이었지만 아까 천강과 나누던 대화에서 수린이 적잖이 상처를 받은 것처럼 보였기 때문이었다.

"음, 저기 겸아."

의량과 마찬가지로 미동 없는 등이 신경 쓰였던 대웅이 이름을 부르며 그쪽으로 다가가려 했다. 의량은 그런 대웅의 팔목을 잡아 만류했다. 그리고 대웅은 왜 자신을 말리는지 알 수 없다는 표정으로 의량을 보았다. 의량은 말없이 고개를 저었다. 지금 건드리는 건 위로도 뭣도 아닌 참견밖에 안 될 것 같았다. 대웅은 팔을 꽉 잡아 만류하는 의량의 기세에 금세 시무룩해져서 고개를 끄덕이고는 몸을 돌렸다. 그러고도 못내 수린의 뒷모습이 신경 쓰이는지 힐끔거리는 건 잊지 않았다.

의량은 대웅의 어깨를 한 번 세게 쳤다. 하여간 이 녀석도 물러 터져서 문제다. 사람은 좋아 가지고, 삐끗한 상처 한 번 봐 주고 이야기 좀 나눴다고 뭘 그리 친한 척인지. 암만 좋은 사람이라 해도 반역죄인과 가까이 해서 좋을 건 없다. 초야에 묻혀 살아갈 각오가 된 자라면 몰라도 황궁에 드나드는 무인에게는 사소한 뒷말이 치명적인 독이 되어 돌아올 수 있다는 것을 왜 모른단 말인가.

의량은 그래서 천강이 저자와 가까워지는 것이 싫었다. 문혁이 황제와 혼인을 하게 되면 안 그래도 적이 많은 천강에게 더 많은 눈이 붙을 것이고 더 많은 입들이 따라붙어 떠들어 댈 것인데 그걸 모를 리 없는 천강이 왜 스스로 구설수에 오를 구실을 만들려 드는 것인지 이해가 가질 않는 것이다.

대웅이 미적거리자 의량은 쯧, 혀 차는 소리를 냈다.

"제대로 된 조사는 대장의 지시가 떨어지면 한다 쳐도 대강의 탐문 정도는 오늘 내로 마쳐 둬야지. 서둘러."

어서 빨리 다른 사람들을 따라가라고 재촉하자 대웅은 마지못해 앞사람들의 뒤를 따라가기 시작했다.

"저기!"

그런 대웅과 의량의 발걸음을 다급한 목소리가 붙잡았다.

"저도 함께 나가면 안 됩니까?"

제발 이 자리에서 벗어나고 싶다고, 그렇게 해 달라고 말하는 간절한 눈빛은 수린을 썩 탐탁지 않게 여기는 의량조차도 거절을 말할 수가 없게 만들었다.


상인들이 모여 있는 거리는 대개 비슷하다. 시끄럽고, 정신없고, 사람들의 홍수에 얼결에 휩쓸려 걸어가게 되는 곳이다. 그런 곳에서 수십의 건장한 사내들이 우르르 몰려다니는 것은 무슨 일

있소 하고 떠들어 대는 거나 진배없는 일이라 의량은 둘, 혹은 셋씩 묶어 저자의 소문들을 들어 보고 수상한 낌새가 느껴지는 것이 있으면 무엇이든 찾아보라 일렀다.

"저는 겸이랑 가면 되겠군요."

제가 먼저 나서서 조를 짜고 나서는 대웅을 보자 의량은 입이 썼다. 저 속도 없고 눈치도 없는 놈을 어찌하면 좋을까.

"겸이랑 같이 가면 누가 봐도 칼 쓰는 놈들이라는 생각은 안 하겠지요. 와하하하!"

저 혼자 호쾌하게 웃고 결론지은 대웅은 전신으로 우울한 기운을 내뿜고 있는 작은 어깨를 감싸고 골목 안으로 쏙 들어갔다. 의량은 이제 모르겠다 하고 남은 사람들에게 갈 방향과 탐문할 장소를 일러 주었다.

대웅이 수린을 끌고 들어간 골목 안쪽은 전 부치는 냄새가 고소하게 퍼지는 주막과 주전부리 가판들이 늘어선 곳이었다.

"겸아! 배 안 고프냐? 우리 저기 주막 들어가 요기 좀 하고 가자!"

대웅이 일부러 목청을 높여 가며 수린에게 쾌활하게 말을 걸었다. 수린은 성의도 없이 고개만 한 번 끄덕였을 뿐인데 대웅은 억새풀처럼 힘없는 수린을 기운차게 끌고 갔다.

"어서 오슈."

기운 넘치는 중년 여인의 목소리가 두 사람을 반겼다. 아직 시간이 일러서 사람이 몇 없던 주막은 주인 여인의 활기찬 목소리 탓인지 적적한 느낌은 없었다.

"훤칠한 총각들이 둘이나 왔네. 뭘 드릴까요."

"아무 거나 맛있는 걸로 주십시오. 저희 배고프거든요. 지금 같아서는 쇠도 뜯어먹을 것 같습니다."

덩치 좋은 청년이 둥글둥글 순한 인상으로 웃으며 말하자 그것이 좋아 보였는지 중년 여인은 함박웃음을 지은 얼굴로 대뜸 술부터 날라다 주었다.

"이건 내가 담근 탁주예요. 아주 맛이 좋을 거야. 내 곧 전을 부쳐다 줄 테니 일단 술잔부터 기울이고 있어요."

백색 자기 병에 담긴 술 내음이 벌써부터 은근하게 느껴졌다. 수린이 술 내음에 상 위에 놓인 술병과 술잔을 멍하니 바라보자 여인은 수린에게 말을 걸어왔다.

"아니 이 고운 총각은 왜 이리 우울해? 안 좋은 일이라도 있어?"

"하하, 뭐 예. 좀."

대웅이 수린을 대신해 대답을 해 주자 여인은 안쓰럽다는 눈빛을 보냈다.

"안 좋은 일 있어도 젊은 사람이 이리 축 처져 있으면 안 되지. 기운 내요, 응?"

어깨를 다독여 주고 떠나는 굳은살 박인 손이 친근했다. 수린은 눈가가 뜨거워지는 기분에 괜스레 눈을 깜빡였다. 대웅은 그런 수린을 어색하게 바라보다가 수린 앞의 잔과 자신의 잔에 술을 따르고 술잔을 들어 올렸다.

"겸아. 내가 그리 세심한 인간은 못 되어서 잘 모르겠는데 말이다."

흠흠, 추임새를 넣어 가며 혼자 술을 들이켠 대웅은 빈 잔을 상에 내려놓고 말했다.

"이리 묻는 게 네 기분을 상하게 만드는 일인지 모르겠는데, 죄인 신분보다는 종군의관의 신분이 더 나은 거 아니냐?"

"……."

"아니, 뭐 네 처지에 내가 처해 본 것이 아니니 네 심정을 내가 다 알 수 있는 것은 아니지만 말이다. 그간 널 대한 대장의 태도를 보면 네게 해악을 끼치려 그러는 게 아니라는 건 너도 알지 않느냐."

수린이 계속 잔에 눈을 주고만 있었기 때문에 혼자 떠드는 게 무안해진 대웅은 자신의 잔에 홀로 자작을 하며 주인 여인이 가져다준다는 전만 기다릴 수밖에 없었다.

"사람이……."

한참이나 말이 없다가 나온 가느다란 목소리를 하마터면 놓칠 뻔했다. 대웅은 마시던 술을 몇 방울 흘리고 말았다.

"응? 으응?"

"안주에 저를 기다리는 사람이 있습니다."

"어, 그래? 누구? 혹 정인이냐?"

"아니요. 그런 것은 아니고요."

이제야 이야기를 할 마음이 든 모양이다. 대웅은 흘러내린 술방울을 소매로 닦고 자세를 고쳐 앉아 수린의 이야기에 귀를 기울였다.

"제가 태어났을 때부터 어미처럼 저를 돌보아 준 사람인데, 지금 병을 앓고 있습니다. 언제 죽을지, 얼마큼 더 살 수 있을지 아무도 장담을 못 하는 그런 병이라 합니다."

"저런…… 그랬구나. 그래서 안주로 돌아가겠다 그런 것이었구나."

"그래서 저는…… 한시라도 빨리 돌아가고 싶은데……. 자꾸 일이 생기고…… 돌아가는 것은 미뤄지고…….”

말이 늘어지고 목이 메어 왔다. 자신도 모르는 사이에 수린의 눈에서 눈물이 한 방울 툭 굴러 탁주 잔으로 떨어졌다.

"어, 어. 울지 마라."

대웅은 갑작스러운 수린의 눈물에 당황해 허둥대기 시작했다.

"저는…… 예까지 오고 싶지도 않았는데…… 흐윽."

또르르 흘러내리기 시작한 눈물은 한번 터지자 봇물 터지듯이 쏟아져 나왔다. 대웅이 허둥지둥 자리를 바꿔 수린의 눈에서 흘러내리는 눈물을 수습해 보려 했지만 그로서는 역부족이었다.

"저는 흑, 제가 잘못한 것도 없는데…… 왜 이리된 것인지 흑, 흐윽 왜 제가 이러고 있는 것인지도 모르겠습니다."

뚝뚝 흘러내리는 눈물은 홍수처럼 수린의 얼굴을 적셨다. 그간 참았던 설움이 한 번에 터져 버리자 복잡한 마음은 주체할 수가 없이 가슴을 먹먹하게 했다.

"겨, 겸아…….”

안절부절못하던 대웅의 손이 어깨를 다독이자, 수린은 그냥 대웅의 품에 얼굴을 묻고 어허헝, 대성통곡을 해 버렸다. 대웅은 깜짝 놀랐지만 곧 수린의 등을 감싸 안고 그래그래, 다독여 주었다.

몇 안 되는 주막 안의 손님들이 무슨 일인가 시선을 주어 대웅은 여간 난처한 것이 아니었지만 그래도 수린을 다독이는 팔을 풀지는 않았다. 그 팔 안에서 수린은 마음껏 눈물을 흘렸다.

원수를 만났다. 꿈에서라도 만난다면 찢어 죽일 것이라 생각했던 그 원수를. 헌데 그 앞에서 아무 말도 하지 못하고 버러지만도 못한 취급을 받았다. 어떤 꼴을 당할지 모르는 상황에서 구해 준 것은 바로 그 원수의 아들들이었다.

할멈, 할멈이 보고 싶다. 틀림없이 품 안에 안고 따뜻하게 다독여 주며 그간 많이 힘들었냐고 물어 줄 텐데. 어서 빨리 할멈에게 돌아가고 싶었다. 그 망할 원수 놈과 원수 놈의 아들들 따위 꼴도 보기 싫다. 어쭙잖은 친절 몇 번 베풀어 준 것에 혹해 아무렇지도 않게 그들 틈에 섞여 있던 자신이 어리석었다. 그래 봤자 씻을 수 없는 원한이 깊이 골을 새긴 사이인 것을.

'그 망할 놈.'

그래 그 망할 놈. 정인도 있는 주제에 잘해 주긴 왜 잘해 주느냐 말이다. 술에 취해 그따위 술주정이나 해 대고, 남이 보아 뒀던 머리 장식은 왜 제가 사서 몰래 짐 속에 숨겨 놓느냔 말이다!

"여기 전 맛있게……, 에그머니. 왜 그래요?"

어느새 고소한 들기름 냄새가 폴폴 풍기는 전을 부쳐 가지고 왔던 주인 여인은 대웅의 품에 안겨 어깨를 들썩거리며 울고 있는 수린을 보고 깜짝 놀라 물었다. 수린은 얼른 대웅의 품에서 빠져나와 눈물범벅이 된 얼굴을 소매로 문질러 닦았다.

"총각 무슨 안 좋은 일이라도 있었어요? 얼굴이 엉망이네. 에 그, 이걸로 좀 닦아요."

여인은 상 위에 전을 내려놓고 앞치마 주머니에서 깨끗하게 접힌 천 하나를 꺼내 건넸다. 운 얼굴이 부끄러워 눈을 돌리는 수린을 대신해 대웅이 그것을 받아 들고 수린의 눈가를 슥슥 문질렀다.

"뭐, 잠, 잠깐요!"

"눈물 닦아야지."

"아니, 잠, 아! 잠깐요!"

닦아도 누가 눈물을 그리 벅벅 닦나! 놋그릇 닦는 것도 아니고 말이다.

"제가, 제가 닦겠습니다!"

벅벅 문지르는 손길이 어찌나 우악스러운지 눈물이 절로 쏙 들어갔다. 수린은 대웅의 손을 만류하고 붙들었다. 수린이 거부하자 정말 왜 거부하는지 모르겠다는 얼굴로 순진하게 쳐다보는 대웅에게 고의성은 전혀 엿보이지 않아서 수린은 한숨을 쉬어 버렸다.

"연애 잘하시기는 글렀습니다."

"뭐?"

그냥 툭 던지는 말이었는데 대웅이 작살 맞은 물고기처럼 펄쩍 뛰었다.

"왜? 왜 그리 보이느냐? 내가 여인네들 마음에 전혀 안 들게, 그리 못나게 생겼느냐?"

생각도 못 한 격한 반응에 영문을 모르고 대웅을 바라보던 수린은 곧 깨달았다.

"누구…… 마음에 두고 계신 분이 계시군요."

흠칫! 얼굴에 글씨로 새겨 놓아도 이보다 쉽게 알 수는 없을 것이다. 대웅이 누가 볼세라 얼른 주위를 살피며 수린에게 속삭였다.

"어찌 알았느냐?"

모르는 게 이상하다. 수린은 이리도 속이 훤히 들여다보이는 대웅을 딱한 눈으로 바라보았다.

"그냥 그런 듯하여서요. 헌데, 아직 일방적인 마음이신 거로군요."

대웅의 입이 떡 벌어졌다. 마치 갓 신 내린 무당을 바라보듯 수린을 바라보는 눈에 경이롭다는 듯한 빛까지 감돌았다.

"그, 그게……일방적인 마음이라기보다는 기다리는 중이라고나 할까. 아직 연치가 차질 않은 이라서……."

커다란 덩치로 속마음 들킨 것이 부끄러워 허둥지둥 변명하는 광경을 보니 우울했던 마음이 서서히 걷혀 갔다.

"정말 내가 그리, 여인들 눈에 안 찰 것처럼, 그리 보이냐?"

어지간히도 급한 모양이다. 수린은 대웅이 자신을 달래 주었던 것처럼, 대웅을 달래 주고 싶었다.

"아닙니다. 말씀하신 것처럼 세심하시지는 못하여 연애는 잘 못하셔도 심성이 이리 다정하시니 아주 좋은 낭군이 되실 것입니다."

"정말이냐?"

금방 반색하는 대웅의 얼굴은 참 신기했다. 꽉 들어차 있던 서러움이 펑펑 쏟아 낸 눈물과 함께 반 이상은 날아간 듯했는데 대웅이 말 몇 마디에 좋아라 하는 것을 보니 수린까지도 덩달아 웃음이 나왔던 것이다.

"너, 눈물범벅 되어서 웃으니까 아주 얼굴 볼만하다."

자기는 조금 전까지 당황해서 파리해졌던 주제에 남의 얼굴 가지고 시비다. 수린은 대웅의 놀림에 얼른 얼굴을 가렸다. 아닌 게 아니라 눈이 부은 게 스스로도 느껴졌다. 세수를 좀 해야 어떻게 수습이 될 것 같았다.

"죄송합니다만 근처에 우물 있습니까?"

다른 평상에 술을 날라 주던 주인 여자에게 묻자 여인은 기다렸다는 듯 손을 들었다.

"그럼요, 물 많은 게 이 지방 자랑인데 우물이야 곳곳에 있지. 사립문 열고 나가서 쭉 가다가 바른쪽으로 꺾으면 바로 큰 우물이 하나 있어요."

고맙다 인사를 건네고 바로 일어서자 대웅이 같이 일어서려 무릎을 세웠다.

"금방 다녀올 테니 그냥 계십시오. 얼른 얼굴만 씻고 오겠습니다."

얼굴 보이기 부끄러워 한 손으로 가려 가며 만류하는 모습을 보니 굳이 따라가는 게 폐일 것 같아 대웅은 일어나려던 그대로 엉거주춤 앉았다.

수린은 후다닥 사립문을 열고 나가 여인이 일러 준 길로 갔다. 곧 길 안쪽이라 사람이 없는 공터에 꽤나 큰 우물이 자리하고 있는 것이 보였다. 수린이 마침 물이 가득 차 있는 두레박을 끙차, 들어 올려 우물 턱에 내려놓고 찰박찰박 차가운 물로 얼굴을 때리자 눈물의 잔재가 마저 씻겨 내려가는 기분이었다.

"후아……."

아예 머리까지 담가 버릴까, 그러면 조금 더 나아질 것 같은데. 두레박 안의 물을 들여다보다가 수린은 파문이 퍼지는 수면 위의 자신의 얼굴에 조소를 지었다. 우습구나. 꼴이 참 가관도 아니다. 이 어정쩡한 심사는 무엇이란 말인가. 처지가 박복한 것이야 하루 이틀 일도 아니고, 기구한 사주를 이제 와 뒤집을 수도 없는 노릇인데. 원수에 대한 원한이야 그렇다 쳐도 천강이 잘 대해 준 것에 대한 불만은 왜 드는 거지? 천강이야 자신이 사내인 줄 알고 있을 터인데. 머리 장식쯤, 수린이 보고 있는 것을 보고 천강도 마음에 들어 정인에게 주려고 사 둔 것일 수도 있지 않은가.

"그만해라. 좀."

쓸데없는 잡념의 가지를 키워 나가는 자신의 머리를 한 대 쥐어박고 수린은 정신 좀 더 차려야겠다 싶어 다시 두레박으로 고개를 기울였다. 헌데, 두레박 속의 물에 비친 수린의 얼굴 뒤로, 검은 삿갓을 쓴 인영이 떠올랐다. 깜짝 놀라 뒤를 돌아본 순간, 검은 그림자가 수린을 덮쳤다.

그리고 한 식경이 지나도록 돌아오지 않는 수린을 찾아 대웅이 우물가를 찾았을 때 발견한 것은, 무언가가 질질 끌려간 듯한 흙 자국과 흙이 묻어 나동그라져 있는 수린의 신발 한 쪽이었다.

❀　❀　❀

위가현은 방 안에서 들리는 말소리에 귀를 기울이려 노력해 보앉으나 애초에 이 관사의 문들은 위가현이 특별히 신경 써서 이중으로 만들어 놓은 것이었다. 쩌렁쩌렁한 고함 소리가 아닌 이상 일상적인 대화가 문밖까지 들릴 리가 없었다. 업보가 많은 인물인지라 자신의 생사여탈권을 쥔 거나 다름없는 삼부자의 대화가 너무나 목이 타게 간절히 듣고 싶었다. 모르는 척 다과상을 대동하고 들어가 볼까 생각하다가도 윤인호나 그 아들들이 그런 얄팍한 수작에 넘어가 줄 리가 없기에 온몸이 근질근질해도 참을 수밖에 없었다.

벌써 이야기를 나누겠다 방에 들어간 지가 한참이다. 무슨 나눌 이야기가 그리 많은지, 그것이 자신의 이야기일까 봐 오장육부가 다 타들어 가서 미칠 것 같았다.

"총관 어르신."

화들짝 놀라 뒤를 보자 허 정관이 딱하다는 눈빛으로 서 있었다.

"뭐, 뭔가."

"들리지도 않을 이야기 들어 보려 애쓰지 마시고, 그냥 이야기 마치고 나오면 거하게 연회상이나 준비해 대접하겠다 하시는 게 낫지 않겠습니까?"

아, 연회상. 왜 그 생각을 못 했을까. 위가현은 한쪽 주먹으로 손바닥을 탁 쳤다.

"역시 허 정관이야. 내 자네를 신임하는 이유가 있지. 그럼 당장 준비를 하도록 하게. 아주 상다리가 부러지게 차리는 게야."

드르륵.

허 정관의 말대로 입이 떡 벌어질 연회상을 차려 호감을 사야겠다 생각하고 돌아서려는데 때마침 장지문이 열리는 소리가 들렸다. 위가현은 문을 열고 나오는 장신의 삼부자를 보고 입을 찢어 웃었다.

"이런, 마침 나오셨습니까. 제가 종주공의 아드님들이 오신 걸 환영하는 연회 자리를 만들겠다 말씀드리러 온 참이었습니다. 멀리서 오시느라 얼마나 피곤하셨겠습니까. 제가 오늘 두 분의 피로가 쫙 풀릴 만족스러운 연회를 준비하도록 하겠습니다."

"그리 안 하셔도 됩니다."

"연회 같은 건 필요 없습니다."

제 아비를 닮아 정나미가 떨어지는 말투로 장황한 위가현의 말을 딱 자르는 형제의 모습에 위가현의 웃음이 일그러졌다.

"아하, 그러지 마시고……."

"위 총관, 여유가 넘치십니다? 아직 추수철도 되기 전인데 만족스러운 연회를 운운하시다니."

비꼼이 가득한 천강의 말이 위가현의 말허리를 끊었다. 위가현은 굳어진 얼굴로 냉소를 날리는 천강을 바라보았다.

"추수 직전의 곳간은 텅텅 비어 백성들 구휼에도 모자라는 게 보통인데, 급작스레 찾아온 불청객들에게 큰 연회를 베풀 정도로 교성의 재정은 풍요로운 모양이지요?"

"부, 불청객이라니요. 귀하신 손님이시니 없는 곳간을 털어서라도 대접하려는 제 마음인 게지요."

"아, 없는 곳간을 터신다. 뭐가 없으면 털어 봐야 먼지만 나올 터인데. 청소라도 하시렵니까? 청소하는 데 손이 모자라시면 제 수하들 손이라도 빌려 드릴 수 있습니다만."

제 아비랑 무슨 이야기를 어찌 나누었는지 천강은 단단히 꼬인 심사를 조금도 숨기지 않고 다 드러내고 있었다. 위가현이 등 뒤가 축축해지는 것을 느끼며 한 걸음 물러섰다.

"오래…… 달려오시느라 여독이 풀리지 않으셔서 연회가 달갑지 않으신 모양입니다. 허면 연회는 다음 기회에……."

"왜, 연회 열어 보지 그러시오. 난 기대되는데."

윤인호가 대화의 중간에 끼어들었다. 하지만 윤인호의 말도 위가현을 편드는 것이 아니라 어디 한번 해 볼 테면 해 보라는 투여서 위가현은 손끝이 떨려 오기 시작했다.

"그, 그게…… 그러면 제가……."

"대장!"

숨이 넘어가게 다급한 고함이 위가현을 구했다. 일동의 시선이 고함 소리가 들린 쪽으로 쏠렸다.

"대장! 대장!"

천강은 익숙한 목소리에 눈살을 찌푸렸다. 대웅의 목소리였다. 의량에게 오늘 대강의 탐문을 해 두라 일렀는데 나갔다가 무슨 봉변이라도 당한 겐가? 숨이 턱에까지 차서 달려온 대웅은 천강의 얼굴을 보자마자 다른 사람이 있는 것은 아예 보이지도 않는 듯 소리쳤다.

"큰일 났습니다!"

"무슨 일이냐. 진정하고 말해 보아라."

"겸이가! 겸이가!"

부릅뜬인 천강의 눈에, 대웅이 한 손에 쥐고 있는 흙 묻은 작은 신발이 들어왔다. 문혁이 천강의 어깨를 치고 대웅에게 가 대웅의 팔을 잡고 다그쳐 물었다.

"겸이가 왜? 무슨 일인가?"

대웅은 울 것 같은 얼굴로 천강과 문혁을 바라보았다.

"겸이가, 누군가에게 끌려간 것 같습니다."

"뭐? 그게 무슨 말이냐?"

문혁이 언성을 높이며 저도 모르게 앞으로 한 발 나서려는 것을 긴 팔이 가로막았다. 어느새 한 손에 검 자루를 쥔 천강이 나머지 한 손을 들어 문혁을 가로막은 것이었다. 문혁은 자신을 가로막은 천강의 팔을 잡아 내렸다.

"뭐 하는 거냐. 지금 당장……."

"형님."

천강은 싱긋 웃음을 띠고 문혁에게 천천히 말했다.

"자객들의 습격을 받은 적 있는 이가 누군가에게 끌려간 것은 자객들의 꼬리를 잡을 수 있는 절호의 기회가 아닙니까. 그러니 제가 제 수하들과 서둘러 뒤를 쫓도록 하겠습니다. 형님께서는 예서 여독을 풀며 기다리십시오."

"나도 가겠다."

"방해됩니다."

천강의 입가에 걸린 웃음은 아직까지 유효했다. 그러나 잇새로 한 음절씩 끊어 이야기하는 말에는 경고의 의미가 다분히 담겨 있었다. 천강은 얼굴이 굳은 문혁 쪽에서 윤인호 쪽으로 몸을 틀었다.

"아버님, 자객들을 추적할 수 있는 기회가 생각보다 빨리 온 것 같으니 바로 가 보도록 하겠습니다."

윤인호는 아들들 사이의 심상치 않은 기류를 가늘어진 눈으로 바라보다가 곧 이글거리는 차남의 눈동자를 똑바로 바라보았다. 천강의 웃음 속에 감추어진 속내를 꿰뚫어 보기라도 하듯.

"그래. 어서 가 보아라."

허락이 떨어지기가 무섭게 바닥에 엎드린 대웅의 팔을 잡아끌고 자리를 뜨는 차남의 뒷모습과, 적잖이 충격받은 얼굴로 이러지도 저러지도 못하고 안타까운 표정만 짓고 있는 장남의 얼굴은 윤인호로 하여금 깊은 생각에 잠기게 했다.

윤인호의 시선은 천강과 대웅의 뒷모습이 완전히 사라질 때까지 따라붙었다. 그리고 시선의 사각(斜角)에 들어서자마자, 천강은 대웅의 팔을 놓고 달리기 시작했다.

"대, 대장!"

대웅이 갑자기 무서운 속도로 달리기 시작하는 천강의 뒤를 급히 따라 달리며 외쳤다.

"어딘지는 알고 가시는 겁니까?"

"그건 이제부터 네가 말해라."

"그, 그, 일단 뱃터 쪽으로요!"

조금 전까지 웃으며 자객들을 잡을 기회를 운운하던 기색은 천강의 얼굴에서 찾아볼 수가 없었다. 무섭게 치켜뜬 눈으로 손등에 핏줄이 보일 정도로 검을 움켜쥐고 달리는 모습은 오래도록 천강의 옆에서 천강을 지켜본 대웅도 처음 보는 다급한 것이었다. 길을 일러 줘야 하는 사람은 대웅인데 대웅이 따라가기 힘들 정도로 달린 천강은 대웅이 달려온 것의 반도 안 되는 시간 만에 주막에 당도했다.

"허억, 저, 저기. 저쪽, 허억. 우물터."

천강의 뒤를 겨우겨우 따라 달려온 대웅이 말도 제대로 잇지 못하고 손가락으로 가리키자 천강은 물 자국이 채 마르지 않은 우물가로 다가갔다. 흙 속에 스며들다 만 물과, 두레박 옆 깨진 바가지 조각들, 두 줄기로 죽 이어진 무언가 끌려간 흔적, 좁게 뻗은 길들과 낮은 능선의 뒷산에 차례로 눈을 준 천강은 뒤도 돌아보지 않고 대웅에게 말했다.

"신발."

"허억, 헉. 예?"

천강은 두 번 말하지 않고 손만 뒤쪽으로 내밀었다. 영문 모르고 눈만 끔뻑거리던 대웅은 혹시 이건가 싶어 그때까지도 손에 들고 있던 수린의 신발을 천강의 손 위에 쥐여 주었다. 손에 신발이 쥐어지자 천강은 한 손에 들어가는 작은 신발이 부서지도록 꽉 움켜쥐었다. 부들부들 떨리는 손으로 천강이 구겨진 신발을 자신의 이마에 대고 한참 동안이나 아무런 움직임 없이 서 있는 뒷모습을 본 대웅은 눈이 휘둥그레졌다. 어쩐지, 숨소리조차 크게 내어서는 안 될 것 같아 가쁜 숨을 눌러 참아야 했다.

얼마나 그러고 있었을까. 천강은 쥐고 있던 신발을 품 안에 넣고 몸을 돌려 대웅을 바라보았다. 천강과 마주할 때 늘 보았던 무표정하고 감정이 드러나지 않는 표정이었다.

"의량이 저잣거리의 탐문을 마치면 어디서 모이라 했지?"

"이 길을 따라가면 너른 공터가 나옵니다. 이 근방에서 잔치가 있거나 풍물패들이 올 때 사용하는 곳인 것 같았는데 그곳에서 흩어졌다가 다시 모이기로 했습니다."

"가자."

천강이 대웅이 가리키는 곳으로 움직이기 시작하자 아직 숨도 다 고르지 못했던 대웅은 급히 그 뒤를 따랐다. 병호대 일동과 갈라졌던 장소에 도착하니 이미 돌아와서 이야기를 나누고 있던 몇몇이 천강을 보고 깜짝 놀랐다.

"대장, 언제 나오셨습니까?"

그리고 그들 중 한 명이었던 의량이 천강에게 다가오다 울상인 대웅의 얼굴을 발견하고 의아함에 질문을 던졌다.

"어찌 너 혼자인 거냐."

"그게……."

대웅이 또 금방 울상이 되어 머뭇거리다 겸이가 누군가에게 끌려간 듯하다 설명했다. 의량은 놀라 자세히 설명해 보라 다그쳤고, 대웅은 횡설수설 일의 정황을 늘어놓았다.

"지난번 습격했던 자객들이 다시 온 것인지도 모르겠구나."

"그게 걱정입니다. 가뜩이나 작고 힘도 없는 녀석인데 말입니다."

의량은 자리에 모인 무사들의 수를 헤아리는 천강에게 말을 붙이려다, 천강이 무슨 생각을 하는 것인지 모를 무표정한 얼굴로 그에게는 눈길도 주지 않는 것을 보고는 대웅을 향해 말했다.

"헌데 왜 끌고 간 거지?"

"예?"

"자객 말이다. 지난번에는 다짜고짜 죽이려 들었다 했는데 어찌 이번에는 끌고 간 것일까."

"그, 그럼, 혹시 끌고 가서 고문이라도 하려고?"

대웅이 불길한 상상에 입을 딱 벌렸지만 의량은 고개를 저었다.

"그럴 수도 있겠지만 다른 가능성도 생각해 보아야 한다."

"무슨 말을 하고 싶으신 것입니까?"

"혹, 제 발로 달아난 것일 수도 있지 않겠느냐."

"예?"

대웅이 뜻밖의 추측에 놀라 소리치자 의량은 조용히 하라 면박을 주며 말을 이었다.

"대우가 좋았다 하나 죄인 신분이다. 사람이 많이 몰리고 언제든 뱃길이든 산길이든 몰래 도망갈 수 있는 길이 많은 이곳은 도망가기에 최적인 장소가 아니냐."

"그, 그런 말씀을……. 겸이가 그럴 리가 없습니다. 죄인이라 하지만 윤 학사 나리를 구한 공이 커 얼마든지 죄인 신분에서 벗어날 수도 있는 상황 아닙니까."

의량은 순진한 대웅의 말에 혀를 찼다.

"그래. 네 말대로 죄인 신분에서 벗어날 수도 있는 상황이다. 그런데 그게 싫다고 본인이 눈 많은 곳에서 대장에게 대드는 것, 너도 보지 않았느냐."

그건 그랬다. 저자로 나오기 바로 직전에 종군의관이 싫다며 건방지게도 높은 분들에게 훈계조로 항변하는 모습을 모두가 보았던지라 몇몇 무사들은 의량의 말에 동조하여 고개를 끄덕였다. 대웅은 이상하게 흘러가는 분위기에 당황했지만 눈물을 펑펑 흘리던 작은 얼굴을 떠올리자 매정한 의량의 말에 분노가 치밀었다. 그래서 주먹을 불끈 쥐고 의량을 향해 소리쳤다.

"그럴 리가 없습니다!"

"뭐?"

"안주에 어미 같은 이가 있다 했습니다. 언제 죽을지도 모르는 병을 앓고 있어 어서 빨리 돌아가고 싶다 울었단 말입니다. 그런 사람을 두고 도망이라니요. 그럴 리가 없습니다."

의량은 대웅이 소리를 지르며 두둔하고 나서자 눈살을 찌푸렸다.

"네가 그 녀석을 보아 봤자 얼마나 보았느냐. 일 년? 이 년? 고작해야 몇 달 보았다. 사람의 겉만 보아 어찌 그 속을 다 안다고 네가 그 녀석을 단정하느냐."

"겸이는 그럴 사람이 아닙니다! 그러는 부대장이야말로 그 녀석을 얼마나 안다고 단정하십니까."

"이런 한심한 놈, 지금 우리가 죄인 하나의 수작에 놀아나고 있을지도 모르는……."

"의량."

천강의 낮은 목소리가 의량의 말을 끊었다. 의량은 소리치려던 것을 멈추고 천강을 바라보았다. 천강은 무심한 듯하지만 차가운 기색을 감추지 않는 눈빛으로 의량을 똑바로 바라보았다.

"거기서 한 마디만 더 보태면, 나는 오늘부로 너와의 연을 끊는다."

놀란 것은 느닷없는 절연 예고를 들은 의량만은 아니었다. 의량과 천강의 오랜 인연을 아는 이라면 누구나, 갑작스러운 천강의 말이 청천벽력처럼 여겨질 수밖에 없었다.

"대장 그 무슨……."

"의량은 당장 총관에게 달려가 교성의 모든 관군을 내어 달라 일러라. 종주공과 그 일가를 습격한 자객을 발견하였으니 추적하겠다고. 병호대와 관군 모두가 모이면 즉시 흩어져서, 찾아낸다. 교성의 모든 문을 열고 모든 이들의 얼굴을 하나하나 확인해라. 수단과 방법을 가리지 말고 반드시 찾아내라. 뒷일은 모두 내가 책임진다."

그들이 천강에게 품고 있는 감정은 은근한 경외(敬畏)와 소리 없는 충심이었다. 그러나 낮은 목소리로 절대로 거부할 수 없는 명을 내리는 천강의 얼굴에서, 병호대의 모두는 처음으로 그토록 숨 막히게 두려워하던 윤인호의 얼굴을 보았다.

❀　❀　❀

황제는 아랫사람들에게 임무를 맡기면 그것이 완수될 때까지 말을 보태지 않고 지켜봐 주었다. 후에 문제점을 지적하고 보완할지언정, 일단 맡은 일에 대해서는 전적으로 신임하고 뒤로 물러나 바라봐 주는 것이 임무에 대한 책임감을 고취시키고 자긍심을 가진 이로 거듭하게 한다 믿었기 때문이었다.

황제의 방법은 대개의 경우는 긍정적인 결과물을 안겨 주었지만 가끔은 아집을 버리지 못하는 이들이 효율적이지 못한 방법으로 고집을 부려 인내심이 바닥나 짜증을 부리고 싶은 일을 만들기도 했다. 바로 지금처럼.

"그쪽을 밀어 보아라."

"구덩이를 더 깊게 파는 것이 좋을 것 같습니다."

"이쪽보다는 저쪽을 파는 게 좋을 것 같다."

유능하고 현명한 금군 무사들이 도랑에 빠진 마차 하나에 매달려 고군분투하는 것은 보기 드문 광경이다. 허나 그 고군분투를 직접 지켜봐야 하는 입장이 되면 보기 드문 광경이 즐겁게 여겨지지 않는다. 황제는 한숨을 쉬며 자리에서 일어났다.

"마차는 버리는 게 좋겠습니다."

아까부터 이 말이 어찌나 하고 싶었던지 입 밖으로 뱉고 나니 속이 다 후련했다. 황제의 딱 자르는 선언에 금군 대장이 그럴 수 없다며 정색을 하자 또다시 속이 막혀 왔지만 말이다.

"길이 험합니다. 마차 없이 폐하께서 어찌 험한 길을 가십니까."

"말을 타는 것이 어려운 일도 아니고, 날이 저물고 있는데 길 한복판에서 밤을 지새우는 것보다는 낫지 않겠습니까. 말을 타고 가겠습니다."

"하지만 말들이……."

마차에 묶인 말 두 마리는 아까 도랑에 빠지는 소란통에 다리를 다쳤는지 고통에 찬 소리를 내지르고 있었다. 황제는 안쓰러운 눈빛으로 말들을 보고 살래살래 고개를 저었다.

"하는 수 없지요. 다리를 다친 말은 버리는 수밖에요. 누군가 말을 하나 내주면 그걸 타고 가겠습니다."

그러자 금군 무사들은 재빨리 시선을 교환했다. 황제는 아차 싶었다. 금군의 말들은 잘 훈련된 군마다. 보통 훈련된 말들은 주인의 말만을 따른다. 황궁 안이라면 누구에게나 복종하도록 훈련시킨 순한 말들도 많이 있지만 지금 이 자리에 있는 것은 모두 금군 무사들 개인의 말들이다.

"허면 제가 대장과 함께 말을 타고 가는 것이……."

"말씀 거두어 주십시오!"

황제의 말이 끝나기도 전에 말을 끊는 것은 큰 결례이다. 그러나 금군 대장은 그만큼 급했다. 미혼에다 여성인 황제가 혼사를 앞두고 구설수에 오르내릴 만한 일을 만드는 것은 고지식함의 결정체인 금군 대장으로서는 목숨을 걸고 막아야 하는 일이었다. 대번에 무릎까지 꿇는 금군 대장의 모습에 황제는 골치가 아파졌다. 충심이 우러나 고집을 부리는 것이야 알겠지만 발이 묶인 상황에 뾰족한 해법도 없는데 어쩌자고 저런단 말인가.

"지금 어서 가서 말을 한 마리, 아니 마차를 한 대 구해 오도록 하겠습니다. 그러니 예서 기다려 주시면……."

"기다리면 한밤중이 되겠지요."

받아치는 황제의 말에 할 말이 없어진 금군 대장이 바싹 타는 입술로 대답을 찾으려 뻐끔거렸다. 황궁을 침범하는 자객들의 숨통을 끊고, 혹한기에 산에서 내려와 민가의 가축을 해하는 범을 잡기 위해 칼을 들었던 때보다 더 난처했다.

"허면, 제가 말고삐를 잡고 폐하께서 말을……."

"걸어가렵니까? 아니면 말을 따라 달리렵니까? 어찌 되었든 노지에서 한밤중을 맞이하게 되는 것은 변함이 없겠군요."

식은땀이 뒤통수를 적시는 것이 느껴질 정도였다. 이를 어쩌나 하늘에 해법이라도 달라 빌고 싶던 찰나에, 극도의 긴장 상태에 놓인 금군 대장의 귀에 낯선 소리가 들렸다. 귀가 소리를 인지한 방향으로 고개를 돌리자 다른 금군 무사들도 같은 소리를 들었는지 같은 곳을 보고 있었다. 말발굽 소리였다.

한 줄기 희망이 보이는 것 같았다. 금군 대장은 황제에게 잠시만 기다리시라 말하고 몇몇 무사들에게 눈짓을 했다. 멀리서 들려오던 말발굽 소리는 곧 땅이 울리도록 가까운 거리까지 다가왔다.

"잠시 멈추시오!"

소리치며 앞을 가로막는 금군 대장의 외침에 남자는 다급히 달리던 말의 고삐를 잡아당겼다. 가죽 장갑을 낀 남자의 손놀림에 급히 달리던 말이 솜씨 좋게 멈추었다.

"무슨 일이오."

남자의 목소리는 시원스럽게 귓속을 파고들었다. 금군 대장이 어쩌려고 저러나 한발 물러서 팔짱을 끼고 있던 황제는 시원한 목소리에 흥미가 생겨 남자 쪽을 바라보았다. 뉘엿뉘엿 지는 노을을 등지고 있는 남자의 얼굴은 그늘이 져 제대로 보이지 않고 윤곽만이 그림자처럼 보였다.

"급히 가던 길을 막아 폐를 끼쳤소. 무례인 것은 알지만 타고 있는 말을 우리에게 팔아 줄 수 있겠소?"

황제는 금군 대장의 말에 자신도 모르게 한 손으로 이마를 짚었다. 느닷없이 길을 막아서서 갑자기 말을 내놓으라고 하면 그게 화적 떼와 다를 바가 무엇이겠는가. 탄식이 절로 나오는 저 무대포를 어쩌면 좋단 말인가. 아니나 다를까, 남자는 어이없어 하는 듯 헛웃음을 내뱉었다.

"보아하니 마차가 망가져 말이 부족한 모양이오. 허나 지금 나도 급히 볼일이 있어 말을 내어 줄 수가 없소."

"값은 후히 쳐줄 테니 그러지 말고 말을 팔아 주시오."

"억만금을 준다 해도 지금은 말을 줄 수 없으니 길을 비켜 주시오."

"사정이 급해 그러는 것이오."

말이 길어지기 시작하자 길을 가로막힌 남자는 더 이상은 말을 섞고 싶지 않았는지 당겼던 말고삐를 느슨하게 쥐었다. 무시하고 다시 말을 출발하려는 남자의 기색을 눈치챈 금군 대장이 다급히 팔을 펼쳤다.

"금자 한 냥을 주겠소!"

황제는 금군 대장의 고집에 눈살을 찌푸렸다. 이 이상 말을 섞게 하는 건 자신의 얼굴에 먹칠을 하게 두는 것이다. 어지간하면 아랫사람들에게 참견하지 않는 황제였지만 더는 안 되겠다 싶어 팔짱 꼈던 팔을 풀었다.

그때, 남자의 시선이 황제에게로 향했다. 황제는 남자와 금군 대장 쪽으로 가려던 것을 멈췄다.

엷은 미소를 입가에 건 채 황제를 바라보는 남자는 약관의 나이를 조금 넘긴 듯 젊어 보였다. 사내치고는 꽤나 큰 눈이 높은 콧대와 어울려 훤한 상(狀)을 이루고 있는 얼굴이 황제를 보고 말했다.

"귀한 댁 아가씨 같은데 아랫사람들 다루는 법은 제대로 못 배우신 모양입니다."

황위에 오른 이후로는 들어 본 적 없는 훈계조의 말이 반발심을 불러일으켰다. 남자의 말은 아직 끝난 것이 아니었다.

"길 가던 사람을 막고 말을 내놓으라, 돈을 주겠다 억지를 부리는 것은 무례한 짓임을 굳이 일러 주어야 아실 분 같지는 않으신데…… 모르시겠다면 이 자리에서 일러 드릴 의향은 있습니다."

금군 대장은 황제를 향한 화살에 대경실색해서 남자의 앞을 가로막았다.

"어느 안전이라고 지금 말을 함부로……."

"어느 안전인지는 제 알 바 아닙니다. 이 사람, 제 앞에서 물러나라 해 주시지요."

자신을 똑바로 향한 요구에 황제는 문득 흥미가 생겼다. 물론 황제임을 모르니 저리 용감하게 입바른 소리를 할 수 있는 것이지만 척 보기에도 범상치 않아 보이는 무사가 이리 많은데 거침없이 할 말을 다 하는 배짱이라니.

"아랫사람들의 무례, 대신 사과하지요."

황제가 입을 열어 차분히 이야기하자 금군 대장은 기절할 듯 황제를 바라보았다. 그리고는 남자를 눈빛만으로도 죽일 듯 노려보았다. 그러나 이미 남자의 안중에도 황제의 안중에도 금군 대장은 없었다.

"사과하시니 받겠습니다. 그럼 이만."

말고삐를 당겨 자리를 뜨려는 남자에게 황제가 급히 말했다.

"헌데."

"예?"

"어디를 그리 급히 가기에 금자 한 냥의 돈도 거절을 하는지, 물어도 되겠습니까?"

순수한 호기심이었다. 남자의 기백이 마음에 든 것일 수도 있고, 흥미가 생겨 조금 더 이야기를 나누고 싶은 마음일 수도 있었다.

남자는 물음의 의도를 모르겠다는 얼굴이었다. 그러나 황제가 사심 없이 미소를 짓자 곧 자신도 씨익 웃으며 입술을 열었다.

"아주 오래전에 헤어진 피붙이를 찾았습니다. 제가 직접 찾으러 갈 여력이 되지 않아 다른 이에게 찾아 달라 부탁했는데 찾았다 전갈이 도착하여 그리로 가는 중입니다. 그러니 딱한 사정에도 말을 내어 드릴 수 없는 것을 이해해 주십시오."

말을 하는 남자의 눈은 정말 기대로 가득 차서 빛나고 있었다. 황제는 급한 길을 막아 실례했다며 한 걸음 뒤로 물러섰다. 그 몸짓에 담긴 암묵적인 명령에 금군 대장은 하는 수 없이 남자의 앞에서 물러섰다. 남자는 황제에게 감사의 뜻을 담아 목례를 건넸다. 그리고 그대로 자리를 뜨려다 문득 다시 한 번 황제에게 시선을 주었다. 황제가 왜 바라보느냐는 시선을 던지자 남자는 아니라며 픽 웃었다.

"찾았다는 제 피붙이와 비슷한 또래이신 듯 보여 말입니다."

떠올리는 것만으로도 기쁜지 남자의 웃음은 해사하니 맑았다.

그 웃음이 자신을 향한 것이 아니라 그 피붙이를 향한 것임을 알면서도 황제는 따라 웃을 수밖에 없었다.

남자가 장갑 낀 손으로 고삐를 쳐 말을 몰고 자리를 뜨자 그 뒷모습을 바라보던 황제는 이내 금군 대장 쪽으로 고개를 돌렸다. 금군 대장은 황제가 사과를 입에 올린 시점부터 가시방석에 앉은 사람처럼 진땀을 흘리고 있었다.

"대장."

"예, 예 폐하."

"저런, 이제 나를 그리 부르면 안 되지요. 여기는 황궁도 아니고."

"……예. 아가씨."

"나는 대장의 말을 타고 가겠습니다."

"……예."

"대장과 함께요."

"……예."

황제는 더 말을 붙이지 못할 단호한 태도로 선언하고 금군 대장의 말로 향했다. 말 목을 잡고 단번에 말 등에 오르자 낯선 이가 등에 오른 것에 긴장한 말이 심상치 않게 꿈틀거렸다. 그러나 금군 대장이 급히 다가와 고삐를 쥐니 불안한 기색으로 푸르렁거릴 뿐 난동을 부리지는 않았다. 금군 대장은 뚝뚝 떨어져 내리는 땀방울을 느끼며 힘겹게 말 등에 올랐다. 그동안 황제는 남자가 사라진 방향, 자신들도 곧 향하게 될 곳을 바라보고 있었다. 남자의 모습은 어느새 사라져 그쪽에는 흙먼지만이 일고 있었다.

"……게 내가……!"

"……를 하지 않고서…… 나라고……."

드문드문 들리는 고함 소리가 기분 나빴다.

어쨌더라. 우물가에서 누군가가 달려들어 입을 막았다. 호락호락 당하기에는 그리 곱게 산 삶이 아니어서 두레박 속 바가지로 손을 뻗어 그놈의 머리를 재빨리 내리쳤다. 아주 잠깐 당황하는 틈을 타 몸을 빼자 한쪽 신발이 벗겨졌고, 신발이 벗겨진 발목을 잡고 늘어진 놈은 수린의 복부를 가격했다. 그리고 그대로 정신을 잃었던 것 같은데……. 그렇군. 배를 얻어맞아 속이 이렇게 울렁거리는 것이었다.

"크윽."

욕지기가 치밀었다. 수린은 배를 움켜쥐고 웅크렸다. 손발이 묶이지는 않아 다행이었다. 작정하고 때렸는지 배가 아직도 얼얼했다. 하긴 '아직도'라는 말을 쓰기에는 시간이 얼마나 지난 것인지 감이 오지 않았다.

"……멋대로…… 했잖……!"

싸우는 걸까. 문밖에서 들리는 소리가 여상한 대화 같지는 않았다. 수린은 누운 채로 고개만 돌려 사방을 살폈다. 나무 궤짝이 듬성듬성 들어차 있는 너른 공간은 습기 찬 나무 냄새로 가득했다. 무언가 물건을 보관하는 창고 같았다.

'그 자객?'

짚이는 곳은 그곳밖에 없었다. 수린은 구역질이 나는 입을 한 손으로 막고 한 손은 얼얼한 배를 움켜쥔 채 억지로 몸을 일으켜 소리가 새어 나오는 문 쪽으로 다가갔다. 빛이 새어 나오는 틈새로 밖을 내다보려 고개를 이리저리 틀어 봤지만 보이는 것은 허름한 나무 탁자 모서리와 덩치 큰 남자의 뒷모습뿐이었다.

"절대 험하게 끌고 오지 말라고 했는데 어쩔 거야! 어쨌기에 아직도 정신을 못 차려!"

그래도 문 가까이 귀를 기울이자 띄엄띄엄 들리던 목소리가 선명해져서 남자들이 나누는 대화는 똑똑히 들려왔다.

"말이 쉽지 남들 모르게 몰래 끌고 오는 게 쉬운 일인 줄 알아? 그냥 기절이라잖아 기절! 금방 깨어날 거라니까!"

"에잇 몰라. 잔소리는 네놈이 다 들어!"

"아니 근데 대체 저놈이 누군데 곱게 끌고 오라고 그리 신신당부야?"

"내가 알아?"

자신을 두고 하는 이야기가 맞는 것 같았다. 대화로 미루어 보아 당장 죽일 생각은 없는 것 같아 잔뜩 긴장되어 막혀 있던 숨통이 트였다.

"푸아……."

작게 숨을 내쉬며 벽에 몸을 기대자 창고 안의 전경이 눈에 들어왔다. 쌓여 있는 궤짝들 중 뚜껑이 열려 있는 몇 개는 비단 천과 백자 병 등이 담겨 있는 것이 보였다. 잘 모르는 수린이 보기에도 여간한 물건은 아니었다. 이런 물건을 보관하는 창고라니.

대체 뭐 하는 곳일까.

"단주! 오셨습니까?"

우렁차게 외치는 목소리가 생각의 맥을 끊었다. 수린은 급히 문에 매달려 틈새로 밖을 보았다. 수린의 한정된 시야에 저쪽에서 걸어오는 매끈한 흑의의 남자에게 급히 달려가 허리를 숙이는 남자들이 보였다. 단주? 그럼 여기는 상단의 창고인가?

"어디 있지?"

탁자에 앉아 걸걸한 목소리로 이야기를 나누던 남자들과는 사뭇 다른 말투가 새로 등장한 남자에게서 들려왔다. 급한 기색이 역력했지만 차분하고 똑바른 발음이 시원하게 들려왔다.

"저쪽, 창고 쪽에……."

그 말이 끝나기도 전에 다급한 걸음걸이가 수린이 몰래 밖을 내다보고 있는 창고를 향했다. 수린은 식겁하여 숨을 곳을 찾아 물러섰다. 허나 숨을 곳이 있을 리 만무했다. 넓은 창고는 모서리에 쌓여 있는 궤짝들을 제외하고는 그저 탁 트인 넓은 공간이었던 것이다.

벌컥.

수린이 숨을 곳을 찾아 우왕좌왕하는 사이 문이 벌컥 열렸다. 수린은 얼른 뒤로 물러섰다. 역광을 등에 업은 남자의 얼굴은 보이지 않았다. 그러나 수린의 눈에 남자가 끼고 있는 가죽 장갑은 선명히 보였다. 손을 가렸다? 그렇다는 것은 정말 수린을 덮쳤던 그 자객인 것일까.

뒷걸음질 치는 수린을 가만히 서서 바라보던 남자가 한 걸음 수린에게 다가섰다. 수린은 주춤 뒤로 물러섰다. 남자가 손을 들어 수린 쪽으로 뻗었다. 그리고 수린은 가죽 장갑을 낀 손이 왼손과 달리 두툼한 것을 확인했다. 그자다! 숨통이 막혀 죽을 뻔했던 순간이 떠올라 전신에 소름이 돋았다. 진저리를 치며 뒤로 물러섰지만 곧 등이 벽에 닿았다. 냉기가 느껴지는 흙벽의 감촉에 수린은 이를 악물고 사방으로 고개를 돌렸다. 궤짝 안의 비단을 집어 던질까. 아니면 궤짝을 들어 던져 볼까. 수린이 들기에는 무거워 보이는데. 잠시 주의를 흩어지게만 할 수 있다면 좋았다. 무슨 방법이 없을까.

"수린아."

이리저리 고개를 돌리던 수린을 멈추게 하는 단어가 남자의 입에서 한탄처럼 토해져 나왔다. 수린은 목석처럼 굳어졌다. 칠 년 만에 처음 들은 자신의 이름이 처음에는 쉬이 귀에 들어오지 않았다.

"수린아."

두 번째 부름은 조금 더 다부진 확신이 들어 있었다. 수린은 뻣뻣한 고개를 돌렸다. 남자가 천천히 수린 쪽으로 허리를 숙였다.

"수린아."

역광을 비껴 드러난 남자의 얼굴은 해사한 청년의 것이었다. 수린을 바라보는 남자의 눈에는 촉촉한 물기가 배어 있었다. 수린 쪽으로 손을 뻗으려던 남자는 자신이 가죽 장갑을 끼고 있었던 것을 깨닫고 장갑을 벗었다. 장갑을 벗은 오른손 손등에는 피가 배어 나온 천이 단단히 감겨 있었다. 수린을 덮쳤던 그 자객이 맞았다. 그러나 수린은 다시 다가오는 남자의 손을 피할 수가 없었다. 남자는 붕대 감은 오른손을 뻗어 천천히 수린의 볼에 손을 댔다.

"많이 컸구나. 그때 내가…… 많이 놀라게 했었지? 미안하다. 미안해……. 안주에 있다고만 알고 있었는데 설마하니 윤인호의 아들들과 함께 있을 것이라 생각지도 못했다. 더 자세히 알아봤어 야 했던 건데. 너를 다치게 할 생각은 추호도 없었는데 내가 어찌……. 너 하나 만나려 그 세월을 버텨 온 것인데……."

남자의 물기 젖은 눈에서 기어코 눈물이 한 방울 떨어졌다. 수린의 볼 위로 떨어진 뜨거운 눈물이 신호였던 것처럼, 남자는 수린의 몸을 와락 끌어안았다. 수린은 남자의 품에 안겨 믿어지지 않는 남자의 정체를 물었다.

"오라……버니?"

맞다며, 맞다며 고개를 끄덕이는 남자, 칠 년 만에 다시 만난 수린의 오라비 민진겸은 소리도 내지 못하고 수린의 어깨 위를 눈물로 적시느라 수린의 말에 대답을 할 수가 없었다.


가족을 다시 만나게 된다면 어찌할 것이라 상상한 적도 없었다. 다시 만날 것이라는 기대조차 수린은 감히 할 수가 없었다. 잠꼬대로라도 말실수를 하게 될까, 혼잣말을 하다가 밤새가 들어 비밀이 밝혀질까 두려워 생각조차 하지 않고 보내 온 세월이 칠 년이었다.

"얼굴 좀 보자."

소중한 구슬 다루듯 조심스럽게 양손을 들어 수린의 얼굴을 매 만지는 진겸의 얼굴에는 어린 시절의 모습이 고스란히 남아 있었다. 봉황의 눈이라 관상쟁이가 침이 마르게 칭찬하던 길고 큰 눈이며, 아비를 똑 닮아 높게 쭉 뻗은 콧날이며. 팔다리가 길어 아비만큼 키가 클 것이라 무술 선생이 예측했던 것을 훨씬 뛰어넘어 안 그래도 장신이었던 아비보다 더 큰 듯한 키가 세월을 실감케 했지만 어미를 닮은 입매는 수린의 기억 속에 멈춰 있는 진겸의 모습과 똑같았다.

"곱구나. 죄 많은 나 살리려 이러고 있지만 곱게 컸구나. 내 누이."

"정말, 오라버니……?"

이미 마음은 알고 있었다. 눈앞의 이가 자신의 피붙이인 진겸인 것을. 진겸이 물기 젖은 눈으로 수린의 얼굴을 어루만지며 안타까워 어찌할 바를 몰라 했다.

"손이 거칠다. 그리 곱고 보드랍던 고사리 같은 손이……. 고생이 많았던 게지. 미안하다. 하루라도 빨리 널 데려오고 싶었다. 갖은 방법을 찾고 찾아도 안주로 들어갈 방법이 없어 전전긍긍하는 것 말고는 다른 방법이 없었다. 이리 안주 밖에 나온 줄 알았으면 더 빨리 만날 수도 있었을 것을."

"어찌…… 살아 계셨던 거군요. 허면 어머님 아버님은……."

띄엄띄엄 이어진 수린의 말에 진겸은 수린의 손을 꼭 붙들고 눈을 피했다. 수린의 마음속에서 쿵 소리를 내며 커다란 돌덩이 하나가 내려앉았다.

"그렇……군요."

살아 다시 만날 것이라 기대한 적도 없었다. 그러나 진겸을 통해 직접 확인하게 되자 마음이 받아들이는 무게는 달랐다. 산처럼 커다랗게만 느껴지던 아비가 쓰디쓴 얼굴로 돌아서던 그 모습이 마지막이라니. 꽃처럼 곱고 자애롭던 어미가 잘 자라 머리를 쓰다듬어 주고 방을 나서던 그 모습이 마지막이라니.

"어떻게…… 아니, 아닙니다. 어머님…… 아버님…… 가시는 길이 험하지는 않았겠지요? 그러기만 했다면 저는…… 흐읍."

진겸은 울음을 터뜨리는 수린을 꼭 끌어안았다.

"어머님은…… 너 그리 두고 온 죄책감에 오래 버티지 못하셨다. 눈 감으시는 순간까지 네 옆에서 너 지켜야 한다, 너 찾으러 가야 한다 그리 말하시다 가셨어."

"어머……님이…… 흑."

"아버님은 반드시 복수하시겠다 와신상담(臥薪嘗膽)하시며 나와 몇몇 식솔들과 함께 은거하며 칼을 갈고 계셨지. 챙겨 간 패물이며 아버님 혈우(血友)들의 도움으로 배를 타고 가 먼 곳에서 터를 잡을 수 있었지만 몇 해 전에 그만……."

"……병이라도 생기셨던 겁니까?"

진겸은 침통하게 고개를 저었다.

"수린아. 지금 내가 하고 있는 일은 위험한 일이다. 하지만 꼭 해야만 하는 일이기도 하다. 아버님도…… 뜻을 이루려다 변을 당하셨지만 나는 아버님의 뜻을 꼭 이루어야 한다."

"그것이…… 자객이 되어 윤인호의 목숨을 끊는 것입니까?"

전신의 피가 차가워지며 눈물도 멈췄다. 수린이 똑바로 바라보며 묻자 진겸은 난처한 기색을 숨기지 못했다. 수린에게 저지른 잘못이 떠오른 것이다.

"그때는…… 미안했다."

"사과 안 하셔도 됩니다. 헌데, 그때 저인 줄 알고 칼을 멈추셨던 겁니까?"

"……그래."

진겸은 수린의 손을 부여잡은 손에 꼭 힘을 더했다.

"하루에도 수백 번씩 널 생각했다. 어찌 자랐을까, 얼마큼 컸을까, 곱게 자라서 어엿한 여인이 되었을 텐데 얼마나 어여쁠까. 생각하고 또 생각했다. 눈을 감으면 내 눈 안에서 너도 매일매일 함께 커 가는데 어찌 내가 너를 모를 수 있었겠느냐."

수린은 만감이 교차해 무슨 말부터 해야 좋을지 알 수가 없었다. 진겸을 재회한 것은 물론 감개무량한 일이었다. 헌데 오라비가 들고 온 것은 부모의 부고와 함께 자객이 되었다는 청천벽력같은 소식이었다.

"수린아. 내일 우리 상단의 배가 정미곶에서 바다 건너로 뜬다. 그것을 타고 안전한 곳에 가 있어라. 너 하나쯤 신분을 위장하여 숨겨 가는 것은 어렵지 않은 일이니, 일이 다 끝날 때까지 그곳에 가서 몸을 피하는 게 좋겠다."

진겸이 갑작스러운 소식들의 홍수에 멍한 수린을 다독이며 설명했다. 수린은 진겸의 제안에 정신이 번쩍 들었다.

"안 됩니다."

"무엇이 안 된다는 거냐."

"오라버니 지금, 윤인호 그자를 죽이겠다 그리 말씀하시는 게 아닙니까."

침묵이 긍정의 답이 되어 돌아왔다. 수린은 세차게 고개를 저었다. 윤인호, 그자는 위험하다. 스쳐 가듯 본 것이지만 등골이 오싹할 정도로 소름이 끼치는 자였다.

"자객이라니요, 게다가 그자는…… 이만저만한 거물이 아니지 않습니까. 죽이고 나면, 그 후에는 어찌하시렵니까."

"걱정하지 말거라. 뒷일을 생각 못 하고 준비를 하고 있는 게 아니니. 나는 네가 윤인호의 아들들과 함께 있는 것이 더 걱정이었다. 그러니 네가 안전한 곳으로 피하면……."

수린은 재차 안 된다 고개를 저었다.

"할멈이 안주에 있습니다. 제가 이대로 사라지면 그 화살이 어디로 돌아가겠습니까."

"하지만……."

"저 혼자서는 절대 못 갑니다."

단호하게 자르는 수린의 말에 진겸은 하, 한숨을 쉬었다.

"고집 센 건 여전하구나. 그러면 할멈을 안주에서 빼내 오겠다 약조를 한다면, 그때는 가겠느냐?"

"그건……."

"네가 안주에 있는 줄만 알고 안주에 몰래 들어갈 방법도 이리저리 궁리를 해 보았다. 황제의 하사품이 안주로 들어갈 때 우리 상단의 물건을 상납하며 사람을 몇 딸려 보낼 수 있도록 길을 터 놓았단다. 할멈 하나쯤 빼내 오는 것은 그리 어려운 일이 아니니, 조만간에 빼낼 수 있을 것이라 장담하마. 그러니 내 말대로 따라 주려무나."

선뜻 그러겠노라 대답이 나오지 않았던 것은 목구멍에 걸린 생선 가시처럼 몇 가지 일들이 콕콕 수린을 아프게 찔러 왔기 때문이었다. 정 의원 없이는 하루 앞을 장담할 수 없는 할멈의 병, 지금 자신이 여기서 사라지면 할멈을 빼내 올 수 있을 때까지 할멈이 무사할 수 있을 것인가 하는 불안감. 그리고…….

안개처럼 떠오르는 누군가의 얼굴이 수린의 입을 아교풀처럼 딱 붙여 버렸다. 진겸은 혼란스러워하는 수린의 얼굴을 가만가만 쓸어 주며 말했다.

"못난 오라비가 갑자기 나타나 네 마음 어지럽게 만드는구나."

"그, 그건 아닙니다."

"네 거취는 조금 더 생각해 보고 이야기하자. 오늘은 네 손 꼭 붙들고 밤새 이야기나 나누고 싶구나."

수린도 그러고 싶었다. 하지만 걸리는 게 너무 많았다. 수린이라고 어찌 하나 남은 피붙이가 반갑고 애틋하지 않았겠는가. 그러나…….

"오라버니, 제가 여기에 끌려온 지 얼마나 지났습니까?"

"응?"

"정신을 잃고 있어 시간이 얼마나 지난 것인지 가늠이 되질 않습니다. 제가 여기에 얼마나 오래 있었습니까?"

"……정신을 잃고…… 끌려와?"

되묻는 진겸의 말투가 심상치 않다. 수린은 진겸이 자신이 여기까지 오게 된 경위를 몰랐나 하는 의문이 들었다.

"자세히 말해 보아라."

"예? 그게…… 우물가에서 세수를 좀 하고 있는데 뒤에서 누군가 덮치기에 반항하다가 한 대 얻어맞고……."

쾅. 진겸이 벽을 내리치는 소리에 수린은 깜짝 놀랐다. 삽시간에 사나운 얼굴로 돌변한 진겸이 수린을 지나쳐 문 쪽으로 나갔다.

"오라버니? 어딜 가십니까?"

"내 곱게 데려오라 그리 신신당부를 했거늘……."

이를 뿌득 갈며 주먹을 다잡는 진겸의 기세가 심상치 않아 일단 붙들려는데 그때 밖에서 뭔가 소란스러운 소리가 들렸다.

"단주! 단주!"

허겁지겁 달려오는 남자의 안색이 파리했다. 재빨리 문단속을 하고 달려온 남자는 깜깜한 밤인 것이 분명한데도 어째서인지 환하게 느껴지는 밖을 가리켰다.

"황군인지 관군인지 군사들이 근방을 다 뒤집고 있습니다."

진겸이 숨넘어가는 남자의 말에 수린을 바라보았다. 불시에 상단을 검문하는 관군들의 방문에는 익숙했다. 그때마다 적절히 돈과 뇌물을 찔러 주면 교성의 총관 위가현의 손발들은 침을 흘리며 다음을 기약하고 자리를 뜨곤 했던 것이다. 드문 일도 아닌데 수하가 이리 숨넘어가는 것은 뭔가 평소와는 다르다는 이야기일 터다.

"누굴 찾는다 하는 것 같았는데……."

이어진 남자의 말에 진겸은 급히 수린의 팔을 잡았다.

"따라와라."

"예? 어, 어딜."

다급히 수린을 끌고 창고 안으로 들어가려는 진겸의 기세를 깨닫고 수린은 문턱을 잡고 버텼다.

"잠시만요!"

"왜 그러느냐! 어서 숨거라!"

진겸은 버티려는 수린을 잡아끌며 작은 창 너머로 밖의 동태를 살폈다. 사방이 환하게 횃불을 들고 민가며 상인들의 점포를 뒤집는 무장한 군사들의 숫자가 심상치 않았다. 이곳까지 오는 데 그리 오랜 시간이 걸리지 않을 듯했다. 한시가 급한데 버티려 드는 수린이 이해 가지 않아 진겸은 속이 탔다.

"어서 저 안으로……."

"숨지 않겠습니다!"

"뭐?"

수린의 뜻밖의 외침에 진겸이 멈춰 섰다. 수린은 진겸이 바라보았던 창밖을 자신도 바라보고 이야기했다.

"숨을 이유가 없습니다. 저들이 무엇을 찾아다니는지도 모르는데 왜 제가 숨어야 하며, 설령 저를 찾는 것이라 한들 숨었다가 들통 나면 무어라 하시렵니까."

수린의 말은 이치에 어긋나는 것이 없었다. 하지만 진겸의 본능이 진겸의 귓가에 속삭이고 있었다. 저 횃불 든 무리들이 찾는 것은 수린이라고. 칠 년 전, 횃불을 들고 들이닥쳤던 그때처럼, 수린을 앗아 가려 하는 자들이라고. 진겸이 수린의 어깨를 다잡았다.

"너를 찾으러 온 것이다."

"저를 찾으러 저 많은 군사들이 움직일 리가 있습니까."

답답해 항변하는 수린의 말이 진겸에게는 더 답답하게 느껴졌다.

"너를 찾으러 온 것이 아니라 해도 지금은 내 말을 따라 주면 안 되겠느냐?"

수린은 고집스러운 진겸의 말에 한숨을 내쉬었다.

"허면, 이리하지요."


쾅!

"꺄악!"

"뉘, 뉘시오!"

한창 농밀하게 몸을 섞고 있던 남녀가 횡액처럼 들이닥친 군인들의 창검에 비명을 지르며 허둥지둥 이불로 몸을 감쌌다. 양해도 없이 집 안에 들어선 무사들은 무슨 짓이냐 소리 지르는 남녀는 신경도 쓰지 않고 곳곳의 문이란 문은 모두 열어젖혔다.

"그저 평범한 가정집입니다."

"뒷문 같은 건 없나 봐라!"

"없습니다."

"그럼 가자!"

벌컥벌컥 문을 열어 본 무사들이 언제 들이닥쳤냐는 듯 뻔뻔하게 집을 나가 버리자 알몸의 남녀는 황망한 눈으로 서로를 바라보았다.

"저, 저것들 뭐야."

"문, 문이나 닫아 주세요."

기어 들어가는 목소리로 말하며 여인이 부끄러움에 이불 안으로 파고들어 가자 남자는 불한당 같은 무사들을 향해 욕설을 내씹으며 열린 문을 닫기 위해 일어섰다. 아내를 위해 방문을 꼭 닫아 주고 대문까지 열려 있는 것을 확인한 남자가 열린 대문 밖으로 내다본 거리는 횃불을 든 무사들로 가득 차 있었다. 이게 무슨 일인가 겁이 난 남자는 대문까지 문을 꽁꽁 걸어 잠그고 안방 이불 속 아내에게로 달려갔다.

무뢰배 같은 무사들의 행패에 교성의 모든 가정집과 문을 닫은 상점들, 기루와 항구의 상단들은 봉변을 당했다. 무사들은 걸쇠를 걸어 놓은 상점의 걸쇠를 뜯고 풍악이 울리는 기루를 덮쳤다. 한밤중임에도 고함을 지르는 사람들의 목소리와 횃불 불빛으로 가득 찬 거리는 대낮과 다름없었다.

"저긴 어디지."

교성의 총관 위가현이 내어 준 정미곶 일대의 지도에 하나씩 칼자국을 내어 지나온 곳을 표시하며 천강은 뱃터 근처의 커다란 목조 건물을 가리켰다. 의량은 옆으로 다가와 지도에 표시된 명칭과 눈앞의 위치를 대조해 보았다.

"이 위치면 배호(陪濠)상단의 창고인 것 같습니다. 이곳 말입니다."

"가지."

자신이 손가락으로 짚는 곳으로 향하는 천강의 뒷모습에 의량은 천불이 날 것 같았다. 자객을 잡는다는 핑계로 이리 교성을 몽땅 뒤집고, 교성의 관군들까지 동원해 놓고 뒷일은 어찌하려 저러는

317

것인가. 느닷없는 절연 예고에 하늘이 무너지는 것 같았던 것도 잠시, 막무가내로 일을 키우는 천강의 신변에 후환이 따를 것이 더욱 걱정되었던 의랑은 상단의 창고들이 몰려 있는 뱃터 부근으로 가는 천강의 뒤를 급히 따랐다.

"대장, 상단을 함부로 건드리는 것은 자칫 외교적인 문제로 번질 수도 있는 일입니다."

"외교까지는 네가 신경 쓰지 않아도 되는 문제다."

제발 그만두라 다리라도 붙들고 늘어지고 싶었다. 하지만 천강의 얼굴은 무섭도록 차가워서, 다시 한 번만 말을 붙였다가는 이번에는 정말 너와의 인연은 끝이라는 선언을 들을 것만 같았다.

쾅쾅쾅쾅!

하루 종일 선두에서 달리던 대웅이 이번에도 가장 먼저 달려가 상단의 문을 두드렸다. 같이 있었는데 지켜보지도 못하고 끌려가게 만들었다는 죄책감 때문인지 대웅은 저러다 쓰러지는 게 아닐까 걱정될 정도로 열심이었다.

"계시오! 관군이오! 문을 열어 주시오! 사람을 찾고 있소!"

우렁차게 외치는 소리에도 초롱불이 밝혀진 상단의 문 안에서는 아무런 소리도 들리지 않았다. 대웅이 허락을 구하듯 천강을 바라보자 천강은 고개를 끄덕였다. 문을 부숴도 된다는 허락이었다. 대웅이 몸을 모로 돌리고 있는 힘껏 상단의 문을 향해 몸을 날렸다. 돌진하여 문을 부술 셈이었던 대웅의 몸이 문에 닿기 직전, 문이 안쪽으로 열렸다.

"으앗!"

꿍! 둔탁한 소리를 내며 대웅의 몸이 열린 문 안쪽 바닥으로 넘어졌다. 누군가 다급히 그런 대웅에게 달려왔다.

"그렇게 무작정 몸을 날리시면 어쩝니까? 머리는 안 부딪치셨습니까?"

익숙하게 질책하는 목소리에 대웅이 꿍 고개를 들다가 화들짝 놀라 소리를 질렀다.

"겸아!"

울부짖음과 비슷한 대웅의 외침에 횃불의 불빛에 흰 가면처럼 보이던 천강의 얼굴이 그 무표정을 깼다. 한 발 앞으로 다가오는 천강을 보고 대웅은 환희에 차서 외쳤다.

"찾았습니다, 대장! 겸이, 무사했어요!"

그건 눈으로 보면 알 수 있었다. 천강은 대웅을 일으켜 주는 이의 모습을 말없이 바라보고만 있었다. 한참 만에야 겨우겨우 미세하게 떨리는 손을 그쪽으로 뻗으려는데, 장신의 사내가 천강의 시야를 막고 나섰다.

"관군이시라고요. 저희 상단에 무슨 볼일이십니까. 이 늦은 시간에."

예의 바르기 짝이 없는 목소리에 교양 넘치는 발성(發聲), 반듯한 낯짝까지. 준수한 남자의 조건은 두루 갖춘 사내가 자연스럽게 말을 걸어오는 데에, 대웅이 벌떡 일어서며 수린을 가리켰다.

"이 녀석을 찾으러 왔습니다, 우리는. 일전에 자객에게 습격당한 적이 있는데 낮에 끌려간 흔적만 두고 사라져서 자객이 끌고 간 줄 알고……. 그런데 어찌 이 녀석이 여기……."

대웅의 말에 부드럽게 미소 지으며 수린의 어깨에 당연하다는 듯 손을 올리는 사내의 모습에 천강은 검을 뽑아 들었다.

"그럼 이놈이 자객인 모양이지."

"아, 아, 아닙니다!"

수린이 예고 없는 발검(拔劍)에 대경실색하며 천강의 앞을 막아섰다.

"저를, 구, 구해 주신 겁니다! 이분이."

구했다? 천강이 미심쩍은 표정으로 노려보자 사내, 진겸은 자신의 목을 향해 겨눠진 검에 놀라지도 않고 손가락으로 검 끝을 슬쩍 밀었다.

"앞뒤 사정 들어 보시지도 않고 대뜸 검부터 들이미시다니, 제 기준에서는 좀 무례로군요."

세상천지 누구의 기준에서도 무례일 것이다.

"제가 자객에게 얻어맞고 끌려가는 것을 이 상단의 단주께서 우연히 보고 구해 주셨습니다. 급히 돌아가지 못한 것은 맞은 터라 몸 상태가 좋지 못하여……. 예, 그런 것입니다. 헌데 절 찾으러 이리들 오신 겁니까?"

"그 장갑."

급히 둘러대며 변명을 하는데 천강은 수린의 변명은 들리지 않는지 검 끝으로 진겸이 손에 끼고 있는 장갑을 가리켰다. 천강의 낮아질 대로 낮아진 목소리에 수린의 심장이 덜컹 내려앉았다.

"장갑 한번 벗어 보시는 게 어떻소?"

진겸은 천강의 도발 같은 말에도 여유를 잃지 않고 대답했다.

"교성에서는 처음 보는 이에게 이래라저래라 하는 게 무례가 아닌 모양입니다? 죄송하지만 제가 나고 자란 도문(途們) 지방에서는 장갑을 벗는 것은 배우자나 친족 앞에서만 허락된 행동입니다. 그 외에는 장갑을 벗으라 하는 것은 대결을 청할 때나 하는 요구이죠. 그것도 목숨을 건 대결일 때의 말입니다만."

도문 지방은 정미곶에서 배를 타고 열흘 이상은 가야 하는 곳에 자리한 군도(群島)의 지명이다. 진겸은 왕래가 적은 도문 지방 출신의 상인으로 신분을 위장하고 살아온 모양이었다. 손등의 상처가 드러나면 어쩌나 전전긍긍하던 수린은 살짝 천강의 눈치를 살폈다. 설마하니 저렇게까지 말을 하는데도 장갑을 벗으라 하지는 않겠지?

"들어 본 적 있습니다. 도문에서는 험한 일을 많이 해서 대여섯 살만 지나도 꼭 손을 보호하기 위해 장갑을 낀다지요."

의량이 터지기 일보 직전의 천강을 진정시키듯 진겸을 거들고 나서자 대웅이 장단을 맞추었다.

"바다 건너 어디에 그런 풍습이 있는 곳이 있다 들었는데 거기가 도문이었군요."

끊어지기 일보 직전의 팽팽히 당겨진 실처럼 긴장된 시선의 줄다리기 속에서 천강이 불쑥 손을 내밀어 수린의 팔을 잡아채어 왔다. 앗 소리도 못 내고 끌려가 천강의 가슴팍에 얼굴을 박은 수린에게, 진겸이 저도 모르게 뻗어 나가려는 손을 억지로 눌러 참으며 천강을 직시했다.

"의량."

"예."

천강은 그런 진겸을 똑바로 바라보며 의량에게 지시했다.

"오늘 폐를 끼친 모든 가가호호, 상점과 기루에 두 당 하나씩의 금화를 내주어라. 나라를 혼란케 하는 자객의 일당을 잡기 위한 일이었다 양해를 구하고, 자객이 있는 곳에 대한 정보를 주는 자에게는 금화 한 묶음, 자객 일당을 잡는 자에게는 자객의 머리 하나당 금화 한 자루를 내리겠다 이야기하는 것도 잊지 마라. 금화는 모두 내가 부담한다."

"그리하겠습니다."

"수상한 자에 대한 정보라면 무엇이든 좋다, 언제든 총관의 관사로 찾아와 북을 두드리라 곳곳에 방을 붙여라. 오늘 모인 관군들은 이 자리에서 해산할 것을 명한다. 병호대도 모두 총관의 관사로 돌아간다."

천강이 이쯤에서 오늘의 난리를 일단락시킬 모양인 것 같아 그것에 안도한 의량이 천강의 명을 수행하기 위해 대웅을 이끌고 자리를 떴다. 천강은 진겸과 허공에서 부딪친 시선을 거두지 않은 채, 수린의 팔을 잡아당겼다. 아프게 느껴지는 손아귀 힘에 수린이 얼굴을 찌푸리고 팔을 빼내려 하자 천강은 사납게 입가를 뒤틀며 수린을 끌고 나가려 하며 잡은 팔에 힘을 더했다.

"아……."

작게 새어 나오는 수린의 신음 소리에 진겸이 더 참지 못하고 나섰다.

"그만하시지요."

생각지도 못했던 참견에 일촉즉발(一觸卽發)의 화약고 같던 천강의 얼굴에 위험한 미소가 떠올랐다. 수린은 진겸을 향해 그만두라는 간절한 눈빛을 보냈다. 그러나 진겸은 겉으로는 여유롭기 그지없는 미소를 거두지 않은 채, 이를 갈며 나직하게 내뱉었다.

"봉변을 당하고 몸 상태가 아직 좋지 않은 사람입니다. 그리 험하게 끌고 가시면 몸에 무리가 가지 않겠습니까."

"그 손, 당장 놓지 않으면 장갑 안에 손이 담긴 채로 손목이 날아가는 꼴을 보게 해 주지."

"그 무슨……!"

흉측하기 짝이 없는 천강의 위협에 놀란 수린이 항의하려다가 천강의 눈을 보고 입을 다물었다. 위협이 아니다. 정말 한 번만 더 심기를 거슬렀다가는 그러고야 말겠다는 선언이었다. 수린은 급하게 진겸의 손을 쳐 냈다. 당황한 진겸이 다시 수린의 손을 잡으려 했지만 수린은 고개를 저었다.

"단주님, 구해 주셔서 감사합니다. 후일에 다시 제대로 감사 인사를 드릴 수 있는 기회가 된다면 정말 기쁘겠습니다. 오늘은 이렇게 자리를 뜨는 무례를 이해해 주십시오."

숨도 쉬지 않고 다다다 말을 내뱉은 수린은 제발 이대로 무마하자는 간절한 시선을 보내왔다. 진겸은 이러지도 저러지도 못하고 갈 곳 잃은 손을 허공에서 멈칫거려야 했다. 수린이 진겸에게서 고개를 돌리자 천강은 진겸 쪽은 다시 쳐다도 보지 않고 수린이 따라가기 어려울 정도의 속도로 수린을 끌고 가 버렸다.

"……하."

칠 년 만에 만난 하늘 아래 하나뿐인 피붙이를 눈앞에서 허무

하게 빼앗겨 버린 진겸은 수린을 향해 뻗었던 손을 바라보며 허탈하게 한숨을 쉬다가 주먹이 으스러져라 꽉 쥐었다. 천강이 던졌던 칼에 찢어졌던 손등의 통증이 아릿하게 퍼졌다.

'이번뿐이다.'

겨우 다시 만난 누이다. 생사도 확신할 수 없던 이전처럼 막연하게 그리워해야만 했던 때와는 다르다. 이제 손만 뻗으면 닿을 곳에 무사히 살아 있다는 것을 안다. 그러니 기회를 노려 반드시 원수의 아들놈 손에서 빼내 올 것이다. 이제 곧.

다만 거슬리는 것은 수린에게 닿던 자신의 손을 찢어발길 듯 노려보던 그 눈…… 수린을 찾자마자 그 많은 관군들을 해산시켜 버리고 수린을 끌고 가 버리며 날리던 그 무시무시한 협박. 그것이 과연 단순히 자신의 아랫사람 하나를 대하는 모습이라 할 수 있을까.


관군들은 해산 명령이 떨어지자 일사불란하게 움직였다. 병호대 일동도 총관 관사로의 복귀를 명받고 흩어지자 의량은 대웅과 함께 천강이 나오기를 기다렸다. 대웅이 초조하게 손을 모으고 기다리는 것을 본 의량이 끌끌 혀를 찼다.

"누가 보면 길 떠난 낭군 기다리는 아낙인 줄 알겠다."

"부대장! 제가 겸이 잘못되었을까 봐 얼마나 마음 졸였는지 아십니까? 그런 농은 사양입니다!"

함께 있다가 끌려간 것에 어지간히도 죄책감이 들었던 모양이라 의량은 그 이상은 놀리지 않기로 했다. 대웅이 곧 눈을 빛냈다.

"저기 나옵니다. 대장! 겸…… 어?"

손을 흔들며 반색을 하다가 천강이 수린을 끌고 나오는 모양새가 심상치 않아 대웅은 흔들던 손을 멈췄다. 수린은 천강에게 질질 끌려 나오고 있었던 것이다. 아니, 정확히 말하면 달리는 수준으로 걷고 있기는 했는데 천강이 끌고 가는 속도를 따라가지 못해 몇 번이나 헛걸음을 디디며 비틀거리고 있었다.

"대장!"

대웅이 왜 그러느냐 물으려 달려가는데 천강이 버럭 소리를 질렀다.

"따라오지 마라!"

깜짝 놀란 대웅이 망부석이 되어 멈춰 서자 천강은 잠깐만 천천히 좀 가자는 애원 같은 목소리가 들리지도 않는지 거칠기 짝이 없는 태도로 하루 종일 그토록 애태워 찾던 이를 끌고 저 멀리로 사라져 버렸다. 마음고생만 하다가 수린과 제대로 말 한마디 못 나눠 본 대웅도, 천강의 청천벽력 같은 말에 간담이 서늘해졌던 의량도 차마 천강을 붙들지도, 부르지도 못하고 뒤에서 망연히 그 모습만 지켜봐야 했다.

"천천히 좀, 앗."

수린이 따끔한 발의 통증에 낮은 비명은 내질렀지만 천강은 아랑곳하지 않았다. 한쪽밖에 신발을 신지 못해 무방비 상태였던 발은 자갈을 밟고 돌부리에 차여 아파 왔다. 안 따라가겠다 한 것도 아닌데 무엇이 그리 다급한지 천강은 눈에 보이는 가장 가까운 객잔으로 들어가 빈방을 요구했다. 주인이 흉흉한 기세에 놀라 말도 못 하고 손가락으로 가리키는 방으로 들어가 문을 닫자마자 천강은 수린을 벽 쪽으로 밀쳤다.

"읏!"

등이 부딪치는 아픔에 순간 눈이 깜깜해졌다. 그사이 긴 손가락이 서슴없이 수린의 옷자락을 헤쳤다. 뭐 하는 건가 싶어 화들짝 놀란 마음으로 손을 밀쳐 봤지만 천강은 요지부동 꿋꿋했다.

"뭐, 뭐 하시는 겁니까!"

없는 힘을 쥐어짜며 바르작거리고 손을 떨치는 게 몇 번 반복되자 천강은 고개를 치켜들고 버럭 소리를 질렀다.

"가만히 있어!"

호통 소리에 찔끔했지만 어찌 가만히 있을 수 있겠는가. 수린은 도리질을 치며 몸을 뒤로 물렸다. 천강은 화난 얼굴로 수린의 팔을 꺾었다.

"아……."

근육이 당겨지는 아픔에 신음하는 사이에 천강은 수월하게 옷고름을 헤쳤다. 식겁해 수린은 죽을힘을 다해 몸을 틀었다.

"그만, 그만하십시오!"

미친 듯이 팔을 휘둘러 빠져나오자 침중하게 바라보는 시선이 무겁게 느껴졌다. 수린은 숨을 고르며 옷자락을 꼭 쥐고 슬금슬금 뒤로 물러섰다. 시선의 무게가 버거워진 수린이 조금 몸을 뒤틀자, 천강의 손이 다시금 다가왔다. 서슴없이 내밀어지는 듯했지만 손은 수린에게 닿기 전, 얼굴 위에서 머뭇거렸다.

"제발……."

귀를 의심케 하는 애원의 말에 수린이 눈을 튀어나올 듯 커졌다.

천강은 그 입에서 나왔다고는 믿어지지 않는 단어를 내뱉고 나서 차마 만지기가 겁난다는 듯 손가락을 움찔거리다가 입술을 깨물었다. 무언가 두려워하는 천강의 눈빛이 꼭 죽을병에 걸린 사람 같았다. 사람 목숨쯤 파리 목숨처럼 베어 넘기고 살았을 사람인데 겁이 난다는 듯, 만지기도 무섭다는 듯. 그것이 하늘이 무너져라 통곡하는 곡성보다 더 큰 두려움의 발로임을 수린은 알 수 있었다.

"……전, 다치지 않았습니다."

무슨 말을 해야 좋을지 한참을 말을 고르던 수린이 조심스럽게 입을 열었다. 이 대답이 맞는 것인지 확신이 서지는 않았다. 그러나 어쩐지, 천강이 자신이 어디를 다친 것은 아닌지를 확인하고 싶어 그리 다급해졌던 게 아닌가 하는 생각이 들었다.

"괜찮습니다. 전."

미세하게 떨리던 천강의 눈동자가 수린과 눈이 마주치는 순간 그 안에서 파랑이 일었다. 수린은 확신을 담은 어조로 한 자 한 자 또박또박 되짚어 말했다.

"정말 괜찮습니다."

그 말이 허락인 양, 천강의 손이 수린의 피부 위에 닿았다. 얼굴을 감싼 커다란 손에서는 흙 내음이 섞인 땀 냄새가 났다. 이리 땀 냄새가 배어나도록 뛰어다닌 것일까. 왜? 의문이 다른 의문으로 이어지기 전에 천강이 수린을 와락 끌어안았다. 으스러지도록 강하게 끌어안는 품 안은 오래 뛰어다닌 열기로 뜨거웠다. 돌 성벽처럼 단단한 가슴에 파묻혀 터질 것 같은 심장의 박동을 귀로 듣고 있자니 수린의 심장도 덩달아 빨리 뛰기 시작했다. 한참 동안이나 수린을 끌어안고 있던 천강이 천천히 팔을 풀고 수린의 얼굴을 양손으로 감쌌다.

수린이 어쩔 줄 몰라 하며 눈을 돌리는 모습에 천강의 가슴속으로 휑한 바람이 지나갔다. 사라지면 어쩌나, 혹여 험한 꼴이라도 당하면 어쩌나. 이대로 두 번 다시 볼 수도 없고 만질 수도 없게 된다면 그때는 어쩌나 수천 번도 더 생각했다. 끌고 간 자를 찾아 도륙하고 해한 자를 찾아 육시를 한다 해도 구하는 게 늦어 버리면 돌이킬 수 없는데. 그때는 어쩌나. 무슨 험한 일을 당해도 좋으니 제발 살아만 있으라 빌고 또 빌었다.

멀쩡하게 살아 있는 모습을 눈으로 확인했을 때, 도저히 눈을 믿을 수가 없어 끌어안고 매만지며 확인하고 싶었다. 헌데 처음 보는 수상하기 짝이 없는 남자를 두둔하고 나서는 모습에 천지를 다 얻은 것 같던 안도감은 자취를 감추고 미칠 것 같은 질투가 끓어올랐다.

이제 정말 더 이상은 안 될 것 같다. 뻔한 거짓 놀음으로 감추기에는 이 마음을 주체할 수가 없어서, 치졸한 소유욕이 누구에게든 정도를 모르고 칼을 세우는 꼴을 참을 수가 없어서 더는 안 될 것 같았다.

"괜한 폐를 끼쳤습니다. 제가 조심스럽지 못하게 구는 바람에…… 읍!"

천강이 변명처럼 사과를 늘어놓는 수린의 입술을 거세게 막아 버렸다. 바둥거리며 밀어 내려는 수린의 팔을 붙들고 놀라 열린 아랫입술을 지그시 깨물자 느껴지는 숨 내음에 미칠 것같이 날뛰던 피가 서서히 온도를 낮춰 갔다.

그러나 천강이 자신과의 입맞춤으로 안정을 찾든 말든 그건 수린이 알 수 없는 일이었다. 수린에게 중요한 것은 천강이 왜, 술도 안 취한 맨정신으로 이런 짓을 하냐는 것이었다. 갑자기 덮쳐 온 입술에 놀라 어느 틈엔가 자신의 몸이 침상에 눕혀지는 것도 몰랐다. 오래도록 입술을 내리누르던 뜨거운 입술의 무게가 사라지자 천강의 눈이 수린의 눈과 마주쳤다. 열기로 어두워진 천강의 눈빛을 본 수린은 간신히 한마디를 내뱉었다.

"……취하셨습니까?"

한참이나 이어진 입맞춤에 놀라 동그래진 눈으로 한다는 말이 이것이다. 천강조차 조금 당황해서 말을 못 잇더니 이내 그 입에서 웃음이 터져 나왔다.

"큽, 푸홋."

"……왜, 왜 웃으십니까?"

"크홋. 크큭."

가늘게 어깨를 떨기 시작하던 천강은 수린의 목에 고개를 묻고 잔웃음을 이어 갔다. 목과 쇄골에 느껴지는 숨결이 간지러워 몸을 꿈틀거리자 천강은 수린의 허리를 꼭 끌어안았다.

"어, 이, 이 손……."

"맹세하지."

"예?"

수린의 허리를 끌어안은 팔에 힘을 더하며 천강이 수린의 목에 입술을 대고 속삭였다.

"술기운에 너에게 이런 짓을 하는 일은 두 번 다시 없을 것이다."

말끝에 수린의 목에 진하게 입맞춤을 하는 통에 정신이 어지러워진 수린은 어디서부터 반박을 해야 좋을지 갈피를 잡을 수 없었다. 술김에 이런 짓을 안 한다는 건 술김이 아니면 계속하겠다는 뜻인가? 이런 짓을 두 번 다시 안 한다는 건 한 번은 했었다는 걸 기억하는 건가? 아니 그보다 이런 짓을 하는 것에 대한 이유라도 좀 납득시켜 줘야 하는 게 아닌가? 천강은 자신을 남자로 알고 있을 텐데, 왜?

연한 목 위쪽의 살결에 따끔할 정도로 잇자국을 새긴 천강은 다시 고개를 들고 수린을 바라보았다. 오밀조밀 맞춤하게 자리 잡은 이목구비가 놀라 어린애 같은 표정으로 자신을 바라보는 것이, 가슴이 찌릿할 정도로 어여뻤다. 다시 입술을 내리려 하자 이번에는 정신이 들었는지 제대로 반항을 할 각오가 얼굴에 떠올랐다. 밀어 내려 손을 들려 하는 수린의 귓가에, 천강은 속삭였다.

"아무것도 안 할 테니 이대로 있어라. 반항하면, 더 해 버린다."

뭘 더 어떻게 하겠다는 것인지도 이야기하지 않았지만, 천강의 낮은 목소리에 담긴 짙은 성적 함의를 느껴 버린 수린은 모든 움직임을 멈췄다. 귓가에 들리는 천강의 숨소리는 곧 고르고 평온해졌다. 그러나 바짝 붙은 다리 사이로 점점 확실하게 느껴지는 무언가의 감촉에, 수린은 얼굴이 불에 타 없어질 것처럼 부끄러워 머리가 어질어질할 지경이었다.

5장

　문혁은 초조하게 손끝으로 탁자를 톡톡 두드렸다. 한밤중이 되
어 복귀한 병호대의 일동은 모두 각자 배정받은 숙소에서 여장을
풀었다. 하루 종일 피가 마르게 기다리다 돌아오는 부대장 의량을
붙들고 묻자 의량이 겸은 한 상단의 단주가 도와 무사하다며 곧
천강과 함께 돌아올 것이라는 기쁜 소식을 전해 주었다. 그런데
곧 돌아올 것이라던 천강은 새벽이 밝아 오고 해가 중천에 뜰 때
까지도 돌아오지 않고 있었다.

　이럴 줄 알았으면 따라갈 것을 그랬다. 천강이 칼로 자르듯 말
했어도 고집을 부려 따라갔어야 했다. 대체 어디로 간 것인지, 어
디서 무얼 하기에 날이 밝도록 돌아오지 않는지 캐물으려 동이
트자마자 의량을 찾아갔지만 의량은 이미 어젯밤에 천강이 지시
한 일이 있다며 병호대를 이끌고 나간 후였다.

관군 대장을 찾아 물어도 그는 한밤중에 뱃터 근처 상단에서 해산 명령을 받은 이후로 별다른 명을 받지 못했다며 무슨 일이라도 있는 것이냐 오히려 되물어 왔다. 인내심이 바닥을 드러내 초조해지는 것은 문혁에게 흔치 않은 경험이었다. 익숙하지 않은 일에, 문혁은 익숙하지 않은 방식으로 대처하기로 마음먹고 관사를 빠져나가 직접 관군들이 해산하였다는 상단으로 찾아가 보기로 결심했다.

차분하고 진중한 성품이었으나 그 또한 윤씨 문중의 사내였다. 마음먹은 바를 추진하는 데 저돌적인 것은 아비나 천강과 다를 바가 없었다.

"나리. 어떤 사람이 나리께 이것을 전해 달라 하고 관사 앞에서 기다리겠다 하였습니다."

관사의 하인 하나가 나타나 갑자기 누군가가 전해 달라 했다며 서찰을 하나 건네 오지만 않았어도 문혁은 곧바로 상단으로 향했을 것이다. 이게 무엇이냐 묻자 하인은 자신도 모르겠다며 자리를 떴고, 문혁은 미심쩍은 기분으로 서찰을 펼쳤다.

서찰은 무척이나 짧았다. 그러나 십수 년간이나 보아 온 익숙한 필체는 한눈에 서찰을 쓴 이가 누구인지를 문혁에게 알려 주었다. 그리고 안내하는 이를 따라와 달라는 짧은 문장 뒤에 붙여진 진화(珍和)라는 두 글자는, 지금은 누구도 입에 올릴 수 없는 황제의 이름이 분명했다.

놀라 급히 달려가자 관사의 현판 밑에서 평복을 하고 기다리고 있는 안내인은 다름 아닌 금군의 대장이었다. 오는 내내 무슨 일이 있었는지 피가 마른 얼굴을 하고 있던 금군 대장은 문혁의 얼굴을 확인하자 희미한 화색을 띠었다. 그 모양을 보자 황제가 정말로 이곳에 와 있다는 것이 실감났다.

"어인 일로, 아니 어찌 이곳에……."

많은 것이 생략된 말이었지만 금군 대장은 문혁의 심정이 이해가 간다는 눈빛을 보내왔다. 단박에 동질감을 느끼는 얼굴을 보니 오는 내내 저 사람도 고충이 많았겠구나, 하고 안쓰러운 마음이 들었다.

"남의 눈에 띄지 않기를 원하십니다. 허니 조용히 동행해 주십시오."

그럴 테지. 금군 무사들이 곁에 있으면 신변의 위협이야 없을 테지만 황제가 이런 곳까지 친히 행차를 했다는 이야기가 퍼져 좋을 것은 단 하나도 없을 터다. 문혁은 조용히 고개를 끄덕였다. 앞장서는 금군 대장의 뒤를 따르려는데 정수리 쪽에 느껴지는 근질근질한 시선에 잠시 뒤를 흘깃 바라보았다. 시선이 느껴지는 방향은 총관 관사의 이 층 쪽이었다. 아마 그곳에 머물고 있는 것은…….

'아버님일 테지.'

속내까지 다 꿰뚫는 것 같은 아비의 시선은 아무리 오래 세월이 지나도 결코 편해지는 법이 없었다. 저 높은 곳에서 누군가를 따르는 문혁의 뒷모습만 보고도 아비가 얼마큼 생각하고 얼마큼 알아차릴 수 있는지조차 모르겠다.

"왜 그러십니까?"

멈춰 서는 문혁에게 금군 대장이 묻자 문혁은 아니라며 걸음을 서두르자 말했다. 기다리던 바였던지라 금군 대장은 문혁을 데리고 황제가 머물고 있는 곳으로 잰걸음을 옮겼다.

황제가 대동하고 온 금군 무사의 수는 금군의 총수에 비하면 결코 많지 않은 수였다. 그렇다고는 해도 절대적인 수치가 결코 적은 것은 아니었기에 머물 만한 곳도 허름한 여관 정도의 규모로는 부족했다. 마침 때를 맞춰 커다란 객잔의 방이 한꺼번에 비는 곳을 찾아 여장을 풀었다 설명하며 금군 대장은 황제의 방으로 문혁을 안내했다.

들어오라 이르는 친숙한 목소리에 문이 열렸고, 문혁은 자신을 확인하는 순간 환하게 피어나는 꽃처럼 웃는 고운 얼굴을 보고 습관처럼 미소를 지었다. 그 순간 문혁은 깨달았다. 황제의 얼굴을 보자마자 가슴속에 따뜻하게 퍼지는 감정은 편안함과 익숙함. 마치 오랜 세월 곁에 두고 우의를 나눈 혈육이나 친우에게 느끼는 것과 같은 친밀함임을.

"이리 갑자기 찾아와 놀랐지요. 놀래켜 주고 싶어 그리한 것이니 놀라 주었으면 좋겠습니다."

부드러운 말투에 밤새 돌아오지 않는 아우를 원망하며 끓어오르던 초조함이 잠잠해지는 것 같았다. 황제의 말이 문혁을 위로하며 다독여 주는 것처럼 여겨졌다. 아아, 그런 것이었구나. 문혁은 황제를 보면서 느끼던 안도감이 무엇이었는지, 이제는 확실히 알 수 있었다.

"사실은 지난밤에 연통을 넣으려 하였는데 어쩐 일인지 교성 전체가 뒤숭숭하더군요. 듣자 하니 자객의 일당을 잡으려 명광장군이 일을 크게 벌였다지요?"

앉으라 권하며 건네 오는 황제의 이야기에 문혁은 고개를 끄덕였다.

"그리되었습니다."

"아직 잠잠한 것을 보니 잡지는 못한 듯하고…… 종주공을 덮쳤던 자객 일당인 것은 맞습니까?"

"아직 확실치는 않으나 그럴 것이라 짐작은 하고 있습니다."

성실히 대답하며 문혁이 은근슬쩍 시선을 피하는 것을 황제는 놓치지 않았다.

"어디 불편한 데라도 있습니까? 혹 내가 소식도 없이 달려온 것이 불편하여 그럽니까?"

"그럴 리가 있겠습니까?"

문혁은 진심으로 부정했다. 황제는 언제나 문혁에게 든든한 버팀목 같은 존재였다. 비단 권력의 문제가 아니어도 늘 한결같이 자신을 믿고 지지해 주는 이가 있다는 심리적인 안정감은 문혁에게는 큰 힘이 되어 주었던 것이다. 갑자기라 해도 황제가 온 것이 반갑지 않을 리 없었다. 다만…….

"어젯밤에 군사들을 대동하고 나섰던 아우가 아직 소식이 없어 마음이 그리 편하지 않습니다."

아우와 함께 있을 누군가 때문이라는 사족은 굳이 붙이지 않았다. 황제는 문혁의 말에 아아, 하고 고개를 끄덕였다.

"명광장군이 아직 돌아오지 않았다……. 군사들이 요란하지 않은 것을 보아 위험에 처하지는 않았으나 어째서인지 소식도 없이 두문불출하고 있어 윤 학사의 심기가 편치 않은 상황인 것이군요."

정확하게 요점을 짚어 내는 황제의 능력은 역시나 탁월했다.

문혁의 표정에서 답을 읽은 황제는 굳이 확인은 필요 없다는 얼굴로 새초롬하게 웃었다.

"윤 학사가 형제간의 정이 깊다는 것은 알고 있었으나 그래도 조금 섭섭하네요. 명광장군이 위험하지 않은 상황이라면 날 조금 더 반가워해 주었으면 하고 바라고 있었는데요."

"그것은 죄……."

"되었습니다. 엎드려 절 받기는 사양입니다."

밉지 않게 눈을 흘기며 황제는 덧붙였다.

"아직 제가 여기 온 것은 비밀입니다. 장군의 솜씨를 의심하는 것은 아니나 나는 나대로 알아보고 싶은 것이 좀 있어서요."

"그리하겠습니다."

황제를 만나고 돌아서 나오는 길의 걸음은 무거웠다. 돌아갈 때는 함께 돌아갈 것이라 하는 황제의 말이 가슴에 체기를 얹어 준 것처럼 문혁의 마음을 갑갑하게 했다. 황제에 대한 마음이 변한 것이 아닌데, 황제를 아끼고 중히 여기는 마음은 그대로인데……. 그 마음의 이름을 명확히 알아 버린 순간부터 발목을 타고 올라오는 죄책감이 견딜 수 없는 자기 혐오를 느끼게 했다.

인사를 건네는 금군 대장에게 건성으로 대꾸하고 저자로 나선 문혁은 저 멀리에서 걸어오고 있는 두 사람의 모습을 발견하고는 얼음으로 조각한 동상이라도 된 양 얼어붙었다. 꽤나 많은 사람들이 스쳐 지나가는 와중에도 선명하게 눈에 박혀 오는 두 사람의 모습에 문혁은 자신도 모르게 사람들의 어깨를 밀치고 달려 나갔다.

❀　　❀　　❀

　수린은 벌게진 얼굴로 간지러운 귓가를 만지작거렸다. 분명 천강의 손이 귓가를 스쳐 지나갔던 것 같은데 휙 돌아보면 천강은 무심한 얼굴로 앞만 보고 있을 뿐이었다. 너무나 뻔뻔한 얼굴에 착각인가 고개를 갸웃거리며 다시 걷고 있다 보면 뒷덜미가 또 간지럽다. 간지러운 곳으로 손을 가져가 보면 또 아무것도 없으니 의심스러운 사람은 옆에 붙어 걷고 있는 천강뿐인데, 천강을 올려다보면 천강은 외려 무슨 일이 있느냐는 듯한 얼굴이었다.

　'기분 탓인가.'

　어찌 잠이 들었는지도 모르게 잠이 들었다가 눈을 떠 보니 보이는 것은 휑한 천장뿐이었다. 무슨 상황인지 파악이 되지 않는 머릿속으로 주마등처럼 어제의 일들이 스치고 지나가자 수린은 화다닥 놀라 몸을 일으켰고, 지난밤 그 민망스러운 광경을 자아내며 수린과 함께 누워 있던 천강은 어디로 갔는지 보이지 않았다.

　침상 옆에 조금 전 마련해 둔 것 같은 수반 속 깨끗한 물과 영견을 본 수린은 저건 씻으라고 객잔 주인이 준비해 놓은 것인가 싶어 세수라도 하려고 침상 밖으로 발을 내디뎠다. 발밑에는 난리 통에 잃어버렸던 신발 한쪽이 신고 있던 신발과 나란히 짝을 이뤄 가지런하게 놓여 있었다. 이게 언제 여기 와 있었는가 당최 이해가 가지를 않아 한참을 고민하다가 어서 내려가 물어봐야겠다고 마음먹고 세수를 한 뒤 방문을 나서자 고소한 냄새가 코를 찔러 왔다.

　하루 종일 굶었던 배 속이 그제야 맛있는 냄새에 반응하여 꿈틀거리기 시작하는데 잘 차려진 조반상 앞에서 차를 마시고 있던 천강이 수린을 발견하고는 조반상 쪽으로 힐끔 시선을 던졌다. 와서 밥 먹으라는 소리 같기는 한데 천강의 얼굴을 보자마자 얼굴이 확 뜨거워졌던 수린은 그쪽으로는 시선도 주지 못하고 게걸음으로 슬금슬금 피하려 했다.

"이리 와 앉아라."

이른 시간의 객잔 안은 그리 크지 않은 천강의 목소리도 또렷하게 들릴 만큼 조용했다. 수린이 낮은 목소리에 또 긴장해서 멈춰 서자 천강은 멈칫거리는 수린을 보며 티 나게 픽 웃더니 말했다.

"어서 오지 않으면 내가 끌어다 앉혀 놓겠다."

수린은 두말 않고 재빨리 천강의 앞에 앉았다. 천강은 수린 쪽으로 시선을 주지 않고 툭 던지듯이 말했다.

"먹어라."

지금 막 차린 것처럼 김이 모락모락 올라오는 아침상은 하루 종일 굶은 사람에게는 황제의 수라상 못지않은 진수성찬이었다. 배 속에서 꼬르륵 소리가 올라오긴 했지만 딱 한 사람 분량으로 차려진 상에 수린은 천강을 보면 반사적으로 치미는 부끄러움을 누르고 조심스럽게 물었다.

"안 드십니까?"

혼자 먹으라고 차려 놓은 것치고는 꽤나 가짓수가 많은 찬에다 차림새가 퍽 정갈해서 물어본 것이었는데 천강은 마시던 찻잔까지 내려놓고는 되물었다.

"걱정해 주는 거냐?"

걱정은 무슨! 궁금해서 물어본 거였다. 게다가······.

"그, 왜, 웃으십니까?"

평소에 웃는 거라고는 비웃음이나 쓴웃음밖에 안 짓던 사람이 저리 눈웃음을 지으니 이 밥에 뭐라도 탄 게 아닐까 의심이 들지 않는가.

"난 또, 네가 날 걱정하는 기특한 마음에 물어본 줄 알았지. 역시 넌 내가 굶든 말든 상관없다는 거구나."

"아니 얘기가 왜 또 그리됩니까?"

항변하려다가 천강의 입꼬리가 슥 올라가는 것을 본 수린은 입을 다물었다. 놀리는 거구나! 그쯤에서 수린은 천강이 머리라도 다친 것이 아닌가 의심이 들기 시작했다. 왜 저러지? 사람이 갑자기 바뀌면 죽을 때가 다 된 것이라는데 어딜 심각하게 부딪쳐서 이상해지기라도 한 걸까.

"걱정 말고 먹어라. 난 먹었으니까."

천강은 웃음기를 지우지 않은 채 수린에게 말하고 자리에서 일어섰다. 드르륵 의자 밀리는 소리를 내며 일어선 천강이 밖으로 나가면서까지 자리를 피해 주는 모양새가 꼭 수린이 편히 밥 먹으라 배려해 주는 것 같아서 수린은 더 혼란스러웠다. 천강이 알게 모르게 자신을 배려해 준다는 것은 이미 은연중에 느끼고 있었다. 그러나 갑자기 이리 대놓고 잘해 주면 받아들이는 입장에서 순순히 네, 감사합니다 하고 받아들이는 데 부담을 느낄 수밖에 없었다.

"하아아."

수린은 잘 차려진 밥상을 앞에 두고 두 손으로 얼굴을 감싸고 한숨을 쉬었다. 칠 년 만에 만난 진겸에 대한 일만으로도 머리가 아플 지경인데 천강의 갑작스러운 태도 변화를 어찌 받아들여야 할지 모르겠다. 지난밤의 그…… 생각만 해도 낯 뜨거운 일도 그렇고 말이다.

"밥에 뭐라도 들어가 있습니까? 아니면 식었나요? 다시 가져다 드릴까요?"

친절한 목소리가 탁자 위에서 번뇌의 서사시를 쓰고 있는 수린을 현실로 끌어당겼다. 수린은 화들짝 놀라 아니라며, 정말 맛있겠다며 숟가락을 들어 부지런히 숟가락질을 했다. 아닌 게 아니라 무척 배가 고팠던지라 금방 한 그릇이 뚝딱 비워졌다. 입가심으로 가져다주는 숭늉까지 한 그릇 마시고 잘 먹었다 인사를 건넨 뒤 문을 나서자, 기다리고 있었다는 듯 천강이 앞장서서 걷기 시작했다.

적당한 거리를 두고 천강의 뒤를 따르던 수린은 미련이 남은 눈빛으로 뱃터 쪽을 바라보았다. 천강은 총관의 관사로 가는 것일 테지. 진겸이 저기에 있는데……. 총관의 관사로 돌아가면 또 언제 만나게 될지 기약이 없어진다. 혼자서 마음대로 돌아다닐 수도 없는 처지에 진겸과 따로 만날 수 있는 기회가 또 오게 될지도 미지수였다. 떨어지지 않는 발걸음이 유난히 무겁게 느껴졌다. 진겸의 얼굴을 다시 제대로 보고 싶다고 생각하며 시무룩하게 고개를 숙이는 그때.

흠칫.

관자놀이 쪽을 스치는 체온에 깜짝 놀라 수린이 고개를 들자 무표정하게 걷고 있던 천강이 왜 그러느냐 물어 왔다.

"아, 아니요. 착각했나 봅니다."

바람이 세게 불었나 하고 대수롭지 않게 여겼으나 그 후로도 몇 번이나, 바람치고는 끈적하게 느껴지는 감촉이 스치고 갔다. 암만 생각해도 수상해서 천강을 흘겨보아도 천강은 모르겠다는 얼굴을 할 뿐이었지만 수린은 천강의 얼굴이 여느 때보다 즐거워 보이는 것을 확실히 느낄 수 있었다.

아무래도 이건 기분 탓이 아닌 것 같다고 느낀 것은 다섯 번이나 그런 일이 반복된 다음이었다. 수린은 걸음을 멈추고 천강을 노려보았다. 천강은 여전히 모르쇠 하는 얼굴이었지만 귀신이 장난친 게 아닌 다음에야 천강의 짓일 게 뻔한 상황이었다.

"혹, 일부러 그러십니까?"

"뭐가 말이지?"

"아니, 부러 그런 장난을 치실 분은 아닌 걸 알지만 암만 생각해도……."

확, 다급히 달려온 누군가의 손길이 수린의 팔을 잡아채서 뒤의 말은 잇지 못했다. 수린이 깜짝 놀라는 것보다 먼저 천강이 수린을 감싸 안고 뒤로 물렸다. 그대로 주먹을 내지르던 천강은 달려온 이의 얼굴을 확인하고는 급히 손을 멈췄다. 순식간에 천강의 품으로 끌어당겨졌던 수린은 자신의 팔을 잡은 사람을 한발 늦게 알아보았다.

"윤 학사 나리."

코앞에서 멈춘 주먹에도 놀라는 기색 없이 문혁은 숨을 몰아쉬면서도 수린의 눈을 똑바로 바라보았다. 그 순간 수린은 문혁의 표정에 무언가를 직감했다. 문혁의 눈은 단단한 결심의 의지를 감추려는 기색도 없이 드러내고 있었던 것이다. 잠시 수린과 똑바로 눈을 맞추며 숨을 몰아쉬던 문혁이 굳게 입을 다물었다. 숨을 고르고 꾹 힘을 주어 입을 다무는 문혁의 얼굴에 서서히 떠오르기 시작하는 다짐 같은 표정은 수린을 절로 긴장하게 만들었다. 본능이 직감한 것이다. 문혁이 다짐한 그 무언가가 자신과 연관된 것이라는 것을.

그리고 그 직감은 수린에게만 느껴진 것이 아니었다. 수린을 감싸듯 당겨 안았던 천강은 제 형의 눈빛을 똑똑히 보았고, 느꼈다. 그래서 천강은 문혁이 입을 열었을 때 다급히 그 입을 막아야겠다 생각했다.

"형님!"

"밤새 돌아오지 않아 걱정했다."

그러나 문혁의 입에서 나온 말은 천강의 예상과는 전혀 다른 말이었고, 다급히 외쳤던 천강이 외려 당황해 버렸다. 수린은 그 사이에서 갈피를 못 잡다가 겨우 적절한 대답을 골라냈다.

"여러 분들에게 심려를 끼쳤습니다. 송구합니다."

"아니, 무사했으면 그걸로 된 것이지. 다치지 않아 다행이다."

진심이 느껴지는 걱정의 말은 그 상황이나 말하는 이가 누구이든 고마운 것이다. 그러나 수린은 지금 부담스럽기 그지없는 상황이었다. 감싸 안은 듯 자신의 어깨 위에 둘러진 천강의 팔도, 자신의 팔을 잡고 있는 문혁의 손도 어딘지 무거운 쇠사슬처럼 여겨졌다.

"헌데 지난밤에는 왜 돌아오지 않았었지?"

그 쇠사슬의 무게감은 문혁이 던진 질문으로 실체화되어 수린의 목을 조여 왔다. 수린이 입이 막혀 저도 모르게 천강을 바라보자 천강은 수린의 어깨를 감싼 팔에 은근슬쩍 힘을 더하며 자신의 품으로 슬쩍 끌어당겼다. 등이 닿은 부위에서 체온이 느껴지자 수린은 이를 악물어 보았지만 얼굴이 붉게 달아오르는 것은 불가항력이었다.

"무슨…… 일이 있었던 모양이구나."

질문보다는 확신에 가까운 말이었다. 문혁은 천강과 수린의 사이에 떠도는 미묘한 공기에 의미 모를 웃음을 지었지만 수린의 팔을 잡은 손은 놓지 않았다.

"네가 상단의 단주에게 도움을 받았다는 이야기는 전해 들었다. 누구인지, 어느 상단인지 보답은 제대로 해 주어야 하겠구나."

"그는 제가 이미 지시해 둔 바가 있으니 형님께서는 괘념치 않으셔도 될 듯합니다."

끝내 놓지 않는 문혁의 팔이 거슬려 천강이 잘라 내듯 말했다. 문혁은 천강을 보며 희미한 미소를 지었다.

"그래. 일에는 순서가 있는 법이니까."

수린을 잡았던 손을 놓고 관사로 가자며 돌아서는 문혁의 뒷모습에서 천강은 묘한 기시감을 느꼈다. 그것은 내내 병약하던 그들의 어미가 끝끝내 세상을 등지던 날, 몇 날 며칠 밤을 지새우며 아비를 대신하여 자리를 지키다 끝내 어미의 눈을 감겨 주던 그때의 문혁을 떠올리게 하는 것이었다.


윤인호는 천강이 지난밤 교성 일대를 들쑤셔 놓았던 것에 대해 일언반구도 하지 않았다. 위가현은 자신이 다스리는 지역이 쑥대밭이 된 것에 분개하였으나 감히 윤인호에게 대들 배짱은 없었기에 조심스레 운을 떼는 것이 할 수 있는 전부였다.

"명광장군께서, 다소 지나치게 대응하시었으나 자객의 꼬리를 잡지 못하셔서 참으로 아쉽기 그지없습니다. 허허."

그 난리를 피우고도 자객의 그림자조차 잡지 못하고 허탕만 치지 않았느냐는 비난을 못 알아들을 리 없는 윤인호였다. 그러나 귓등으로도 흘려듣지 않는 태도로 일부러 오찬 시간에 찾아온 위가현을 일별할 뿐이었다. 그 노골적인 무시에 비굴한 태도로 일관하던 위가현도 혈압이 올라 언성을 높이지 않을 수가 없었다.

"교성의 총관은 저입니다, 종주공. 암만 휘하의 사람이 끌려갔다 하나 관군이 움직일 때에는 저의 허락이……!"

"한나절."

소리 높여 부르짖느라 하마터면 윤인호의 낮은 목소리를 놓칠 뻔했다. 위가현은 목에 핏대를 세웠던 기세가 무색하게 얼빠진 얼굴로 반문했다.

"예?"

"한나절만 기다려 보시오. 난생처음 손에 쥐어 본 금화에 눈이 멀어 금화 자루를 거머쥘 수 있을 것이라는 환상에 허우적거릴 이들이 관사의 문을 두드리러 달려올 때까지, 그리 오랜 시간이 걸리지 않을 것이니. 알고 있는 것, 주워들은 것, 상상했던 것까지 모조리 토해 내려 앞다투어 달려와 목청을 높인다면 글쎄, 그중에 진짜 자객에 대한 정보도 하나쯤은 섞여 있을 테지."

"그, 그는……."

"우민(愚民)의 입을 여는데 황금만 한 게 있나. 그리고 또 모를 일이 아닌가."

윤인호는 천천히 들고 있던 찻잔을 내려놓았다. 처음 본 순간부터 소름 끼치게 뱃속을 관통하는 것 같았던 그 시선이 위가현에게 똑바로 꽂혔다.

"자객뿐 아니라 다른 정보도 물어다 줄 수도 있겠지. 예를 들면 탐관오리라든가, 착복이라든가, 비리라든가?"

위가현의 손이 떨렸다. 따지러 들이닥쳤는데 본전도 못 건지고 산 제물이 되어 커다란 구렁이 앞에 놓인 기분이었다. 윤인호는 태연하게 손짓을 해 상을 물리라 명하며 말했다.

"난 그저 예시를 든 것뿐이니 총관은 신경 쓰지 마시오."

"그렇……지요. 예. 아하하."

손끝을 가늘게 떨기 시작하는 위가현은 애초에 윤인호의 관심사가 될 수 없었다. 윤인호는 시종이 가져다주는 깨끗한 천에 손을 닦으며 자리에서 일어섰다.

"그놈은 돌아왔나?"

이미 안중 밖이 된 위가현을 지나쳐 중정으로 나가며 묻자 윤인호의 옆에 서 있던 자가 급히 고개를 끄덕였다.

"명광장군께서는 정오 전에 돌아오셨습니다. 윤 학사께서도 명광장군과 함께 돌아오셔서 두 분이 지금 같이 계신 것으로 압니다."

"그래?"

윤인호는 걸음을 멈추고 긴 손가락을 들어 턱수염을 쓸었다. 천강이 쓴 방법은 윤인호도 염두에 두고 있었던 방법이었다. 돈을 뿌리는 것만큼 손쉬운 방법은 없다. 다만 돈을 뿌릴 적절한 핑곗

거리를 찾지 못해 기회를 엿보고 있었는데 천강은 윤인호가 찾지 못했던 핑곗거리를 딱 맞는 때에 찾아냈다. 다만 거슬리는 것은 천강이 그 난리통에 구해 왔다는 자였다.

'민두혼의 아들이라.'

민두혼. 벌써 수년 전에 기억 속 무덤에 파묻어 버린 이름이었다. 아들들이 비호하며 막아서던, 작은 체구에 비루먹은 망아지처럼 볼품없는 그자가 민두혼의 아들이라니. 수하가 알아내어 전해 준 귀엣말을 듣고도 처음에는 믿기지 않았다. 어지간한 장정들도 들기 힘든 대검을 가볍게 휘두르며 맹호 같은 기세로 수천의 군사들을 호령하던 대장부의 아들이라고는 믿기지 않는 용모의 소유자였다. 쏘아보는 눈에서 제법 매서운 기세가 엿보이기는 했으나 그뿐. 계집애 같은 이목구비에서 민두혼을 떠올리기란 어려웠다.

대체 지난 몇 달간 무슨 일이 있었기에 천강은 물론이요, 고분고분하던 문혁까지 나서서 그자를 감싸고도는지 윤인호는 짐작할수가 없었다. 물론 무슨 일이 있었는지의 여부는 윤인호에게 그리 중요한 문제는 아니었다. 거슬리는 것이 있다면 치워 버리면 그뿐이니까.

중정 저쪽 돌벽 너머가 소란스러워지는 기색이 느껴져 윤인호는 상념을 멈추고 고개를 돌렸다. 메마른 겨울 나뭇가지 같은 입술에 조소가 떠올랐다. 천강이 뿌린 금화가 생각보다 빠르게 효과를 거둘 모양이었다. 총관은 관사에 밀려드는 사람들을 달가워하지 않을 테지만 말이다.

＊　＊　＊

때아니게 몰려드는 사람들의 홍수에 바빠진 이는 한둘이 아니
었다.

의량은 아픈 골치에 관자놀이를 손으로 꾹 누르며 횡설수설하
는 남자 뒤로 길게 늘어진 줄을 바라보았다.

"그러니까! 그 늑대가 자객 일당이 길러서 훈련시킨 놈이 맞을
겁니다. 예!"

가슴을 탕탕 치며 호언장담하는 남자는 이리 큰 소식을 전했으
니 보답이 돌아올 것이라 기대하는 얼굴로 눈을 빛냈다. 의량은
목이 타는 기분으로 옆에 앉은 대웅을 바라보았다. 대웅도 초죽음
이 된 얼굴로 지난달에 내린 비가 자객 일당의 소행임을 주장하
는 노파의 말을 들어 주고 있었다.

그날로부터 며칠째, 총관의 관사는 문전성시를 이루고 있었다.
애초에 천강이 의도한 바가 교성 일대를 떠들썩하게 만든 일을
무마하려는 것이었다면 그 의도는 이루고도 남았다. 사람들은 한
밤중에 관군들이 횃불을 들고 무단으로 자신의 집에 침입했던 것
에 대해서는 입에 올리지도 않았다. 아니, 입에 올리는 자가 있었
을지도 모르나 그 목소리는 내가 자객 일당에 대해 알고 있노라
외치는 소리에 묻혀 버리고 말았다.

"비는 자객 일당이 아니라 황제 폐하가 오신대도 마음대로 내
리게 할 수 없는 것이니 이만 집으로 돌아가시지요."

노파의 헛소리를 더 들어 줄 수가 없어 손을 저으며 그만 가

보라 이르는 대웅의 말에, 노파의 얼굴에 대번 노기가 떠올랐다.

"이, 이 어리석은 놈 같으니. 내 말이 맞대도! 당장 저 산에 올라가서 꼭대기를 살펴보아라! 기우제를 지낸 흔적이 남아 있을 것이니!"

"아 네. 늑대 잡으러 가는 김에 산꼭대기에도 올라가 볼게요."

"산에 있는 약초란 약초는 자객 일당이 몽땅 뜯어 가 상처에 바를 풀잎 하나가 없다니까! 약초를 다 뜯어서 기우제를 지낸 거라니까!"

지팡이까지 휘두르는 기세가 기운차 붕붕 바람 소리까지 났다. 대웅은 허리를 쭉 뒤쪽으로 펴며 지팡이를 피해야 했다.

"약초 뜯어서 지내는 기우제 소리는 처음 들어 봅니다만 참고하겠습니다. 자객 일당 소행으로 밝혀지면 댁으로 금화를 보내 드릴 테니 오늘은 이만 가세요."

대충 달래서 보내려는 게 티가 났는지 노파는 입 안으로 욕설을 읊조리며 지팡이를 한 번 크게 휘두르고 일어서서 돌아섰다. 대웅은 피곤이 뚝뚝 떨어지는 얼굴로 의량을 처량 맞게 바라보았다. 의량은 안쓰러운 마음이 들었지만 단호하게 고개를 저었다. 대웅은 하는 수 없이 자리를 지켜야 했다. 자객과 파도의 높이 사이의 연관 관계에 대한 심도 있는 주장을 들으면서 말이다.

의량은 배호 상단의 단주가 찾아와 자리를 비운 천강의 의자를 바라보았다. 몰려드는 사람들 틈에 섞여 찾아온 이는 천강에게, 정확히는 그 옆의 수린에게 전해 줄 물건이 있다며 자리를 뜰 것을 청했고, 며칠간 꼬리처럼 수린을 달고 다니던 천강은 단주를 아니꼬운 눈으로 바라보았지만 긴히 전할 물건이라는 이야기에 마지못해 내실에서의 만남을 수락했다.

그렇게 내실로 들어가 앉은 천강은 수하들이 고군분투하는 그 시각, 탁자 위 상자를 슥 미는 장갑 낀 손을 고까운 눈으로 바라보고 있었다.

"이걸 돌려주러 온 것이다?"

"예. 그렇습니다."

나긋한 목소리는 과연 상인의 것다웠다. 이미 미운털이 단단히 박힌 천강에게는 역겨운 목소리였지만 말이다.

"헌데 이건, 내가 보답으로 보낸 금화 아닌가?"

이걸 다시 가져오는 저의가 무엇이냐 묻는 말이었다. 거기에 돌아온 것은 사람 좋아 보이는 미소였다.

"지나칩니다. 저는 지당한 일을 한 것뿐인데 이리 많은 금화를 건네시면 제가 사람을 구해 낸 손이 부끄러워집니다."

"상인은 돈을 좇는 자가 아니던가? 상인 되는 자가 돈을 마다하고 그저 선의였다는 말 한마디로 공을 무위로 돌리겠다?"

"물론 저는 상인이니 맨입으로 돌아가겠다는 것은 아닙니다."

금화 상자도 마다하고 바라는 보답이라? 천강이 팔짱을 끼고 삐딱한 시선을 던지자 그는 사심은 전혀 없다고 주장하는 눈빛으로 천강을 똑바로 바라보았다.

"제가 구한 이가 무사한지, 제 눈으로 확인하고 싶었습니다."

차라리 돈을 더 달라 했으면 기꺼이 들어주었을 것을. 천강의 옆에 선 수린을 향해 시선을 던지는 그 눈을 파내 버리고 싶은 충동을 누르는 것은 천강으로선 쉬운 일이 아니었다.

"드리고 싶은 것도 있고 말입니다."

말과 함께 품에서 꺼낸 것은 조그만 주머니였다. 손바닥 안에 들어갈 만큼 작은 주머니를 수린 쪽으로 밀며 덧붙인 말에 수린은 자신도 모르게 미소 지었다.

"타박상에 좋은 환약과 고약입니다. 큰 외상은 없더라도 타박상을 입은 자리를 오래 방치해 두어 좋을 것이 없으니 오늘부터라도 복용하시면 좋겠습니다. 약이 좀 쓸 수 있어 입가심으로 드실 생강엿도 몇 개 넣었습니다."

만드는 데 손이 많이 가는 생강엿은 대갓집에서 자란 수린에게도 귀한 간식거리였다. 입 안에 퍼지는 알싸한 생강 향과 달콤한 뒷맛이 좋아 진겸과 서로 하나라도 더 먹겠다고 다투던 시절도 있었는데 진겸은 그것을 용케 기억하고 있었던 모양이었다.

"생강엿은 만들기가 번거로워 구하기 힘든 것인데…… 감사히 먹겠습니다."

배시시 퍼지는 웃음을 누르기가 힘들었다. 수린의 마음을 읽은 것인지 따스한 미소를 보내는 진겸 쪽은 일부러 쳐다보지 않으려 애쓰며 진겸이 내민 주머니를 집으려 드는데 주머니 위에 턱 천강이 손을 올려놓았다.

"이게 무슨 약인 줄 알고 믿고 먹으라는 거지?"

찬물을 끼얹는 싸늘한 목소리에 진겸과 주고받던 따사로운 시선은 자취를 감추었다. 수린은 굳어지는 진겸의 얼굴을 보고 얼른 천강에게 말했다.

"제가 알고 있는 약재라면 믿고 먹어도 되지 않겠습니까. 확인해 보겠습니다."

"네가 세상 모든 약재를 다 아는 것도 아닌데, 네가 아는 것과 비슷하게 만든 다른 약재라면 어쩔 것이냐."

그 입 좀 다물라고 소리치고 싶은 것을 꾹 참으며 수린은 얼른 주머니를 펼쳤다. 주머니 안에서 수린도 익히 아는 약재의 냄새가 났다.

"이 한지에 싸여 있는 환약은 냄새와 색으로 보아 종유환인 것 같군요. 단주께서 말씀하신 대로 타박상에 흔히 쓰이는 약입니다. 비슷하게 달리 만들고 말고 할 것도 없는 만들기 쉬운 약입니다. 고약도 종유환을 바르는 약으로 만든 것 같고……. 생강엿이야 그냥 엿이로군요."

이제 됐지? 하는 눈으로 설명을 마치자 대답은 천강이 아닌 진겸에게서 나왔다.

"약재에 대해 지식이 해박하신 모양입니다. 냄새나 색만으로도 약재의 이름을 정확히 아시다니요."

"해박까지는 아닙니다. 어깨너머로 배운 잡지식일 뿐이지요."

"그래도 아직 어린 나이인데…… 그리 배울 정도면……."

진겸의 목소리 끝에 배어드는 안타까움에 수린은 진겸의 말속에 숨은 뜻을 읽었다. 떨어져 지낸 세월 동안 얼마나 고되게 살아왔기에 그런 것까지 다 알고 있느냐는 탄식이었던 것이다.

"어린 나이는 무슨."

심통이 덕지덕지 붙은 천강의 말이 남매의 회한을 부수고 들어

왔다.

"나이가 서른이 다 되어 가는데 어리긴 뭐가 어리다는 건가."

서른? 누가? 수린이 말도 안 되는 이야기에 눈이 쟁반만큼 커져 천강을 바라보자 천강은 투덜거리며 되는 대로 내뱉었다.

"비쩍 곯아서 볼품도 없는데 체구만 작아서 제 나이로 안 보이는 모양이지. 속병은 속병대로 들고 자기 말처럼 주워들은 잡지식만 한가득이지 쓸모 있게 배운 것도 없는 놈이니 관심 둘 필요도 없소."

속병이라니? 무슨 속병? 내가? 수린이 깜짝 놀라는 진겸에게 아니라고, 나 속병 같은 거 없다고 눈짓하며 고개를 도리도리 젓는데 천강이 벌떡 일어서서 수린의 시야를 가렸다.

"볼일 다 끝났으면 가 보시오. 우리도 나름 바쁘니."

"아니 전 별로 안 바쁜……."

바쁜 일 있으면 혼자나 가 볼 일이지. 얼마나 있었다고 벌써 가라고 내쫓는단 말인가.

"그러지요."

그러나 진겸은 수린의 아쉬운 마음을 아는지 모르는지 너무나 순순히 천강의 축객령을 받아들였다.

"저야 관사를 자주 드나드는 터라 앞으로 자주 뵙게 될 터인데 굳이 오늘 모든 이야기를 나눌 필요는 없지요."

"듣던 중 기분 나쁜 소리군. 왜 관사를 드나든다는 것이며 왜 앞으로 자주 만나야 하지?"

"아니, 모르셨습니까?"

진겸은 세상에 이렇게 어리석은 자가 있나 하는 표정으로 입을 딱 벌리고 천강을 바라보았다. 수린은 진겸까지 가세하고 나선 신경전에 뒤로 넘어가고 싶은 심정이었다. 왜들 저래 진짜.

"나라 전체에서 다 그리하겠지만 교성에서도 추수철이 되면 풍등을 날리고 불꽃을 터뜨리며 한 해의 수확을 기뻐하는 잔치를 엽니다. 교성의 모든 상단에서는 한 해 동안 은혜를 베풀어 주신 분들에게 감사하는 마음을 작게나마 표현하고자 필요한 물품들을 조달해 드리지요. 저희 상단에서는 불꽃놀이에 쓰일 화약을 납품하여 드리는데…… 정말 모르셨군요."

쯧쯧, 어리석기도 해라. 정도의 말을 덧붙이면 어울릴 말투였다. 수린이 진겸의 입을 틀어막아야 하나 진지하게 고민하기 시작하는데 천강은 비웃음을 입가에 띠며 팔짱을 꼈다.

"추수철에 벌이는 불꽃놀이야 폐하의 명이 닿는 땅이라면 어디에서나 흔히 볼 수 있는 일이지. 헌데, 보통 판매를 하지 않고 상납을 하는 상단이라면 총관들과 떼려야 뗄 수 없는 진득한 연이 있기 마련이던데? 단주의 상단은 안 그러신가 모르겠군."

"이런, 그런 걱정까지 해 주셔서 몸 둘 바를 모르겠습니다. 허나 교성에 있는 상단들은 모두 소규모의 상단들이라 총관 어르신과 유착을 하려야 할 재주가 없습니다. 그런 걱정은 경(京)에까지 진출한 큰 상단을 대상으로 해 주시는 게 적절할 것 같습니다만."

한마디로 여기서 걸리적거리지 말고 등잔 밑 어두운 줄 모르는 네 앞가림이나 잘하라는 소리였다. 진겸의 도발에 천강의 입꼬리에 걸린 미소가 짙어지고 눈빛이 어두워졌다.

"그래? 그리 생각한다면 자신의 말에 대한 책임 정도는 각오하고 있어야겠지?"

"책임이란 단어를 통감할 만큼 거창한 인생은 아닌 것 같습니다. 저야 자질구레한 물건이나 팔아 연명하는 조무래기 상인 아닙니까. 책임은 나랏일 하시는 분들에게나 필요한 말이지요."

"저기!"

한 치도 물러서지 않는 두 남자의 팽팽한 기 싸움을 어찌 멈추게 할 수 있을까 머리를 굴리던 수린이 일단 소리를 지르고 봤다. 서로를 향해 으르렁거리던 천강과 진겸의 입은 일단 막혔다. 시선을 한 몸에 받게 된 수린은 할 말이 궁해져 어물거리다 겨우 한마디를 했다.

"저 아직 서른 안 됐습니다."

아무 말도 못 하는 두 남자를 향해 수린은 빼먹지 않고 하고 싶었던 말을 덧붙였다.

"그리고 앓고 있는 속병 같은 건 없습니다."

거기까지 말하자 천강은 맥이 빠졌는지 기가 막혔는지 한숨을 내쉬었다. 덩달아 멍해졌던 진겸이 풋 소리를 내며 웃었다.

"그렇겠지요. 예. 속병이 있으면 큰일이지요. 다행입니다. 여하간 그건 꼭 드십시오. 요즘 약값이 천정부지라 그나마도 구하기 힘들었습니다."

진겸은 그대로 천강과 수린을 향해 인사를 남기고 웃음기 머금은 얼굴로 등을 돌렸다. 너무 짧은 재회가 아쉽기는 했지만 수린은 어쨌든 험악했던 자리를 유하게 마무리하게 된 안도감이 더 컸다. 수린이 천강의 눈치를 보며 조심스럽게 진겸이 주고 간 주머니 쪽으로 손을 뻗었다.

찰싹! 그런 수린의 손등을 천강이 따끔하게 쳤다. 천강은 수린의 커진 눈을 보지 못한 척 주머니를 자신이 집어 들었다.

"먹지 마라."

"제가 받은 것입니다. 먹고 안 먹고는 제가 알아서 하겠습니다."

"먹지 말라면 먹지 마."

"제가 다 아는 약재입니다. 위험할 게 없는 것인데 왜 그러십니까."

슬슬 언성이 높아지는 수린의 목소리에 천강은 짜증스럽다는 눈빛으로 수린을 바라보았다.

"약을 꼭 먹어야 할 만큼 크게 다쳤었나? 네 입으로 다친 데는 없다고 했었던 걸로 기억하는데."

"크게 다친 건 아니지만 그래도 가져다준 성의가 있잖습니까."

"약을 먹을 필요가 없다면 이런 수상쩍은 약을 굳이 받아 둘 필요도 없지. 굳이 약을 꼭 먹어야겠다면 다친 상처가 얼마나 심한지 어디 한번 보여 주든가."

하며 다가서는 큰 체구에 수린이 한 걸음 물러선 것은 반사적인 행동이었다. 그러나 방어하듯 움츠러드는 수린의 몸짓에 천강의 눈빛이 달라진 것은 다분히 의도가 느껴지는 행동이었다.

"왜 그러느냐. 네 태도만 보면 꼭 내가 널 잡아먹기라도 할 것처럼 구는구나."

한 걸음 다가오면 혹 체온을 끼쳐 오는 천강의 몸짓에 수린은 움찔거리며 두 손을 들어 올렸다. 잔뜩 긴장한 수린의 몸짓에 천강의 눈매가 부드럽게 휘었다.

"자, 잡아먹긴 뭘 잡아먹습니까. 제가 복날 약닭도 아니고."

"얼굴은 왜 또 그리 붉히고."

"얼굴을 붉히긴 누가요!"

"너."

수린의 민망함은 아랑곳하지 않고 단호히 잘라 말하며 뻗어 온 천강의 손이 수린의 뺨에 닿았다. 아주 살짝, 손끝만 닿았을 뿐인데 닿은 자리가 불에 데기라도 한 듯 뜨거워 수린은 화들짝 물러섰다. 덕분에 허공에서 갈 곳 잃은 손을 물끄러미 바라보던 천강이 가만히 입을 열었다.

"싫으냐?"

"……예?"

"내가 너에게 이리하는 게, 싫으냐?"

수린은 꿀 먹은 벙어리가 되어 천강을 바라보았다. 싫으냐고?

"그, 이리하는 것이라는 게, 어찌하는 것을 말씀하시는 것인지……."

한참 만에야 겨우 입을 떼자 천강이 고개를 저었다.

"그것이 나에게 중요한 문제는 아니지만, 너에게는 중요한 문제인 것 같으니…… 아니, 관두지. 나가자."

병호대의 수하들이 목이 빠져라 기다리고 있을 것이라며 앞장서는 천강은 어느새 진겸이 가져다준 주머니를 어딘가에 감춘 뒤였다. 약 안 줄 거면 생강엿이라도 좀 주지. 구시렁거리면서도 수린은 하는 수 없이 천강의 뒤를 따랐다. 진겸에게서 돌아온 이후로 수린이 눈 밖으로 벗어나는 기색만 보여도 천강이 불같이 화를 내는 통에 잠자는 시간 말고는 천강과 떨어져 본 시간이 없었다. 옆에서 의아하게 바라보며 수군거리는 시선과 목소리들이 고스란히 느껴졌지만 천강은 신경도 쓰이지 않는 것인지 굳이 수린을 옆에 달고 다녔다.

사람들의 시선이 없는 곳에서 노골적으로 다가오는 천강의 태도와, 이전과 확연히 다른 눈빛은 수린에게는 난감하기 그지없는 당혹 그 자체였다. 하지만 더 큰 문제는 따로 있었다. 수린은 앞서가는 천강의 뒷모습을 바라보며 천강이 던졌던 질문을 곱씹어 보았다.

싫으냐고? 싫지 않은 것이 문제였다.

언제부터 천강이 다가오는 게 싫지 않았는가를 떠올려 보면 기억은 명확하지 않았다. 분명 처음에는 칼날처럼 차가운 눈빛도, 정 떨어지게 무뚝뚝한 태도도, 가까이 있으면 가슴이 답답해지는 존재감도 다 싫었다. 태도로 보자면 지금의 태도도 처음 만났을 때와 크게 달라진 것은 없다. 세심하게 주변을 배려하는 모습이라고는 눈곱만큼도 없는 저돌적이기만 한 무인의 모습 그대로다.

헌데, 달랐다. 빗줄기 속에서 하나뿐인 우산을 쥐여 주고 자신은 아무렇지도 않다는 듯 빗속을 걸어가던 모습이, 커다란 약 꾸러미를 말도 없이 들고 앞장서 가던 뒷모습이, 위협이 되는 사람들에게서 수린을 감추듯 앞으로 나서는 모습이, 땀내가 배어나도록 자신을 찾아 뛰어다니던 그 모습이 달랐다. 어렴풋이 느끼고는 있었다. 천강이 다른 이들을 대하는 태도와 자신을 대하는 태도가 미묘하게 다르다는 것은. 하지만 자신이 느낀 것만으로 천강의 태도를 규정하기 어려웠던 까닭은 남복을 입고 있는 초라하기 짝이 없는 자신의 모습과 의량에게 마음에 둔 여인이 있다 이야기하던 천강의 말 때문이었다.

가련한 남동생 같은 느낌에 안쓰러워 잘 대해 주는 것인가 생각하려다가도 으스러져라 끌어안으며 입을 맞추던 몸짓에서 느껴지던 명백한 의도가 수린을 혼란스럽게 했다. 왜? 마음에 둔 여인은 있지만 남색에 흥미도 느껴서? 그런데 흥미만으로 그렇게 일을 크게 벌이며 숨이 차도록 뛰어다닐 수도 있는 것인가?

물거품처럼 피어나는 생각의 다발에 머리가 뿌옇게 어지러워졌다. 수린은 입을 앙다물며 천강의 뒤통수를 노려보았다. 사람을 이리 혼란스레 만들어 놓고 저 혼자 꼿꼿한 저 근엄한 자태 좀 보라지.

'내 생강엿이나 내놔라!'

여태껏 그리 먹고 싶다 생각한 적도 없었건만 한번 들기 시작한 억울한 마음은 엉뚱한 데로 화살을 돌렸다. 진겸이 일부러 주고 간 생강엿을 꼭 찾아야겠다 결심을 다지는데 관사의 하인 하나가 천강에게 다가왔다.

"실례합니다. 총관 어르신께서 말씀을 좀 전하라 하셨습니다."

천강이 갑자기 걸음을 멈춰 수린은 하마터면 천강의 등에 코를 박을 뻔했다. 다행히 재빨리 뒷걸음질 쳐 불상사를 면한 수린이 고개를 빼고 관사의 하인을 바라보자 하인은 천강에게 고개를 조아리며 용건을 말했다.

"윤 학사 나리께서 어젯밤부터 미열이 떨어지지 않아 관사의 의원을 청하셨습니다. 헌데 관사의 의원은 그제부터 모자란 약재를 구하느라 출타 중인지라, 총관 어르신께서 경에서 학사 나리를 따라온 의원이 학사 나리를 좀 뵙는 것이 어떻겠느냐 말씀을 전하라 하셨습니다."

천강은 수린을 돌아보았다. 수린은 눈을 동그랗게 뜨고 말을 전하러 온 하인에게 물었다.

"열이 심하다 하십니까? 헌데 어찌 관사의 의원을 먼저 청하셨답니까?"

"그것은 저도 잘 모르겠습니다. 단순한 몸살인 것 같다고는 하시는데 관사의 의원을 불러 달라 청하셨다고만 들었습니다."

수린은 고개를 갸웃했다. 며칠간 문혁이 눈에 띄지 않았던 것은 천강 옆에 붙어 다니느라 미처 만나지 못해 그런가 보다 했는데 몸살 기운이 있어 두문불출하였던 것이구나. 그런데 왜 자신이 아닌 관사의 의원을 청했던 것일까.

"알겠습니다. 제가 찾아뵙도록 하겠습니다."

용무를 마친 하인이 공손히 인사하고 자리를 뜨자 수린은 곧바로 문혁의 방으로 향하려 했다. 하지만 천강이 그런 수린을 막아섰다.

"가지 마."

"형님이 아프시다 하시잖습니까."

"그건 몸이 아프신 게 아닐 거다."

"예?"

"내가 알아."

단호히 고개를 젓는 천강의 태도에 수린은 의아했다.

"단순히 몸살 탓에 열이 나시는 걸 수도 있지만 다른 이유 때문일 수도 있습니다. 일단 보고 약을 쓰든 침을 놓든 해야 하지 않겠습니까. 아니면 왜 학사 나리께서 아프신지 아는 것이라도 있으십니까?"

"그건……."

천강의 말문이 막혔다. 정말 궁금해서 물어본다고 쓰여 있는 얼굴에 대고 아마 너 때문에 속앓이를 해서 그럴 것이라는 말은 할 수가 없지 않는가.

문혁은 어릴 때부터 그랬다. 겉으로 드러내 놓고 힘들어하며 티를 내는 일은 없었다. 다만 큰일을 겪을 때면 으레 며칠을 말도 없이 틀어박혀 있다가 한 차례씩 몸살을 앓곤 했다. 어미가 세상을 뜨던 때에도, 선황의 붕어 이후 이어진 혼란 끝에 황제와 정혼을 하게 되었던 때에도, 문혁에게 주어진 봉토 문제로 윤인호가 류씨 문중을 몰살시킨 때에도 그랬다.

수린을 바라보며 결심을 굳히던 문혁의 눈빛을 본 천강은 문혁이 수린에 대한 마음을 확실히 깨달았음을 느꼈다. 그러나 문혁에게 일언반구도 하지 않았던 것은 문혁이 자신의 마음을 확실히 알았다 한들, 황제와의 혼약이 개인의 마음만으로 어찌할 수 없는 큰일임을 알기 때문이다. 천강에게는 문혁이 마음을 잘라 내지 못하는 것은 큰 문제가 아니었다. 행동으로 옮기지 못하는 마음은 부질없는 꿈일 뿐이다. 만지지도, 느낄 수도 없는 한낱 꿈.

"잠시만 들렀다 오겠습니다. 마침 관사에 의원도 없다 하지 않습니까. 타지에 와서 큰 병이라도 생기면 안 될 일이 아닙니까."

그렇게까지 이야기하는데 더 반박할 말이 없었던 천강은 하는 수 없이 고개를 끄덕였다. 하지만 혼자 보내는 것은 영 내키지 않아 자신이 먼저 앞장섰다.

'결국 자기가 더 걱정해서 앞장설 거면서.'

천강의 속을 알 리가 없는 수린이 속으로 천강을 흉봤지만 천강이 거기까지 알 수는 없는 노릇이었다. 문혁이 머물고 있는 방은 병호대와 천강이 머물고 있는 곳과는 거리가 좀 있어서 한참이나 걸어가서야 둘은 문혁의 방문 앞에 도착할 수 있었다.

"형님, 접니다. 들어가도 되겠습니까."

천강의 목소리에 사람이 없는 것처럼 조용하던 방 안에서 곧 기척이 느껴졌다. 천강은 문혁이 허락하는 말이 들리기도 전에 천천히 문을 열었다. 대낮인데도 덧창까지 닫아 둔 방은 어스레한 빛만이 희미했다. 침상에 누워 있을 줄 알았던 문혁은 지필묵과 씨름을 하는 중인지 화선지를 펼쳐 놓고 앉아 있었고 방은 묵향이 가득했다.

"왔느냐. 어쩐…… 아!"

붓을 들고 찬찬히 말하던 문혁은 천강 뒤의 수린을 발견하자 당황이 역력한 얼굴로 쓰고 있던 종이를 와그작 구겨 버렸다. 순간이었지만 천강은 문혁이 쓰고 있던 종이 위의 몇 글자를 놓치지 않았다. 황(皇)자와 신(臣)자가 중간중간 섞여 있었던 것으로 보아 황제에게 보내는 서찰을 쓰고 있었던 모양이었다.

"황제 폐하께 보내는 서찰이었던 모양입니다. 연서라도 쓰셨습니까. 그리 당황하시는 걸 보니."

일부러 비아냥을 섞어 말하자 문혁의 얼굴이 딱딱하게 굳었다.

그에 수린은 천강을 나무라듯 눈을 흘기며 앞으로 나섰다.

"그런 것은 묻는 것이 아닙니다."

그 정도도 모르느냐는 질책이 섞인 목소리에 문혁이 수린과 천강을 차례로 바라보았다. 무언가, 이전과는 다른 공기가 둘 사이에서 느껴졌던 것이다.

"학사 나리. 미열이 떨어지지 않으신다 들어 찾아왔습니다. 마침 관사 의원은 출타 중이라 합니다. 제가 몸 상태를 좀 봐 드려도 되겠습니까."

차분하게 물어 오는 목소리에 문혁은 어금니를 깨물었다. 먼저 마무리 지을 일을 마무리 짓고 얼굴을 볼 생각이었다. 헌데 소용없는 짓이었던 모양이다. 부드러운 말 몇 마디에 가슴이 또다시 술렁거리기 시작한 것을 보면 말이다.

"진맥을 좀 해 봐야 하니 소매를 걷어 주십시오."

다가서는 몸에서 느껴지는 체향에 저도 모르게 웃어 버렸다. 그리고 경고를 하듯 그 뒤에 붙어 서는 천강의 유치한 행동에는 더 웃음이 나왔다. 문혁은 보란 듯이 소매를 걷고 팔을 내밀었다.

"음…… 지금은 딱히 열은 없는 것 같은데, 맥도 안정적이고 말입니다. 혹 잠을 못 주무셨던 겁니까?"

"그래."

"몸살 같다 하셨지요? 특별히 어디 안 좋은 데가 있으십니까?"

"아니다. 그저 잠자리가 뒤숭숭해 몸이 안 좋아 수면초라도 얻을까 하였던 것이다. 관사의 의원을 불렀던 것은 관사에 있는 약재를 내어 달라 이르기 위함이었는데 어찌 네가 왔구나."

"의원은 관사에 약재가 모자라 출타 중이라 하더군요. 조금 피곤하신 듯하니 기력을 보강하는 음식을 좀 드시고 잠을 푹 주무시면 될 듯합니다. 달리 안 좋은 곳은 없으신 것 같군요."

"그러게 내가 뭐라 했어."

찬찬히 내리는 진단 끝에 툭 끼어드는 천강의 말에 수린은 신경 줄이 팍 곤두서는 기분이었다.

"좋고 안 좋고는 보아야 알 것이 아닙니까. 정말, 아까부터 왜 그러십니까."

"내가 뭘."

"그걸 몰라서 물으시는…… 아닙니다."

그만두자며 천강을 향해 손을 휘휘 저으며 수린은 자리에서 일어섰다. 아니, 일어서려 했다. 문혁이 수린이 맥을 짚던 손으로 수린의 손목을 잡아당기지만 않았어도 일어났을 것이다. 제법 강하게 끌어당기는 힘에 수린은 일어서려던 자세 그대로 엉거주춤하게 멈추어야 했다. 문혁은 눈을 매섭게 뜨는 천강은 무시하고 수린을 똑바로 바라보며 말했다.

"살면서 말이다."

"예?"

"나는 살면서 참 많은 것을 누리고 살아온 편이었다."

문혁의 말이 무슨 뜻인지 알 수가 없었던 수린이 어찌 대답을 해야 좋을지 몰라 머뭇거리는 사이 문혁의 말은 이어졌다.

"한 번도 배를 곯아 본 적이 없고 가지고 싶은 게 있을 때면 언제든 손에 넣을 수 있었고, 원하지 않아도 앞길은 탄탄대로였고 앞으로도 그럴 것이었다."

문혁의 말이 과거형이 되었다는 깨달음에 수린이 문혁을 의아함이 담긴 시선으로 바라보았다. 문혁은 수린의 눈을 똑바로 쳐다보며 한 자 한 자 똑바로 내뱉었다.

"헌데, 문득 그런 생각이 들더구나. 나는 내 의지로 무언가를 원해 본 적이 한 번도 없었다는 생각 말이다."

"형님, 지금 그 말씀을 왜……."

괜스레 초조해졌던 천강이 말을 끊으려 했지만 문혁은 아랑곳하지 않고 수린만을 바라볼 뿐이었다.

"여태껏 내가 걸어온 길이 모두 내 의지가 아닌, 부모가 깔아준 포석을 따라 걷는 것뿐이었더구나. 그런데 내가 그 길을 벗어나고자 하는 의지가 생겼다면, 나는 어찌해야 하겠느냐."

"어, 그……."

"형님."

"처음으로 내가 원하는 것이 생겼는데 그것이 내가 살아온 생을 모조리 저버려야만 얻을 수 있는 것이라면, 너라면 어찌하겠느냐."

"형님!"

천강이 더 참지 못하고 머뭇거리는 수린을 잡아끌었다. 당황하여 어물거리고 있던 수린은 천강이 끄는 대로 끌려갔다. 문혁은 굳이 다시 손을 내밀지는 않았다. 다만 쏘아보는 천강의 눈을 피하지 않고 마주 바라볼 뿐이었다.

"형님, 몸이 안 좋으셔서 마음이 혼란스러우신 모양입니다. 약재는 곧 올려 보내라 일러둘 테니 폐하께 쓰실 서찰이나 마저 마무리하십시오."

　서둘러 자리를 피하려는 기색이 역력한 모습으로 천강은 수린을 끌고 밖으로 나가 버렸다. 무슨 일인지 영문도 모르고 끌려 나가는 수린의 뒷모습을 아쉬운 눈으로 바라보던 문혁은 어지럽게 널려진 종이 뭉치들을 치워 버렸다. 역시, 이런 것은 서찰로 전할 말은 아니었다.


　수린은 울화를 숨기려 들지 않는 천강을 발이 아프게 따라가다가 혼잣말처럼 중얼거렸다.

　"학사 나리께서 황제 폐하와 다투기라도 하셨나 봅니다."

　앞서가던 천강이 뚝 발걸음을 멈췄다.

　"뭐?"

　매섭게 물어 오는 기색에 움찔하기는 했지만 수린은 성실히 대답했다.

　"아니, 그, 혼인 전에 마음이 혼란스러워 정인들끼리 많이들 다투고 그런다 하지 않습니까. 폐하께 서찰을 쓰던 그 종이 뭉치들하며…… 그런 것 아닙니까?"

　"……그리 생각했느냐?"

　"아니면, 다른 이유가 없는 듯해서……."

　정말 다른 쪽으로는 추호도 생각지 못하는 얼굴이었다. 그 아무것도 모르겠다는 표정에 하늘까지 치솟았던 천강의 화가 신기하게도 가라앉았다.

　"그래. 그런 모양이지. 혼인 앞이라, 게다가 국혼이라 마음이

어지러우신 모양이다."

"그래도 잠은 주무셔야 할 텐데 말입니다. 관사에서는 약재를 달라 청하려면 누구에게 말을 해야 합니까?"

"글쎄다. 관사의 하인들 누구에게든 이야기를 해 두면 되겠지."

한결 나아진 기분 덕에 조금 마음의 여유가 생겼던 천강은 지나가는 하인에게 손짓하여 문혁에게 수면초를 전해 주라 친히 이르는 친절까지 발휘할 수가 있었다.

"죄송합니다. 나리."

그런데 하인에게서 돌아오는 말은 뜻밖이었다. 울상을 지으며 허리를 숙이는 하인은, 지금 관사뿐 아니라 교성 전체에서 약재가 부족하여 관사의 의원이 친히 약재를 구하러 간 참이라 수면초는 물론이요 흔한 감초조차 구할 수가 없다는 것이었다.

관사에 약재가 부족하면 저자에 나가 약재를 구하면 된다. 그러나 총관의 관사에서까지 약재가 부족하다는 것은 암만 생각해도 이상한 일이라 천강은 약재를 구하러 저자로 나가는 일은 병호대의 수하에게 지시하기 위해 걸음을 옮겼다.

"감초조차 부족하다니, 이상하군요."

수린도 관사의 약재가 동났다는 이야기가 쉬이 납득이 되지 않는 모양이었다.

"감초는 흔한 약재지?"

"그렇습니다. 어느 약방이든 기본으로 갖추어 놓는 것이고, 구하기 힘들다는 것은 말도 안 되는 이야기입니다. 누군가 일부러 매점매석을 하지 않는 이상은요."

하지만 관사에 들어오는 양이 부족할 정도로 매점매석을 한다는 것이 말이 되는 것인가? 곰곰이 생각하며 중정 쪽으로 가던 천강과 수린의 앞에 큰 그림자가 다가와 기괴한 소리를 냈다.

"으으으윽."

깜짝 놀란 수린은 신음하는 그림자가 대웅인 것을 곧 알아보았다. 천강은 방정맞게 신음하는 대웅을 보고 혀를 찼지만 대웅은 할 말이 있어 천강에게 온 것이었다.

"대장, 더는 못 하겠습니다. 차라리 뱃터에 나가서 지게를 짊어지겠습니다."

"무슨 엄살이냐."

혀를 차는 천강에게 대웅이 고개를 저으며 정색해 왔다.

"엄살이라니요. 대장이 들어 보십시오. 자객 일당이 풍랑을 일으켰다느니, 야산의 약초까지 모조리 캐다가 기우제를 지내는 바람에 상처에 붙일 풀 한 포기가 없다느니 하는 얼토당토않은 이야기를 하루 종일 듣고 있자니 제 머리가 이상해지는 것 같단 말입니다."

대웅의 하소연 중 이상한 부분을 감지한 수린은 천강을 바라보았다. 천강도 같은 생각을 하고 있었는지 수린과 눈이 마주치자 표정을 굳혔다.

약재가 없다?

그러고 보니 진겸도 얘기했었다. 요즘 약잿값이 천정부지라 구하기 힘들었으니 종유환을 꼭 챙겨 먹으라고. 단순 타박상에 쓰는 약재가 그리 구하기 힘들 리가 없으니 그저 챙겨 주는 말이겠거니 했었는데 그게 아니었나.

"경에서 말입니다."

머리 한구석에 넣어 두었던 기억을 끄집어내며 수린이 천강을 향해 조심스럽게 운을 떼었다.

"약재를 사러 나갔던 일 기억하십니까?"

"그래."

"그때는 그곳이 황가에 약재를 납품하는 약방이라 특별히 비싼 것인가 했었는데, 혹 근래 들어 나라 전체의 약잿값이 폭등한 것이었습니까?"

수린의 질문에 천강이 심각한 얼굴로 대답했다.

"내가 약을 사 본 적이 없어서 모르겠다."

"……"

하긴 뭘 사려고만 들면 금화를 턱턱 내미는 사람에게 무얼 바라랴. 수린은 천강은 제쳐 두고 조금 더 현실적인 대답이 나올 법한 인물에게로 고개를 돌렸다. 시선을 받은 대응은 나? 하고 자신을 가리키다가 고개를 저었다.

"나도 잘은 모른다. 다쳐도 우리야 황궁에서 약을 신청해서 쓰는 게 대부분이라 직접 값을 치러 본 적이 없어서."

그건 그렇다. 수린은 대응의 말에 고개를 끄덕이며 수긍했다. 천강은 수린의 말에서 무언가를 느낀 것인지 날카로워진 눈으로 수린에게 물었다.

"약재는 보통 어디에 보관하지?"

"그야 통풍이 잘 되고 습기가 없는 곳이지요. 보통은 잘 건조

한 나무로 만든 약재함에 보관합니다."

"약재함에 보관할 수 없을 정도로 대량이라면?"

"글쎄요. 그렇게 많은 양이라면 바람이 잘 드는 목조 건물에 보관하는 게 답이겠지요. 약초나 약재를 말리고 널 수 있게 넓은 공간이 확보되고 적재도 용이한 구조로 지어진 건물에요."

"그렇군."

천강은 고개를 끄덕이고 대웅에게 눈짓했다. 천강의 눈빛이 달라진 것을 느낀 대웅이 조금 전까지의 엄살은 어디로 던져 버렸는지 다부진 표정으로 천강의 옆에 섰다. 천강은 수린을 바라보며 손을 들어 수린의 방 쪽을 가리켰다.

"너는 네 방에 돌아가 있어라. 쓸데없이 밖으로 나오지 말고."

"아⋯⋯."

수린이 뭐라 더 말을 붙이기도 전에 천강은 대웅과 함께 중정 쪽으로 사라져 버렸다. 홀로 남은 수린은 황망함에 말도 못 하고 있다가 에잇, 하고 맨땅을 한 번 찼다. 가려면 진겸이 준 주머니는 주고 가지. 속으로 투덜거리며 방으로 향하려던 수린은 문득, 한 가지에 생각이 미쳤다. 총관의 관사에서도 구하기 힘들다던 약재를, 진겸은 어떻게 구했을까?

생각에 잠겨 앞을 보지 않고 걷느라 누군가와 부딪치는 건, 사소한 불운이다.

"앗!"

그러나 그 부딪친 이가 무언가를 들고 걷던 중이었다면 사소한 불운은 기분 나쁜 불운이 된다.

"꺄악!"

더군다나 그 들고 있던 무언가가 제삼자에게 튀었다면 불운은 불운으로만 끝나지 않게 될 수도 있다.

"소, 송구합니다. 종주공!"

그 제삼자가 절대로 마주치고 싶지 않은 사람이라면 재앙이 될 수도 있는 것이다.

"이, 이를, 어찌…… 닦아 드리겠습니다."

오찬을 준비하는 시간이라 일 층에 오가는 사람이 많았던 것은 단순한 우연이었다. 수린이 모퉁이를 도느라 미처 보지 못했던 하녀가 오찬을 위해 국물이 든 단지를 나르고 있다가 수린과 부딪치면서 단지를 놓쳐 바닥에 떨어뜨렸는데 꽤 많은 양의 내용물을 담고 있던 단지가 굴러떨어져 깨진 탓에 좀 거리가 떨어져 있던 이의 신발에까지 튀어 버린 것도 우연의 연속이었을 뿐이었다.

그런데 신발을 버린 이가 윤인호라는 것이 문제였다. 하녀가 기절할 듯 놀라 치맛자락으로 신발을 닦겠다 나서는 것을 보며 수린은 며칠 만에 마주하게 된 윤인호의 제대로 바라볼 수 있었다. 호들갑을 떠는 하녀를 길가의 돌멩이 쳐다보듯 보던 윤인호의 시선이 천천히 이쪽을 향했다. 감정이 실리지 않은 삼백안이 자신에게 향하자 수린은 흠칫, 놀라며 한 박자 늦게 고개를 숙여 윤인호의 시선을 피했다. 고개 숙이는 수린을 빤히 바라보던 윤인호는 소매며 치맛단으로 자신의 신발을 닦던 하녀의 손을 무시하고 수린 쪽으로 걸어왔다.

"일전에 내가 개를 한 마리 선물 받은 적이 있었지."

나지막한 목소리는 천강의 목소리와 비슷했다. 그러나 감정이 철저하게 배재된 목소리는 마치 악기가 연주되는 것처럼 단어와 단어의 조합같이만 느껴졌다.

"늑대와 피가 섞인 놈이라 했나."

대화를 하는 것이 아니라 정보를 기록한 두루마리를 읽는 것 같은 말투였다. 수린은 점점 다가오는 윤인호의 기척에 모골이 송연해지는 기분이었다.

"잘 길들이면 주인을 목숨 걸고 지키는 호랑이 못지않은 놈으로 자랄 것이라 했는데, 그 길들이기라는 게 참 어렵더군."

수린의 바로 앞에서 멈춰 선 목소리는 고개를 푹 숙인 수린을 탐색하듯 한참이나 말이 없었다. 그러다가 수린이 길어지는 침묵에 어깨를 움찔하는 순간, 윤인호가 검지와 중지, 두 개의 손가락으로 수린의 머리를 꾹 눌렀다.

"특히나 으르렁거리며 쳐다보는 눈이 참 거슬리더란 말이야."

손가락 두 개의 힘이지만 갑작스레 당한 급습은 불안정하던 수린의 균형을 잃게 만들기에 충분했다. 잠시 휘청인 수린의 머리를 윤인호는 망설이지 않고 재차 눌렀다. 대단한 힘은 아니었지만 당황과 긴장으로 한쪽 무릎이 꺾이기에는 충분했다. 본의 아니게 윤인호의 앞에 꿇어앉게 된 수린이 눈을 부릅뜨고 윤인호를 바라보았다. 윤인호의 얼굴에 차가운 조소가 떠올랐다.

"그래. 그 눈. 바로 그런 눈 말이다. 그래서 내가 그 개를 어찌했을 것 같더냐."

"……."

"열흘이 지나도 날 보면 으르렁거리기에 내가 그 눈에 바늘을 박아 버렸다. 다시는 그리 눈을 뜨지 못하도록 말이야."

윤인호가 천천히 수린의 어깨 위에 발을 올려놓았다. 달짝지근한 냄새가 함께 따라오는 것을 보니 아까 단지 안에 들어 있던 것이 팥죽인 모양이었다.

"바늘을 꽂으니 미쳐 날뛰기에 그대로 칼을 박아 주니 잠잠해지던데, 너는 어떠냐. 바늘이 좋으냐, 칼이 좋으냐. 아니면 너도 두 개가 다 필요하냐."

지그시 어깨를 누른 발이 그대로 신발에 묻은 얼룩을 수린의 옷에 문질러 닦았다.

"그 개처럼."

귓속을 파고드는 말과 함께 몇 차례고 어깨에 문질러지는 신발의 감촉은 똑똑히 말하고 있었다. 모멸감을 느꼈으면 짖으라고. 그리고 배에 칼을 꽂고 죽으라고. 수린은 아프게 손바닥을 파고드는 손톱의 감각에 집중하려 애쓰며 눈을 꼭 감았다.

신발이 깨끗해지자 윤인호는 무릎을 꿇은 채 움직이지 않는 수린을 일별하고는 돌아서서 가던 길을 가 버렸다.

"괜찮으세요?"

윤인호가 완전히 사라지자 단지를 옮기던 하녀가 수린에게 다가와 어깨를 부축했다. 수린은 괜찮다며 도움을 사양하고 왼쪽 어깨를 바라보았다. 하얀 옷 위에 남은 검붉은 얼룩과 흙 자국이 선명했다.

"하, 하하."

"저, 저기."

갑자기 헛웃음을 짓기 시작하는 수린의 모습에 하녀는 뭔가 잘못되기라도 한 건가 걱정스러운 눈빛이었다. 수린은 아니라며 부딪쳐 죄송했다고 이야기하고 깨진 단지 조각들을 줍기 시작했다. 깜짝 놀란 하녀가 자신이 한다며 두라고 했지만 수린은 묵묵히 깨진 조각들을 한곳으로 모았다. 뾰족한 모서리에 자잘한 상처들이 나서 따끔거렸지만 계속 새어 나오는 헛웃음은 멈출 수가 없었다.

개. 길들이기 힘든 개. 결국 그런 것인데.

❀　❀　❀

"재미있네요."

재미있다고 말하는 차분한 목소리는 하나도 재미있어하는 것 같지 않았다. 빽빽하게 글자가 늘어선 두루마리 뭉치들이 재미있어 봐야 얼마나 재미있겠느냐만 따분하기 그지없다는 목소리로 재미있다 말하면서도 황제는 두루마리를 내려놓지 않고 있었다.

"같이 보겠습니까? 예까지 와 있는데도 보는 것이라고는 황궁에 있을 때와 다를 것이 없군요."

황제의 권유에 금군 대장은 세차게 고개를 저었다.

"소신의 일은 폐하의 안위를 지키는 일이지 정사에 관여하는 것이 아닙니다."

"이건 정사랄 것도 없는 뻔한 내용인데요. 들어 보겠습니까? 모월 모일……."

"듣지 않겠습니다."

재빨리 귀를 막는 금군 대장의 행동을 가벼운 웃음으로 넘기며 다시 두루마리에 집중했다. 그러나 금군 대장은 알고 있었다. 지난 며칠 동안, 하루하루 시간이 갈수록 황제의 기분이 저조해진다는 것을. 그리고 그것이 감감무소식인 문혁과 관계가 있다는 것을 어렴풋이나마 짐작할 수 있었다.

'무심하기도 하지.'

금군 대장은 속으로 소식 없는 문혁을 향한 가벼운 탄식을 날렸다. 암만 정략혼이라 하나 오랜 세월 정혼자였던 이가 지척에 와 있는데 어찌 얼굴 한 번 안 보이고 서찰 하나를 안 보낸단 말인가. 조용히 할 일을 하고 싶다는 황제의 말을 글자 그대로 받아들였다 하더라도 잘 지내는지 궁금해 한 번쯤은 들여다볼 법도 한데 말이다.

"폐하. 제가……."

"예?"

"……소신 이만 물러가 있겠습니다."

문혁을 불러올까 물으려던 금군 대장은 치켜 올라간 황제의 눈매를 보고 얼른 말을 바꿨다. 이러니저러니 해도 정혼자들 사이의 문제다. 타인이 끼어들어 왈가왈부하면 더 오해가 생길 수도 있다.

"그래요. 물러가요. 내가 너무 지루하게 가만히 서 있으라 했지요."

"송구한 말씀이십니다. 그럼."

티 나지 않게 자리에서 물러난 금군 대장은 황제의 앞에서 물러나자 어깨가 뻐근해지는 기분이었다. 자신도 모르게 황제의 저조한 기분에 긴장하고 있었던 것이다. 주먹으로 어깨를 툭툭 때리며 아래층으로 내려가던 금군 대장에게 누군가가 다가왔다.

"대장."

"아니, 이게 누구십니까?"

저도 모르게 반가움에 목소리가 커져 사람들의 눈이 쏠렸다. 그래 봤자 황제를 수행하고 온 이들과 금군의 무사들이 대부분이었지만 말이다. 금군 대장은 반가움에 며칠 만에 나타난 문혁의 팔을 덥석 잡았다.

"어이 이리 격조하셨습니까. 그러고 보니 얼굴이 상하셨습니다. 어디 편찮으시기라도 하셨습니까."

"그런 것은 아니고……."

"어서 올라가 보시지요. 반가워하실 겁니다."

금군 대장의 말에 문혁의 심장이 지끈 아파 왔다. 반가워할 테지. 그리고…… 화를 낼까. 떨어지지 않는 무거운 발걸음을 옮겨 황제가 있는 문 앞에 서자 머뭇거리는 문혁을 대신해 게까지 따라온 금군 대장이 말했다.

"윤 학사께서 오셨습니다."

대답은 곧바로 돌아오지 않았다. 뜸을 들이듯 잠깐의 침묵이 흐르고 곧 들어오라는 차분한 허락이 떨어졌다. 금군 대장은 반색을 하며 문혁에게 들어가 보라며 문까지 직접 열어 주었다. 문혁이 방에 들어갔지만 황제는 문혁을 바라보지 않고 있었다. 등 뒤로 문 닫히는 소리를 들으며 문혁은 한 걸음 앞으로 나섰다.

"드릴 말씀이 있습니다."

여전히 황제는 고개를 들지 않았다. 어지간하면 문혁이라는 이름만으로도 당장 일을 미뤄 두고 차를 대령하라 명했겠지만, 지난 며칠간 쌓였던 불만이 심통을 부리고 싶게 만들었다.

"홀대하는 것을 용서하세요. 느긋하게 차라도 대접해야 마땅하지만 지금은 그럴 짬조차 나질 않는군요."

"그럼 그냥 들어만 주십시오."

황제는 들여다보고 있던 두루마리에서 살짝 시선을 들어 살포시 웃었다.

"윤 학사께서 그리 이야기를 할 정도면 정말 급한 일인 모양입니다? 그래도 결례가 되지 않는다면 이번만은 그래 줘요. 박대하는 것에 대한 사죄는 다음에 하겠습니다."

장난처럼 건넨 말이었는데 황제는 문혁이 무릎을 꿇자 눈을 크게 떴다. 문혁은 고개를 숙이고 입을 열었다.

"혼인을 미루고자 합니다."

곧바로 나온 문혁의 말에 두루마리를 쥔 손에 힘이 들어갔다. 황제의 시선을 차마 마주할 수가 없어 숙인 문혁의 머리 위로 황제가 시선을 던지는 것이 느껴졌지만 문혁은 차마 고개를 들 수가 없었다.

"미루고 싶은 겁니까?"

역시나 황제는 예리했다. 빙 돌려 던진 돌을 잡아채 똑바로 다시 집어 던지는 황제의 질문에 문혁은 숨을 삼키고 겨우 대답했다.

"……없었던 일로 돌리고 싶습니다."

"……하아."

긴 한숨을 내쉬며 황제는 두루마리를 내려놓고 미간을 문질렀다. 한참 동안이나 어색한 침묵이 둘 사이를 메웠다. 칼로 갈라도 갈라지지 않을 것 같은 침묵의 장벽을, 한참이 지나서야 황제는 겨우 깼다.

"왜지요?"

"……."

"황실 학사 윤문혁. 묻습니다. 왜지요?"

"……."

"왜냐 물었습니다. 내가."

황제의 목소리는 낮아졌다. 문혁은 칼을 받는 심정으로 눈을 감았다.

"소신이, 폐하를…… 은애할 수가 없습니다."

"하, 은애요?"

황제에게서는 헛웃음이 대답으로 나왔다.

"다른 여인을 은애하게 되기라도 하셨습니까? 그래서 그 마음으로 도저히 나와 혼인을 할 수가 없습니까? 그래요?"

문혁은 대답하지 않았다. 거짓을 말하고 싶지 않은 마음이 아니라, 거짓이 입 밖으로 나오지 않아서 아니라, 그저 말할 수가 없었다. 문혁의 침묵에 황제는 입술을 깨물었다. 며칠 동안 소식이 없는 문혁을 기다리며 이상하게도 기분이 나빴다. 며칠씩, 몇 달씩 소식을 주고받지 않을 때도 있었다. 헌데 지난 며칠간의 기다림은 불안했다. 그 불안한 기다림의 결과가 이런 말도 안 되는 말이라니. 황제는 어금니를 꽉 깨물고 나지막이 말했다.

"알고 있습니까? 당신은 나에게 하나의 명제였습니다."

알고 있다. 그래서 더 죄스러운 심정이 든다. 하지만 어찌할 수가 없다. 인력으로는 어찌할 수 없는 것이 마음이라는 것을, 문혁은 이제야 겨우 알아챈 참이었다.

"아주 오래도록 절대적인 진리라 믿어 왔던 명제를 이제 와 뒤집으라 한다면, 그것은 나더러 미치라는 뜻밖에 더 되겠습니까?"

"폐하께서도 저를 사내로 연모하신 것은 아니지 않습니까."

끝내 황제는 두루마리를 덮어 버렸다. 두루마리를 탁 소리가 날 정도로 강하게 내려놓고 황제는 자리에서 일어나 문혁에게 다가왔다. 차마 얼굴을 볼 수가 없어 바닥에 머리를 조아리고 있던 문혁은 사락거리는 비단 천의 소리로 황제가 다가오고 있는 거리를 가늠할 수 있었다.

"오라버니. 나는 지금 오라버니와 남녀 간의 운우지정을 논하고자 하는 것이 아닙니다."

아주 오래전, 황제가 제위에 오르기 전인 어린 시절에 부르던 호칭으로 황제는 문혁을 불렀다. 오누이처럼 정을 쌓으라 선황제가 윤씨 형제들과 붙여 주었던 그 어린 시절부터 황제는 천강보다 문혁을 유독 더 따르고 기꺼워했고, 어린아이가 부르는 호칭을 굳이 고쳐 주지 않았던 것은 선황제가 피붙이가 없는 황제가 오라버니, 오라버니 부르며 문혁을 따르는 모습을 귀여워했기 때문이었다.

차분한 목소리였다. 분명 화가 나고 당황스러울 텐데도 지존의 자리에서 보낸 세월은 헛것이 아니었던 듯, 황제의 목소리는 차분하고 강했다.

"폐하. 저는……."

"오라버니, 나는!"

단호하게 문혁의 말을 끊은 황제는 기가 막히는 듯 한숨을 쉬고 다시 말을 이었다.

"내가 개인의 감정만으로 무언가를 선택을 할 수 있는 일이 몇 가지나 된다고 생각하십니까?"

"……."

"고작 열두 살이었지요. 남녀 간의 정이란 것이 무엇인지도 몰랐습니다."

그랬다. 그랬을 것이다.

"오라버니를 남자로 연모한 것은 아니었다…… 맞는 말입니다. 그런 게 무엇인지도 모르던 때였으니까. 하지만 오라버니."

스윽, 천이 스치는 소리가 나고 문혁의 앞에 그림자가 졌다. 황제가 문혁의 앞에 허리를 굽혀 앉았다.

"오라버니가 가족 같고, 절대 놓기 싫은 손이었기 때문에 오라버니를 선택했습니다. 아바마마가 돌아가신 마당에 오라버니마저 잃으면 그걸로 가족을 모두 잃는다는 절박함 때문이었지요. 인정합니다. 절대 남녀 간의 정은 아니었습니다. 하지만 오라버니를 선택함으로 인해 내가 잃어버린 것이 무엇인지, 정녕 모르는 겁니까?"

황제의 마지막 말은 화살이었다. 문혁의 심장을 향해 겨누어진 화살 같은 그 말에 숨이 턱 막혔다.

살육의 밤. 수천의 원성. 하루아침에 역적이 되어 버린 자들의 피. 그 밤의 흔적들이 아직도 사라지지 않고 나라 곳곳에 잔재해 있다. 열두 살. 어리다고는 하나 선황의 유일한 혈육이던 황제였다. 자신의 선택 때문에 무엇을 잃고 누구의 명줄이 끊어질지를 모를 리 없는 총명한 소녀이기도 했다.

"이런 식으로 옛일까지 운운하는 게 비겁하다 느끼시나요?"

문혁은 번쩍 고개를 들었다.

"폐하!"

황제는 조금 서글픈 듯 웃었다.

"하지만 고아한 척, 고매한 척, 가지고 싶은 걸 다 가지려 하는 오라버니야말로 가장 비겁해요."

아무런 말도 할 수가 없었다. 할 말을 찾지 못하고 당황하는 문혁을 가만히 바라보다가 황제는 벌떡 일어났다.

"오늘 이야기는 못 들은 걸로 하겠습니다."

"폐하!"

문혁의 외침은 아랑곳하지 않고 황제는 문밖에 대고 소리를 쳤다.

"윤 학사께서 귀가한다 합니다!"

그러고는 매정하다 싶을 정도로 단호하게 등을 돌렸다. 더 이상 이 자리에서 당신과 한 마디도 말을 섞지 않겠다는 의지가 섞인 몸짓이었다. 문혁은 침을 삼키며 자리에서 일어섰다. 붉은 옷을 입은 황제의 등은 가녀렸지만 지금만큼은 그 어떤 장부의 그것보다 단단해 보였다.

〈2권에서 계속〉

# 향월화

초판 1쇄 찍음 2016년 12월 6일
초판 1쇄 펴냄 2016년 12월 13일

지은이 | 유지인
펴낸이 | 정  필
펴낸곳 | **(주)뿔미디어**

기획·편집 | 박경희, 이유나, 김수정

출판등록 | 2002년 9월 11일 (제1081-1-132호)
주소 | 경기도 부천시 원미구 소향로 17, 303(두성프라자)
전화 | 032)651-6513 / 팩스 | 032)651-6094
E-mail | dahyangs@naver.com
블로그 | http://blog.naver.com/dahyangs
비북스 | http://b-books.co.kr

**값 9,000원**

ISBN 979-11-315-7602-1 04810
ISBN 979-11-315-7601-4 04810(세트)

www.bbulmedia.com